Contemporary German Texts and Contexts

Jenseits der Stille

Caroline Link

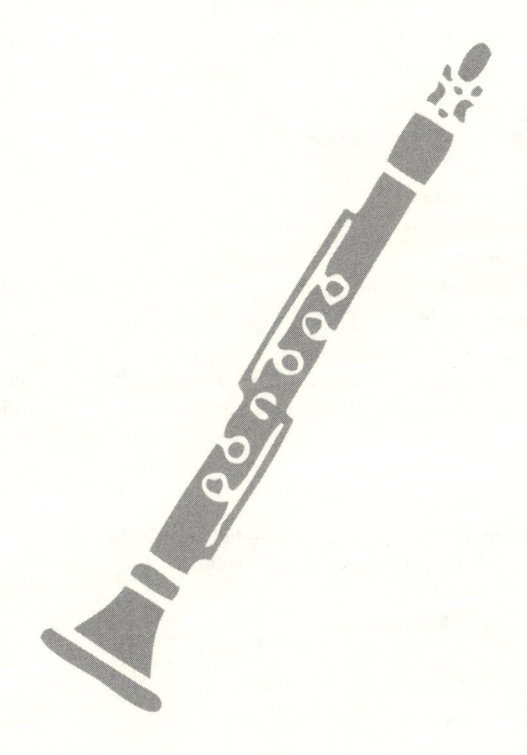

A German Reader Edited by
Marion Gehlker, Yale University, and
Birte Christ, Justus-Liebig-Universität Gießen

Yale UNIVERSITY PRESS
New Haven and London

Published with the assistance of the Frederick W. Hilles Publication Fund of Yale University.

Jenseits der Stille by Caroline Link copyright © 1997 by Aufbau Verlag GmbH & Co. KG, Berlin (published with Aufbau Taschenbuch Verlag; Aufbau Taschenbuch Verlag is a trademark of Aufbau Verlag GmbH & Co. KG). Negotiated by Aufbau Media GmbH, Berlin.

Copyright © 2011 by Yale University. All rights reserved. This book may not be reproduced, in whole or in part, including illustrations, in any form (beyond that copying permitted by Sections 107 and 108 of the U.S. Copyright Law and except by reviewers for the public press), without written permission from the publishers.

Publisher: Mary Jane Peluso
Editorial Assistant: Elise Panza
Project Editor: Timothy Shea
Production Editor: Jack Borrebach
Production Controller: Aldo Cupo

Yale University Press books may be purchased in quantity for educational, business, or promotional use. For information, please e-mail sales.press@yale.edu (U.S. office) or sales@yaleup.co.uk (U.K. office).

Designed by Mary Valencia
Set in Adobe Garamond and Univers type by Keystone Typesetting, Inc.
Printed in the United States of America by Sheridan Books, Ann Arbor, Michigan.

Library of Congress Cataloging-in-Publication Data
Link, Caroline, 1964–
　Jenseits der Stille : a German reader / Caroline Link ;
　edited by Marion Gehlker and Birte Christ.
　　p. cm.
Includes index.
ISBN 978-0-300-12322-7 (pbk. : alk. paper)
I. Gehlker, Marion, 1957– II. Christ, Birte, 1977– III. Title.
PT2670.I65J46 2010
833'.92—dc22
2010029173

A catalogue record for this book is available from the British Library.

This paper meets the requirements of ANSI/NISO Z39.48-1992 (Permanence of Paper).

10 9 8 7 6 5 4 3 2 1

Contents

Preface, vii

Acknowledgments, x

Jenseits der Stille by Caroline Link
Prolog, 3
Kapitel I, 7
Kapitel II, 25
Kapitel III, 45
Kapitel IV, 69
Kapitel V, 95
Kapitel VI, 119
Kapitel VII, 143
Kapitel VIII, 159
Kapitel IX, 187
Kapitel X, 195
Kapitel XI, 209
Kapitel XII, 223
Kapitel XIII, 235
Kapitel XIV, 247

Vokabeln und Aufgaben
Prolog, 263
Kapitel I, 273
Kapitel II, 282
Kapitel III, 291
Kapitel IV, 297

Contents

Kapitel V, 304
Kapitel VI, 312
Kapitel VII, 319
Kapitel VIII, 324
Kapitel IX, 328
Kapitel X, 332
Kapitel XI, 336
Kapitel XII, 339
Kapitel XIII, 342
Kapitel XIV, 345

Abschließende Fragen und Aufsatzthemen, 348

Vergleich Buch und Film, 349

Abschluss-Sketch, 350

Informationen und Begleittexte für den Unterricht, 351

Vokabelindex, 357

Credits, 405

Preface

The Series

The goal of our series is to help students read contemporary texts of moderate difficulty with relative ease and discuss these texts within their specific historical and cultural contexts. Hence, we provide supplemental factual information and illustrations, in addition to vocabulary lists, language-in-context exercises, guiding questions, and various activities for close reading, literary analysis, discussions, and dialogues. While the first reader in the series, Barbara Honigmann's novella *Eine Liebe aus nichts*, is geared to a more literary-oriented analysis, here the emphasis is on developing reading skills, vocabulary acquisition, and discussion.

The texts in our series vary in linguistic and literary difficulty but are all accessible to second- and third-year German students. All the texts have been edited to conform to the new spelling guidelines, which were updated in 2006.

The Novel

Caroline Link's book, based on her successful movie of the same name, is a coming-of-age story, in which young Lara negotiates between the world of the hearing and the world of her deaf parents. As a teenager, she discovers her love for the clarinet, which distances her from her father, who is painfully reminded of his own childhood, when he felt excluded from his family and the world of music. Lara moves from small-town Mainburg in Bavaria to Berlin to prepare for her acceptance at the prestigious University of the Arts, meets her first boyfriend, has to deal with her mother's death, and finally is reconciled with her father.

This book, with its straightforward plot line, colloquial language, and treatment of teenage issues—such as family relations, leaving home, first love, and the search for one's goals—will appeal to students in intermediate German classes at colleges and high

Preface

schools who embark on reading their first longer text in the language. It is also geared to students who want to read the text on their own.

The Reader

The text of *Jenseits der Stille* in our reader is presented unabridged and in its original version. The **Info-Ecken** (identified by the symbol ⓘ) situate the novel in its cultural and geographical contexts. They appear on a separate page from the body of the main text, together with vocabulary annotations, so that the flow of the actual reading is not interrupted.

Following the novel is a comprehensive chapter of vocabulary lists, exercises, and assignments for the students, **Vokabeln und Aufgaben**. There are fourteen sections, each accompanying one chapter of the novel, adhering to a similar structure and sequence.

A list of active vocabulary (📖 **Vokabeln**) and a list of idiomatic expressions (🗣 **Idiomatische Ausdrücke**) are followed by language-in-context exercises (✎ **Sprache im Kontext**). These exercises practice vocabulary and grammar taken from the novel to help students use them in the written and oral discussion of the text. The following types of vocabulary exercises are employed: matching words and definitions, association exercises, expressing words differently, and vocabulary-in-conversation exercises. The **Vokabeln und Aufgaben** for the prologue, chapter 1, and chapter 2 offer additional vocabulary lists with expressions for discussion (💬 **Diskussionsvokabular**), with one in chapter 1 specifically relating to the theme of disabilities. For the first eight chapters we selected about two grammar topics each to ease students' understanding of the text. Sample sentences in the ensuing exercises usually refer to the novel. In the latter chapters, no specific grammar exercises are provided. Instead, students are encouraged to concentrate on vocabulary expansion through discussions and other activities. The Yale University Press website provides a link to flashcards for all active vocabulary: yalebooks.com/link.

A third part of each section, focusing on the text (📖 **Textarbeit**), is divided as follows. Detailed questions about the text (**Fragen zum Textverständnis**) require close textual reading and should be covered in class during the initial reading process. Later, students should use these as guiding questions to test their understanding of the text, or to narrate major events and aspects of a particular passage. Questions for discussion (**Diskussion**) are geared towards a more open discussion of the text. In addition, students are encouraged to come up with their own questions (**Ihre Fragen**).

These exercises are followed by various other written and oral activities (👥 **Aktivi-**

täten), often going beyond the actual analysis of the text. Students write and perform dialogues, or they write diary entries and letters based on events in the novel or on imaginary ones. They flesh out situations narrated in the novel in order to gain a better understanding of the characters' motivations or to put themselves into the characters' shoes, and to apply new vocabulary and grammar to these situations.

We conclude the **Vokabeln und Aufgaben** with suggestions for a final discussion of the novel (**Abschließende Fragen / Aufsatzthemen**) as well as a comparison between text and film (**Vergleich Buch und Film**). Specific assignments for the discussion of the film can be found in Adriana Borra and Ruth Mader-Koltay's *German Through Film* (Yale University Press, 2006). During the discussion of the last part of the novel, instructors may rely solely on questions and observations that students bring to class. In our own courses we have found success in assigning different parts of the novel to students and having them summarize major events.

All the assignments are suggestions. Instructors should select those that appeal to their class and to their own teaching style and philosophy.

We also included a chapter of additional materials, **Informationen und Begleittexte für den Unterricht**. It assembles, for example, a biography and filmography of the author, the text of Goethe's „Prolog im Himmel" from Faust I (1808), which is performed by the students at Lara's school, and some information on the history and current situation of deaf people in Germany, the various sign languages, and an illustration of the finger alphabet.

The vocabulary index (**Vokabelindex**) at the end of the volume comprises all vocabulary annotations in alphabetical order and allows students to look up a word again when it appears a second or third time in the novel without annotations.

We hope that instructors and students alike will enjoy and gain from teaching and studying *Jenseits der Stille* with our reader edition.

Acknowledgments

We would like to thank all students in the intermediate German classes at Yale University and the Yale Summer School in which the novel was taught: Spring 2007–2008, Summer and Fall 2008. The students' observations and contributions were a great help to us in improving our exercises and activities.

Many thanks also to the reviewers of our proposal for the reader series: Andrea Golato, University of Illinois, Urbana-Champaign; David James, University of Pennsylvania; Francien Markx, George Mason University; Hartmut Rastalsky, University of Michigan; and Joanna Stimmel, Middlebury College. Their insightful suggestions encouraged us to include additional exercises and materials.

We are also grateful to Anna Souchuk and Laura Bohn, graduate teaching assistants at Yale University, as well as Betiel Wasihun and Joachim Harst, exchange instructors, who taught *Jenseits der Stille* with earlier versions of the reader. Their comments helped to enhance the quality of the reader.

Many thanks to Holger Eberle, who installed macros that were an accelerated assist in sorting the vocabulary index, saving us many days of tedium; to Birgit and Carola Gehlker, who helped with proofreading; and to Scott Griffin, who helped revise the vocabulary in earlier versions of the book and who created the WordChamp flashcards for the accompanying website.

Jenseits der Stille

Caroline Link

Title. **jenseits** *(+ Gen.)* beyond, on the other side of
die Stille *(no pl.)* silence, silent peacefulness
  3. **gleichaltrig** of the same age
  4. **jm. fremd sein** to be alien/incomprehensible to sb. • **sich bemühen** to try hard
  6. **zu·geben (gibt zu; gab zu, hat zugegeben)** to admit
  8. **leicht·fallen (fällt leicht; fiel leicht, ist leichtgefallen)** *(+ Dat.)* to be easy for sb.; **Es fiel mir oft nicht leicht.** It wasn't always easy for me.
10. **das Mitgefühl** *(no pl.)* sympathy, compassion
12. **das Gewissen** *(no pl.)* conscience; **mit einem schlechten Gewissen herum·laufen (läuft herum; lief herum, ist herumgelaufen)** *(idiom; colloq.)* to always feel guilty, to run around with a bad conscience
15. **das Schicksal, -e** fate • **nach und nach** slowly, bit by bit
18. **zusehends** appreciably, rapidly
21. **schwer·fallen (fällt schwer; fiel schwer, ist schwergefallen)** *(+ Dat.)* to be difficult for sb.; **auch wenn es einem noch so schwerfällt** even if it is ever so hard for one
22. **streiten (stritt, gestritten)** to argue, to quarrel
23. **heranwachsend** adolescent
25. **vor·kommen (kam vor, ist vorgekommen)** *(+ Dat.)* to appear, seem to sb. • **versteinert** petrified, hardened

PROLOG

Schon früh musste ich ein großes Mädchen sein. Ich musste über Dinge reden, die ich nicht verstand, und ich hatte mit Problemen zu kämpfen, die gleichaltrigen° Mädchen fremd waren°. Ich habe mich immer bemüht°, meine Eltern zu verstehen, doch wenn ich nun zurückblicke, so muss ich zugeben°, dass wir auch große Schwierigkeiten miteinander hatten.

Als ich älter wurde, fiel es mir oft nicht leicht°, meinen Vater zu verstehen. Ich hätte mir in manchen Situationen mehr Mitgefühl° von ihm gewünscht. Ich wusste, dass er es nicht einfach hatte, aber sollte ich seinetwegen immer mit einem schlechten Gewissen° herumlaufen?

Es war nicht meine Schuld, dass die Dinge waren, wie sie waren. Es war natürlich auch nicht die Schuld meines Vaters oder meiner Mutter, es war Schicksal°. Erst nach und nach° begriff ich, mit welchen Schwierigkeiten meine Eltern kämpfen mussten. Von da an sah ich auch das Kind in ihnen und verstand ihre Probleme zusehends° besser. Ich glaube, Tante Clarissa sagte einmal, das Leben sei ein langes Gespräch. Und ich glaube, sie hat recht. Es ist sehr wichtig, mit dem anderen zu reden, auch wenn es einem noch so schwerfällt° und man sich noch so sehr gestritten° hat.

Als heranwachsendes° Mädchen konnte ich sehr wenig von meinen Erlebnissen und Gefühlen mit meinem Vater teilen. Er kam mir alt vor°, wie versteinert°. Jetzt aber, nur ein paar

3

5. **an·nehmen (nimmt an; nahm an, angenommen)** to accept
7. **die Verbindung, -en** connection
8. **seinen Kopf durch·setzen** *(idiom.)* to get one's way

Jenseits der Stille Prolog

Jahre später, kann ich sagen, dass wir beide voneinander viel gelernt haben, und ich entdecke immer wieder neue, überraschende Seiten an ihm.

Ich bin nun Anfang zwanzig. Inzwischen versucht mein Vater, meine Wünsche und Ziele anzunehmen°, und ich bin glücklich und froh darüber – denn in den Momenten, in denen es keine Verbindung° zwischen unseren Welten gab und jeder meinte, seinen Kopf durchsetzen° zu müssen, fühlten wir uns beide furchtbar allein.

1. **vor·greifen (griff vor, vorgegriffen)** to anticipate, to act prematurely
6. **die Puppe, -n** doll • **ramponiert** bashed up
8. **das Hopfenfeld, -er** field of hops
10. **vorgezogenes Erbe** early inheritance; **das Erbe** *(no pl.)* inheritance
11. **das Erdgeschoss, -e** ground floor
13. **jn./etw. in der Nähe wissen (weiß; wusste, gewusst)** *(idiom.)* to know sb./sth. to be close
14. **lauschen** *(+ Dat.)* to listen (to)
15. **das Geräusch, -e** sound • **der Wasserhahn, ⸚e** faucet
16. **rumpeln (ist gerumpelt)** to rumble • **gehorsam** obedient
17. **knarren** to creak
18. **wehen** to blow
19. **vollkommen still** completely quiet
20. **geräuschlos** soundless, silent
21. **schweigen (schwieg, geschwiegen)** to be silent
22. **rascheln** to rustle • **die Bettdecke, -n** bedspread, blanket
23. **klopfen** to knock, to beat; **das Herzklopfen** heartbeat

ⓘ 1.1 Mainburg

Mainburg ist eine bayrische Kleinstadt mit rund 14.500 Einwohnern und wurde bereits im 13. Jahrhundert gegründet°. Die Stadt liegt in der Mitte der Hallertau, dem größten zusammenhängenden Hopfenanbaugebiet° der Welt, ca. 30 km nordwestlich von Landshut, ca. 30 km südöstlich von Ingolstadt und ca. 60 km nördlich von München. Der Hopfen wird in und um Mainburg angebaut° und in über 90 Länder der Welt exportiert.
(Adaptiert von: www.mainburg.de)

Hopfenfelder in der Nähe von Mainburg

gründen: to found   **das Hopfenanbaugebiet**: hop-producing area   **anbauen**: to grow, cultivate

KAPITEL I

Aber ich will nicht vorgreifen°, sondern zunächst von meiner Kindheit erzählen. Ich heiße Lara Bischoff. Als ich acht Jahre alt war, hatte ich lange blonde Haare, die Haselnussaugen meiner Mutter und die stolze Nase meines Vaters. In meinem Kinderzimmer fühlte ich mich zu Hause. Ich hatte viele Puppen° und ein weißes, leicht ramponiertes° Lamm, das ich besonders liebte. Wir wohnten in einem gelben Haus, das gleich neben hohen Hopfenfeldern° in der Nähe der Stadt Mainburg lag. Das Haus hatte uns Großvater zu meiner Geburt geschenkt, als vorgezogenes° Erbe sozusagen – Großvater war reich. Ich schlief im Erdgeschoss°, Papa und Mama oben. Angst hatte ich nicht, ich wusste sie in meiner Nähe°.

Bevor ich einschlief, lag ich oft wach und lauschte° den Geräuschen° unseres Hauses. Ein Wasserhahn° im Bad tropfte, die Waschmaschine rumpelte° gehorsam° vor sich hin, die Treppe knarrte° leise, sobald jemand sie betrat, und wenn der Wind wehte°, hörte ich draußen die Bäume miteinander sprechen. Selten war es vollkommen° still. Das Leben um mich herum verhielt sich nie geräuschlos°. Und wenn alles um mich schwieg°, dann hörte ich meinen eigenen Atem, das Rascheln° meines Pyjamas auf der Bettdecke°, oder mein Herz klopfte° in meinen Ohren. Ich registrierte alles sehr genau, was um mich herum passierte. Ich war kein kleines Kind mehr,

7

1. **selbstständig** independent • **die Neugier** *(no pl.)* curiosity
2. **unersättlich** insatiable
3. **dumpf** dull, muffled • **das Grollen** *(no pl.)* rumbling, rolling of thunder
4. **hoch·fahren (fährt hoch; fuhr hoch, ist hochgefahren)** to start up
5. **geballt** massive
6. **verschlucken** to swallow • **der Blitz, -e** lightning • **durchzucken** to flash across
7. **kriechen (kroch, ist gekrochen)** to crawl
8. **das Gewitter, -** thunderstorm
9. **sich täuschen** to be wrong, to be mistaken
10. **der Donner** *(usu. sg.)* thunder; **donnern** to thunder
12. **die Faust, ⸚e** fist
13. **hervor·lugen** to peep outside
14. **schießen (schoss, ist geschossen)** *(intrans.) here:* to shoot, to flash across • **in etw. tauchen** *here:* to bathe in sth. • **gleißend** gleaming, glistening
15. **schwappen (ist geschwappt)** to slosh around, to splash around • **der Schatten, -** shadow
16. **über jn. her·fallen (fällt her; fiel her, ist hergefallen)** to attack, to fall upon
17. **sich aus·strecken nach** to reach for
18. **ächzend** creaking
19. **die Pforte, -n** gate, portal • **klirren** to rattle
20. **tapfer** brave
21. **das Geisterhaus, ⸚er** haunted house • **aus·halten (hält aus; hielt aus, ausgehalten)** to stand, to endure
23. **springen (sprang, ist gesprungen)** to jump
24. **der Flur, -e** hallway, corridor
25. **schlüpfen (ist geschlüpft)** to slip
26. **unter·gehen (ging unter, ist untergegangen)** to come to an end, to perish
28. **rütteln** to shake • **die Schulter, -n** shoulder
29. **an·knipsen** to switch on • **der Nachttisch, -e** bedside table
32. **befürchten** to fear, to be afraid
34. **die Geste, -n** gesture

Jenseits der Stille Kapitel I

sondern ein sehr selbstständiges° Mädchen, dessen Neugier°
unersättlich° war.

Eines Nachts weckte mich ein dumpfes° Grollen° und
ließ mich hochfahren°. Ich sah aus dem Fenster. Schwarze,
geballte° Wolken hatten den Mond und die Sterne ver-
schluckt°. Ein schwacher Blitz° durchzuckte° die Nacht. Ich
kroch° zurück ins Bett und zog mir die Decke über den Kopf
in der Hoffnung, das Gewitter° würde an unserem Haus vor-
beiziehen. Doch ich hatte mich getäuscht°. Es kam genau auf
uns zu. Das Grollen des Donners° wurde lauter, es hörte sich
an, als ob ein großer Mann im Himmel wütend mit seiner
Faust° gegen eine alte Holztür geschlagen hätte. Ich bekam
Angst. Ich lugte° unter meiner Bettdecke hervor. Ein Blitz
schoss° durch die Nacht, tauchte° sie in gleißendes° Licht, das
in mein Zimmer schwappte°. Lange Schatten° fielen über
mich her°. Sie krochen durch mein Zimmer, über mein Bett.
Der Baum vor meinem Fenster streckte° seine Äste nach mir
aus. Wieder schlug der Mann im Himmel gegen die ächzende°
Pforte°. Das Fenster in meinem Zimmer klirrte°. Ich wollte
tapfer° sein, doch nach dem nächsten Blitz, dessen kaltes Licht
mein Reich in ein Geisterhaus° verwandelte, hielt° ich es nicht
mehr aus.

Ich sprang° aus dem Bett und rannte mit meinem Lamm
unter dem Arm durch unseren Flur°, die Treppe hinauf und
schlüpfte° in das Schlafzimmer meiner Eltern. Sie schliefen
tief, obwohl draußen die Erde unterzugehen° schien. Mein
Vater Martin lag auf der rechten Seite und meine Mutter Kai
auf der linken. Ich rüttelte° meinen Vater an der Schulter°, bis
er wach wurde. Er knipste° seine Nachttischlampe° an, und
ich sah seinen verständnislosen Blick.

Dies war einer der Momente, in denen mir klar wurde, wie
schwer es für uns war, einander zu verstehen. Ich befürchtete°,
dass unser aller Ende gekommen schien, und er lag ruhig in
seinem Bett. Ich erklärte ihm in schnellen Gesten°, was

3. **unheimlich** scary
4. **Der Teufel ist los.** *(idiom.)* All hell's been let loose. **der Teufel, -** devil
7. **das Tosen** *(no pl.)* roaring, raging
9. **taub** deaf *(not politically correct)* • **gehörlos** deaf *(politically correct for 'taub')*
12. **verfliegen (verflog, ist verflogen)** to blow over, to pass • **geborgen** secure, protected
14. **ermöglichen** to make possible, to enable
19. **nach·lassen (lässt nach; ließ nach, nachgelassen)** to decrease, to ease off
21. **anstrengend** exhausting • **die Druckerei, -en** print shop • **verbannen** to ban
23. **brummen** to grumble, to mumble
25. **übermannen** to overcome
27. **die Eigenständigkeit** *(no pl.)* independence
28. **erproben** to try out, to test • **das Gericht, -e** dish; *also:* court
29. **bedienen** *here:* to operate
30. **an·stellen** *here:* to switch on
32. **aus·suchen** to choose • **in bestimmten Punkten** in certain regards/areas
33. **die Dolmetscherin, -nen** female translator
34. **das Gehör** *(no pl.)* hearing

① **1.2 Was bedeutet „gehörlos"?**
Gehörlose Menschen sind schwer hörgeschädigt° und können nur bedingt° sprechen lernen. Untereinander und mit Vertrauten° verständigen sich Gehörlose in der Regel über die Gebärdensprache°, einem visuellen Sprachsystem mit eigener Grammatik, das von Land zu Land unterschiedlich ist. Die Gebärdensprache ermöglicht Gehörlosen eine entspannte und verlässliche° Kommunikation. Für Außenstehende klingen Gehörlose – wenn sie in Lautsprache° sprechen – oft fremd und sind schwer zu verstehen. Das sogenannte „Mundablesen" führt häufig zu Missverständnissen, denn auch sehr geübte Gehörlose können nur etwa 30 Prozent des Gesprochenen vom Mund ablesen, den Rest müssen sie erraten. (Adaptiert von: www.gehoerlosen-bund.de)

hörgeschädigt: hearing impaired   **bedingt:** limited   **Vertraute** *(pl.):* close friends   **die Gebärdensprache:** sign language   **verlässlich:** reliable   **die Lautsprache:** spoken language

Jenseits der Stille Kapitel I

draußen los war. Ich beschrieb ihm mit meinen kleinen
Händen das furchtbare Gewitter, den Mann, der mit seiner
Faust an die Pforte schlägt, das unheimliche° Licht der Blitze.
Langsam verstand er, dass draußen der Teufel° los war; er zog
mich mit seinen wunderbaren großen Händen ins Bett.

Meine Eltern hatten von all dem Tosen° vor unserer Tür nichts gehört. Nicht, weil sie nicht wollten, sondern weil sie nicht konnten.
    Sie waren beide taub°, gehörlos°.

Ich lag zwischen meinen Eltern, meine Angst war fast verflogen°. Ich fühlte mich sicher und geborgen°. Wir redeten
noch ein bisschen miteinander in dieser Sprache, die es Menschen wie meinen gehörlosen Eltern ermöglicht°, mit den
Händen alles, was sie denken und fühlen, auszudrücken. Vater
sagte mir, wie wichtig ich für sie sei, denn durch mich würden
sie hören – ich war stolz darauf, dass ich ihre Verbindung zur
Welt der Hörenden war. Das Donnern hatte ein wenig
nachgelassen°.
    Mein Vater war müde. Er hatte wieder einen anstrengenden° Tag in seiner Druckerei° gehabt. Ich verbannte° das
Gewitter aus meinen Gedanken und gab mich diesem liebevollen, brummenden° Geräusch hin, das tief aus der Brust
meines Vaters kam.
    Es war mir so vertraut, dass mich der Schlaf übermannte°.

Mit acht Jahren beginnt man seine Eigenständigkeit° zu entdecken und zu erproben°. Ich konnte schon ein paar Gerichte°
kochen, ich wusste, wie man das Telefon bedient°, wie man die
Waschmaschine anstellt°, wo Mama die Schokolade versteckte,
und die Kleider, die ich tragen wollte, suchte ich mir selbst
aus°. In bestimmten Punkten° wusste ich mehr über meine
Eltern als andere Kinder. Ich war ihre Dolmetscherin°, ihre
Sprache und ihr Gehör°. Es ist schwer oder sogar unmöglich,

2. **die Lautstärke, -n** volume • **entwickeln** to develop

3. **die Ruhe** *(no pl.)* quiet, silence • **empfinden (empfand, empfunden)** to feel, to sense

5. **die Behinderung, -en** disability • **der Blick, -e** gaze, view, sight; **auf den ersten Blick** at first glance

6. **der Mitmensch, -en, -en** fellow human being

7. **auf jn./etw. an·gewiesen sein** to have to rely on sb./sth., to be dependent upon sb./sth. • **die Schranke, -n** barrier

13. **hantieren** to handle, to fiddle about • **der Küchenmixer, -** blender

14. **graben (gräbt; grub, gegraben)** to dig

15. **der Bohrer, -** drill

17. **die Angewohnheit, -en** habit

18. **schlürfen** to slurp

21. **schlabbern** *(colloq.)* to be a messy eater, to make a mess at meals • **verdutzt** baffled, nonplussed

22. • **vor·geben (gibt vor; gab vor, vorgegeben)** to pretend

24. **der Vollbart, ⸚e** full beard

25. **jm. stehen (stand, gestanden)** to suit sb.

26. **trennen** to separate

27. **streng** strict • **in sich gekehrt** introverted • **verschlossen** reserved

29. **das Vergnügen, -** pleasure

32. **lebhaft** lively

34. **an·halten (hält an; hielt an, angehalten)** *here:* to last

Jenseits der Stille Kapitel I

sich vorzustellen, was es bedeutet, nicht zu hören: kein Gefühl für
die eigene Lautstärke° entwickeln° zu können, keinen Unterschied zwischen Stille und Ruhe° zu empfinden°, keine Kontrolle
über die Stimme, die Sprache zu haben. Nicht hören zu können
ist keine Behinderung° auf den ersten Blick°, und doch ist ein
Gehörloser in vielen Situationen auf seine Mitmenschen° angewiesen°. Es ist eine Schranke°, die zwischen zwei Menschen steht.
Ebenso sehr wie der Mensch Essen und Trinken braucht, braucht
er auch die Kommunikation, den Austausch mit anderen.

Geräusche waren für mich nie einfach nur Geräusche. Ich übersetzte sie in Bilder. Wenn es stürmte, dann sprachen die Bäume
miteinander, hantierte° Mutter mit einem Küchenmixer°, so
gruben° Männer einen Tunnel unter unserem Haus, holte Papa
seinen Bohrer° heraus, so glaubte ich Flugzeuge starten zu hören.
Papa produzierte eine Menge Lärm, ohne es zu wissen.

Er hatte zum Beispiel die Angewohnheit°, beim Essen zu
schlürfen°, besonders beim Frühstück, wenn er Cornflakes aß. Es
war meine Aufgabe, ihm zu sagen, wenn er zu viel Lärm machte.
Ich erklärte ihm dann immer, dass er wie ein Fisch klänge, der
durchs Wasser schlabbert°, während er mich verdutzt° aus seinen
kleinen Augen ansah und vorgab°, mich nicht zu verstehen.

Mama und Papa waren sehr unterschiedlich. Solange ich denken kann, trug mein Vater einen rotblonden Vollbart°, der ihm
gut stand°. Ich habe ihn mehrmals gebeten, ihn doch abzunehmen, aber er wollte sich nicht von ihm trennen°. Mein Vater war
eher streng°, in sich gekehrt°, verschlossen°, obwohl auch er
fröhlich sein konnte und einen besonderen Humor hatte, vor allem, wenn er mit mir spielte. Ein spezielles Vergnügen° waren
unsere Pantomimen, bei denen ich ihm das Geräusch fallender
Blätter oder das Gurgeln des Wassers zu erklären versuchte.

Meine Mutter war lebhaft° und temperamentvoll, sie lachte
gerne, und man sah ihr immer sofort an, wie es ihr ging. Wenn
sie einmal traurig war, hielt° das nie lange an.

1. **die Zeichensprache, -n** sign language *(less politically correct than 'Gebärdensprache')*
2. **verlaufen (verläuft; verlief, ist verlaufen)** to take place, to proceed
3. **die Gebärdensprache, -n** sign language *(official term for deaf people's sign language)*
4. **streichen (strich, gestrichen)** *here:* to stroke
5. **der Ärmel, -** sleeve
6. **klatschen** to clap
10. **der Bademantel, ≃** bathrobe
11. **schwanger** pregnant
13. **prall** full, well-rounded
15. **strampeln** to kick one's feet
16. **bürsten** to brush
18. **flackern** to flicker
21. **das Rosengesteck, -e** arrangement of roses
22. **vertrocknen** to dry out, to whither
23. **grinsen** to grin
26. **das Weihnachtsfest, -e** Christmas
29. **jn. froh/traurig stimmen** to make sb. feel cheerful/sad
31. **zu·sagen** to accept
32. **der Hörer, -** receiver
34. **das Schreibtelefon mit Monitor** tele typewriter with attached monitor

Jenseits der Stille Kapitel I

Obwohl meine Eltern nur über die Zeichensprache° miteinander kommunizierten, verlief° auch das nicht in aller Stille. Die Gebärdensprache° ist sehr lebhaft, man klopft sich auf die Brust, schlägt die Hände zusammen oder streicht° sich über den Ärmel°. Selten stritten sie, und wenn, dann hörte ich, wie ihre Hände heftig aneinander klatschten°.

Am Morgen nach dem schrecklichen Gewitter rief meine Großmutter an. Wir saßen in der Küche beim Frühstück. Meine Mutter hatte ihren Bademantel° angezogen, sie war schwanger°. Sobald mein Vater und ich das Haus zur Arbeit und zur Schule verließen, legte sie sich wieder hin. Ich hielt oft meinen Kopf an ihren prallen° Bauch, und dann konnte ich das kleine Kind hören und fühlen, wie es mit den Füßen strampelte°. Jetzt stand meine Mutter hinter mir, und ich genoss es, wie sie mir liebevoll die Haare bürstete°.

Ich sprang auf, als die bunte Signallampe neben der Küchentür aufgeregt flackerte°. Diese Lichter hatten wir überall in unserem Haus installiert, nur auf der Toilette nicht, denn dort sollte man, wie mein Vater meinte, seine Ruhe haben. Ich redete mit Oma über ihre Rosengestecke°, die wieder vertrocknet° waren, und ich musste mich bemühen, ernst zu bleiben, denn Papa grinste°, und Mama meinte, Oma solle Aspirin ins Blumenwasser tun.

Eltern können manchmal nützlich sein!

Großmutter lud uns zum Weihnachtsfest° ein. Wie sollte ich darauf reagieren? Vater hatte keine Lust, mit seiner Mutter zu sprechen, und ich glaube, der Gedanke, Weihnachten bei ihr zu verbringen, stimmte° ihn nicht gerade froh. Ich dagegen liebte die Feste bei meiner Großmutter. Also sagte ich einfach zu°, ohne meine Eltern vorher zu fragen. Da ich in die Schule musste, gab ich den Hörer° meiner Mutter. Sie konnte natürlich nicht direkt mit meiner Oma sprechen, aber neben unserem Telefon stand ein Schreibtelefon mit einem Monitor°,

1. **die Schreibmaschine, -n** typewriter
3. **der Bildschirm, -e** screen • **tippen** to type
4. **das Gerät, -e** device
5. **die Erleichterung, -en** relief
7. **davon aus·gehen, dass** to assume that
10. **ausgesprochen geschickt** extremely skillful/skilled
11. **die Werkstatt, ⸚en** workshop
12. **der Anbau, -ten** extension • **vielfach unterteilt** divided into multiple parts / many subdivisions • **unterteilen** to subdivide
15. **die Werkbank, ⸚e** workbench
17. **kaputt·gehen (ging kaputt; ist kaputtgegangen)** to break
18. **sich etw. besehen (besieht; besah, besehen)** to take a look at sth.
19. **etw. drehen und wenden** to look at sth. from all sides
20. **sich ans Werk machen** to set to work
21. **die Scheibe, -n** *here:* slice (of bread) • **keine Ruhe geben (gibt; gab, gegeben)** *(idiom.)* to refuse to let the matter rest
22. **sich in etw. vertiefen** to become engrossed/absorbed in sth.
24. **den Dingen auf den Grund gehen (ging, ist gegangen)** *(idiom.)* to get to the bottom of things
25. **der Müll** *(no pl.)* garbage
27. **basteln** to tinker • **seinen Dienst tun** *(idiom.) here:* to function
28. **die Einstellung, -en** *here:* tuning
31. **außerordentlich** extraordinary • **das Gespür** *(no pl.)* feeling, feel • **fein** subtle, fine

das wie eine Schreibmaschine° aussah. Meine Mutter gab das, was sie sagen wollte, auf der Tastatur ein, und auf dem kleinen Bildschirm° erschien nach kurzer Zeit die getippte° Antwort meiner Großmutter. Früher gab es solche Geräte° nicht. Sie waren eine große Erleichterung° für meine Eltern. Meine Großmutter, die ja nach meiner Zusage von unserem Besuch ausging°, besprach mit meiner davon überraschten Mutter die Weihnachtsvorbereitungen.

Mein Vater war ein ausgesprochen geschickter° Mann. Wir hatten an unserem Haus eine kleine Werkstatt°, einen flachen Anbau° mit einem vielfach° unterteilten° Fenster, an dem sich im Winter kleine Eisblumen bildeten. Ich war gern in Vaters Werkstatt. Wenn es seine Arbeit nicht allzu sehr störte, saß ich auf seiner Werkbank° und schaute ihm zu, oder ich beschäftigte mich an einem großen Tisch mit meinen Schularbeiten.

Ging etwas im Haushalt kaputt°, so nahm er es in seine großen Hände, besah° es sich genau mit seinen braunen Augen, drehte und wendete° es und machte sich dann langsam und geduldig ans Werk°. Zum Beispiel produzierte unser Toaster schwarze Scheiben°, und mein Vater gab keine Ruhe°, bis er ihn repariert hatte. Er vertiefte° sich ganz in seine Arbeit, und ich glaube, dass er dann glücklich war. Er ging den Dingen auf den Grund°. Er war ein altmodischer Mensch, er warf ungern etwas in den Müll°, das man noch reparieren konnte, und selbst an einem Radio, das er nie würde hören können, bastelte° er so lange herum, bis es wieder seinen Dienst tat°. Ich half ihm bei der genauen Einstellung°, indem ich ihm sagte, wann es am besten klang, aber sicherlich hätte er es auch ohne meine Hilfe geschafft, denn er hatte ein außerordentliches° Gespür° für feinste° Vibrationen jeder Art.

Er hatte keine einfache Kindheit. In seiner Familie war er der einzige, der nicht hören konnte. Seine Eltern haben die

2. **etw. nicht wahrhaben wollen** to refuse to believe sth., to be in denial about sth.
4. **zwingen (zwang, gezwungen)** to force
5. **sich einer Sache an·passen** to adjust to sth. • **äußerst** extremely
6. **mühselig** difficult, hard • **von Erfolg gekrönt** successful • **das Unterfangen, -** endeavor
8. **sich zurück·ziehen (zog zurück, zurückgezogen)** to retreat
10. **in der Lage sein** to be able to
12. **heimlich** in secret • **die Ohmacht** *(no pl.)* powerlessness
13. **sich mit·teilen** to express o.s. • **aufsässig** rebellious
14. **auf Unverständnis stoßen (stößt; stieß, ist gestoßen)** to meet with a complete lack of understanding • **das Unverständnis** *(no pl.)* lack of understanding
17. **die Aufmerksamkeit, -en** attention • **die Zuneigung, -en** affection
19. **musizieren** to play music
23. **die spinale Meningitis** *(no pl.)* spinal meningitis (an inflammation of the membranes and cerebrospinal fluid surrounding the brain and the spinal cord) • **überwinden (überwand, überwunden)** to overcome
24. **der Rückfall, ⸚e** relapse • **der Fieberanfall, ⸚e** bout of fever
28. **zierlich** petite
31. **gelten (gilt; galt, gegolten)** *here:* to be aimed at, to be for; **Ihre große Liebe galt den Pflanzen.** *(idiom.)* She was totally devoted to her plants.
32. **viel Zeit auf etw. verwenden (verwandte/verwendete, verwandt/verwendet)** to spend a lot of time doing sth. • **pflegen** to tend to, to look after

Jenseits der Stille Kapitel I

Gehörlosigkeit ihres Sohnes lange Zeit nicht wahrhaben wollen°. Damals hielt man die Gebärdensprache für etwas, das eher zu einem Clown gehörte. Kinder, die nicht hören konnten, wurden gezwungen°, sich der Welt der Hörenden anzupassen°. Mein Vater sollte sprechen lernen, was ein äußerst° mühseliges° und kaum von Erfolg gekröntes Unterfangen° war. Seine Eltern lehnten es ab, mit den Händen mit ihm zu reden, und so zog° er sich immer mehr in seine eigene Welt zurück. Nachdem er die Gebärdensprache gelernt hatte, war niemand von der Familie in der Lage°, mit ihm zu kommunizieren. Erst als seine Schwester auf die Welt kam, brachte er ihr heimlich° ein paar Gesten bei. Seine Ohnmacht°, sich mitteilen° zu können, ließ ihn manchmal aufsässig° werden, doch damit stieß° er bei seinem Vater auf Unverständnis°. Oft wurde er daraufhin in sein Zimmer verbannt, weil er sich angeblich nicht zu benehmen wusste. Dabei wollte er nur etwas Aufmerksamkeit° und Zuneigung° erfahren. Am schlimmsten war es für ihn, seinen Vater mit seiner Schwester Clarissa musizieren° zu sehen. Er lebte in einer fremden Welt, und niemand nahm Kontakt zu ihm auf.

Meine Mutter hatte ihr Gehör mit einem Jahr verloren. Eine spinale Meningitis° schien bereits überwunden°, als es zu einem Rückfall° kam. Nach einem hohen Fieberanfall° konnte sie nicht mehr hören.

Sie war attraktiv mit ihren langen braunen Haaren, und sie verlor nie ihre mädchenhafte Figur. Meine Mutter war eine schlanke, zierliche° Frau und zog sich oft wie ein junges Mädchen an. Wenn ich sie mit den Müttern meiner Mitschüler verglich, dann war ich stolz auf sie.

Ihre große Liebe galt° den Pflanzen, die überall in unserem Haus standen. Kai verwendete viel Zeit° darauf, sie zu pflegen° und zu arrangieren. Sie konnte zwar nicht, wie andere, mit ihren Pflanzen sprechen, doch auf ihre Weise hatte sie einen

1. **der Umgang** *(no pl.)* contact, handling
4. **der Gegenstand, ⸚e** object
5. **Verwendung finden (fand, gefunden)** to find a use • **die Hemmung, -en** inhibition
7. **die Schriftsprache, -n** written language
9. **einen Brief auf·setzen** to compose a letter
10. **notieren** to put down on paper
11. **unschuldig** innocent
12. **die Ausstrahlung** *(no pl.)* personality, charisma
13. **erleiden (erlitt, erlitten)** to suffer
15. **das Gemüt, -er** disposition, nature; **ein sonniges Gemüt** a cheerful disposition
16. **Dinge auf die leichte Schulter nehmen (nimmt; nahm, genommen)** *(idiom.)* to take things lightly
17. **brummig** grumpy
18. **kurz angebunden** *(idiom.)* curt, snippy
19. **der Anlass, ⸚e** occasion
20. **zunehmend** increasing, more and more
23. **das Stroh** *(no pl.)* straw
25. **die Krippe, -n** crèche, manger • **schnitzen** to carve
26. **passend** appropriate
27. **nähen** to sew • **aus·statten** to equip
28. **das Fellstückchen, -** piece of fur • **bekleben** to stick on
29. **die Fensterbank, ⸚e** windowsill • **sich tummeln** to cavort
30. **das Knetmännchen, -** figure made from modeling clay; little plasticine man • **die Kräuter** *(usu. pl.)* herbs
32. **stumm** mute, silent
34. **etw. an sich** *(Dat.)* **abgleiten lassen (lässt abgleiten; ließ abgleiten, abgleiten lassen)** *(idiom.; colloq.)* to let sth. bounce off of o.s. • **bewundern** to admire

Jenseits der Stille Kapitel I

sehr intensiven Umgang° mit ihnen. Sie wusste immer genau, was einer Pflanze fehlte. Meine Mutter sammelte viele Dinge: nicht nur Pflanzen, auch alte Flaschen, Bilder und vieles mehr. Jeder Gegenstand° hatte für sie eine Bedeutung und fand eines Tages Verwendung°. Kai hatte große Hemmungen°, mit hörenden Menschen zu kommunizieren. Nur in der Gebärdensprache fühlte sie sich zu Hause, in der Schriftsprache° war sie unsicher. Musste sie zum Beispiel einen Brief schreiben, dann bat sie mich, ihn aufzusetzen°, während sie mir in Gebärdensprache erklärte, was ich notieren° sollte. Mutter wirkte immer unschuldig°. Erst später begriff ich, dass sie sich mit dieser Ausstrahlung° vor ihrer Umwelt schützte. Sie sprach nie darüber, was sie erlitten° hatte, sondern genoss ihr zurückgezogenes Leben in unserem Haus. Meine Mutter hatte ein ausgesprochen sonniges Gemüt° und ein sehr großes Herz. Sie nahm die Dinge gern auf die leichte Schulter°, lachte gern, und sie mochte es überhaupt nicht, wenn Vater brummig° und kurz angebunden° war. Sie schimpfte selten mit mir. Ich glaube, ich habe ihr dazu auch selten Anlass° gegeben. Zunehmend° fühlte ich mich wie ihre Schwester.

Bei uns herrschte stets ein liebevolles Chaos. Die Fenster waren in der Weihnachtszeit mit selbstgebastelten Stroh-° und Papiersternen dekoriert, und im Wohnzimmer stand eine große Krippe° mit vielen Figuren, die mein Vater geschnitzt° hatte. Meine Mutter hatte ihnen die passenden° Kleider genäht° und sie mit Haaren ausgestattet°. Sogar einige mit echten Fellstückchen° beklebte° Tiere gab es. Auf den Fensterbänken° tummelten° sich leere Flaschen, kleine Figuren, Knetmännchen°, Gläser mit Kräutern°.

Meine Mutter lebte mit meinem Vater in einer stummen° Welt. Vielleicht erklärt das ihre Art, Probleme an sich abgleiten° zu lassen, was ich bewunderte°. Es kam ihr auch nicht so

21

3. **etw. für sein Leben gern tun (tat, getan)** *(idiom.)* to be crazy about sth.
4. **ab·laufen (läuft ab; lief ab, ist abgelaufen)** *here:* to follow, to proceed
5. **die Chipstüte, -n** bag of potato chips
8. **hin und her** back and forth • **sehnsüchtig** longing, yearning
10. **im Fernsehen kommen (kam, ist gekommen)** to be shown on TV

Jenseits der Stille Kapitel I

sehr darauf an, was ein Mensch konnte, was er war oder lernte. Sie interessierte die Seele eines Menschen.

    Für ihr Leben gern° sah sie romantische Liebesfilme im Fernsehen. Das lief° nach immer dem gleichen Ritual ab. Mama lag auf der Couch, eine Hand in der Chipstüte°. Ich saß auf dem Boden vor dem Fernseher und übersetzte ihr, was ich hörte. Ihre Augen wanderten zwischen meinen Händen und dem Bild hin und her°. Sie bekam einen sehnsüchtigen° Blick und vergaß alles um sich herum. Auch mich – diese Filme kamen° oft ziemlich spät, und mehr als einmal bin ich während meiner Übersetzerei eingeschlafen.

2. **umgeben sein von** to be surrounded by
4. **regieren** to reign, to rule
5. **ungeduldig** impatient
6. **der Spielzeugladen, ⸚** toy store
8. **begreifen (begriff, begriffen)** to understand
12. **schließlich** *here:* after all
13. **verlockend** tempting, enticing • **betrachten** to look at
14. **sich schämen** to be embarrassed/ashamed
16. **unangenehm** unpleasant
18. **überbringen (überbrachte, überbracht)** to deliver
20. **der Betrieb, -e** business, company • **die Buchbinderei, -en** bookbindery
21. **die Lage, -n** situation
22. **das Weihnachtsgeld** *(usu. sg.)* Christmas bonus
24. **mit·teilen** to tell, to communicate • **auf·fordern** to ask, to demand
25. **Schwarzer Peter** a children's card game; **jm. den Schwarzen Peter zu·schieben (schob zu, zugeschoben)** *(idiom.)* to pass the buck to sb.

KAPITEL II

Ich hatte nie das Gefühl, wir seien arm. Wir wohnten in einem einfachen, schönen Haus, umgeben° von einem Garten, fuhren ein altes Auto, und in meinem Kinderzimmer durfte ich regieren°. Deshalb verstand ich nicht, warum mein Vater oft ungeduldig° wurde, wenn ich träumend und staunend vor dem Schaufenster eines Spielzeugladens° stand. Früher dachte ich, er wolle nur verheimlichen, dass wir nicht genug Geld hatten. Doch als ich größer wurde, begriff° ich, dass es darum ging, seinen Willen gegen meinen starken Willen durchzusetzen. Dabei wollte ich einfach nur vor dem Laden stehen und schauen oder überlegen, was ich gerne hätte. Schließlich° gibt es für ein achtjähriges Mädchen viele verlockende° Dinge im Schaufenster zu betrachten°. Aber vielleicht hat sich mein Vater doch geschämt°, dass er seiner Tochter nicht das bieten konnte, was er ihr gern gegeben hätte.

   Unangenehm° war, dass mich Erwachsene oft benutzen wollten, um meinen Eltern unangenehme Nachrichten zu überbringen°. So wurde ich schon früh mit Dingen konfrontiert, die ich nicht richtig verstand. Zum Beispiel konnte der Betrieb° meines Vaters, eine Druckerei und Buchbinderei°, seinen Angestellten wegen der wirtschaftlichen Lage° und wegen der steigenden Papierpreise kein Weihnachtsgeld° zahlen. Ein Arbeitskollege von Papa bat mich, ihm diese Nachricht mitzuteilen°. Das wollte ich nicht. Ich forderte° ihn auf, er solle es meinem Vater selbst sagen. Der Schwarze Peter°

3. **seinen Ärger aus·lassen (lässt aus; ließ aus, ausgelassen)** to vent one's anger
5. **der Berater, - / die Beraterin, -nen** *here:* clerk
7. **der Ansprechpartner, - / die Ansprechpartnerin,- nen** contact (person) • **erläutern** to explain, to explicate
11. **die Rendite, -n** return on capital
12. **fällig sein** to be due
13. **deuten** to interpret, to communicate in sign language
21. **die Prämie, -n** premium
22. **zusätzlich zu** in addition to • **der Zins, -en** interest
25. **buchstabieren** to spell
28. **ein·zahlen** to pay in, to deposit
29. **vorläufig** for the time being
31. **verzweifelt** desperate

war nun wieder bei ihm gelandet, und er sah unglücklich aus. Ich aber fand das gerecht. Warum sollte mein Vater seinen Ärger an mir auslassen°?

Es gab aber auch komische Momente: Wir hatten einen netten Berater° bei der Bank, der uns und unsere Situation kannte. Er wusste, dass ich, das achtjährige Mädchen, seine Ansprechpartnerin° war. Wir saßen vor ihm, und er erläuterte° uns die Situation.

»Nein, es tut mir leid. Vor dem 1. März kann ich gar nichts machen. Sagst du bitte deinen Eltern, dass sie sich nun mal auf ein halbes Jahr festgelegt haben und dass die Rendite° erst dann fällig° wird ... «

Ich deutete° meinen Eltern:

›Er kann nichts machen. Ihr habt für ein halbes Jahr unterschrieben, dann kriegt ihr die, die ... ‹

Er redete nicht sehr schnell, aber es war schwierig für mich, seine Worte zu verstehen und sie dann in die Gebärdensprache zu übersetzen.

»Was heißt Rindate, bitte?« fragte ich ihn.

Der Bankangestellte holte tief Luft.

»Rendite! Rendite heißt das, Lara. Das ist diese Prämie°, die ihr zusätzlich° zu den Zinsen° bekommt. Im März!«

Ich verstand ihn nicht.

»Wie schreibt man Rendite?« fragte ich ihn.

Er buchstabierte° es mir, und ich übersetzte es in Fingerbuchstaben.

Mein Vater wollte nun wissen:

›Frag ihn, was mit dem Geld ist, was wir schon eingezahlt° haben, kann er uns davon nichts zurückgeben? Vorläufig°. Wir brauchen jetzt Geld!‹

Was sollte ich tun? Ich war verzweifelt°. Der Banker hatte uns doch gesagt, dass wir nicht an das Geld herankommen. Warum wollte mein Vater mich nicht verstehen? Merkten

2. **übertragen (überträgt; übertrug, übertragen)** to transfer • **überfordern** to ask too much of, to expect too much of
4. **betteln** to beg
5. **die Handbewegung, -en** gesture (with one's hands)
6. **klar·stellen** to make clear • **das Sagen haben** *(idiom.)* to be the boss
7. **beharren** to insist
8. **sich jm. zu·wenden (wandte/wendete zu, zugewandt/zugewendet)** to turn to sb.
11. **nicken** to nod • **erleichtert** relieved
13. **prüfend an·sehen (sieht an; sah an, angesehen)** to scrutinize
14. **weiter·geben (gibt weiter; gab weiter, weitergegeben)** to pass on • **Lippen lesen (liest; las, gelesen)** to lipread
15. **aufmerksam** attentive
16. **verfolgen** to follow
20. **jm. einen bösen Blick zu·werfen (wirft zu; warf zu, zugeworfen)** to cast an angry glance at sb.
21. **Was konnte ich dafür?** *(idiom.)* It wasn't my fault.
22. **ein·lenken** to yield, to give way
25. **kräftig** strong
26. **verweisen (verwies, verwiesen) an** *(+ Akk.)* to refer to
27. **der Kunde, -n, -n** customer
28. **verdammt noch mal** *(colloq.)* damned
32. **erledigt** done, taken care of
33. **in eine Situation geraten (gerät; geriet, ist geraten)** to get into a situation

meine Eltern denn gar nicht, dass sie ihr Problem auf mich übertrugen° und mich überforderten°?

›Er hat doch schon gesagt, dass es nicht geht, Papa. Hör auf zu betteln°!‹

Papa machte eine strenge Handbewegung°, und mit einem strengen Blick versuchte er klarzustellen°, wer das Sagen° hat.

›Frag ihn!‹ beharrte° er.

So wendete° ich mich erneut dem Bankangestellten zu.

»Mein Vater bedankt sich. Er ist zufrieden mit ihrem Geschäft!« sagte ich schließlich.

»Das freut mich.« Der Berater nickte° erleichtert°.

›Er sagt ›Nein‹«, deutete ich meinem Vater.

Mein Vater sah mich prüfend° an. Natürlich wusste er, dass ich seine Frage nicht weitergegeben° hatte. Lippenlesen° ist zwar schwierig, aber er hatte unser Gespräch aufmerksam° verfolgt°. Ich sah zu Boden.

»Kann ich deinen Eltern noch irgendwie helfen?« Der Berater wurde ungeduldig.

»Nein, danke«, sagte ich.

Der Berater stand auf. Mein Vater warf° mir einen bösen Blick zu. Was konnte ich dafür°? Meine Mutter versuchte einzulenken°.

›Lass uns gehen. Wenn Lara sagt, dass es nicht geht, dann geht es nicht ... ‹

Ich nickte kräftig°. Der Berater wollte sich bei mir bedanken. Ich verwies° ihn an meine Eltern, sie waren doch seine Kunden°. Mein Vater war wütend.

›Du sollst verdammt° noch mal übersetzen, was ich dir sage!‹

Ich nahm seine Hand und lächelte.

›Hab ich doch‹, deutete ich ihm. Für mich war die Sache erledigt°. Ich wollte raus aus der Bank. In solche Situationen geriet° ich immer wieder.

Ich musste Worte, die ich nicht verstand, übersetzen, und

1. **Mir ist ein Fehler unterlaufen. (unterläuft; unterlief, ist unterlaufen)** *(idiom.)* I made a mistake.
3. **die Schultern / mit den Schultern zucken** to shrug (one's shoulders)
7. **die Macht** *(usu. sg.)* power
9. **berauschend** intoxicating • **zwar** although, however, even if
11. **dafür** *here:* in turn
12. **entsprechen (entspricht; entsprach, entsprochen)** *(+ Dat.)* to correspond to
17. **das Gebiet, -e** area • **jm. ebenbürtig sein** to be sb's equal / to be on a par with sb.
19. **aus·nutzen** to exploit, to take advantage of
24. **häufig** often
25. **der Außenseiter, - / die Außenseiterin, -nen** outsider
27. **vor allem** especially, above all
30. **mühevoll** difficult, hard

Jenseits der Stille Kapitel II

natürlich unterliefen° mir dabei immer wieder Fehler, und es kam zu Missverständnissen. Dann half nur noch das Fingeralphabet oder ein Schulterzucken°. Ich vergaß nie, dass ich ein Kind war. Es waren die Großen, die vergaßen, dass ich noch klein war. Schließlich war ich erst acht Jahre alt und nicht der liebe Gott.

Ich lernte aber auch schnell, dass ich Macht° [power] besaß über meine Eltern. Das Gefühl der Macht ist für kleine Mädchen, wie für jedermann, ein berauschendes° Gefühl. Zwar° war ich davon abhängig, dass sie für mich Mittagessen kochten oder einen Stuhl reparierten, dafür° waren sie aber auch von dem abhängig, was ich übersetzte, und das entsprach° nicht immer ganz der Wahrheit.

Ich denke, das Leben mit gehörlosen Eltern ist nicht vergleichbar mit dem in anderen Familien. Jedes Kind kennt das Gefühl der Ohnmacht gegenüber den Erwachsenen. Ich aber fühlte mich auf diesem Gebiet° meinen Eltern ebenbürtig°. Ich habe meine Machtposition als Dolmetscherin nur in besonders schwierigen Situationen ausgenutzt°, und dann auch nur, um mich zu schützen oder um Dinge zu einem harmonischen Ende zu bringen.

Welches Kind geht schon gern in die Schule? Natürlich hatte ich meinen Spaß, aber ich langweilte mich häufig°, und ich war, vielleicht wegen meiner Eltern, eine Außenseiterin°. Außerdem war ich in der Schule nicht besonders gut. Vor allem° das Lesen fiel mir schwer. Ich hatte niemanden, mit dem ich üben konnte. Viele Leute denken, für Gehörlose sei es leicht zu lesen, aber in Wahrheit ist es schwierig und mühevoll°. Wie soll man lesen können, wenn man nicht sprechen kann? Das kleine Kind hört andere Menschen sprechen, so lernt es, abstrakte Worte und konkrete Gegenstände zusammenzubringen. Das Kind, das nicht hören kann, muss mit Augen, Blicken oder Händen kommunizieren. Die

5. **das Schlaflied, -er** lullaby
11. **die Fähigkeit, -en** ability, quality • **auf etw.** *(Akk.)* **an·kommen** to matter, to be important
12. *Das kalte Herz* Märchen von Wilhelm Hauff, erschienen 1827
15. **seinen Hut ziehen (zog, gezogen)** to raise one's hat
16. **die Verbeugung, -en** bow
18. **kichern** to giggle
19. **verschwimmen (verschwamm, ist verschwommen)** to become blurred
20. **bestimmt** *here:* resolute
21. **unterbrechen (unterbricht; unterbrach, unterbrochen)** to interrupt
26. **klasse** *(colloq.)* super, cool
27. **gemein** mean
28. **jn. auf·ziehen (zog auf, aufgezogen)** to make fun of sb.
30. **lärmen** to make noise
33. **‚Rache ist Blutwurst.'** *(also:* **Blutdurst***) (idiom.; colloq.)* Revenge is sweet.
34. **Es hilft nichts.** *(idiom.)* It's no good.

Jenseits der Stille Kapitel II

Gebärdensprache funktioniert nach anderen grammatikalischen Regeln als unsere Sprache.

Natürlich brachten mich Kai und Martin jeden Abend ins Bett, aber sie konnten mir nicht wie andere Eltern ein Märchen erzählen oder ein Schlaflied° singen. Ich kann nicht einmal sagen, dass ich das vermisst habe, ich habe es ja nie anders kennengelernt. Wahrscheinlich hat vor allem meine Mutter zu meinen Lernschwierigkeiten beigetragen, weil sie die Schule nie besonders ernst genommen hat. Sie war eben ein spontaner Mensch, dem es mehr auf das Herz als auf intellektuelle Fähigkeiten° ankam°.

Eines Tages musste ich aus dem Märchen *Das kalte Herz°* vorlesen.

»Hier, dachte er ... wird wohl der ... Schatzhauser wohnen, zog ... seinen Sonntagshut°, mach ... te vor dem ... Baum ... eine tiefe ... Ver ... beugung° ... «

Ich las so schlecht, dass die anderen Kinder in der Klasse zu kichern° begannen. Ich wurde immer unsicherer, die Buchstaben vor meinen Augen verschwammen°. Unsere Lehrerin, eine nette, aber bestimmte° Frau mit einer großen Brille, unterbrach° mich schließlich.

»Lara, das war die Hausaufgabe. Hast du nicht geübt?«

Ich blickte meine Lehrerin, Frau Mertens, stumm an.

Ein Junge aus unserer Klasse, Uli, beendete die Stille.

»Vielleicht hat sie's ihrem Papa vorgelesen ... und der fand's klasse° ... «

Das war gemein°. Ich hasste es, wenn ich wegen meiner Eltern aufgezogen° wurde. Die Kinder in meiner Klasse meinten manchmal, es sei doch toll, wenn die Eltern nichts hörten, dann könne man den ganzen Tag lärmen° und schreien, wie man wolle. Warum sollte ich lärmend und schreiend durchs Haus laufen? Ich warf Uli einen ärgerlichen Blick zu. ›Rache ist Blutwurst‹°, dachte ich.

»Es hilft° doch nichts, Lara. Lesen ist wichtig. Wenn du zu

3. **ein Trotzkopf sein** to be stubborn, to be a contrarian
4. **tuscheln** to whisper
5. **fort·fahren (fährt fort; fuhr fort, ist fortgefahren)** to continue
7. **sanft** gentle
9. **eislaufen gehen (ging eislaufen, ist eislaufen gegangen)** to go ice-skating
10. **Schlittschuh laufen (läuft; lief, ist gelaufen)** to ice-skate • **schweben (ist geschwebt)** to float • **förmlich** *(usu. adv.) here:* literally • **anmutig** graceful
11. **Kreise(l) drehen** to pivot
13. **aus·probieren** to try out
17. **verkörpern** to embody
20. **selbstgestrickt** self-knit
22. **der Schal, -s** scarf
23. **farblich abgestimmt** color-coordinated
24. **schweifen (ist geschweift)** to wander, to roam • **der Pausenhof, ⸚e** schoolyard • **stutzen** to stop short
26. **die Mütze, -n** hat, cap • **eifrig** eager
28. **bemerken** to notice
31. **fehlen** to lack, to miss; **Das hatte mir gerade noch gefehlt.** *(idiom.)* That's just what I needed.
33. **unbeeindruckt** unimpressed

Jenseits der Stille Kapitel II

Hause nichts tust, musst du nachmittags länger hierbleiben. Verstehst du?«

Natürlich verstand ich sie. Aber ich war ein Trotzkopf°, und dass die anderen Kinder um mich herum tuschelten°, machte mir die Situation nicht angenehmer. Uli fuhr° fort und las ziemlich gut. Ich sah aus dem Fenster.

Sanft° fielen die Schneeflocken zur Erde. Tante Clarissa hatte sich bei uns angemeldet, wir wollten in den nächsten Tagen eislaufen° gehen. Sie konnte sehr gut Schlittschuh laufen°. Sie schwebte° förmlich° über das Eis, anmutig° drehte sie Kreisel° um Kreisel, und ich sah ihr oft neidisch zu, weil es so einfach aussah, was sie machte. Wenn ich es auch ausprobieren° wollte, fiel ich hin. Ich glaube, sie wusste, dass ich sie in diesen Momenten bewunderte. Ich wollte dann so sein wie sie, und das genoss sie.

Clarissa war die Schwester meines Vaters, sie konnte hören. Für mich verkörperte° sie die große weite Welt. Sie wohnte in Berlin, kannte die allerneuesten Geschichten und war immer ausgesprochen elegant gekleidet, ganz im Gegensatz zu meiner Mutter, die am liebsten ihre selbstgestrickten° Pullover anzog. Wenn Clarissa einen Pullover trug, dann nur mit dem passenden Schal° und passenden Handschuhen und einem farblich darauf abgestimmten° Lippenstift. Mein Blick schweifte° über den Pausenhof°. Ich stutzte°.

Ich sah ein großes Mädchen mit einem roten Schal, roten Handschuhen und einer weißen Mütze°, das eifrig° und lebhaft gestikulierte: Es war meine Mutter. Unsere Lehrerin hatte zum Glück noch nichts bemerkt°.

›Lara! Wie lange dauert das denn noch? Wir haben doch einen Termin!‹ signalisierte meine Mutter.

Das hatte mir gerade noch gefehlt.° Ich deutete meiner Mutter, dass ich mich auf den Unterricht und auf das Lesen konzentrieren müsste. Aber Mutter blieb vollkommen unbeeindruckt°

1. **albern** silly
4. **seelenruhig** placid, calm, undisturbed
9. **Es kam, wie es kommen musste.** *(idiom.)* The inevitable happened.
12. **petzen** *(colloq.)* to snitch, to sing, to inform
15. **Ich hätte (vor Scham) im Boden versinken können** *(idiom.)* I was so ashamed that I wished the ground would open and swallow me up.
18. **seufzen** to sigh
21. **der Termin, -e** deadline; appointment
26. **erlösen** to save, to rescue • **in Windeseile** *(idiom.)* in no time at all • **zusammen·raffen** to bundle together, to gather up
27. **beäugen** to look at, to observe
30. **die Laune, -n** mood • **ertragen (erträgt; ertrug, ertragen)** to bear, to stand, to endure • **gelassen** calm, unperturbed

und albern°, sie verstand meine Schwierigkeiten nicht. Sie sah in die Klasse. Was wollte sie denn noch?

›Was ist denn?‹ deutete ich ihr.

›Ich warte‹, zeigte sie seelenruhig° zurück.

›Worauf?‹

›Irgendwann wird deine Stunde ja mal zu Ende sein‹, schrieben ihre Hände fröhlich in die Luft.

Die ersten in der Klasse begannen zu kichern. Es kam, wie es kommen musste.° Frau Mertens wurde aufmerksam.

»Was gibt es denn da draußen so Interessantes?«

»Laras Mutter steht draußen. Die beiden haben sich unterhalten ... «, petzte° Bea, meine Banknachbarin.

Die ersten Kinder standen auf. Und was machte meine Mutter? Sie winkte den Kindern zu. Ich hätte im Boden versinken können.°

»Was macht deine Mutter da, Lara?«

»Sie wartet auf mich«, brachte ich mühsam hervor.

Alle kicherten. Unsere Lehrerin seufzte°.

»Schon wieder? Du kannst nicht immer früher aus dem Unterricht verschwinden, Lara. Das geht nicht.«

»Ja, ich weiß, aber der Termin° ... «

Unsere Lehrerin sah auf die Uhr, die über der Tafel hing. Ich fühlte mich unwohl.

»Dann lauf«, meinte sie schließlich, »aber sag deinen Eltern, dass ich sie heute Nachmittag sprechen möchte.«

Oh, Gott, ich war erlöst°. In Windeseile° raffte° ich meine Sachen zusammen. Die anderen Kinder beäugten° mich neidisch. Sicher dachten sie wieder, wie praktisch es sei, taube Eltern zu haben. Ich gab meiner Mutter meine schlechte Laune° zu verstehen, aber sie ertrug° es gelassen°.

›Du bist wirklich blöd. Wir hätten genauso gut später gehen können.‹

›Dann hab ich im Garten zu tun‹, deutete sie mir lebhaft. Sie schien überhaupt kein schlechtes Gewissen zu haben.

37

5. **Du kannst warten, bis du schwarz bist!** *(idiom.; colloq.)* You can wait till the cows come home!

6. **sich hinunter·beugen** to bend down

9. **das Gör** *(colloq.)* little miss; **die Gören** *(colloq.)* brats, kids (in the plural used for both sexes)

11. **Du hast gut reden!** *(idiom.)* It's all very well for you! / It's easy for you to say.

14. **zu dritt** the three of us • **ahnen** to have a notion, to have an inkling

18. **die Besorgnis, -se** worry, concern

19. **versetzt werden** to move up (to the next class); **nicht versetzt werden** to have to repeat a year (at school)

23. **die Botschaft, -en** message • **übermitteln** to pass on, to convey

24. **sich freiwillig seinem Henker aus·liefern** *(idiom.)* to surrender voluntarily to one's own executioner

27. **verständnisvoll** understanding, sympathetic

33. **ernsthaft** serious

›Weiß Papa, dass du mich deswegen aus der Schule holst?‹ regte ich mich auf.

Meine Mutter zuckte nur mit den Schultern.

›Das nächste Mal lass ich dich im Pausenhof warten, bis du schwarz bist°‹, drohte ich ihr.

Sie beugte° sich zu mir herunter. Ihre schönen braunen Augen waren ernst.

›Ich sag dir was. Du weißt schon mehr vom Leben als die ganzen anderen Gören° in deiner Klasse zusammen. Mach die Augen auf. Das Leben ist die Schule, nicht umgekehrt.‹

Meine Mutter hatte gut reden°. Wie sollte ich das meiner Lehrerin erklären?

Am Nachmittag gingen wir zu dritt° in die Schule. Ich ahnte° schon, wie die ganze Sache laufen würde. Ich saß neben unserer Lehrerin, und meine Eltern saßen uns gegenüber, und ich dolmetschte.

»Bitte verstehen Sie meine Besorgnis°. Lara kann unmöglich versetzt° werden, wenn sie im Lesen und Schreiben nicht besser wird. Außerdem kann sie nicht ständig früher aus dem Unterricht verschwinden.«

Da saß ich nun und sollte meinen Eltern diese unangenehme Botschaft° übermitteln°. Ich konnte es nicht. Wer liefert sich freiwillig seinem Henker° aus?

›Mein Lesen wird langsam besser‹, übersetzte ich, ›aber es ist noch nicht ganz perfekt.‹

Meine Eltern nickten beide verständnisvoll°. Meine Lehrerin schien sich nicht sicher, ob das, was sie gesagt hatte, richtig verstanden worden war. Mein Vater dankte ihr.

›Sag ihr, dass wir uns freuen, dass sie dich manchmal früher gehen lässt. Es ist schwer, hier auf dem Land einen guten Gebärdendolmetscher zu finden‹, deutete er in seiner ernsthaften° Art.

3. **Das ist wirklich das letzte Wort.** *(idiom.)* This really is the last concession I can make.
6. **strahlen** to beam
10. **übertrieben** exaggerated
13. **kramen** *(colloq.)* to rummage about
14. **der Blumentopf, ⸚e** flowerpot, potted plant
15. **energisch** firm, vigorous
18. **das Bedenken** *(usu. pl.)* reservations, concerns
22. **das Misstrauen** *(no pl.)* mistrust, distrust, suspicion
25. **weder ein noch aus wissen (weiß; wusste, gewusst)** *(idiom.)* to be helpless / clueless / at a loss
30. **sich nähern** to come closer, to advance
33. **das Begrenztheit** *(usu. pl.)* limitations • **zuvor** earlier
34. **auf·atmen** to breathe a sigh of relief

Jenseits der Stille Kapitel II

»Bald sind Ferien, dann muss ich ja nicht mehr früher aus dem Unterricht ... «, übersetzte ich meiner Lehrerin.

»Sag ihnen, dass das wirklich mein letztes Wort ist.° Das nächste Mal lass ich dich einfach nicht mehr gehen«, erwiderte sie.

Meine Mutter strahlte°.

›Sie sind eine wunderbare Lehrerin‹, antwortete sie mit ihren Händen, ›Lara mag Sie sehr.‹

»Meine Mutter findet Sie ganz nett«, sagte ich zu Frau Mertens. Es war wohl etwas übertrieben°, dass ich meine Lehrerin ›sehr mochte‹.

Frau Mertens lächelte etwas hilflos in die Runde. Und was machte meine Mutter? Sie kramte° in ihrer Tasche, holte einen Blumentopf° mit einer Pflanze hervor und stellte ihn mit einer energischen° Geste vor Frau Mertens. Dieser Blumentopf wirkte komisch auf dem ordentlichen Schreibtisch.

»Oh, wie hübsch«, bedankte sich Frau Mertens, »danke schön. Aber Lara, hast du deinen Eltern meine Bedenken° auch wirklich deutlich gemacht?«

»Ich habe ihnen alles gesagt. Nicht Wort für Wort, aber so ziemlich«, antwortete ich. Wir standen alle auf. Ich spürte Frau Mertens' Misstrauen°. Die Reaktionen meiner Eltern irritierten sie, aber was sollte sie tun? Und als meine Mutter sie schließlich noch umarmte und mit ihrem herzlichen Lächeln an sich drückte, da wusste sie weder ein noch aus°.

Ich glaube, mit zwei Jahren verstand ich, dass ich mit meinen Eltern auf eine andere Art reden musste als mit Fremden. Bald wurde ich die wichtigste Verbindung zur Außenwelt. Donnerte es oder näherte° sich eine Sirene, schrie ich. Sie beobachteten mich und sahen an meinem Gesicht, ob jemand den Raum betreten hatte. Durch mich erfuhren sie aber auch ihre Begrenztheit° deutlicher als zuvor°. Die Verwandtschaft atmete auf°, als sich herausstellte, dass ich nicht gehörlos war.

2. **sich glücklich schätzen** to consider o.s. lucky
3. **brav** good, well-behaved
4. **Es liegt an mir.** *(idiom.)* It's up to me.
5. **die Bürde, -n** load, weight
7. **die Auseinandersetzung, -en** conflict, quarrel
8. **sich reiben (rieb, gerieben)** *here:* to experience some friction between o.s. and others
9. **durch·stehen (stand durch, durchgestanden)** to get through, to withstand

Mehr als einmal wurde betont, wie glücklich sich meine Eltern schätzen° könnten, eine gesunde Tochter zur Welt gebracht zu haben. Von mir erwartete man vor allem, »brav«° zu sein. Das Schicksal meiner Eltern sei schwer genug, es liege an mir°, ihnen etwas von ihrer Bürde° von den Schultern zu nehmen. Die Rolle des »braven« Mädchens fiel mir mit den Jahren immer schwerer. Auch brauchte ich Auseinandersetzungen°, um wachsen zu können, auch ich musste mich reiben°, Konflikte durchstehen°. Wäre ich immer das »brave« Mädchen geblieben, hätte ich das nie geschafft.

1. **Weihnachten stand vor der Tür (stand, gestanden)** *(idiom.)* Christmas was just around the corner
3. **das Gutshaus, ⸚er** manor house
4. **der Hügel, -** hill • **am Rande (der Stadt)** on the outskirts (of the city)
5. **wohlhabend** wealthy, well-to-do
6. **großzügig** *here*: spacious; *also:* generous
15. **sich gegenseitig etw. versichern** to assure each other of sth.
18. **riechen nach (roch, gerochen)** to smell of
19. **das Mandelplätzchen, -** almond cookie • **die Kerze, -n** candle • **das Bienenwachs** *(usu. sg.)* beeswax
21. **die Fensterbank, ⸚e** windowsill
22. **erküren (erkor, erkoren)** *(arch.)* to choose
23. **die Heizung, -en** radiator
24. **das Kaninchen, -** rabbit

KAPITEL III

Weihnachten stand vor der Tür°. Ich freute mich. Es war sehr kalt und hatte geschneit, und wir fuhren zusammen mit unserem alten grünen Auto zu dem Gutshaus° meiner Großeltern. Es lag auf einem Hügel° am Rande° einer Kleinstadt in einer wohlhabenden° Gegend und war von einem großzügigen° Garten umgeben. Vor der Tür stand ein riesiger Weihnachtsbaum, und als wir vor dem Haus hielten, strahlte uns warmes, weiches Licht aus den großen Fenstern entgegen.

Weihnachten, für Kinder ein magisches Wort.

Meine Eltern blieben noch für einen Moment im Wagen sitzen, während ich es nicht mehr abwarten konnte, meine Oma und meinen Opa zu sehen. Ich glaube, als sie dort im Auto vor der Tür saßen, waren sie einander sehr nahe und versicherten° sich gegenseitig ihrer Liebe, denn für meinen Vater war es nicht einfach, mit seinem Vater zusammenzutreffen. Doch davon später mehr.

Das ganze Haus roch° nach Weihnachten. Nach Mandelplätzchen°, nach Kerzen° aus echtem Bienenwachs°, nach Tannenbaum und leckerem Essen. Zu einem meiner Lieblingsplätze hatte ich die Fensterbank° in der Küche meiner Großmutter Lilli erkoren°, unter der sich eine Heizung° befand. Dort saß ich und sah Kai und Lilli beim Kochen zu. Auf meinem Arm saß das Kaninchen° von Oma, und wir genossen beide unser Wiedersehen. Mama und Oma

3. **der Geschmackssinn** *(no pl.)* sense of taste • **einer Sache den letzten Schliff geben (gibt; gab, gegeben)** *(idiom.)* to put the finishing touches on sth.
7. **das Maiglöckchen, -** lily of the valley
8. **nachdenklich** thoughtful
9. **der Schatz, ⸚e** treasure
13. **die Bratröhre, -n** oven
14. **auf 180 sein** *(idiom.)* to be outraged
16. **des öfteren** often
17. **scharfzüngig** biting, sharp-tongued
18. **zum Erliegen bringen (brachte, gebracht)** *(idiom.)* to bring to a standstill
20. **sich zu schaffen machen** *(idiom.)* to busy o.s.
21. **ins Blut** *(usu.:* **in Fleisch und Blut***)* **über·gehen (ging, ist gegangen)** *(idiom.)* to become second nature/ingrained
24. **der Engel, -** angel
25. **die Zaubersprache, -n** magic language • **ein Kinderspiel sein** *(idiom.)* to be a piece of cake / a walk in the park
26. **der Dickkopf, ⸚e** *(colloq.)* obstinate/stubborn person, pigheaded person
29. **stürzen (ist gestürzt)** *here:* to dash
32. **die Königin, -nen** queen • **befangen** diffident, self-conscious • **überwältigt** overwhelmed, stunned

Jenseits der Stille Kapitel III

verstanden sich gut. Sie waren beide hervorragende Köchinnen, und oft war es Mama, die mit ihrem besonderen Geschmackssinn° dem Essen den letzten Schliff° gab. Ich versuchte, mich an Tante Clarissa zu erinnern.

»Ich weiß gar nicht mehr genau, wie sie aussieht. Aber ich weiß noch, wie sie riecht. Nach Maiglöckchen° und Sommer«, sagte ich nachdenklich°.

»Wer, Schatz°?« fragte meine Großmutter.

»Na, Clarissa«, antwortete ich.

»Mein Gott, wann kommen die denn endlich?« Oma sah nervös auf ihre Uhr, während sie einen kontrollierenden Blick in die Bratröhre° warf. »Robert ist bestimmt schon wieder auf 180°.«

Robert war ihr Mann und mein Großvater. Zu mir war er nett, aber ich hatte schon des öfteren° erlebt, wie er mit seinen scharfzüngigen° Kommentaren Gespräche blitzschnell zum Erliegen° brachte. Während ich mich mit Oma unterhielt, übersetzte ich einen großen Teil unseres Gesprächs für Mama, die sich am Herd zu schaffen° machte. Diese Sprache war mir ins Blut übergegangen°. Ich bemerkte es oft nicht mehr, dass ich meine Hände benutzte. Meine Großmutter sah mir aufmerksam zu.

»Ich beneide dich so, Engelchen°. Du sprichst diese Zaubersprache°, als wäre es ein Kinderspiel°. Hätte ich nicht auf diesen Dickkopf° gehört, könnten meine Hände jetzt vielleicht auch ... «, sie machte eine Pause und suchte nach dem richtigen Wort, » ... fliegen.«

Endlich klingelte es. Ich stürzte° zur Tür und öffnete sie. Clarissa und Gregor, ihr Mann, waren endlich angekommen. Sie hatten die Arme voller Geschenke. Clarissa sah schön aus, wie eine Eiskönigin°. Ich war befangen°, ich war überwältigt°. Clarissa verkörperte für mich das Leben, sie war mein Idol.

3. **den Schalk im Nacken sitzen haben** *(idiom.)* to be in a mischievous mood
4. **stets** always • **zwinkern** to blink one's eyes, to twinkle
6. **der Gänsebraten, -** roast goose
8. **jm. etw. in die Hand drücken** to thrust sth. into sb.'s hand
11. **schwerbeladen** carrying a heavy load • **von dannen ziehen (zog, ist gezogen)** *(idiom.; arch.)* to leave
12. **mit einem Blick streifen** to glance at
14. **schälen** to peel
16. **ausdrucksvoll** expressive
18. **betonen** to stress, to emphasize • **senken** to lower
23. **schließen (schloss, geschlossen)** *here*: to conclude
29. **jn. gewähren lassen (lässt gewähren; ließ gewähren, gewähren lassen)** to let sb. do as he/she likes

Jenseits der Stille Kapitel III

»Frohe Weihnachten, ihr beiden«, begrüßte meine Oma sie, »schön, dass ihr da seid.«

Gregor war ein großer, kräftiger Mann, dem der Schalk° stets° im Nacken saß. Er zwinkerte° mit den Augen.

»Ich bin nur wegen des Gänsebratens° hier«, meinte er ernst, »es gibt doch Gänsebraten, oder?«

Lilli lachte. Clarissa drückte° Gregor ihre Pakete in die Hand.

»Die kommen ins Wohnzimmer.«

»Ach, was? Ich dachte aufs Dach ... oder ... in den Garten?«

Er zog schwerbeladen° mit den Geschenken von dannen°. Clarissa streifte° den dicken Bauch meiner Mutter mit einem kurzen Blick, bevor sie wieder fröhlich in die Runde lächelte und sich aus ihrem Mantel schälte°. Sie sah noch schöner aus, als ich sie in Erinnerung hatte. Unter ihrem Mantel trug sie ein schwarzes, schlichtes Kleid, das ihr zartes, ausdrucksvolles° Gesicht und ihre roten Haare, die sie zusammengebunden hatte, besonders betonte°. Sie wandte sich an Lilli und senkte° ihre Stimme ein wenig.

»Und, wie war's bis jetzt?«

»Friedlich, und ich würd mich freuen, wenn das so bleibt.«

»Klar. Ist ja schließlich Weihnachten«, meinte Clarissa mit einem ironischen Unterton, der darauf schließen° ließ, dass es auch schon Weihnachtsfeste gegeben hatte, die nicht ganz friedlich verlaufen waren. Clarissa legte vorsichtig ihre Hand auf den Bauch meiner Mutter und fühlte nach dem Baby.

»Faszinierend ... so prall.«

Sie schien wirklich beeindruckt. Für mich war das ein gewohnter Anblick. Mama ließ sie gewähren°.

»Lara, erzählst du dem Baby auch ab und zu etwas? Stimmen und Geräusche sind nämlich sehr wichtig für ungeborene Kinder!«

»Ehrlich?« Das wusste ich noch nicht.

»Aber ja.«

3. **sich etw. ersparen** to spare o.s. sth.
4. **unselig** unfortunate • **der Zwischenton, ⸚e** overtone
6. **jm. an·haften** to stick to sb., to stay with sb. **Ihm haftete immer etwas Lehrerhaftes an.** *(idiom.)* There was always something of the teacher about him.
8. **die Charaktereigenschaft, -en** character trait, characteristic
10. **die Regung, -en** small movement
12. **sich um·drehen** to turn (around)
13. **mustern** to scrutinize
20. **die Verschwörung, -en** conspiracy
22. **rechtzeitig** timely, in time
26. **der Streithahn, ⸚e** squabbler, wrangler
28. **schmücken** to decorate
29. **die Bescherung, -en** gift giving on Christmas Eve
30. **erlösen** *here:* to put sb. out of his/her misery
31. **der Knall** *(no pl.)* bang
32. **humpeln (ist gehumpelt)** to limp, hobble (from one place to another) • **zerzaust** disheveled
33. **an·kleben to** stick on • **die Pelzmütze, -n** fur hat
34. **der Jutesack, ⸚e** jute bag

Jenseits der Stille Kapitel III

Ich sah meiner Mutter an, dass sie wissen wollte, was Clarissa gesagt hatte, aber ich hatte keine Lust, das zu übersetzen.

Das war zwar nicht fair, ersparte° mir und uns aber einige Diskussionen und unselige° Zwischentöne°.

Martin und Robert kamen in den Flur. Meinem Opa haftete° immer etwas Lehrerhaftes, Strenges an. In seinen Augen war Unpünktlichkeit eine schlechte Charaktereigenschaft°. Er fixierte sein Opfer dann mit seinen hellen blauen Augen und beobachtete jede seiner Regungen°. So auch diesmal.

»Kannst du mir mal sagen, warum ihr so spät seid?« begrüßte er seine Tochter zum Heiligen Abend. Clarissa drehte° sich kühl um und musterte° ihren Vater mit einem lieblosen Blick.

»Frohe Weihnachten, Papa. In der Stadt war es ziemlich voll. Wir haben 40 Minuten gebraucht, allein bis zur Autobahn. Eigentlich furchtbar unpraktisch diese Feste, die alle gleichzeitig feiern ... «

Es sollte nicht wie eine Entschuldigung klingen, war aber nichts anderes. Die Antwort ließ nicht auf sich warten.

»Muss ja eine Art Verschwörung° sein. Immer wenn du dich auf Reisen machst, ist viel Verkehr. Vielleicht solltest du einfach mal rechtzeitig° losfahren.«

»Es war wirklich viel Verkehr«, entschuldigte sich Clarissa noch mal.

Zum Glück unterbrach meine Oma die beiden Streithähne°.

Wir saßen eine Weile im festlich geschmückten° Wohnzimmer. Ich hielt das Warten auf die Bescherung° nicht mehr aus. Endlich erlöste° mich der als Weihnachtsmann verkleidete Gregor. Mit einem Knall° flog die Wohnzimmertür auf, er humpelte° hinein. Er hatte sich einen zerzausten° Bart angeklebt°, eine Pelzmütze° krönte seinen Kopf, auf dem Rücken schleppte er einen großen Jutesack°, und in der Hand hielt er

1. **der Knüppel, -** club
2. **die Stimme verstellen** to disguise one's voice • **stiefeln (ist gestiefelt)** *(colloq.)* to stride
5. **zappalot** *(exclamation)* upon my soul
7. **beiseite schieben (schob, geschoben)** to move/push to the side
10. **quieken** to squeal, to squeak
11. **dicht auf den Fersen** *(idiom.)* close on sb.'s heels
14. **necken** to tease
15. **brummeln** to mumble • **packen** *here:* to grab, to seize
17. **finster** dark • **die Miene, -n** expression, face
18. **sein Lachen unterdrücken** to suppress one's laughter
21. **sich verplappern** *(colloq.)* to spill the beans, to blab
22. **der Zeigefinger, -** index finger • **den (Zeige)finger auf jn. richten** to point a finger at sb.
24. **loben** to compliment, to praise
25. **aus·schütten** to pour out, to empty out
31. **abwehrend** defensive
32. **hartnäckig** insistent
34. **verlegen** embarrassed

einen dicken Knüppel°. Gregor konnte sehr komisch sein. Er verstellte° seine Stimme und stiefelte° durch den Raum. Alle mussten lachen.

»Ist das eine Kälte draußen! Und ich habe meine Decke im Himmel vergessen. Zappalot°, was sehe ich? Nichts als alte Leute ... gibt's denn keine Kinder in diesem Haus?«

Gregor schob° einen Sessel beiseite und legte seinen großen Sack vor Clarissas Füße. Er küsste sie auf den Mund, nachdem er sich blitzschnell den Bart unters Kinn gezogen hatte. Ich hatte mich hinter Clarissa versteckt. Quiekend° lief ich nun davon, Gregor dicht auf meinen Fersen°.

»Na, du freches Ding ... «

»Ich weiß ja, wer du bist. Du bist überhaupt nicht der Weihnachtsmann!« neckte° ich ihn.

»Was?« brummelte° Gregor wütend und packte° mich am Arm, »wer so was sagt, der kriegt nichts... «

Er machte eine Pause und sah mich mit finsterer° Miene° an. Ich hatte Mühe, mein Lachen zu unterdrücken°.

»Also, wer bin ich?« fragte er.

Ich musste lachen.

»Onkel Gregor«, verplapperte° ich mich, und als sich sein drohender Zeigefinger° auf mich richtete°, verbesserte ich mich: »Nein ... Quatsch, der Weihnachtsmann bist du ... «

Gregor atmete erleichtert auf und lobte° mich. Zufrieden hob er den Sack hoch und schüttete° ihn auf dem Wohnzimmerboden aus. Ich kam aus dem Staunen gar nicht mehr heraus. Sollte das wirklich alles für mich sein? Ich stürzte mich auf den Geschenkeberg.

Opa schenkte meinem Vater einen Umschlag mit Geld. Er wollte ihn erst nicht annehmen, hob abwehrend° seine Hände, Opa aber blieb hartnäckig°. Natürlich konnten wir das Geld gut gebrauchen. Mein Vater ließ sich von niemandem gern helfen, und schon gar nicht von seinem Vater. Verlegen° steckte er

5. **begleiten** to accompany
6. **das Stück, -e** *here:* piece of music
8. **versäumen** to miss
9. **sich ein Wortgefecht liefern** *(idiom.)* to do verbal battle with sb.
11. **beschwingt** elated, exhilarated
13. **beschließen (beschloss, beschlossen)** to decide
14. **aus·strahlen** to radiate, to express
15. **gebildet** educated • **beneiden** to envy
17. **Ich hatte nur noch Augen für die beiden.** *(idiom.)* I couldn't keep my eyes off the two of them. • **entgehen (entging, ist entgangen)** *(+ Dat.)* to escape from noticing
19. **an·ziehen (zog an, angezogen)** *here:* to attract • **zeitlebens** for all one's life
24. **übersehen (übersieht; übersah, übersehen)** to overlook • **ab·weisen (wies ab, abgewiesen)** to refuse
25. **wenn es nach mir gegangen wäre** *(idiom.)* if I had had a say
27. **verzückt** in ecstasy
30. **heran·führen an** *(+ Akk.)* to introduce to

den Umschlag ein. Er machte keinen glücklichen Eindruck, als er sah, dass ich die beiden beobachtet hatte.

Nach dem Essen setzte sich Opa ans Klavier, und Clarissa, die eine sehr gute Klarinettenspielerin war, begleitete° ihn. Sie spielten ein fröhliches Stück°, und ich setzte mich staunend vor sie auf den Boden. Sonst stritten sich Vater und Tochter oft, keiner versäumte° die Chance, sich mit dem anderen Wortgefechte° zu liefern. Aber als sie miteinander musizierten, schienen sie zu harmonieren.
   Die Musik füllte leicht und beschwingt° den Raum. Clarissa sah so stolz und schön aus, ich bewunderte sie. In diesem Moment beschloss° ich mit all meiner kindlichen Energie, so zu werden wie sie. Sie strahlte° innere Kraft und Ruhe aus, sie schien mir klug und gebildet°. Ich beneidete° Gregor, weil er mit ihr zusammenleben durfte. Ich hatte nur noch Augen für die beiden.° Meinem Vater entging° das nicht. Ich dachte nicht daran, dass ihm diese Welt der Töne, die mich magisch anzog°, zeitlebens° verschlossen blieb.
   Vielleicht ahnte er eine Gefahr, als er seine Schwester musizieren sah und meine Faszination entdeckte. Er wollte sich in Erinnerung bringen und zeigte mir das Buch, das er mir geschenkt hatte: ›Sehen wir es uns zusammen an?‹ Ich übersah° seine Traurigkeit, als ich ihn abwies°. Die Musik war zu schön, wenn es nach mir gegangen wäre°, hätten sie ewig weiterspielen können. Ich saß auf dem Teppich und lauschte ihnen verzückt°. Die Geschenke, die Süßigkeiten, meine Eltern und Großeltern hatte ich vergessen.

Niemand hatte mich bisher an die Musik herangeführt°. Früher konnte mich Musik überhaupt nicht begeistern. Heute war alles anders. Clarissa und mein Großvater hatten längst aufgehört zu spielen, aber ich spürte die Musik weiter in mir.
   Clarissa nahm mich an der Hand und ging mit mir in das

1. **das Stockwerk, -e** floor, level
2. **glänzend** shining
3. **die Kante, -n** edge
6. **kramen** *(colloq.)* to rummage about/around
7. **rutschen (ist gerutscht)** to slide, to slip
9. **länglich** longish
10. **der Schoß, ⸚e** lap
12. **der Pappkarton, -s** cardboard box • **zurück·schlagen (schlägt; schlug, geschlagen)** *here:* to pull back, to fold back • **zaghaft** timid, hesitant
14. **aus·wickeln** to unwrap
15. **das Seidenpapier, -e** wrapping tissue/paper
22. **der Handgriff, -e** hand movement
25. **jm. etw. vor·machen** to demonstrate sth. to sb., to show sb. how to do sth.
26. **immerhin** at least • **entlocken** to elicit
29. **widerwillig** reluctant, unwilling • **sich erheben (erhob, erhoben)** to get up

obere Stockwerk°. Sie führte mich in das Zimmer, in dem sie als
junges Mädchen gewohnt hatte. Ein glänzender° Mahagoni-
schreibtisch stand am Fenster, ich setzte mich auf die Kante° des
alten Holzbettes. An den Wänden hingen viele Schwarz-Weiß-
Fotografien, die Oma und Opa, meinen Vater und Clarissa
zeigten. Clarissa kramte° in einem großen Holzschrank. Vor
Aufregung rutschte° ich auf der Bettkante hin und her.

»Halte dir jetzt die Augen ganz fest zu«, sagte Clarissa.

Ich spürte einen länglichen°, schweren Gegenstand auf
meinem Schoß°.

»Hier, das ist noch für dich!«

Ich öffnete den hellen Pappkarton° und schlug° zaghaft° das
Papier zurück. Eine alte Klarinette lag darin. Ich war starr vor
Staunen. Clarissa setzte sich neben mich und wickelte° das In-
strument vorsichtig aus dem Seidenpapier°.

»Meine erste. Damit habe ich spielen gelernt.«

Ich war sprachlos.

»Willst du sie?«

Voller Freude fiel ich ihr um den Hals, wie immer duftete
sie nach Maiglöckchen und Sommer. Ich war überglücklich.
Clarissa nahm das Instrument aus dem Karton und erklärte
mir die ersten Handgriffe°.

»Deine Unterlippe ist wichtig. Du musst sie flach über die
Zähne pressen. Siehst du?«

Sie machte° es mir vor und spielte eine einfache Melodie.
Ich probierte es, immerhin° entlockte° ich dem Instrument
ein paar Töne, und Clarissa lobte mich. Da klopfte es an der
Tür. Meine Mutter kam herein und bedeutete mir, es sei an
der Zeit zu gehen. Nur widerwillig° erhob° ich mich und
legte meine neue Klarinette in den Karton. Clarissa wollte
mich noch länger bei sich behalten und bot meiner Mutter an,
mich am nächsten Morgen nach Hause zu fahren. Ich konnte
mich nicht entschließen. Ich wollte das Weihnachtsfest bei
meinen Eltern verbringen und ebenso gern bei Clarissa

3. **einen Entschluss fassen** to make a decision
5. **mühsam** with difficulty • **die Öffentlichkeit** *(no pl.)* the public
11. **seinesgleichen/ihresgleichen** his/her peers
16. **der Toilettentisch, -e** dresser, vanity • **sich die Haare hoch·stecken** to pin up one's hair
17. **der Griff, -e** movement (with one's hands) • **prächtig** splendid, magnificent
22. **die Feuchtigkeitscreme, -s** moisturizer
29. **eine Grimasse schneiden (schnitt, geschnitten)** *(idiom.)* to pull a face
30. **sich mit etw. an·freunden** *here:* to acquire a taste for sth.
32. **die Locke, -n** curl; **Sauerkrautlocken** ugly curls • **jm. durch die Haare fahren (fährt; fuhr, ist gefahren)** *(idiom.)* to run one's fingers through sb.'s hair

bleiben. Mutter machte ein ernstes Gesicht. Unten hörte ich meinen Vater die Autotüren schlagen. Ich hatte meinen Entschluss° gefasst. Ich wollte bei Clarissa übernachten.

Meine Mutter versuchte zu lächeln, es gelang ihr nur mühsam°. Wenn sie sich in der Öffentlichkeit° mit der Gebärdensprache unterhielt, zog sie sofort die Aufmerksamkeit ihrer Mitmenschen auf sich. Sie wurde mit kleinen Verletzungen und Beleidigungen konfrontiert und hatte gelernt, damit zu leben. Geborgen und sicher fühlte sie sich jedoch nur in ihren eigenen vier Wänden, mit ihrem Mann oder unter ihresgleichen°. Daher fiel es ihr sehr schwer, mich am Weihnachtsabend bei meinen Großeltern und Clarissa zu lassen.

Am nächsten Morgen durfte ich Erwachsensein spielen. Wir saßen beide in Clarissas Zimmer vor dem dreiteiligen Spiegel ihres Toilettentisches°. Clarissa steckte° sich mit geübten Griffen° ihre langen, prächtigen° Haare hoch. Sie zog die große Schublade auf und bot mir einen Lippenstift an:

»Da! Meine Lieblingsfarbe! Probier mal ... «

Ich hatte mir noch nie die Lippen geschminkt. Mama besaß kaum Make-up, sie benutzte nur ab und an eine Feuchtigkeitscreme°. Vorsichtig malte ich mir meine Lippen an und besah mich prüfend im Spiegel. Clarissa zeigte mir, wie es besser ging. Ich fühlte mich plötzlich wie eine Dame.

»Mama schminkt sich nie.«

Der Geschmack auf den Lippen, die Farbe im Gesicht waren ungewohnt, aber ich fühlte mich wohl.

»Na? Ist doch nicht schlecht ... «

Ich schnitt eine Grimasse° und versuchte mich mit meinem neuen Anblick anzufreunden°. Clarissa sah mich strahlend an.

»Als ich so alt war wie du, hatte ich auch solche Sauerkrautlocken°«, sie fuhr° durch mein Haar, »soll ich sie dir abschneiden?«

Meine Haare abschneiden? Eine grauenhafte Vorstellung. Ich liebte meine Haare. Was sollte mir meine Mutter denn

1. **schütteln** to shake
7. **einen anderen Gedanken fassen** *here:* to think of sth. different
8. **die Kiste, -n** box
13. **auf Kinnhöhe abgeschnitten** cropped at chin level • **die Schleife, -n** bow
15. **steif** stiff
16. **gequält** forced, pained
18. **drein·blicken** *(colloq.)* to look like
27. **herrschen** *here:* to prevail • **unerträglich** unbearable • **die Spannung, -en** tension; *also:* suspense
28. **konkurrieren** to compete

frühmorgens bürsten? Ich schüttelte° entsetzt den Kopf. Clarissa lachte.

»Ist ja gut. Ich mach nichts, was du nicht willst.«

Sie drehte sich abrupt um und begann etwas in ihrem Schrank zu suchen. War sie jetzt beleidigt? Das wollte ich nicht. Aber anscheinend hatte sie einfach einen anderen Gedanken gefasst°. Sie kam mit einem alten Schwarz-Weiß-Foto zurück, das sie aus einer Kiste° gefischt hatte.

»Guck. Wie du!«

Sie zeigte ein altes Familienfoto, Clarissa war darauf in meinem Alter zu sehen. Ich betrachtete das Bild aufmerksam. Clarissa hatte die gleichen Haare wie ich, sie waren auf Kinnhöhe° abgeschnitten und mit einer Schleife° zurückgebunden. In ihren Händen hielt sie stolz die Klarinette, die sie mir gerade geschenkt hatte. Martin, mein Vater, stand etwas steif° neben ihr. Sein Lächeln wirkte gequält° und unnatürlich. Ich kannte diesen Ausdruck auf seinem Gesicht gut. So blickte er drein°, wenn er sich unwohl fühlte. Er trug einen dunklen Sonntagsanzug und wirkte darin wie verkleidet. Ich nahm Clarissa das Bild aus der Hand.

»Das ist Papa?« fragte ich ungläubig.

»Ja. Das sind wir alle vor ungefähr zwanzig Jahren. Siehst du, ich hatte die gleichen Haare wie du!«

Während ich das Foto betrachtete, dachte ich an die Blicke, die mein Vater und seine Schwester am gestrigen Abend des öfteren gewechselt hatten. Sobald sie zusammen in einem Raum waren, herrschte° eine unerträgliche° Spannung°. So, als ob sie um etwas konkurrierten°, um die Liebe ihrer Eltern vielleicht oder um die Aufmerksamkeit, die sie beide als Kinder gebraucht, aber nicht bekommen hatten.

»Du hast ihn nicht gerne gehabt«, sagte ich zaghaft, schließlich wollte ich Clarissa nicht verletzen. Überrascht sah sie mich mit ihren ausdrucksvollen Augen an.

»Wen meinst du?«

4. **sich räuspern** to clear one's throat
7. **zurecht·zupfen** to pull at and adjust
10. **stur** stubborn
11. **sich verschanzen** to entrench o.s.
14. **in Schutz nehmen (nimmt; nahm, genommen)** to protect, to offer protection
16. **das Porzellan** *(no pl.)* china
17. **herunter·fegen** *(colloq.)* to sweep down
19. **die Scherbe, -n** broken piece, fragment; **in Scherben** shattered
20. **ohne mit der Wimper zu zucken** *(idiom.)* without batting an eyelid
22. **erneut** again
29. **sich aus·denken (dachte aus, ausgedacht)** to make up
32. **fördern** to encourage • **ab·halten von (hält ab; hielt ab, abgehalten)** to prevent from
34. **im Laufe der Jahre** over the years

Jenseits der Stille Kapitel III

Ich blickte auf das Foto in meinen Händen und schwieg.

»Martin?« fragte Clarissa, »hat er dir das gesagt? Das stimmt nicht. Als wir klein waren, waren wir uns sehr nah ...«

Sie räusperte° sich. Das Thema schien ihr unangenehm zu sein. Aber ich wollte, dass sie weitersprach.

»Und dann?«

Clarissa zupfte° sich ihren grauen Pullover zurecht. Sie zog die Schultern hoch und versuchte zu lächeln, aber es wollte ihr nicht recht gelingen.

»Dein Vater ist so stur°. Er wollte gar nicht, dass man ihm hilft«, stieß sie hervor, »er hat sich verschanzt° hinter einer Mauer aus Schweigen und Wut und hat niemanden an sich herangelassen. Sieh mich nicht so ungläubig an, Lara, es ist wahr. Deine Großmutter hat ihn immer in Schutz° genommen. Bei ihr durfte er alles. Ich erinnere mich noch genau. An seinem 15. Geburtstag hat er das gesamte Porzellan° vom Kaffeetisch gefegt°.

Alles kaputt. Stell dir vor! Omas Lieblingsporzellan in tausend Scherben°.

Aber sie hat nicht einmal mit der Wimper° gezuckt. Er war immer ihr Liebling!«

Sie räusperte sich erneut°.

»Ich dagegen hatte nie eine Chance bei ihr.«

»Aber du hast nie seine Sprache gelernt ...«

Es sollte nicht wie ein Vorwurf klingen, aber wahrscheinlich konnte sie es gar nicht anders verstehen.

»Doch, ich konnte es mal ein bisschen«, erwiderte Clarissa, »als wir klein waren, haben wir uns unsere eigenen Fantasiezeichen ausgedacht°. Aber die Ärzte wollten das nicht. Sie hielten es für einen Fehler, sich mit ihm in Gebärdensprache zu verständigen. Sie haben uns gesagt, er müsse sprechen lernen, und wir dürften nichts fördern°, was ihn davon abhält° ...«

In diesem Moment sah Clarissa traurig aus. Vielleicht hatte sie im Laufe der Jahre° verstanden, dass es ein Fehler war, die

5. **die Einsamkeit** *(no pl.)* loneliness
7. **schlucken** to swallow
14. **die Entschlossenheit** *(no pl.)* determination
15. **sich wehren** to defend o.s.
18. **verärgern** to annoy, to anger
20. **flüstern** to whisper
26. **der Rücksitz, -e** backseat
32. **richten** *here:* to repair
33. **zögern** to hesitate • **greifen (griff, gegriffen)** to grab, to take hold of
34. **der Lichtschalter, -** light switch

Gebärdensprache nicht erlernt zu haben. Sie hatte ihren Bruder allein gelassen, war ihm nicht gefolgt in seine Welt der Gesten und Zeichen. Martin hatte in seiner Familie niemanden, mit dem er kommunizieren konnte – er wuchs in völliger Einsamkeit° und Isolation auf. Was sollte ich meiner Tante sagen? Der Fehler aus der Vergangenheit war nicht mehr gutzumachen. Ich schluckte° und wollte möglichst schnell das Thema wechseln.

»Du siehst schön aus in dem Kleid«, meinte ich, als ich ihr das Foto zurückgab.

Clarissa trat hinter mich und fasste mir erneut durchs Haar. »Also, was ist? Ab damit?«

Ich wusste es nicht. Sie hatte eine besondere Art, sich durchzusetzen, und ihre Entschlossenheit° machte es mir schwer, mich gegen sie zu wehren°. Außerdem bewunderte ich sie. Wollte ich nicht tatsächlich so sein wie sie? Ich konnte ihr nicht widersprechen, und ich hätte es nicht ertragen, sie zu verärgern°. Ich hatte Angst um meine Haare. Sie bemerkte meinen Blick, und ihre Stimme wurde ganz zärtlich, als sie sich flüsternd° zu mir herunter beugte.

»Keine Angst! Ich mach dich schön!«

Ich nickte stumm.

Als sie mich zu meinen Eltern zurückfuhr, habe ich geweint. Ich glaube aber, sie hat es nicht bemerkt. Ich saß auf dem Rücksitz°, eine blaue Wollmütze auf dem Kopf, die Klarinette in meinem Schoß und in der Hand eine Plastiktüte mit meinem ganzen Stolz – meinen blonden Locken. Auch das alte Foto hatte ich mitgenommen.

Mein Vater arbeitete in seiner Werkstatt, als ich heimkam. Er versuchte, ein elektrisches Gerät zu richten°, und war völlig versunken in seine Arbeit. Ich zögerte° einen Moment, griff° dann aber nach dem Lichtschalter° und knipste ihn schnell

3. **ins Gesicht geschrieben stehen** *(idiom.)* to be written all over one's face; **Es stand ihr ins Gesicht geschrieben.** It was written all over her face.
7. **der Ruck, -s** jerk, tug
11. **reuevoll** remorseful
13. **nicht mehr an sich halten können** *(idiom.)* to be unable to control o.s.
22. **lösen** to detach
23. **aneinander·kleben** to stick together
25. **ab·lenken** to distract
27. **zerren** to tug, to pull
28. **der Pfosten, -** pole, post
29. **vergebens** in vain, to no avail
30. **verschmelzen (verschmilzt; verschmolz, ist verschmolzen)** to melt together, to blend • **verscheuchen** to scare off
31. **der Kummer** *(no pl.)* sorrow

hintereinander an und aus. Das war unser altes Erkennungszeichen. Er drehte sich zu mir um. Mir stand das schlechte Gewissen ins Gesicht° geschrieben. Ich war viel zu spät dran. Seine kleinen lebendigen Augen sahen mich vorwurfsvoll an.

›Wir hatten nachmittags gesagt, nicht nachts‹, deutete er mir.

Ich antwortete nicht. Mit einem Ruck° nahm ich meine Mütze vom Kopf. Mein Vater begriff nicht sofort und sah mich erstaunt an. Da ich im Halbdunkel stand, kam er, beugte sich zu mir und hob mich mit seinen starken Händen hinüber ins Licht zu seiner Werkbank. Reuevoll° hielt ich ihm die Plastiktüte mit meinen Haaren hin. Ich konnte nicht mehr an mich halten° und weinte.

›Warum weinst du?‹ Seine Hände waren mir so vertraut.

Erst in diesem Augenblick wurde mir das ganze Drama bewusst.

›Jetzt siehst du aus wie sie. Das wolltest du doch ... ‹

Ich hatte ihn verletzt in meinem Wunsch, eine andere zu sein, als ich war. Und ich hatte mich selbst verletzt. Ich wusste überhaupt nicht mehr, was ich wollte. Papa stellte mich zurück auf den Boden. Er hielt meine Hand. Ich wollte mich von ihm lösen°, doch Papa ließ nicht los, als wären unsere Hände aneinandergeklebt°. Er sah mich sehr ernst an, versuchte, seine Hand von meiner zu lösen, und tat überrascht, als es ihm nicht gelang. Mein Vater lenkte° mich mit diesem Spielchen ein wenig ab, das war das einzig Richtige. Ich musste lachen. Er zerrte° an seiner Hand, aber sie wollte sich einfach nicht lösen. Mit meiner freien Hand hielt ich mich an einem Pfosten° fest, mein Vater zog vergebens° an der anderen Seite. Unsere Hände schienen verschmolzen°. Unser Spiel verscheuchte° alles, was sich zwischen Vater und mich geschoben hatte. Mein Kummer° war vergessen. Dieses Spiel gehörte uns, nur meinem Vater und mir. Er blitzte mich mit fröhlichen Augen an und freute sich, seine Prinzessin wieder lachen zu sehen.

1. **vereinfachen** to simplify • **nicht gerade** not exactly
5. **sich erschrecken (erschrickt; erschrak, erschrocken)** to be frightened • **der Haufen, -** *(colloq.)* crowd
6. **die Aula, Aulen** assembly hall
7. **ohrenbetäubend** earsplitting
9. **seelenruhig** placid, calm, undisturbed
10. **auf·nehmen (nimmt auf; nahm auf, aufgenommen)** to accept
12. **Noten lesen (liest; las, gelesen)** to read music
18. **js. ein und alles sein** to mean everything to sb.; **Meine Klarinette war mein ein und alles.** *(idiom.)* My clarinet meant everything to me.
21. **verteilen** to scatter, to distribute • **die Tonleiter, -n** scale
23. **von vorn** from the beginning

KAPITEL IV

Die Klarinette vereinfachte° mein Leben nicht gerade°. Ich nahm mir viel Zeit zum Üben. Meine Lehrerin, Frau Mertens, schickte mich zu Herrn Gärtner, dem Musiklehrer unserer Schule. Als ich das erste Mal zu ihm ging, erschrak° ich. Ein Haufen° Kinder, alle im Alter zwischen acht und zwölf Jahren, saß in der Aula° auf einem Podium und machte einen ohrenbetäubenden° Lärm. Aus diesem wilden Haufen sollte ein Schulorchester werden. Herr Gärtner, ein sympathischer Mann, saß seelenruhig° an seinem Klavier. Eine Klarinette hatte bisher gefehlt. Ich wurde aufgenommen°. Einige Kinder aus meiner Klasse waren auch dabei.

Am Anfang fiel es mir schwer, die Noten° zu lesen, aber mit der Zeit ging es immer besser. Ich war so verliebt in meine Klarinette, dass ich sie oft sogar mit ins Bett nahm. Opa hatte mir einen Kassettenrekorder geschenkt, der stand auf meinem Nachttisch, und es kam mehr als einmal vor, dass ich mit Mozarts Klarinettenkonzert einschlief. Mama sah das nicht so gern, aber meine Klarinette war mein ein und alles°, was sollte sie machen.

Nachmittags saß ich oft in der Küche. Meine Noten lagen über den ganzen Tisch verteilt°. Ich übte Tonleitern°. Das ist eine mühselige Arbeit. Immer wieder verspielte ich mich, immer wieder musste ich von vorn° beginnen. Meine Finger begannen erst langsam, sich an das Instrument zu gewöhnen. Meistens war ich allein, eines Tages aber war mein Vater auch

4. **das Notenblatt, ⸚er** sheet of music
5. **grimmig** grim, fierce
11. **reichen** *here:* to pass, to hand
13. **die Ausrede, -n** excuse
15. **unübersehbar** obvious, conspicuous
16. **schlampig** *(colloq.)* sloppy, careless • **der Rand, ⸚er** margin
17. **säumen** *here:* to mark; *also:* to hem, to line
18. **hinterlassen (hinterlässt; hinterließ, hinterlassen)** to leave (behind)
20. **faulenzen** to laze about
25. **die Träne, -n** tear; **Ich war den Tränen nah.** *(idiom.)* I was on the verge of tears.
28. **unbändig** unrestrained • **hoch·steigen (stieg hoch, ist hochgestiegen)** *here:* to well up
34. **die Ohrfeige, -n** slap in the face

in der Küche. Er machte sich etwas zu essen, während ich auf
der Fensterbank saß und übte. Ich hatte gar nicht bemerkt,
dass mein Vater mich beobachtet hatte. Um so überraschter
war ich, als er plötzlich meine Notenblätter° zusammenschob
und mit einer ziemlich grimmigen° Miene meine Hausaufgaben sehen wollte.

›Meine Hausaufgaben? Ich habe nichts auf‹, deutete ich
ihm.

›Das sagst du immer! Los. Zeig mir deine Hefte!‹ wies mein
Vater mich streng an.

Widerwillig reichte° ich ihm meine Hefte. So ganz stimmte
es nicht, dass wir keine Hausaufgaben bekommen hatten, aber
bisher hatte er meine Ausrede° immer akzeptiert. Vater blät-
terte die Hefte durch. Er war zwar gehörlos, aber keinesfalls
blind. Und es war unübersehbar°, dass meine Hefte unordent-
lich und schlampig° geführt waren. Die Ränder° waren ge-
säumt° von Frau Mertens' Kommentaren, die sie mit einem
dicken roten Stift hinterlassen° hatte. Mein Vater war ärgerlich
und griff nach meiner Klarinette.

›Ab heute wirst du nicht mehr faulenzen°. Solange du nicht
besser in der Schule wirst, gibt es keine Klarinette mehr.‹

›Ich faulenze doch gar nicht‹, wehrte ich mich, ›und ich bin
schon besser geworden, sagt Frau Mertens, gib mir meine
Klarinette wieder.‹

Ich war den Tränen° nahe. Aber mein Vater blieb hart.

›Das hier ist nicht wichtig. Die Schule ist wichtig. Die
Musik lenkt dich nur ab vom Lernen.‹

Eine unbändige° Wut stieg° in mir hoch. Wut auf meinen
Vater, der nicht zu verstehen schien, was mir Musik bedeutete.
Wut auf seine verdammte Gehörlosigkeit!

›So ein Quatsch. Lernen ist überhaupt nicht wichtiger. Was
weißt du denn überhaupt, was wichtig ist. Du bist ja taub. Du
weißt noch nicht mal, was Musik ist.‹

Und da passierte es: Mein Vater gab mir eine Ohrfeige°, die

1. **die Wange, -n** cheek
2. **fassungslos** stunned, bewildered
11. **der Riss, -e** rift
15. **zudem** in addition • **schmerzlich** (psychologically) painful; *compare to* **schmerzhaft** physically painful
17. **bedenken (bedachte, bedacht)** to consider
18. **einen Fehler begehen (beging, begangen)** to make a mistake
25. **die Schwangerschaft, -en** pregnancy
34. **verwundert** puzzled; amazed

Jenseits der Stille Kapitel IV

erste Ohrfeige meines Lebens. Meine Wange° brannte. Ich
starrte ihn fassungslos° und wütend zugleich an.

›Du bist gemein. Du hast dich noch nie um meine Schule
gekümmert. Du nicht und Mami auch nicht. Du willst doch
bloß nicht, dass ich Klarinette spiele. Ich hasse dich.‹

Ich konnte nicht anders. Es brach aus mir heraus. Er hatte
mir das Liebste genommen. Weinend lief ich aus der Küche.
Mein Vater blieb allein zurück. Verzweifelt legte er die Klarinette auf den Küchentisch und sah traurig hinter mir her. Wir
waren beide verletzt. Unsere Beziehung hatte einen ersten
ernsthaften Riss° bekommen. Ich verstand ihn nicht. Warum
war er eifersüchtig auf mein Instrument? Blicke ich heute
zurück, so weiß ich, er hatte Angst, mich an eine Welt zu verlieren, die ihm immer verschlossen bleiben würde und die ihn
zudem° an schmerzliche° Momente seiner Kindheit erinnerte.

Meine Mutter erzählte mir später, sie hätten abends im Bett
über diesen Vorfall geredet. Sie ließ ihn bedenken°, er würde
mich nur dann verlieren, wenn er die gleichen Fehler begehe°
wie seine Eltern. Er solle mich so akzeptieren, wie ich nun einmal war – hörend.

Die beiden Welten, in denen wir lebten, waren sehr verschieden. Man musste sich sehr bemühen, um die Sorgen und
Wünsche des anderen zu erahnen. Das gelang nicht immer.

In den letzten Wochen ihrer Schwangerschaft° fiel es meiner
Mutter schwer, sich mit ihrem großen runden Bauch zu bewegen. Für mich gab es nichts Spannenderes, als meinen Kopf
an ihren Bauch zu legen und den Geräuschen des Babys zu
lauschen.

Ich sprach zu dem Kind, als ob es hinter einer Tür schliefe,
die sich bald öffnen würde. Ich sagte ihm, es brauche keine
Angst zu haben, es werde nicht allein auf der Welt sein, und
ich freute mich darauf, ihm etwas auf meiner Klarinette
vorzuspielen. Meine Mutter sah mich verwundert° an, wenn

3. **aus·bilden** *here:* to form, to develop
4. **bundesweit** nationwide, throughout Germany
5. **der Sportwettkampf, ⸚e** sports tournament
6. **der Gottesdienst, - e** (church) service • **die Wehen** *(no sg.)* labor pains
7. **einen Schrei aus·stoßen (stößt aus; stieß aus, ausgestoßen)** to emit a cry • **die Fruchtblase, -n** amniotic sac; **als ihre Fruchtblase platzte** when her water broke
8. **platzen (ist geplatzt)** to burst
9. **der Pfarrer, -** pastor
11. **die Kirchengemeinde, -n** congregation • **es jm. gleich·tun (tat gleich, gleichgetan)** to do the same as sb. else; to emulate sb.
12. **die Orgel, -n** organ
13. **der/die Anwesende, -n** person present
14. **rau** harsh, coarse
15. **der Schrei, -e** scream; **zerschneiden (zerschnitt, zerschnitten)** to cut in two; **Ein rauer Schrei zerschnitt die Luft.** *(idiom.)* A harsh scream split the air. • **taumeln (ist getaumelt)** to stagger, to sway
18. **die Lache, -n** puddle
19. **das Fruchtwasser** *(no pl.)* amniotic fluid
23. **der Gang, ⸚e** hallway, corridor
31. **auf und ab** back and forth • **der Mut** *(no pl.)* courage; **sich gegenseitig Mut zu·sprechen (spricht zu; sprach zu, zugesprochen)** *(idiom.)* to keep each other's spirits up

ich leise mit ihrem Bauch sprach. Ich dachte an Großvater. Er hatte mir erzählt, das Gehör sei das Organ, das als erstes ausgebildet° wird.

Es gibt Clubs für Gehörlose, bundesweite° Zeitschriften, Sportwettkämpfe°, Theatergruppen und natürlich auch Gottesdienste°. Die Wehen° begannen, als wir in der Kirche waren. Den Schrei, den Mutter ausstieß°, als ihre Fruchtblase° platzte°, werde ich nie vergessen. Ich saß mit anderen Kindern in der ersten Reihe, der Pfarrer° sang und hob seine Arme in ausladenden Bewegungen, und die gehörlose Kirchengemeinde° tat° es ihm gleich.

Ich mochte die Musik der Orgel°, die den großen Raum der Kirche für die wenigen hörenden Anwesenden° füllte. Wir ›sangen‹ gerade die zweite Strophe, als ein rauer°, unartikulierter Schrei die Luft zerschnitt°. Mama taumelte° stöhnend aus ihrer Bank. Ich rannte zu ihr. Sie hielt sich den Bauch, ich sah, dass sie Schmerzen hatte. Sie ging in die Knie. Zwischen ihren Beinen bildete sich eine Lache°. Damals wusste ich nicht, dass das Fruchtwasser° war. Mein Vater half ihr gemeinsam mit anderen Männern auf. Viele erschrockene Menschen in der Kirche standen um uns, die Schreie meiner Mutter klangen wie die Hilferufe eines verletzten Tieres.

Im Krankenhaus saßen wir ziemlich lange auf dem Gang°. Ärzte und Schwestern eilten an uns vorbei. Mir gegenüber saß ein türkischer Mann mit drei Mädchen. Wir betrachteten uns neugierig. Mein Vater war in einem der vielen Räume verschwunden. Endlich kam er wieder. Der Arzt hatte ihn wissen lassen, es werde noch eine Weile dauern. Ich wollte nicht nach Hause gehen. Ich wollte bei meinem Vater bleiben. Er war sehr nervös. Immer wieder erhob er sich und ging den Gang auf und ab°. Wir redeten miteinander, um uns gegenseitig Mut° zuzusprechen. Vor dem Fenster der Klinik wehten Fahnen im Wind, und um mich von meiner Sorge um Mama abzulenken, spielte Papa mit mir unser »Geräuscheraten-Spiel«.

1. **die Glocke, -n** bell
2. **läuten** to toll, to ring
4. **heraus·fordern** to challenge
5. **auf·tischen** *(idiom.)* to serve up, to come up with
7. **die Welle, -n** wave
8. **allerdings** however
14. **verborgen** hidden • **der Zauber** *(usu. sg.)* magic
15. **verdutzt** baffled, puzzled
26. **der Berührungspunkt, -e** point of contact
29. **sich auf·hellen** to brighten

Jenseits der Stille Kapitel IV

›Sie klingen wie Glocken°‹, behauptete ich frech, und Papa lachte. Meine Behauptung, auch Fahnen könnten läuten°, amüsierte ihn.

Er liebte es, meine Fantasie herauszufordern°, und genoss die absurden Antworten, die ich ihm auftischte°. Wir spielten diese Spiele um Geräusche sehr gerne. Wie übersetzt man zum Beispiel das Rauschen der Wellen°?

Jetzt waren wir allerdings° nicht ganz bei der Sache. Ich hatte bemerkt, dass die Mädchen uns und unsere ›fliegenden Hände‹ staunend beobachteten. Sie hatten anscheinend noch nie zwei Menschen in der Gebärdensprache miteinander reden sehen. Schließlich erhob sich eines der Kinder, kam zu uns herüber, nahm eine Hand meines Vaters und schaute hinein, als suche sie darin einen verborgenen° Zauber°. Wir sahen verdutzt° zu und lachten, das Mädchen lief zu seinen Schwestern zurück.

›Hast du dich auch gefreut, als Clarissa geboren wurde?‹ fragte ich.

›Zuerst schon.‹

›Und dann?‹

Mein Vater machte eine unentschiedene Geste.

›Habt ihr nie zusammen gespielt, als ihr so alt wart wie ich?‹

›Selten.‹

›Warum?‹

›Zwischen deiner Tante und mir liegt eine ganze weite Welt. Es gibt kaum Berührungspunkte°‹, meinte er ernst.

›Vielleicht haben ich und das Baby dann auch keine gleichen „Berührungspunkte".‹

Seine ernste Miene hellte° sich auf.

›Mach dir keine Sorgen. Dafür sorge ich schon.‹

Ich war skeptisch.

›Ich erzähle dir jetzt mal was‹, sagte er. ›Vor vielen Jahren, als Clarissa so neun oder zehn Jahre alt war, da gab sie bei uns zu

1. **das Publikum** *(no pl.)* audience
8. **beschwingt** elated, ehhilarated
10. **ausgeschlossen** excluded
11. **die Taste, -n** key • **huschen (ist gehuscht)** to dart, to flash
12. **der Geiger, -** violinist
15. **geradezu** downright
17. **die Aufführung, -en** performance
19. **der Takt, -e** time; **aus dem Takt kommen** to lose the beat
22. **jm. eine Ohrfeige verpassen** to slap sb. in the face • **schallend** resounding
24. **stoßen (stößt; stieß, gestoßen)** to push
30. **trösten** to console
31. **sich an jn. schmiegen** to cuddle up to sb. • **sich auf·richten** to sit up

Hause ihr erstes Konzert vor einem größeren Publikum°.
Großvater hatte alle möglichen wichtigen Leute eingeladen.
Ich glaube, es war sein 50ster Geburtstag. Opa war sehr stolz
auf seine Tochter. Sie sollte einige Stücke spielen, für die sie
wochenlang geübt hatte. Die ganze Familie war aufgeregt an
dem Tag.

Ich stand da in meinem feinen Anzug, in dem ich mich
unwohl fühlte, sah meinen Vater mit einem beschwingten°
Gesicht am Flügel sitzen, sah meine Schwester mit der
Klarinette und war ausgeschlossen°. Ich beobachtete meinen
Vater, seine Hände, die über die Tasten° huschten°, die an-
gestrengten Gesichter der Geiger°, Clarissa, die konzentriert
auf ihrem Instrument spielte. Die Musik blieb mir ein Geheimnis. Stell dir ein Theaterstück ohne Worte vor. Alles
wirkte so ernst und feierlich, komisch geradezu°. Alle standen
oder saßen in unserem Wohnzimmer und blickten feierlich
drein. Ich musste lachen, plötzlich fand ich die Aufführung° so
komisch. Ich weiß, dass mein Lachen sich ungewohnt anhört.
Clarissa kam aus dem Takt°, ich konnte nicht aufhören. Mein
Vater sprang hinter dem Flügel hervor, packte mich und zerrte
mich, vorbei an den irritierten Zuschauern, aus dem Zimmer.
Ich weiß nicht, was mir geschah. Er verpasste° mir schallende°
Ohrfeigen und redete auf mich ein, so als ob er vergessen
hätte, dass ich ihn nicht hören konnte. Er stieß° mich in mein
Zimmer und schloss die Tür hinter mir zu. Während alle anderen im Haus der Musik lauschten, weinte ich hinter der ver-
schlossenen Tür meines Zimmers.‹

Ich schaute meinen Vater traurig an. Sein Blick war nach
innen gekehrt, nur selten hatte er bisher zu mir über seine Vergangenheit gesprochen. Ich hatte das Gefühl, ihn trösten° zu
müssen. Als ich mich an ihn schmiegte°, richtete° er sich auf.

›Seit diesem Abend weigerte sich Clarissa, Klarinette zu
spielen, wenn ich im Zimmer war. Und so habe ich ziemlich

2. **der Auftritt, -e** stage appearance/entrance
6. **das Ausgeliefertsein** *(no pl.)* subjection
7. **wiedererwecken** to stir up again • **mit einem Schlag(e)** *(idiom.)* all at once
12. **der Kreißsaal, ⸚e** delivery room
21. **winzig** tiny
23. **frisieren** to do one's hair
26. **empor·heben (hob empor, emporgehoben)** to lift, to raise
33. **zu·decken** to cover • **der Vorhang, ⸚e** curtain

viele Abende allein in unserem Kinderzimmer verbracht, während Clarissa unten ihre „Auftritte"° hatte.‹

Mein Vater sah aus dem Fenster. Die Fahnen flatterten im Wind. Er schien ganz versunken in Erinnerungen. Seine Erzählung hatte Gefühle des Ausgeliefertseins° wiedererweckt°. Aber sie waren Vergangenheit, mit einem Schlage° wurden wir in die Gegenwart zurückgerufen – die Tür, hinter der Mama verschwunden war, öffnete sich. Wir fuhren beide herum. Mein Vater durfte bei der Geburt dabei sein. Der Arzt forderte ihn auf zu kommen, es sei jetzt soweit. Sie verschwanden im Kreißsaal°. Auch bei meiner Geburt war Vater dabei gewesen. Damit tröstete ich mich, während ich allein auf dem Gang zurückblieb.

 An diesem Tag kam meine Schwester Marie zur Welt. Ich war glücklich.

In den nächsten Monaten spielte ich oft Mutter, und Marie war mein Kind. Ich genoss das Gefühl, sie auf meinem Arm durch das Zimmer zu tragen. Sie roch so süß, und ihre winzigen° Händchen griffen immer nach meinen Haaren.
 »Marie ... mein Schatz!«
 Ich cremte ihr Gesicht sorgfältig ein und frisierte° ihre Haare. Dass es noch nicht allzu viele waren, machte mir nichts. Meine Mutter kam ins Zimmer, sah mich prüfend an, streichelte das Baby und hob° es empor. Sie legte Marie in ihr Bettchen. Damit war ich nicht einverstanden. Ich protestierte.
 ›Nicht, Mama. Ich wollte ihr doch noch eine Geschichte vorlesen. Ich soll viel mit ihr reden.‹
 Mama erklärte mir, dass Marie jetzt müde sei und schlafen müsse.
 ›Woher willst du das denn wissen? Hat sie dir das erzählt?‹
 Meine Mutter deckte° Marie zu und schloss die Vorhänge°, ich sollte leise sein und sie schlafen lassen. Sie ging aus dem

1. **hocken** to squat
5. **es mit der Angst zu tun bekommen (bekam, bekommen)** *(idiom.)* to get scared
6. **mit dem Finger schnippen** to snap one's fingers
9. **blasen (bläst; blies, geblasen)** to blow
11. **durchdringend** penetrating
12. **schreien wie am Spieß (schrie, geschrien)** *(idiom.)* to scream at the top of one's lungs
13. **blinken** to flash • **Mir fällt ein Stein vom Herzen. (fiel, ist gefallen)** *(idiom.)* That's a load off my mind.
16. **der Schreihals, ⸚e** crybaby, bawler
21. **jm. etw. verdanken** to owe sth. to sb.
22. **rührend** touching, moving • **besorgen** to get, to obtain
24. **die Tonlage, -n** register
28. **sich nach etw./jm. um·sehen (sieht um; sah um, umgesehen)** to look for sth./sb.
31. **fern·halten (hält; hielt, gehalten)** to keep away
34. **sich aus etw. heraus·reden** *(idiom.)* to use sth. as an excuse

Jenseits der Stille   Kapitel IV

Zimmer, und ich blieb bei Marie, hockte° mich vor ihr Bettchen und betrachtete sie. Sie lag auf der Seite und strampelte. Ich redete mit ihr, aber sie reagierte nicht. Da ich noch nicht wusste, dass sie noch zu klein war, um ihren Kopf zu drehen, bekam ich es mit der Angst° zu tun. Sollte Marie auch gehörlos sein? Ich schnippte° mit dem Finger, nichts. Ich sprach mit ihr, keine Reaktion. Ich sah sie an. Mir kam eine Idee. Meine Klarinette stand auf dem Schreibtisch. Ich holte sie, stellte mich damit neben ihr Bett und blies° so fest wie möglich hinein. Eine Klarinette ist kein großes Instrument, aber man kann mit ihr einen sehr durchdringenden° Ton erzeugen.

Marie begann wie am Spieß° zu schreien. Die Warnlichter an der Wand blinkten° wild. Mir fiel ein Stein vom Herzen.° Marie konnte hören. Alle hatten mir gesagt, dass sie ein hörendes Kind sei, aber nun hatte ich mich selbst überzeugt. Ich nahm den kleinen Schreihals°, der nicht wusste, was das alles zu bedeuten hatte, auf den Arm und tanzte glücklich mit ihm durch das Zimmer.

Auf meiner Klarinette machte ich Fortschritte. Das hatte ich vor allem Herrn Gärtner, meinem Musiklehrer, zu verdanken°. Er kümmerte sich rührend° um mich, besorgte° mir Noten und hatte immer für mich Zeit. Das Notenlesen hatte er mir schnell beigebracht, die Tonlagen° ebenso, und mittlerweile übten wir Stücke mit Triolen. Ich glaube, er war stolz auf mich, denn ich war eine gute Schülerin. Immer wieder sprach er davon, er wolle sich nach einem Lehrer für mich umsehen°. Ich hielt das aber für keine gute Idee, denn Privatstunden waren sicher sehr teuer, und außerdem versuchte ich, das Thema Musik von meinem Vater, so gut es ging, fernzuhalten°.

Mit Herrn Gärtner sprach ich aber nicht über meine familiäre Situation, stattdessen redete° ich mich darauf hinaus, dass

2. **sich einer Sache widmen** to attend to sth., to devote o.s. to sth.
3. **die Einzelgängerin, -nen** loner
4. **die Clique, -n** group of friends
7. **mit·bekommen (bekam mit, mitbekommen)** to realize, to overhear • **einen guten/intensiven Draht zu jm. haben** *(idiom., colloq.)* to be on good terms with sb.
10. **der Rabe, -n** raven
12. **grinsen wie ein Honigkuchenpferd** *(idiom.; colloq.)* to grin from one ear to the other, to grin like the Cheshire cat
14. **bestärkt** strengthened, reinforced
15. **das Selbstwertgefühl** *(no pl.)* self-esteem
16. **bei weitem** by far
17. **dazu·stoßen (stößt dazu; stieß dazu, ist dazugestoßen)** to join
18. **jm. etw. an·sehen (sieht an; sah an, angesehen)** to be able to tell from sb.'s face
20. **das Durchhaltevermögen** *(no pl.)* stamina
21. **der Einsatz, ¨e** *here:* cue to play
23. **halt** just, simply • **stottern** to stutter
24. **Was du nicht sagst!** *(idiom.)* You don't say!
26. **der/das Kaugummi, -s** chewing gum
28. **betreten** embarrassed • **kleben** to glue
31. **jn. am Ärmel zupfen** to pull at sb.'s sleeves
34. **sich etw. entgehen lassen (lässt entgehen; ließ entgehen, entgehen lassen)** to miss out on sth.

meine Eltern zur Zeit zu beschäftigt mit dem Baby seien, um sich diesem Problem widmen° zu können.

Ich war eine Einzelgängerin° und bewegte mich nicht gern in Cliquen°. Selten wurde ich zu Geburtstagsfeiern anderer Kinder eingeladen. Ich verbrachte fast meine ganze Freizeit mit dem Klarinettenspiel. Herr Gärtner hatte bald mitbekommen°, dass ich keinen besonders intensiven Draht° zu den übrigen Kindern hatte. Einmal sah er mich nach einer Stunde an, als ob er mich trösten wollte, und sagte:

»Die Raben° fliegen in Schwärmen. Der Adler aber fliegt allein.«

Und dabei grinste er wie ein altes Honigkuchenpferd°. Ich fühlte mich verstanden.

Ich hatte bald Gelegenheit, mein neu bestärktes° Selbstwertgefühl° zu demonstrieren: Im Orchester übten wir für unser erstes Konzert. Es hörte sich bei weitem° nicht mehr so schlimm an wie an dem Tag, an dem ich dazugestoßen° war, aber man sah° Herrn Gärtner an, dass er noch nicht ganz zufrieden war. Trotzdem verlor er nie den Mut. Ich habe ihn immer wegen seines Durchhaltevermögens° geschätzt.

»Bis auf die Triangeleinsätze° war doch alles ganz schön ... «

Die Triangel spielte Uli, mein besonderer Freund.

»Ich bin halt° nicht so musikalisch ... «, stotterte° er.

»Was du nicht sagst!°« brummte Herr Gärtner zurück, »und wenn die Trompete das nächste Mal vielleicht den Kaugummi° rausnimmt!«

Die »Trompete« guckte betreten° und klebte° den Kaugummi blitzschnell unter die Bank. Es klingelte, und alle Kinder stürzten nach draußen. Ich hatte es nicht so eilig. Plötzlich zupfte mich jemand am Ärmel°. Ich sah mich um. Uli stand hinter mir und wusste nicht recht, wohin mit seinen Händen. Ich blickte ihn überrascht an. Was wollte der denn von mir? Keine Gelegenheit ließ er sich entgehen°, um sich über mich

2. **Er kann keiner Fliege etwas zuleide tun.** *(idiom.)* He wouldn't hurt a fly.
5. **verwirrt** confused • **sich besinnen (besann, besonnen)** to collect one's thoughts
9. **sitzen (saß, gesessen)** *(idiom.)* to hit home; **Das saß.** *(idiom.)* That hit home.
12. **Denkste!** *(colloq.)* That's what you think!
13. **hochmütig** arrogant
16. **schwungvoll** energetic, sweeping
17. **die Kehrseite, -n** flipside, backside • **verblüfft** baffled, puzzled
22. **geblümt** flowered
30. **der Schlafanzug, ⸚e** pajama
32. **die Stellung, -en** position

oder meine Eltern lustig zu machen, und nun stand er da, als
könne er keiner Fliege etwas zuleide tun°.

»Erklärst du mir, was ich machen muss?« fragte er, so nett er
konnte, »du bist doch so gut in Musik.«

Für einen Moment war ich verwirrt°. Doch dann besann°
ich mich.

»Da gewinn ich eher noch den nächsten Lesewettbewerb,
bevor du die Musik verstehst!«

Das saß°. Er wusste, was ich meinte.

»Ich würde dich auch zu meiner Party einladen ... «, versuchte er einzulenken.

Denkste.° Nicht mit mir. Meine Stunde war gekommen.
Ich sah ihn hochmütig° an.

»Wer will denn schon auf deine Party? Und überhaupt: Die
Raben fliegen in Schwärmen, der Adler aber fliegt allein.«

Ich drehte mich schwungvoll° um und präsentierte ihm
meine Kehrseite°. Ich bedaure es bis heute, sein verblüfftes°
Gesicht nicht gesehen zu haben.

Nun hatte ich eine Schwester und eine Klarinette, und mein
erstes Konzert lag vor mir. Ich hatte mir schon das Kleid ausgesucht, das ich tragen wollte. Ein helles, geblümtes° Sommerkleid. Während ich es anprobierte, betrachtete ich immer
wieder das Foto, das Clarissa mir geschenkt hatte. Es steckte
im Rahmen des Spiegels. Robert und Lilli, Clarissa und Martin. Sah ich Clarissa ähnlich? Ich trug die Haare fast wie sie,
ich trug ein helles Kleid, ich hielt eine Klarinette in den
Händen ...

Meine Eltern hatten ihr Kommen noch nicht zugesagt. Ich
zog das Kleid wieder aus, schlüpfte in meinen Schlafanzug°
und ging zu meinem Vater in die Werkstatt. Ich zeigte ihm
verschiedene Handstellungen° auf meiner Klarinette. Ich
wollte, dass er meine Liebe für die Musik verstand.

3. **an·streichen (strich an, angestrichen)** to paint
4. **verschmiert** smeary
5. **der Farbspritzer, -** splash of paint
6. **vor·kommen (kam vor, ist vorgekommen)** to occur
11. **lügen (log, gelogen)** to lie
18. **der Schwung, -e** sweep
24. **sehnlich** ardent, eager
29. **bloß** just
34. **die Bühne, -n** stage

›Die leichteste Note ist das C. Keine Finger ... guck, so!‹

Ich machte es ihm vor. Aber Papa schaute nicht hin, sondern blieb seiner Arbeit zugewandt. Er strich° einen Stuhl an, sein Hemd war verschmiert°, selbst in seinem Bart hingen Farbspritzer°.

›Bis jetzt ist es aber noch nie in einem Lied vorgekommen°. Vielleicht benützen sie's nicht, weil es so einfach ist ...!‹

Endlich sah er auf.

›Bist du mit den Hausaufgaben fertig?‹

Immer diese blöden Hausaufgaben. Aber diesmal musste ich nicht lügen°.

›Hmmhmm. Mathe habe ich im Bus gemacht. Ich muss noch eine Geschichte lesen, aber das kann ich auch morgen machen‹, antwortete ich ihm in Gesten. Ich machte eine kleine Pause und sah ihn herausfordernd an, ›kommt ihr nun morgen?‹

Mein Vater fuhr mit seiner Arbeit fort. In langen, geübten Schwüngen° strich er den Stuhl. Ließ er mich absichtlich warten? Aus seinem Gesichtsausdruck las ich: »Für was soll das gut sein?«

›Ich will Mama nicht mit dem Baby allein lassen‹, deutete er mir schließlich.

Ich war enttäuscht. Natürlich. Nichts hätte ich mir sehnlicher° gewünscht, als meine Eltern wie ganz normale andere – hörende – Eltern bei meinem ersten Konzert dabeizuhaben. Meine Leidenschaft für die Musik war erwacht, und ich hätte sie so gern mit ihnen geteilt. Ich wusste, dass das mit dem Baby bloß° eine Ausrede war. Aber es war spät, ich war müde und aufgeregt zugleich, und ich hatte keine Lust zu streiten.

Noch heute denke ich immer wieder an meinen ersten Auftritt zurück. Ich war neun Jahre alt. Vor mir trat die Theatergruppe auf. Die Bühne° war als Himmel dekoriert. Ein

3. **gehüllt** wrapped
4. **das Tuch, ̈er** cloth, sheet
5. **die Zeile, -n** *here:* verse
6. **die Pauke, -n** kettledrum • **sich verbeugen** to bow
7. **klatschen** to applaud
8. **der Umhang, ̈e** cape
9. **umarmen** to hug
14. **knien** to kneel
15. **wahr·nehmen (nimmt wahr; nahm wahr, wahrgenommen)** to perceive
16. **der Schleier, -** *here:* mist
20. **die Vorhänge zu·ziehen (zog zu, zugezogen)** to draw the curtains • **verebben (ist verebbt)** to subside
21. **stocksteif** stiff as a statue
23. **das Bühnenbild, -er** stage set
24. **um·bauen** to rebuild, to convert • **der Stoß, ̈e** push
26. **husten** to cough
27. **das Gerumpel** *(no pl.)* rumbling
28. **der Scheinwerfer, -** spotlight
31. **komponieren** to compose
33. **mucksmäuschenstill** *(idiom.)* as quiet as a mouse

Jenseits der Stille Kapitel IV

paar Kinder liefen aufgeregt hinter dem Vorhang herum, einige machten ihren Eltern oder Verwandten heimlich Zeichen. Ein kleiner Junge stand auf der Bühne, gehüllt° in weiße Tücher°, und zitierte etwas von Goethe. Dazu schlug ein anderer, wenn es in den Zeilen° ›donnerte‹, mit aller Kraft auf eine Pauke°. Nach ihrem Vortrag verbeugten° sie sich vor dem Publikum. Alle klatschten° begeistert. Der Junge raffte seinen weißen Umhang° zusammen und sprang in einem Satz hinunter von der Bühne zu seinen Eltern, die ihn stolz umarmten°. Ich stand in meinem hellen, geblümten Sommerkleid am Rand der Bühne und beobachtete ihn. Er strahlte.

Zwei Plätze im Zuschauerraum waren leer geblieben. Meine Eltern fehlten, obwohl ich mir nichts sehnlicher gewünscht hatte als ihr Kommen. Plötzlich kniete° Herr Gärtner neben mir und gab mir ein Zeichen. Ich war dran. Ich nahm° ihn wie durch einen Schleier° wahr. Er nahm mich bei den Schultern, er schüttelte mich sanft und sprach mir Mut zu.

»Du schaffst das, Lara. Du wirst das jetzt sehr, sehr gut machen.«

Der Vorhang wurde zugezogen°, der Applaus verebbte°. Ich stand stocksteif° mit meiner Klarinette in den Händen hinter dem geschlossenen Vorhang, in meinem Rücken begannen Kinder bereits, das Bühnenbild° für den zweiten Akt umzubauen°. Herr Gärtner gab mir einen leichten Stoß°. Mechanisch, wie eine Puppe, setzte ich Fuß vor Fuß und trat vor den Vorhang. Alle sahen zu mir auf. Irgendwo hustete° jemand. Hinter mir hörte ich das Gerumpel° der Bühnenbildner. Ein Scheinwerfer° strahlte mir genau ins Gesicht. Aber das zählte nun alles nicht mehr. Ich blickte über die Zuschauer hinweg und begann zu spielen. Ich spielte ein Stück, das ich mit Herrn Gärtner komponiert° hatte. Es ist lange Jahre eines meiner Lieblingsstücke geblieben.

Nach den ersten Tönen wurde es mucksmäuschenstill° im

6. **es schaffen** *(idiom.)* to make it

Saal. Ich konzentrierte mich auf die Musik und mein Instrument. Als ich meinen Vortrag beendet hatte, klatschten alle, und ich verbeugte mich. Aber erst, nachdem ich Herrn Gärtner angesehen hatte, wusste ich, dass ich meine Sache gut gemacht hatte. Er lächelte und sah mich stolz an. Ich hatte es geschafft°.

1. **vergehen (verging, ist vergangen)** to pass *(referring to time)*
7. **unverbraucht** unspent
8. **rotzfrech** *(colloq.)* cocky, sassy
10. **grenzenlos** unlimited
11. **erforschen** to explore
12. **der Unsinn** *(no pl.)* nonsense
16. **sich verändern** to change
18. **der Wirbelwind, -e** whirlwind
19. **arg** very much • **strapazieren** to strain
20. **die Nase von etw. voll haben** *(idiom.; colloq.)* to be fed up with sth., to be sick and tired of sth.
22. **hervor·kriechen (kroch hervor, ist hervorgekrochen)** to crawl out
23. **Getöse** *(n.)* **veranstalten** to make a racket
24. **der Stoff** *(usu. sg.)* subject matter
25. **zum wiederholten Male** once/yet again

KAPITEL V

Die Jahre vergingen°. Ich wurde achtzehn, war größer als meine Mutter, und ich hatte wieder lange dunkelblonde Locken. In den letzten Jahren hatte ich oft auf einer Bühne gestanden, aber es war nie wieder so aufregend wie beim ersten Mal.

Papa hatte graue Haare bekommen. Mama strahlte immer noch ihre unverbrauchte° jugendliche Frische aus. Marie war neun Jahre alt geworden und rotzfrech°.

Es macht einen Unterschied, ob man achtzehn oder neun Jahre alt ist. Mit neun Jahren war Maries Neugier grenzenlos°. Sie wollte alles wissen, alles verstehen und alles erforschen°. Sie sang, tanzte, machte Lärm und eine Menge Unsinn°. Ich mit meinen achtzehn Jahren saß viel an meinem Schreibtisch, lernte, telefonierte mit meinen Freundinnen oder lag auf dem Bett und hörte Musik. Mein Zimmer hatte sich in den letzten Jahren kaum verändert°. Auf dem Nachttisch stand noch immer das Foto, das mir Clarissa geschenkt hatte. Marie hatte sich, wie gesagt, zu einem Wirbelwind° entwickelt, der meine Nerven von Zeit zu Zeit arg° strapazierte°. Sie liebte es, sich zu verstecken, und erst, wenn wir die Nase° voll hatten vom Suchen und ärgerlich wurden, kam sie aus irgendeiner Ecke hervorgekrochen°. Eines Tages veranstaltete sie mit ihrer Freundin ein großes Getöse° auf dem Flur. Ich versuchte, mich auf den Stoff° zu konzentrieren, den ich zu lernen hatte, als die Tür zum wiederholten Male° aufflog. Marie und ihre Freundin

1. **hinein·poltern (ist hineingepoltert)** *(idiom.)* to crash into
2. **behängen** to decorate
4. **angebissen** half-eaten • **der Negerkuss, ⸚e** chocolate marshmallow *(avoid usage:* **der Neger** Negro, nigger; *more politically correct word:* **der Schokokuss***)*
7. **lauthals** at the top of one's voice
9. **eine Runde schmeißen (schmiss, geschmissen)** *(idiom., colloq.)* to buy a round • **japsen** to pant
10. **klettern (ist geklettert)** to climb
11. **der Schoß, ⸚e** lap
16. **nicht in Frage kommen (kam, ist gekommen)** *(idiom.)* to be out of the question • **kurz angebunden** curt, snippy
18. **eingeschnappt sein** *(colloq.)* to be in a huff
20. **den Tisch decken** to lay the table
22. **wie üblich** as usual, as always • **überhören** not to hear, to ignore
23. **Sie verlegte sich auf's Betteln.** *(idiom.)* She tried begging.
31. **die Tröte, -n** horn
33. **nach·legen** *here:* to up the ante

Jenseits der Stille Kapitel V

Bettina polterten° ins Zimmer. Sie waren mit Ketten und
Tüchern behängt°, auf dem Kopf trugen sie selbstgebastelte
Kronen aus Goldpapier, und in ihren Händen hielten sie ange-
bissene° Negerküsse°. Marie umarmte mich von hinten und
drückte mir einen klebrigen Kuss auf die Wange.

»Du Schwein«, rief ich.

Sie lachte lauthals°.

»Ist ja nur Schokolade ... «

»Bettina hat 'ne Runde° geschmissen«, japste° Marie. Sie
hob ihre Tücher, schwang ein Bein über mich und kletterte°
auf meinen Schoß°.

»Bettina schläft heute Nacht bei uns. Ihre Eltern sind
weggefahren. Leihst du uns deine Klarinette?«

Nach dem ganzen Lärm sollte ich ihr nun auch noch einen
Gefallen tun?

»Kommt nicht in Frage°«, antwortete ich kurz angebunden°
und schob meine Schwester von meinem Schoß.

»Wieso denn nicht?« rief sie eingeschnappt°, »hast du
Angst, ich mache sie kaputt?«

»Runter jetzt. Hast du den Tisch° schon gedeckt?«

Die Arbeiten im Haushalt wurden geteilt. Jede hatte ihre
Aufgabe. Wie üblich° überhörte° meine kleine Schwester rou-
tiniert die Frage. Sie verlegte sich aufs Betteln°.

»Ich will sie doch nur Bettina zeigen. Biiiiiitteee«

»Hör auf, du kriegst sie nicht. Klar? Und jetzt raus. Ich
muss lernen. Wenn euch langweilig ist, helft Mami in der
Küche.«

Marie holte enttäuscht Luft und verschwand mit ihrer grin-
senden Freundin aus meinem Zimmer, um sogleich wieder
ihren Kopf durch die Tür zu stecken.

»Ich will sie ja gar nicht, deine blöde Tröte°.«

Ich tat ihr nicht den Gefallen, mich umzudrehen.

» ... geht eh allen auf die Nerven, deine Musik«, legte° sie
nach.

1. **klatschen** *here:* to hit hard
2. **der Türpfosten, -** doorpost
8. **tunken** to dip • **die Soße, -n** sauce
9. **herum·albern** to fool about
10. **Beachtung schenken** to take notice of, to pay attention to
12. **das Gedudel** *(no pl.) (colloq.)* tootling
13. **jm. zum Halse heraus·hängen (hängt heraus; hing heraus, herausgehangen)** *(idiom.; colloq.)* to be sick and tired of sth.
15. **erwartungsvoll** expectant, eager
17. **das Gepolter** *(no pl.)* crash • **jämmerlich** wretched, pathetic
18. **der Spalt, -e** gap
20. **lecken** to lick
23. **das Wehklagen** *(no pl.)* lament
25. **rasen (ist gerast)** to speed
26. **schmerzverzerrt** distorted with pain
30. **das Gesicht zu einem Lachen verziehen (verzog, verzogen)** *(idiom.)* to twist into laughter
33. **prusten** to snort with laughter

Jenseits der Stille Kapitel V

Der Schuh klatschte° eine Handbreit neben ihr Gesicht an den Türpfosten°. Erschrocken schlug sie die Tür zu. Die nächste halbe Stunde hatte ich Ruhe, aber ich war mir sicher, dass sich Marie noch etwas einfallen lassen würde. Und ich hatte mich nicht getäuscht. Nach meinen Hausarbeiten übte ich ein neues Stück, das mir gut gelang. Mein Klarinettenspiel war im ganzen Haus zu hören. Mama war unten in der Küche und tunkte° Äpfel in Schokoladensoße°. Marie und Bettina alberten° im Flur vor der Küche herum. Meine Mutter schenkte ihnen keine Beachtung°.

»Hörst du das?« schimpfte Marie zu ihrer Freundin Bettina, »so geht das den ganzen Tag. Mir hängt dieses Gedudel° zum Halse° raus.«

Sie kletterte auf einen Stuhl, den sie aus dem Wohnzimmer hergeschleppt hatte. Bettina grinste sie erwartungsvoll° an. Marie begann zu zählen und ließ sich bei drei mit lautem Gepolter° auf den Boden fallen. Sie brach in jämmerliches° Geschrei aus. Bettina sah durch den Küchentürspalt°. Mutter saß völlig unbeeindruckt, ihnen den Rücken zugewandt, am Küchentisch und leckte° sich die Schokoladensoße von den Fingern. Bettina sah enttäuscht aus.

»Lauter!« forderte sie Marie auf.

Marie stimmte ein ohrenbetäubendes Wehklagen° an. Es hörte sich an, als hätte sie sich zwei Finger abgeschnitten. Ich warf mein Instrument aufs Bett und raste° nach unten. Marie lag mit schmerzverzerrtem° Gesicht auf dem Boden. Ich hatte schreckliche Angst um sie.

»Hast du dir weh getan?«

Vorsichtig hob ich sie hoch. Da erst bemerkte ich, wie sich ihr Gesicht° zu einem Lachen verzog. Mit einem Ruck stellte ich sie auf die Beine.

»Was soll der Mist?«

Die beiden Gören kicherten albern los und prusteten° in ihre Hände. Marie hielt sich an meinen Schultern fest.

2. **der Spion, -e** spy
3. **überwachen** to watch, to keep under surveillance
7. **aufgebracht** outraged
8. **sich schämen** to feel embarrassed, to be ashamed
11. **auf·stampfen** to stamp one's foot
12. **die Aufmerksamkeit auf sich lenken** to draw attention to o.s.
14. **ausladend** sweeping • **heftig** fierce, violent
18. **erregt** excited
19. **dämlich** *(colloq.)* stupid
20. **so tun, als ob (tat, getan)** to pretend that
25. **schuldbewusst** feeling guilty
29. **die Totenstille** *(no pl.)* deathly silence

»Bettina meint, dass unsere Eltern vielleicht gar nicht wirklich gehörlos sind. Sie meint, dass sie vielleicht Spione° sind, die uns einer geschickt hat, um uns zu überwachen°. Wir haben Mama gerade getestet!«

Marie schüttelte sich vor Lachen. Ich fand das überhaupt nicht komisch und schlug nach ihr. Ich war wirklich aufgebracht°. Sie duckte sich überrascht.

»Bist du total verrückt geworden? Schämst° du dich nicht?«

Unsere Auseinandersetzung war selbst meiner Mutter nicht entgangen. Ich hatte Marie fest im Griff, und als es ihr nicht gelang, uns zu trennen, stampfte° sie wütend mit dem Fuß auf, um unsere Aufmerksamkeit° auf sich zu lenken.

›Was ist hier los? Was soll das?‹

Ihre Gebärden waren ausladend° und heftig°. Wir fühlten uns für ihren Ärger verantwortlich und sahen betreten zu Boden. Sie verlangte eine Erklärung.

›Stell dir vor‹, deutete ich ihr aufgebracht, auch meine Gebärden waren erregt°, überdeutlich und ausladend, ›was Marie gemacht hat! Sie und ihre dämliche° Freundin haben dich gerade getestet! Bettina denkt, dass du nur so tust, als ob° du gehörlos bist! Sie denkt, du bist vielleicht ein Spion!‹

Ihrem Blick entging keine meiner Gesten. Ihre aufmerksamen Augen registrierten jede noch so kleine Nuance dessen, was ich ihr mit meinen Gebärden sagte. Sie sah zu meinen Händen, zu Maries schuldbewusstem° Gesicht, zu Bettina, die immer noch auf den Boden blickte. Die Geschichte, die ich ihr zu erklären versuchte, klang ja auch zu verrückt, als dass man sie sofort hätte verstehen können. Nachdem ich fertig war, herrschte einen Moment lang Totenstille°. Von einer Sekunde zur anderen lachte Mama schallend. Damit hatte keine von uns gerechnet. Wir sahen uns verblüfft an.

›Das ist ja lustig‹, deutete Kai, ›das muss ich Martin erzählen. Ich habe als Kind immer geglaubt, meine Eltern haben mich aus einem Heim adoptiert. Ich kannte damals

5. **wimmeln von** to teem with
7. **eindeutig** explicit
8. **verunsichert** confused
10. **jm. die Zunge raus·strecken** *(colloq.)* to stick one's tongue out at sb.
13. **doof** *(colloq.)* stupid
21. **gewaltig** enormous, tremendous
24. **mit etw. hinter dem Berg halten (hält; hielt, gehalten)** *(idiom.)* to keep sth. to o.s
26. **mit etw. spaßen** to joke about
29. **die Unbeschwertheit** *(no pl.)* lightheartedness
30. **den Weg ebnen** *(idiom.)* to smoothe the way
34. **es sich nicht nehmen lassen (lässt nehmen; ließ nehmen, nehmen lassen)** *(idiom.)* to insist on sth.

noch keine gehörlosen Erwachsenen, und ich dachte, Gehörlose sterben als Kinder, sie werden nicht alt. Ihr könnt euch nicht vorstellen, wie groß meine Überraschung war, als ich zum ersten mal in ein Gehörlosen-Zentrum kam, in dem es von gehörlosen Erwachsenen nur so wimmelte°.‹

Marie dolmetschte ihre Worte für Bettina. Mama machte eine eindeutige° Geste, die sagen sollte, dass ihre Ohren wirklich taub sind. Bettina war verunsichert°. Mama ging lächelnd in die Küche zurück. Und was machte Marie? Sie streckte mir die Zunge° raus.

»Siehst du, sie fand das gar nicht schlimm. Nur du musst dich wieder so aufregen! Geh doch wieder dudeln. Auf deiner doofen° Klarinette.«

»Sei froh, dass du Ohren hast, die sie hören können, meine doofe Klarinette.«

Ich stieg die Treppe hoch.

»Papa hört nichts, und er hasst sie trotzdem«, brüllte Marie mir hinterher, »deine Musik.«

»Ich kann ja ausziehen, wenn es euch allen nicht passt«, gab ich zurück, »dann guckst du aber blöd!«

Meine Tür flog mit einem gewaltigen° Knall zu. Das hatte ich nun davon. Mit meiner Liebe zur Musik war ich allein, und meine kleine Schwester machte sich über mich lustig. Sie hielt mit nichts hinter dem Berg°, und sie nahm die Dinge viel leichter als ich. Für mich war die Gehörlosigkeit meiner Eltern eine ernsthafte Sache, mit der man nicht spaßen° durfte. Marie konnte mit der Gehörlosigkeit ihrer Eltern viel selbstverständlicher umgehen. Ich beneidete sie in diesem Moment um ihre Unbeschwertheit°, um ihre Fröhlichkeit und darum, dass sie die »kleine Schwester« war, der ich den Weg° geebnet hatte.

Wir veranstalteten ein Konzert in der Schule, und ich ließ es mir nicht nehmen°, ein Stück zu spielen. Tante Clarissa

4. **an·stellen** *here:* to manage
5. **altern** to age
7. **unterstreichen (unterstrich, unterstrichen)** to highlight
9. **die Umkleidekabine, -n** changing room
11. **die Neuigkeit, -en** news
12. **ins Gedränge stürzen (ist gestürzt)** to plunge into busy streets; **das Gedränge** *(no pl.)* crowd, throng of people • **im Anschluss an** *(+ Akk.)* following, subsequent to
13. **die Fete, -n** party
14. **sich zu jm. gesellen** to join sb.
20. **dicht** close
24. **enthalten (enthält; enthielt, enthalten)** to contain
25. **biologisch** *here:* organically grown
27. **das Wesen, -** being, character
30. **aufwändig** extravagant, costly • **gestalten** to design
31. **die Informationsmappe, -n** information booklet
33. **das Vorhaben, -** endeavor; **jn. in seinem Vorhaben bestärken** to support sb.'s cause/endeavor

besuchte meine Großeltern und kam, um mich zu hören. Sie hasste dieses Stück und betonte immer wieder, wie depressiv sie ›diese Art Musik‹ mache. Ich weiß nicht, wie sie es anstellte°, aber sie schien in den vergangenen Jahren keinen Tag gealtert° zu sein. Sie trug ihre langen roten Haare offen, und ihre Art sich zu kleiden, weder zu sehr Dame noch zu sehr Mädchen, unterstrich° ihr Äußeres aufs beste.

Sie war nach dem Auftritt in das kleine Klassenzimmer, das an diesem Abend als Umkleidekabine° diente, gekommen, nahm mich in die Arme und drückte mir einen Kuss auf die Wange. Sie schien vor Neuigkeiten° zu platzen. Wir stürzten uns ins Gedränge°, denn im Anschluss° an die Aufführung fand eine Schülerfete° in der festlich dekorierten Aula statt. Die Musik war ziemlich laut. Wir gesellten° uns zu Herrn Gärtner an eine Bar. Clarissa zog eine Broschüre der Musikhochschule in Berlin aus ihrer Handtasche und gab sie mir. Sie sagte ein paar Worte, doch ich konnte sie wegen des Lärms nicht verstehen. »Hätte sie die Sprache meiner Eltern gelernt, könnten wir uns jetzt unterhalten«, dachte ich amüsiert. Clarissa beugte sich vor und kam dicht° an mich heran.

»Es ist die beste! Absolut. Die Studenten kommen aus der ganzen Welt«, schrie sie mir ins Ohr.

Für Tante Clarissa musste alles immer das Beste sein. Die Marmelade durfte nicht zu viel Zucker enthalten°, das Fleisch musste vom biologischen° Bauernhof kommen, der Wein mindestens fünf Jahre alt sein und die Sachen, die sie anzog, mussten mit ihrem Wesen° korrespondieren.

Ich zuckte mit den Schultern und warf das Heft auf den Tisch. So eilig hatte ich es nicht. Clarissa sah mich enttäuscht an. Sie griff nach der aufwändig° gestalteten° Informationsmappe° des Konservatoriums und wandte sich an den neben ihr stehenden Herrn Gärtner. Vielleicht würde er sie in ihrem Vorhaben° bestärken.

13. **auf Kosten von** at the expense of
14. **pikiert** peeved, piqued
15. **sich räuspern** to clear one's throat
16. **erwidern** *(+ Dat.)* to reply
21. **über js. Kopf hinweg entscheiden (entschied, entschieden)** *(idiom.)* to decide without consulting anybody
22. **es für nötig befinden (befand, befunden)** to deem it necessary
25. **die Entfernung, -en** distance
26. **einer Sache freien Lauf lassen (lässt; ließ, gelassen)** *(idiom.)* to give free rein to sth.
29. **besagen** to mean

Jenseits der Stille Kapitel V

»Sagen Sie doch mal was dazu«, sie drückte ihm die Mappe in die Hand, »schließlich geht's um Laras Zukunft.«

Ich machte mir, ehrlich gesagt, um meine Zukunft noch keine großen Gedanken. Ich wollte den Abend genießen und mit den anderen feiern. Auch Herr Gärtner gab Clarissa nicht die Antwort, die sie hören wollte.

»Sind Sie gekommen, um mir die einzig talentierte Schülerin, die ich hier je hatte, wegzunehmen? Ich weiß nicht, ob ich das so gut finde.«

Während er das sagte, hatte er wieder einen ironischen Blick. Ich sah an Clarissas Gesicht, dass sie seine Bemerkung gar nicht komisch fand. Sie mochte es nicht, wenn man einen Scherz auf ihre Kosten° machte. Herrn Gärtner war der pikierte° Blick von Clarissa ebenfalls nicht entgangen, er räusperte° sich.

»Also ehrlich«, erwiderte° Clarissa vorwurfsvoll, »irgend etwas muss sie doch aus diesem Talent machen. Hier kann sie doch nichts werden ... «

Das wusste Herr Gärtner natürlich selbst am besten.

»Da hat deine Tante recht.«

Wurde hier über meinen Kopf° hinweg meine Zukunft entschieden? Anscheinend befanden sie es gar nicht für nötig°, mich zu fragen. Das Konservatorium lag in Berlin. Wir wohnten in Süddeutschland. Das waren mindestens 600 Kilometer Entfernung°.

»Ich weiß nicht«, ließ ich meinen Zweifeln freien Lauf°, »Berlin? Da müsste ich mir ja ein Zimmer suchen. Das ist doch viel zu teuer.«

Clarissa machte ein Gesicht, das besagen° sollte, »alles kein Problem«. Doch was wusste sie denn schon?

»Da finden wir schon eine Möglichkeit. Ich bin ja schließlich auch noch da.«

»Du glaubst doch selbst nicht, dass Papa von dir Geld nimmt!«

4. die Unterstützung, -en support
6. die Empfehlung, -en recommendation
7. das Wohlwollen *(no pl.)* goodwill
14. betrübt sad • sich entfernen to go away, to depart
18. sich eine Riesenchance entgehen lassen (lässt entgehen; ließ entgehen, entgehen lassen) *(idiom.)* to miss a great opportunity
19. auf jn. Rücksicht nehmen to be considerate of sb.
20. der wunde Punkt *(idiom.)* sore spot
21. klar·kommen (kam klar, ist klargekommen) to manage
24. im Stich lassen (lässt; ließ, gelassen) *(idiom.)* to let down, to abandon
25. und ausgerechnet zu Clarissa and to Clarissa of all people
26. auf·tauchen (ist aufgetaucht) to appear from nowhere
29. Ein Wort gab das andere. *(idiom.)* One thing led to another.
31. Aufschlag haben *(idiom.)* to be in charge; **der Aufschlag, ⸚e** service *(in sports)*

»Niemals im Leben wird er das akzeptieren«, dachte ich, aber Clarissa schien sich alles schon genau überlegt zu haben.

»Ich will es ja nicht ihm geben, sondern dir.«

Nun bekam sie auch noch Unterstützung° von Herrn Gärtner.

»Ich könnte dir eine Empfehlung° schreiben.«

Damit hatte er sich Clarissas Wohlwollen° zurückerobert. Sie lächelte ihn an, und ich stand verwirrt zwischen den beiden.

»Siehst du.«

Ein Junge, den ich eigentlich ganz nett fand, schob sich zwischen uns. Er wollte mit mir tanzen. Ich hatte nun keine Lust mehr.

Er machte ein betrübtes° Gesicht und entfernte° sich. Ich sah Clarissa an.

»Musik ist mir doch gar nicht so wichtig.«

»Blödsinn. Wenn du das Angebot nicht annimmst, lässt du dir eine Riesenchance entgehen°! Du kannst doch nicht dein Leben lang auf deine Eltern Rücksicht° nehmen.«

Da hatte sie den wunden Punkt° getroffen. Könnte ich meine Eltern allein lassen? Kämen° sie ohne mich klar? Das hatte ich mich schon oft gefragt. Unser Miteinander war so selbstverständlich, und ich war ihre Verbindung zu der Welt der Hörenden. Müssten sie sich nicht im Stich° gelassen fühlen, wenn ich ginge, ausgerechnet° zu Clarissa nach Berlin?

»Bitte Clarissa«, erwiderte ich, »du tauchst° alle Mondjahre mal auf und hast jedes Mal irgendeine andere Idee. Manchmal glaube ich, dir ist bloß langweilig ... «

Daraufhin gab ein Wort° das andere. Herr Gärtner stand in der Mitte und sah von einer zur anderen. Clarissa hatte Aufschlag°.

»Also, ich mache dir ein letztes Angebot: Du kommst den Sommer über zu uns, und wir probieren zusammen ein paar

3. **die Aufnahmeprüfung, -en** entrance examination
6. **locken** to seduce, to tempt
9. **wehmütig** wistful
10. **die Anspannung, -en** tension
13. **siegessicher** confident, sure of victory
18. **einer Sache/jm. Bedeutung bei·messen (misst bei; maß bei, beigemessen)** to attach importance to sth./sb.
20. **die Bemerkung, -en** comment
22. **die Tanzfläche, -n** dance floor
30. **der Klang, ⁼e** sound
31. **Zwiesprache** *(f.)* **führen** to be in a dialogue
33. **die Watte** *(no pl.)* cotton wool; **sich Watte ins Ohr stopfen** to plug one's ears with cotton wool

Stücke. Jeden Tag. Den ganzen Sommer nur spielen, Konzerte besuchen, bisschen ausgehen in der ›großen‹ Stadt ... Danach schauen wir, ob es für die Aufnahmeprüfung° reicht. Hast du Lust?«

Das war gemein. Ich war achtzehn Jahre alt, in einer Kleinstadt groß geworden, und nun lockte° mich meine Tante mit diesem Angebot. Da hatte ich keine Wahl. Herr Gärtner hatte die Situation bereits erkannt.

»Darf ich vielleicht auch mit?« seufzte er wehmütig°.

Langsam löste sich meine Anspannung°, ich lächelte Clarissa offen an.

»Du weißt genau, dass ich Lust habe.«

Clarissa machte ein siegessicheres° Gesicht.

»Na also«, meinte sie mit fester Stimme, und dann flüsterte sie mir leise ins Ohr, so dass es Herr Gärtner nicht hören konnte, »und du weißt gar nicht, wie langweilig mir mit deinem Onkel Gregor den ganzen Tag ist!«

Natürlich maß° ich ihren Worten keine besondere Bedeutung bei. Ich hielt ihren Kommentar für eine ihrer üblichen Bemerkungen°. Die Musik wurde wieder lauter, Herr Gärtner wandte sich seinem Bier zu und schob sich plötzlich auf die Tanzfläche°. Ich hatte ihn vorher noch nie tanzen gesehen, er bewegte sich wie ein trauriger, alter Bär.

Was wusste ich mit achtzehn Jahren über die Welt meiner Eltern? Ein hörender Mensch befindet sich ständig in einem inneren Monolog, er reflektiert über sich und sein Leben, macht Pläne, überlegt sich, was er als nächstes sagen und wie er auf etwas reagieren kann. Aber wie ist es bei Gehörlosen? Sie kennen den Klang° ihrer eigenen Stimme nicht. Wie sie in sich Zwiesprache° führen, kann ich mir bis heute nicht vorstellen. Ich habe es oft versucht, aber was nützt es, wenn ich mich in einen stillen Raum setze und mir Watte° ins Ohr

2. **ohne Unterlass** *(m.)* incessantly
7. **der Reparaturdienst, -e** repair service
13. **berühren** to touch
20. **die Innigkeit** *(no pl.)* closeness, depth of feeling
22. **erreichen** to reach
24. **Anrufe tätigen** to make phone calls
25. **auf·stöhnen** to groan loudly
29. **die Forderung, -en** demand
33. **sich rechtfertigen** to justify o.s.

stopfe? Ich höre mein Blut rauschen, und meine innere
Stimme redet ohne Unterlass° auf mich ein.

Es war wieder Winter. Draußen lag Schnee. Ich trug eine
Mütze und eine dicke Jacke. Unser Fernseher streikte. Das
Geld war knapp, und es kam überhaupt nicht in Frage, einen
neuen zu kaufen oder den Reparaturdienst° zu rufen. Papa
hatte die schwere Kiste in seine Werkstatt geschleppt. Als ich
vom Schulkonzert abends nach Hause kam, war noch Licht
bei ihm. Ich blieb einen Moment in der Tür stehen. Mama
und Papa wandten mir den Rücken zu. Sie machten sich beide
an dem Fernseher zu schaffen, und wenn sich ihre Hände
berührten°, lächelten sie sich an wie ein verliebtes Paar.
　Es war ein schönes Bild, meine Eltern so vereint zu sehen.
Ich glaube, jedes Kind freut sich ganz tief im Inneren, wenn es
seine Eltern so glücklich miteinander sieht, und es hasst nichts
mehr, als wenn sich seine Eltern streiten. Ich habe es selten
erlebt, dass sich meine Eltern stritten. Ich war glücklich, wenn
sie glücklich waren. Sie hatten eine besondere Art, ihr Glück
zu teilen, und ich denke, dass eine Innigkeit° zwischen ihnen
geherrscht hat, von der ich nicht weiß, ob ich sie je mit einem
Menschen erreichen° werde. Ich knipste den Lichtschalter an
und aus. Meine Eltern begrüßten mich, und meine Mutter
fragte mich, ob ich nicht ein paar Anrufe für sie tätigen°
könne. Ich stöhnte° auf.
　›Was ist denn mit Marie, kann sie nicht mal für dich telefonieren?‹
　›Bitte Lara, ich will, dass du es machst‹, deutete sie mir.
　Ich nickte. Ihre Bitten und Forderungen° gingen mir auf
die Nerven.
　Mein Vater sah mich prüfend an.
　›Wo kommst du her?‹ wollte er wissen.
　Ich log. Ich hatte keine Lust, mich dafür zu rechtfertigen°,
dass ich ein kleines Konzert gegeben hatte.

5. **der Spott** *(no pl.)* mockery, ridicule
8. **nichts zu suchen haben** *(idiom.)* to have no business, to be out of place
11. **gestehen (gestand, gestanden)** to confess
15. **die Kugel, -n** ball
16. **die Flocke, -n** flake
17. **der Puderzucker** *(no pl.)* icing sugar
18. **etw. auf dem Herzen haben** *(idiom.)* to have sth. on one's mind
21. **sich an jn./etw. an·lehnen** to lean on sb./sth.
23. **leuchtend** shining, bright
24. **mit der Tür ins Haus fallen (fällt; fiel, ist gefallen)** *(idiom.; colloq.)* to blurt it out
25. **sensibel** sensitive
30. **verstreichen (verstrich, ist verstrichen)** to pass by

Jenseits der Stille Kapitel V

›Ich war etwas trinken. Mit ein paar Freundinnen.‹
›Bring sie doch mal mit, deine Freundinnen.‹
Mein Vater hatte recht. Ich brachte selten jemanden mit nach Hause. Warum eigentlich? Schämte ich mich wegen meiner Eltern? Hatte ich Angst vor dem Spott° meiner Freundinnen? Ich weiß es nicht. Vielleicht war ich auch nur ein ganz normaler Teenager, der sein eigenes Leben leben wollte, und in dem hatten Eltern nicht mehr viel zu suchen°. Ich dachte an Clarissa, die mich für den Sommer nach Berlin eingeladen hatte, und daran, wie schwer es werden würde, meinem Vater zu gestehen°, dass ich lieber heute als morgen die Einladung annehmen würde.

Ich öffnete die Tür der Werkstatt. Was für eine wunderschöne Nacht! Der Mond stand rund und zufrieden am schwarz-blauen Himmel, eine große, gelbe Kugel°. Der Schnee fiel in dicken Flocken° zur Erde, die wie bestäubt mit Puderzucker° aussah. Mein Vater spürte, dass ich etwas auf dem Herzen° hatte. Plötzlich stand er neben mir, er lächelte.

›Hast du dir schon diese schöne Nacht betrachtet? Du musst dir die Dinge anschauen. Sie verändern sich schnell.‹

Ich lehnte° mich an seine Schulter. Die Bewegungen seiner Hände waren leicht und schwungvoll, er sah mich mit leuchtenden° Augen an. Ich spürte in diesem Augenblick besonders stark, wie sehr ich ihn lieb hatte. Er fiel nie mit der Tür° ins Haus, sondern spürte meinen Kummer auf seine sensible° Weise – und war dann einfach da. Seine Nähe tat mir gut, und ich wollte ihm auf gar keinen Fall weh tun.

›In ein paar Tagen ist Frühlingsanfang. Der Schnee wird verschwinden.‹

Er hatte recht, ich nickte. Jahr um Jahr verstrich°, ich war schon achtzehn Jahre lang auf dieser Welt, und viele Dinge erschienen mir selbstverständlich.

›Siehst du die Nacht? Siehst du den Schnee?‹
Seine Hände beschrieben einen Halbkreis.

3. **einer Aufforderung nach·kommen (kam nach, ist nachgekommen)** to answer a request
13. **sich den Bart kraulen** to run one's fingers through one's beard
17. **augenblicklich** immediate
22. **abweisend** dismissive
24. **entkommen (entkam, ist entkommen)** to get away
25. **weit aufgerissen** wide open
26. **jm. zuliebe** for sb.'s sake
27. **wiegen** to cradle
28. **behutsam** careful, gentle
32. **verschweigen (verschwieg, verschwiegen)** to withhold, to conceal
33. **ab·verlangen** to demand

Jenseits der Stille Kapitel V

›Wie klingt der Schnee? Was sagt er dir?‹

Unser altes Spiel. »Geräuscheraten«. Ich kam seiner Aufforderung° nach.

›Er sagt „knirsch, knirsch" und „brr, brr" ... ‹

Mein Vater sah mich ratlos an.

›Was ist das? ›Knirsch‹ und ›brr‹? Was sind das für komische Wörter? Die kenne ich nicht. Sagt das der Schnee wirklich?‹

Ich musste lachen.

›Also ehrlich gesagt, sagt der Schnee nicht viel. Man sagt sogar, dass der Schnee alle Geräusche verschluckt. Wenn Schnee liegt, ist alles viel leiser.‹

›Ist das wirklich wahr? Der Schnee macht die Welt leise?‹ Er bekam ein nachdenkliches Gesicht und kraulte° sich seinen Bart. ›Das ist schön.‹

Ich sah ihn lächeln und wollte seine gute Laune nutzen.

›Clarissa war heute in der Schule.‹

Der Blick meines Vaters verdunkelte sich augenblicklich°.

›Ich wusste nicht, dass sie hier ist‹, er wandte sich von mir ab. Ich folgte ihm und suchte seine Aufmerksamkeit.

›Sie hat bald Geburtstag. Großvater will uns alle zum Essen einladen.‹

Mein Vater zeigte ein abweisendes° Gesicht und wandte sich wieder dem Fernseher zu. Diesmal aber wollte ich ihn nicht entkommen° lassen. Ich schob mich zwischen ihn und seine Arbeit und sah ihn mit weit aufgerissenen° Augen an.

›Bitte komm mit, Papa. Mir zuliebe°.‹

Sein Blick suchte den fallenden Schnee. Er wiegte° seinen Kopf behutsam° von rechts nach links, und als ich sein vertrautes Brummen vernahm, drückte ich seine Hand ganz fest. Ich hatte gewonnen. Er würde mitkommen. Die ganze Familie würde beisammen sein. Die Einladung nach Berlin verschwieg° ich an diesem Abend. Ich konnte ihm unmöglich noch mehr Verständnis abverlangen°.

1. **vornehm** elegant
2. **umschwirren** to buzz about
3. **die Kerze, -n** candle
4. **die Stoffserviette, -n** napkin made from cloth
5. **den Eindruck machen, dass** to look as if, to convey the impression that • **der Verlauf** *(no pl.)* proceedings
9. **deutlich** clear
11. **plaudern** to chat, to talk
12. **der Statist, -en, -en** extra (in a play)
14. **jn. auf·muntern** to cheer sb. up
15. **überreden** to persuade, to talk round
20. **mit etw. im Reinen sein** *(idiom.)* to have things sorted out
22. **traumwandlerisch** somnambulistic; **mit traumwandlerischer Sicherheit** with instinctive certainty • **bestimmte Themen auf den Tisch bringen (brachte, gebracht)** *(idiom.)* to address certain topics

KAPITEL VI

Mein Großvater hatte ein vornehmes° Restaurant gewählt. Aufmerksame Kellner umschwirrten° uns. Kerzen° warfen ihr sanftes Licht über den Tisch, und feine Stoffservietten° lagen neben den Tellern. Mein Vater machte nicht den Eindruck°, als sei er glücklich mit dem Verlauf° des Abends.

Wie immer waren Kai und er von den Gesprächen bei Tisch ausgeschlossen. Niemand, außer Marie und ich, machte den Versuch, so deutlich° zu sprechen, dass die beiden von ihren Lippen hätten lesen können, von Gebärden ganz zu schweigen. Man plauderte° und lachte, und Martin und Kai fühlten sich wie Statisten°, die in dieser Familie eigentlich nichts zu suchen hatten. Ich versuchte des öfteren, meinen Vater aufzumuntern°, schließlich hatte ich die beiden überredet° mitzukommen. Aber das war nicht leicht. Marie übersetzte ab und an ein paar Sätze für meine Eltern.

Mein Großvater fragte seine Kinder gern aus. Er wollte immer das gleiche wissen. Clarissa wurde bevorzugt nach ihrer abgebrochenen Musiker-Karriere gefragt und mein Vater, ob er finanziell im Reinen° sei oder ob er Geld brauche. Kurz: Mein Großvater verstand es noch immer mit traumwandlerischer° Sicherheit, die Themen auf den Tisch zu bringen°, die garantiert verletzten oder beschämten.

Anfangs war der Abend ruhig und friedlich verlaufen. Aber dann fragte mein Großvater seine Tochter: »Was

8. **verbindlich** *here:* firm
10. **vieldeutig** ambiguous
16. **hoch·schrecken (ist hochgeschreckt)** to start up
17. **zweifellos** doubtless
20. **das Familienoberhaupt, ¨er** head of the family
23. **das Lustprinzip** *(no pl.)* pleasure principle
27. **über die Bühne gehen (ging, ist gegangen)** *(idiom.)* *here:* to go smoothly
28. **zu etw. angetan sein** to be inclined to sth. • **milde stimmen** to pacify, to calm down
30. **zischen** to hiss

macht die Arbeit mit den Kindern?« Clarissa hatte für einige Zeit Kindern Klarinetten-Unterricht erteilt.

Sie trug ein schwarzes Kleid und sah zart und stark zugleich aus.

»Um ehrlich zu sein, ich denke, ich werde wieder aufhören mit dem Unterrichten.«

»Aber die kleine Keller hat doch wunderbare Fortschritte bei dir gemacht?« meinte meine Großmutter verbindlich°.

»Julia ist vor einem Monat mit ihren Eltern nach Frankfurt gezogen«, sie machte eine vieldeutige° Pause, und ihr Blick blieb an Gregor hängen, »und die anderen sind alle fürchterlich unbegabt. Das langweilt.«

Das war nicht die Antwort, die mein Großvater zu hören wünschte.

»Was sagst du denn dazu?« wandte er sich an Gregor.

Gregor schreckte° aus seinen Gedanken hoch.

»Ich? Klar, sie hat zweifellos° Talent für die Arbeit. Die Kinder lieben sie.«

Clarissa dankte ihrem Mann mit einem Kussmund. Das Familienoberhaupt° meldete sich mit durchdringender Stimme wieder zu Wort.

»Du kannst doch nicht dein ganzes Leben nach dem Lustprinzip° entscheiden. Irgendwas musst du doch machen. Oder willst du jetzt nur noch das Geld von deinem Mann ausgeben?«

Ich fragte mich, ob in dieser Familie überhaupt jemals ein Abend ohne Streit über die Bühne gehen° würde. Roberts scharfe Stimme war nicht dazu angetan°, Clarissa milde° zu stimmen.

»Das ist nicht fair«, zischte° sie prompt, »ich habe mein Geld immer selbst verdient!«

»Ja, aber womit?« kam es vorwurfsvoll zurück.

»Es tut mir leid, dass ich deine Erwartungen nicht erfüllt habe, Papa.«

1. **schlichten** to mediate
4. **verlauten lassen (lässt verlauten; ließ verlauten, verlauten lassen)** to let it be known
5. **in Fahrt kommen (kam, ist gekommen)** *(idiom.)* to get going, to be on a roll
14. **nieder·machen** to disparage, to put down
16. **belegte Stimme** husky/choked-up voice
17. **jm. zuvor·kommen (kam zuvor, ist zuvorgekommen)** to beat sb. to sth. • **ernten** to reap, to get
20. **der Wortwechsel, -** debate
26. **bremsen** to stop
33. **versöhnlich** conciliatory • **zusammen·zucken** to cringe, to flinch

Jenseits der Stille Kapitel VI

Gregor versuchte zu schlichten°.

»Geld ist wirklich nicht der Punkt, Robert.«

»Jetzt hört doch auf mit der Streiterei. Schließlich ist heute Clarissas Geburtstag«, ließ Großmutter verlauten°.

Aber Großvater kam nun erst richtig in Fahrt°.

»Mein Gott«, stöhnte er auf, »schließlich ist heute Weihnachten. Schließlich ist heute Geburtstag ... Was kann ich dafür, dass wir uns nur an diesen dämlichen Feiertagen sehen?«

»Wir müssen doch nicht jedes Mal über die gleichen Themen reden.«

Großmutter hatte noch nicht aufgegeben.

»Worüber sollen wir denn sonst reden?« erwiderte er.

»Du nennst es Reden. Ich nenne es Niedermachen°. Aber das hatten wir ja schon ... «, meinte Clarissa. Ihre Stimme klang belegt°. Sie griff nach ihrem Glas und kam Gregor zuvor°, der es ihr gerade wegziehen wollte. Er erntete° einen ärgerlichen Blick von ihr. Ich versuchte dem Kellner ein Zeichen zu geben. Der Kuchen ...

Marie versuchte den Wortwechsel° für unsere Eltern zu übersetzen.

›Clarissa unterrichtet nicht mehr. Sie hat keine Lust mehr. Großvater ist sauer. Er findet, sie soll etwas arbeiten ... ‹

»Wenn du eine Familie hättest ... Kinder. Ich frage mich, was machst du eigentlich den ganzen Tag?«

Lilli versuchte ihren Mann zu bremsen°.

»Robert, bitte.«

»Ich hätte es wissen sollen«, meinte Clarissa resignierend, »es ist doch immer das gleiche.«

»Na, im Frühjahr hat sie dann ja genug zu tun«, Gregor wollte seiner Frau zu Hilfe kommen, »wenn Lara bei uns wohnt.«

Er lächelte versöhnlich° in die Runde. Ich zuckte° zusammen. Marie sah mich groß an. Ich ergriff ihre Hand und

2. **der Umstand, ⁻e** circumstance; **unter keinen Umständen** under no circumstances
3. **Der Stein ist ins Rollen gekommen. (kam, ist gekommen)** *(idiom.)* The ball has started rolling.
6. **an·richten** *here:* to cause
11. **weiterhin** still
14. **die Geheimnistuerei** *(no pl.)* secretiveness
16. **Vielleicht ging dieser Kelch ja noch einmal an mir vorüber.** *perhaps a reference to:* **Möge dieser Kelch an mir vorübergehen!** Let this cup pass by me!
17. **ab·setzen** to put down
18. **an·stimmen** to intone
24. **auf etw. ein·gehen (ging ein, ist eingegangen)** to respond to sth.
26. **sich trauen** to dare
32. **an·starren** to stare at
33. **jn. an·stoßen (stößt an; stieß an, angestoßen)** to nudge sb. • **Was blieb ihr übrig?** *(idiom.)* What else could she do?

Jenseits der Stille Kapitel VI

drückte sie. Den letzten Satz durfte sie unter keinen Umständen° übersetzen. Aber es war zu spät.

Der Stein war bereits ins Rollen° gekommen.

»Hast du es ihnen noch nicht gesagt?« fragte Clarissa.

Ich stöhnte innerlich auf.

Gregor begriff nun, was er angerichtet° hatte. Es wurde ihm klar, dass meine Eltern noch nichts von einer Reise nach Berlin wussten.

»Entschuldigung. Ich dachte, die Sache ist besprochen.«

Hatte mein Vater etwas gemerkt? Ich suchte seinen Blick in der Hoffnung, dass er sich auch weiterhin° nicht sonderlich für das Gespräch interessierte.

»Von was redet ihr?« fragte Lilli, »jetzt macht es nicht so spannend. Was soll denn diese Geheimnistuerei°?«

Zum Glück kam der Kellner mit dem Geburtstagskuchen. Vielleicht ging dieser Kelch° ja noch einmal an mir vorüber. Der Kellner strahlte und setzte den Kuchen vor Clarissa ab°. Ich stimmte° »Happy Birthday to you ... « an.

Niemand sang mit. Schnell verließ mich der Mut und die Stimme.

»Was hat Lara noch nicht gesagt?« wollte Robert wissen.

Ich versuchte zu retten, was zu retten war.

»Ich würde es ihnen lieber selbst sagen, Clarissa.«

Aber darauf ging° sie nicht ein. Offensichtlich wollte sie die Sache zu einem Ende bringen.

»Dazu hast du lange genug Zeit gehabt. Du traust° dich ja sowieso nicht. Also: Lara wird im Frühjahr bei mir wohnen und ab Herbst auf das Berliner Musikkonservatorium gehen. Ich werde sie auf die Prüfungen vorbereiten.«

Mit einem triumphierenden Gesichtsausdruck blies Clarissa die Kerzen auf ihrem Kuchen aus. Ich hätte unter den Tisch sinken mögen. Alle starrten° mich an. Niemand sagte ein Wort. Mein Vater stieß Marie an°. Was blieb ihr übrig?° Sie übersetzte Clarissas Worte in Gebärden.

9. **fördern** to encourage, to support
10. **vielsagend** telling, significant
12. **krähen** to crow
17. **in die Bresche springen (sprang, ist gesprungen)** *(idiom.)* to step into the breach
18. **jm. in den Rücken fallen (fällt; fiel, ist gefallen)** *(idiom.)* to stab sb. in the back • **sich auf jn. ein·schießen (schoss ein, eingeschossen)** *(idiom.; colloq.)* to zero in on sb.
24. **saugen (sog, gesogen)** to suck

›Lara soll zu Clarissa nach Berlin ziehen. Sie soll da auf die Musikschule gehen.‹

»Nach Berlin?« meinte Großmutter, »gibt es denn da nichts, was ein bisschen näher liegt?«

Clarissa machte eine müde Handbewegung. Mein Vater begann erst langsam zu verstehen. Seine Miene verriet noch keine Reaktion.

»Ich halte das für eine gute Idee«, meldete sich Robert zu Wort, »Laras Talent sollte gefördert° werden. Vielleicht macht ja wenigstens sie etwas draus.« Er richtete einen vielsagenden° Blick auf Clarissa.

»Aber Berlin ist ja ewig weit weg«, krähte° Marie, »da musst du ja richtig da wohnen. Willst du etwa ausziehen?«

»Meine Güte, Lara ist achtzehn Jahre alt! Für jeden kommt irgendwann der Moment«, erwiderte Clarissa.

»Wenn Kai und Martin etwas dagegen haben, geht das Ganze natürlich nicht.« Gregor sprang in die Bresche°.

»Musst du mir immer in den Rücken° fallen?« schoss° sich Clarissa nun auf ihn ein.

Mein Vater zeigte noch immer keine Reaktion. Aufmerksam und gespannt beobachtete er das Geschehen.

»Ich, dir in den Rücken fallen? Ich kann doch von Glück reden, wenn ich in dieser Familie überhaupt mal zu Wort komme«, brummte Gregor und sog° heftig an seiner Zigarette.

Marie übersetzte eifrig.

Mein Vater sah über Maries Hände hinweg. Ich kannte diesen Blick. Er ließ mich nicht los.

›Willst du das?‹ schrieben seine Hände in die Luft, ›willst du nach Berlin auf diese Schule gehen?‹

Oh Gott, was sollte ich ihm nur antworten? Konnte er sich nicht vorstellen, dass das auch für mich eine sehr schwierige Entscheidung war?

›Wieso weiß ich das nicht? Warum sagst du mir so was nicht selbst?‹ fuhr er fort.

3. **übel·nehmen (nimmt übel; nahm übel, übelgenommen)** to take offense
4. **der Verrat** *(no pl.)* betrayal
14. **das Nest, -er** *here:* hamlet, village
20. **maulen** to pout, to gripe
23. **ein·sehen (sieht ein; sah ein, eingesehen)** to understand
29. **hilfsbedürftig** in need of help • **ab·stempeln zu/als** to brand as
34. **vor Wut kochen** *(idiom.)* to be boiling with rage • **sich verengen** to narrow

Jenseits der Stille Kapitel VI

Ich war den Tränen nahe. Ich wusste, dass ich einen Fehler gemacht hatte. Ich hatte Angst vor seiner Reaktion gehabt, Angst, er würde mir meinen Wunsch übelnehmen° und als Verrat° empfinden. Clarissa legte ihren Arm um meine Schultern, sicher, um mir zu helfen, aber damit machte sie alles nur noch schlimmer.

»Martin, lass sie in Ruhe. Sie ist eine verdammt gute Klarinettistin. Und ich will, dass sie gefördert wird!«

Robert nickte zufrieden mit dem Kopf. Das war ein Vorschlag, der ihm gefiel. Er wandte sich seinem Sohn zu und formulierte seine Worte mit deutlicher Lippenbewegung.

»Um das Finanzielle kümmern wir uns! Mach dir da keine Sorgen.«

»Lara muss endlich mal raus aus diesem Nest°. Sie hat sich lange genug um euch gekümmert«, sagte Clarissa.

Ich versuchte erneut, Maries Übersetzung zu stoppen. Gregor zischte Clarissa etwas ins Ohr, aber vergebens.

»Die Schule ist genau das Richtige für sie. Ihr könntet sie ja schließlich auch einmal in Berlin besuchen.«

»Aber wir wollten doch nach Italien im Sommer«, maulte° Marie, »alle zusammen!«

»Das ist jetzt wichtiger«, entschied Clarissa, »Martin und Kai müssen das endlich einsehen°. Lara braucht nicht das Leben einer Behinderten zu leben, nur weil ihre Eltern behindert sind.«

Das war das Schlimmste, was sie hätte sagen können. Clarissa wusste es. Meine Eltern waren nicht behindert. Sie konnten nur nicht hören. Nichts hasste mein Vater mehr, als wenn man ihn zum hilfsbedürftigen° Behinderten abstempelte°. Er brauchte niemanden, und er wäre auch gut alleine mit seinem Leben klargekommen. Seine Augen waren den Mundbewegungen seiner Schwester gefolgt. Ich glaube, er spürte einen Teil, und den Rest las er von ihren Lippen ab. Jedenfalls kochte er vor Wut°. Seine Augen verengten° sich, auch die

2. **dämpfen** to calm • **entflammen** to flare up • **der Zorn** *(no pl.)* anger
3. **unvermittelt** unexpected • **schütten** to pour
5. **das Raubtier, -e** wild animal, wild beast
6. **die Kehle, -n** throat • **schlummern** to sleep, to slumber • **ungestüm** impetuous
16. **sich jm. entziehen (entzog, entzogen)** to elude sb.
17. **zu·streben (ist zugestrebt)** to head for, to make for
22. **kippen** *here:* to throw
23. **verteidigen** to defend
24. **fluchen** to swear
34. **unwirsch** brusque, gruff

Jenseits der Stille Kapitel VI

Hand meiner Mutter, die sich beruhigend auf seinen Arm legte, dämpfte° seinen nun entflammten° Zorn° nicht. Unvermittelt° griff er zu seinem Rotweinglas und schüttete° Clarissa den Inhalt mit einer heftigen Bewegung ins Gesicht. Sie schrie auf und die Stimme meines Vaters, die wie ein Raubtier° in seiner Kehle° schlummerte°, erwachte zu ungestümem° Leben.

»Ich bin der Vater. Sie ist meine Tochter!«

Seine raue Stimme, seine unartikulierte Aussprache und die Lautstärke seiner Worte brachten alle zum Schweigen. Zu ungewohnt war es, ihn plötzlich sprechen zu hören. Ein paar Gesichter in dem Restaurant fuhren ebenfalls herum und blickten zu uns herüber.

»Martin, setz dich sofort wieder hin!«

Als wäre er immer noch das Familienoberhaupt, gab Großvater mit kalter Stimme den Befehl, aber sein Sohn hatte sich ihm schon vor langer Zeit entzogen°. Mein Vater verließ den Tisch und strebte° mit großen Schritten zum Ausgang des Restaurants. Ich sprang auf und lief hinter ihm her. Ich musste mit ihm reden. So konnte ich ihn nicht gehen lassen. Drinnen ging der Streit weiter.

»Clarissa, du bist zu weit gegangen«, meinte Lilli.

»Ja, genau. Jetzt bin ich wieder schuld. Er kippt° mir Rotwein ins Gesicht, und du verteidigst° ihn auch noch. Ach, Scheiße«, fluchte° Clarissa.

Es war ein kalter Abend. Mein Vater lehnte an einer Mauer und sah mit leerem Blick in das Licht einer Laterne. Er schien mich nicht zu sehen. Warum musste er es mir immer so schwer machen? Begriff er denn nicht, dass ich nur geschwiegen hatte, weil ich seine Gefühle nicht verletzen wollte?

›Ich wollte es euch noch sagen, noch heute Abend ... Clarissa war einfach nur schneller ... ‹

Mein Vater reagierte nicht so, wie ich es mir gewünscht hätte. Er sah mich unwirsch° an und wandte sich ab. Ich

1. **Schritt halten (hält; hielt, gehalten) mit** *(idiom.)* to keep up with
6. **die Kopfsteinpflasterstraße, -n** cobblestone street
8. **zittern** to tremble, to shake
10. **armselig** pathetic
11. **sich etw. ein·bilden auf** *(+ Akk.)* to be conceited/vain about sth.
13. **der Graben, ⸚** rift
16. **zurecht·kommen (kam zurecht, ist zurechtgekommen)** to manage
28. **das Rätsel, -** mystery
30. **verderben (verdirbt; verdarb, verdorben)** to spoil
31. **jn. blamieren** to make sb. look ridiculous

Jenseits der Stille Kapitel VI

versuchte, mit ihm Schritt° zu halten und seinen Blick einzufangen.

›Es ist noch überhaupt nichts entschieden! Clarissa will mich nur für die Aufnahmeprüfung anmelden. Weiter nichts. Sie will mir doch nur helfen.‹

Wir blieben mitten auf einer breiten Kopfsteinpflasterstraße° stehen. Um uns war es still. Die Laternen warfen ihr Licht in die Nacht, und unsere langgezogenen Schatten zitterten° erregt. Endlich blieb mein Vater stehen und wandte sich mir zu.

›Ich hasse diese Frau. Sie und ihr armseliges° Leben. Worauf bildet° sie sich eigentlich soviel ein?‹

›Sie bildet sich doch gar nichts ein. Das ist doch Quatsch.‹

Warum nur war der Graben° zwischen meinem Vater und seiner Schwester so tief? Warum blieb er für ihn unüberwindbar, selbst wenn es um seine Tochter ging.

›Meinst du, Mama und du, ihr kommt ohne mich zurecht°?‹

Mein Vater stürmte los. Sein Ausdruck war wütend und aggressiv, ebenso wie seine Handbewegungen.

›Spiel dich nicht auf wie eine Krankenschwester. Wenn du gehen willst, dann geh. Was meinst du, wie wir früher zurechtgekommen sind? Als du ein Baby warst? Natürlich kommen wir ohne dich zurecht. Darum geht es doch gar nicht!‹

Ich verstand nun gar nichts mehr. Mein Vater drehte mir den Rücken zu.

›Ja, wenn es darum nicht geht, worum geht's dann?‹

Hatte er gespürt, dass ich noch etwas sagte? Ich weiß es nicht. Oft blieb mir seine Fähigkeit, Dinge zu erspüren, ein Rätsel°. Jedenfalls wandte er sich um und sah mich müde und traurig an.

›Ich habe ihnen wieder einmal den Abend verdorben°‹, deutete er mir, ›ich habe sie blamiert°. Wie immer. Nie war ich gut genug für diese Familie. Sie haben sich geschämt.‹

Ich musste daran denken, was er mir über seine Kindheit erzählt hatte, an das Unverständnis, das ihm entgegengebracht

1. **die Unfähigkeit** *(no pl.)* incompetence, inability
3. **es gelingt jm. etwas (zu tun) (gelang, ist gelungen)** to succeed (lit.: it is successful for sb. to do sth.)
6. **erniedrigen** to humiliate
11. **gemäß** appropriate
12. **vor·enthalten (enthält vor; enthielt vor, vorenthalten)** to withhold
30. **aus·hauchen** to breathe one's last
34. **die Pracht** *(no pl.)* splendor

wurde, und an die Unfähigkeit° von Robert und Lilli, auf seine Gehörlosigkeit einzugehen. Sie hatten Dinge von ihm verlangt, die ihm nie gelingen° konnten: so ›hörend‹ wie möglich zu sein. Zu sprechen, und zwar in ihrer Sprache. Eine Sprache, die ihm nichts bedeutete – nichts bedeuten konnte. Das musste ihn erniedrigen°.

Warum hatten sie ihn bloß nicht früher die Gebärdensprache lernen lassen? Warum hatten sie nicht versucht, mit ihm in der Sprache zu reden, in der er sich mitteilen konnte? Warum verstehen so viele hörende Eltern gehörloser Kinder nicht, dass ihren Kindern eine ihnen gemäße° Kommunikation nicht vorenthalten° werden darf? Warum suchen sie nicht eine gemeinsame Sprache, in der sie gemeinsam träumen, lachen und streiten können? Ich wollte Martin zeigen, dass ich auf seiner Seite stand.

›Und wenn schon. Dann haben sie sich eben für dich geschämt. Das ist doch völlig unwichtig.‹

›Warum gehst du zu Clarissa? Kannst du dir nicht denken, wie weh es mir tut, wenn du ausgerechnet zu ihr gehst?‹ fragte mich mein Vater.

›Papa, ich will Musikerin werden, sonst nichts‹, gab ich zurück. ›Versteh mich doch.‹

Wir waren bei unserem Wagen angekommen. Mein Vater schloss die Tür auf. Er blickte über das Autodach.

Nach einem kurzen Moment des Nachdenkens deutete er zu mir, und ich sprach die Worte laut mit.

›Manchmal wünschte ich, du wärst auch gehörlos. Dann wärst du wirklich in meiner Welt.‹

Der Winter hatte seinen kalten Atem ausgehaucht°. Morgens, wenn ich aufstand, durchflutete das Sonnenlicht mein Zimmer. Die Blätter an den Bäumen grünten, und überall in unserem Garten zeigte sich der Frühling in seiner ganzen Pracht°. Meine Entscheidung war gefallen. Ich würde nach

2. **eine Entscheidung treffen (trifft; traf, getroffen)** to make a decision
5. **die Vorfreude, -n** pleasant anticipation
6. **näher·rücken (ist nähergerückt)** to advance, to come closer
10. **sich einen Weg bahnen** to fight one's way
16. **der Stapel, -** pile, stack
25. **sich an·stellen** *here:* to make a fuss
27. **unwilling hervor·stoßen (stößt hervor; stieß hervor, hervorgestoßen)** to exclaim indignantly

Berlin zu Tante Clarissa gehen. Nach den vielen Zweifeln war ich nun froh, eine Entscheidung° getroffen zu haben. Natürlich hatte ich Angst, und ich fragte mich, was mich in der großen Stadt alles erwarten würde. Gleichzeitig wuchsen jeden Tag in mir die Neugier und Vorfreude° auf das Kommende. Der Tag des Abschieds rückte° näher, und wir lebten so zusammen, als würde es kein Morgen geben. Erst als ich begann, meinen Koffer zu packen, wurde es uns allen bewusst, dass ich nun in mein eigenes Leben startete. Es war ein schöner Abend, das Fenster stand offen, die warme Abendsonne bahnte° sich ihren Weg in das Zimmer, meine Schwester Marie saß auf der Fensterbank und verfolgte traurig das Geschehen. Ich stand vor meinem offenen Schrank und suchte die Sachen zusammen, die ich mitnehmen wollte.

»Gibst du mir mal die Pullover, die auf dem Bett liegen?« bat ich Marie. Sie reichte mir den Stapel° herüber.

»Ich finde das echt gemein«, maulte sie, »dass du fährst ... Jetzt muss ich die ganzen Liebesfilme für Mama übersetzen.«

Ich sah sie an. Sie war groß geworden. Sie hatte flachsblonde, schulterlange Haare und braune Augen, die herausfordernd in die Welt guckten. Sie war sehr neugierig, ziemlich aufsässig und faul. Doch in der Schule war sie besser als ich. Aber sie hatte ja auch jemanden, der mit ihr Lesen und Schreiben übte.

»Stell° dich nicht so an, du hilfst sowieso viel zu wenig. Außerdem darfst du dann wenigstens lange aufbleiben!«

»Ich hasse Clarissa«, stieß sie unwillig° hervor.

Das konnte ich gerade gebrauchen.

»Jetzt fang du auch noch an. Sie unterstützt mich bei meiner Musik.«

»Scheiß-Musik.«

Manchmal vergaß sie, dass sie meine kleine Schwester und ich die Stärkere war. Aber sie sah mich unbeeindruckt an,

1. **die Arme verschränken** to fold one's arms
8. **scheuchen** to shoo away
12. **turnen** *here:* to scramble about • **gefaltet** folded
18. **der Spiegel, -** mirror
28. **verzückt** ecstatic, thrilled
29. **die Anmut** *(no pl.)* grace • **die Dirigentin, -nen** female conductor
31. **der Oberkörper, -** upper body, torso

verschränkte° ihre Arme hinter dem Kopf und streckte sich auf dem Bett aus.

»Darf ich in deinem Bett schlafen, solange du weg bist?«

Ich zuckte mit den Schultern und fuhr fort, meinen Koffer zu packen.

»Wenn's dir Spaß macht ... «

In diesem Moment sah meine Mutter zur Tür rein. Sie trug einen Stapel Wäsche auf dem Arm und scheuchte° meine kleine Schwester vom Bett.

›Was machst du denn hier oben? In der Küche liegen deine Schulaufgaben.‹

Marie turnte° über meine gefalteten° Kleider hinweg und stöhnte.

»Warum reden eigentlich alle Eltern immer nur von Schulaufgaben?«

Sie polterte die Treppe hinunter. Plötzlich hörte ich meine Mutter auf den Boden stampfen. Ich drehte mich zu ihr um. Sie stand vor meinem Spiegel°. Ich betrachtete ihr Spiegelbild und sah mich selbst, wie ich hinter ihr stand, mit vor der Brust verschränkten Armen. Die Hände meiner Mutter begannen ihren eigenen Tanz.

›Als ich klein war, habe ich fest geglaubt, dass alle Menschen, wenn sie groß sind, singen können. Ich dachte, wenn ich erwachsen bin, dann kann ich das auch.‹

›Ich habe mich oft vor einen Spiegel gestellt und meinen Mund bewegt und mir vorgestellt, dass daraus wunderschöne Töne schlüpfen. Töne, die die Menschen glücklich und verzückt° aussehen lassen. Musik!‹ Sie bewegte ihre Hände mit der Anmut° einer Dirigentin°. ›Ich habe getanzt vor dem Spiegel und mir wie jetzt eine Bürste vor den Mund gehalten.‹

Ihr Oberkörper° bewegte sich im Rhythmus der imaginären Musik hin und her. Sie hatte ihre Augen geschlossen, ihre Hand hielt die Mikrofon-Bürste, und ihr Gesicht hatte einen träumerischen Ausdruck bekommen. Sie öffnete die Augen

2. **der Verbündete, -n** ally
21. **mit etw. wedeln** *here:* to wave sth. in one's hands

Jenseits der Stille Kapitel VI

und sah mich im Spiegel an. Wir mussten beide lächeln und fühlten uns wie zwei Verbündete°. Sie drehte sich zu mir um und zog zwei Karten aus ihrer Jacke und hielt sie mir hin.

›Was ist das, Mama?‹ fragte ich.

›Ich weiß nicht, ob es die Art Musik ist, die dir gefällt, aber vielleicht ist es ja nicht so schlecht. Es ist ein Klarinettenkonzert, im Juli erst. Ich habe davon in der Zeitung gelesen!‹

Unsicher versuchte sie an meiner Reaktion abzulesen, ob sie mir mit dem Konzert eine Freude gemacht hatte.

›Doch sicher, das ist bestimmt sehr gut. Aber wieso zwei Karten?‹

›Ich dachte, vielleicht kann ich ja mitkommen. Wenn du willst, machen wir uns beide einen schönen Abend!‹

Ein Glücksgefühl durchströmte mich. Ich lächelte meine Mutter an.

Das war das schönste Geschenk, das sie mir hätte machen können.

›Ja. Wir werden uns einen schönen Abend machen, Mama. Ich fände es wunderbar, wenn du mitkommst.‹

Sie öffnete die Zimmertür. Ich stampfte erneut auf. Unsere Blicke trafen sich. Ich wedelte° mit den Karten durch die Luft.

›Danke, Mama.‹

Meine Mutter sah in diesem Augenblick sehr jung und schön aus. Sie strahlte und aus ihren Augen las ich: ›Geh deinen Weg, und wenn dein Weg die Musik ist, dann ist es gut so – und ich werde dich auch in dieser Entscheidung, so gut ich kann, unterstützen.‹

Meine Mutter brachte mir sehr viel Verständnis und Vertrauen entgegen. Mir wurde bewusst, was ich für ein Glück mit ihr hatte.

2. **beeindrucken** to impress
3. **der Vorort, -e** suburb
5. **platt** flat • **das Treiben** *(no pl.)* hustle and bustle
7. **js. Erwartungen entsprechen (entspricht; entsprach, entsprochen)** to meet sb.'s expectations
8. **der Bahnsteig, -e** platform
10. **die Menge, -n** crowd • **erspähen** to catch sight of
14. **scheppernd** clattering
15. **die Hupe, -n** horn (of a car)
17. **gehetzt** rushed
18. **Unendlich viel stürmte auf mich ein.** I was exposed to quite a lot.

KAPITEL VII

Berlin, ein neues Leben. Bereits während der Zugfahrt beeindruckte° mich die Größe. Ich fuhr vorbei an Vororten°, die allein schon so groß wie unsere Kleinstadt waren. Die letzten Meter drückte ich mir am Fenster die Nase platt° und bestaunte das bunte Treiben° auf den Straßen.

Manche Dinge waren so, wie ich sie mir vorgestellt hatte, andere Dinge wiederum entsprachen° überhaupt nicht meinen Erwartungen. Auf den Bahnsteigen° herrschte ein aufgeregtes Kommen und Gehen, ich war überrascht und erleichtert, als ich Gregor in der Menge° erspähte°. Eigentlich wollte mich Clarissa abholen, aber natürlich freute ich mich ebenso sehr, Gregor zu sehen, der mich liebevoll begrüßte.

Und dann der Lärm – ein Rauschen, Brummen, Kreischen, Läuten, scheppernde° Stimmen, fremde Sprachen, die Autos, Busse und Züge, die Sirenen und die Hupen°, es war viel lauter als in unserer kleinen, verschlafenen Stadt. Die Menschen machten einen gehetzten° Eindruck, jeder strebte eilig vorwärts. Unendlich viel stürmte auf mich ein°. Gregor führte mich zu seinem Wagen.

»Warum ist Clarissa nicht mit zum Bahnhof gekommen?« wollte ich von ihm wissen.

Mit unbestimmtem Gesichtsausdruck murmelte er:

»Es geht ihr nicht besonders gut heute morgen. Nichts Ernstes! Ab Sonnenuntergang geht's ihr meistens wieder besser.«

Wir fuhren durch breite Straßen und hielten vor einem

1. **prachtvoll** splendid, magnificent
3. **der Fahrstuhl, ⸚e** elevator • **der Jugendstil** German and Austrian Art Nouveau
4. **einer Sache Abbruch tun (tat, getan)** to do harm to sth. • **der Satz, ⸚e** *here:* leap, jump
10. **düster** dark
20. **der Trauerkloß, ⸚e** wet blanket, mope
24. **gähnen** to yawn
29. **Anstalten machen etwas zu tun** *(idiom.)* to make a move to do sth.
30. **bedürfen (bedarf; bedurfte, bedurft)** to need, to require
31. **überzeugen** to convince • **die Stadtrundfahrt, -en** sightseeing tour

① **7.1 Jugendstil**

„Jugendstil" ist die deutsche Bezeichnung für „Art Nouveau", eine künstlerische Bewegung° des Fin de siècle in Europa. Der Jugendstil bekam seine Impulse aus der englischen „Arts and Crafts"-Bewegung und machte es sich zur Aufgabe, die Grenze zwischen Kunst und Leben zu durchbrechen, beziehungsweise° die Kunst zu einem Teil des Alltagslebens werden zu lassen. Den Jugendstil finden wir daher nicht nur in der bildenden Kunst°, sondern auch in der Architektur und im Design von Möbeln, Küchengegenständen° oder Schmuck°.

die Bewegung: movement
beziehungsweise: respectively, or rather
bildende Kunst: the fine/visual arts **die Küchengegenstände:** kitchen objects **der Schmuck:** jewelry

In Berlin-Charlottenburg findet man noch zahlreiche Jugendstilgebäude wie dieses.

Die Hackeschen Höfe in Berlin-Mitte sind gleichfalls ein Beispiel für Jugendstilarchitektur und heute eine Touristenattraktion.

Jenseits der Stille Kapitel VII

① 7.1

prachtvollen° Altbau. Hier wohnten sie also. Leider mussten wir die Treppe nehmen, da Gregor keinen Schlüssel für den Fahrstuhl° dabeihatte, echt Jugendstil°, wie er erklärte. Das tat meiner Abenteuerlust keinen Abbruch°. Mit großen Sätzen° sprang ich die Stufen hoch.

Es war fast Mittag, und in Clarissas Schlafzimmer waren die Vorhänge noch zugezogen. Ich war sprachlos. Ich zog die schweren Vorhänge auf, und das Sonnenlicht verscheuchte die düstere° Atmosphäre. Aus dem Bett war ein unwirsches Brummen zu hören.

»Weißt du eigentlich, wie viel Uhr es ist?« fragte ich mit ironisch-vorwurfsvoller Stimme.

Clarissa reagierte endlich.

»Lara! Bist du endlich da?«

Sie richtete sich auf und rieb sich die Augen. Ihre roten Haare sahen zersaust aus. Wer war hier das kleine Mädchen? Ich? Oder sie? Ich beugte mich zu ihr herunter, wir küssten uns. Ich hatte lange im Zug gesessen, jetzt wollte ich etwas unternehmen. Ich wollte keine Tante, die wie ein Trauerkloß° im Bett lag.

»Los, komm, steh auf. Ich will die Stadt sehen.«

Clarissa schüttelte den Kopf, um wach zu werden. Sie gähnte° und starrte mich groß an.

»Du willst die Stadt sehen«, wiederholte sie wie ein Echo.

Ich zog an ihrer Bettdecke.

»Jetzt hast du mich den langen Weg hierher gelockt, jetzt will ich auch die Stadt sehen.«

Clarissa machte keine Anstalten° aufzustehen. Sie streckte sich wieder aus, und es bedurfte° noch einiger Überzeugungsarbeit°, bis ich sie zu einer Stadtrundfahrt° überredet hatte.

Ich hatte mich getäuscht, die Stadt war nicht groß, sie war riesig. Wir verbrachten Stunden in Clarissas offenem Wagen,

2. **das Leben in vollen Zügen genießen (genoss, genossen)** *(idiom.)* to enjoy life to the fullest
4. **Läden unsicher machen** *(idiom.)* to roam around town • **die Narbe, -n** scar
11. **ein·kehren in** *(+ Akk. oder Dat.)* / **bei** *(+ Dat.)* **(ist eingekehrt)** to stop off at
12. **der Wasserturm, ⸚e** water tower • **eine Kleinigkeit essen (isst; aß, gegessen)** to have a snack
15. **vorüber·ziehen (zog vorüber, ist vorübergezogen)** to pass by
17. **an·steuern** to head on to
18. **hallen** to reverberate, to echo
28. **die Nichte, -n** niece
30. **zusammen·rutschen (ist zusammengerutscht)** to move closer together
33. **modisch** fashionable

ⓘ 7.2 Sehenswürdigkeiten in Berlin: Brandenburger Tor

Das Brandenburger Tor wurde Ende des 18. Jahrhunderts im Stil des Klassizismus erbaut. Es ist das einzige erhaltene° Stadttor Berlins und heute das wichtigste Wahrzeichen° der Stadt. Es stand symbolisch für die Trennung Berlins, da es sich im Niemandsland direkt an der Berliner Mauer befand. Nach dem Fall der Mauer 1989 wurde das Tor wieder geöffnet.

Es steht im Süden des Reichstagsgebäudes auf der Ost-West-Achse°, auf der sich auch die Siegessäule im Westen befindet. Die Achse wird im Westen des Brandenburger Tores von der Straße des 17. Juni und im Osten von der Straße Unter den Linden gebildet.

erhalten: preserved
das Wahrzeichen: landmark
die Achse: axis

Brandenburger Tor

Reichstaggebäude mit neuer Glaskuppel: Hier tagt das Parlament.

Jenseits der Stille Kapitel VII

zogen die Blicke der Männer auf uns und genossen das Leben
in vollen Zügen°. Wir fuhren durchs Brandenburger Tor (was
nicht erlaubt ist, unsere Freude aber erhöhte), machten Läden
unsicher°, besichtigten die Narben° der Vergangenheit, die
Baustellen der Zukunft, den Potsdamer Platz, die Gedächtnis-
kirche, besahen uns die Stadt bei einer Bootsfahrt vom Wasser
aus und bestaunten den pulsierenden Verkehr. Große Alleen
zerschnitten die Stadt in Kuchenstücke, und ich wusste nie,
wohin ich zuerst blicken sollte. Es gab so vieles zu entdecken.
Die Luft roch anders, und die Menschenmengen waren beein-
druckend. Als es Abend wurde, kehrten° wir in ein Café neben
einem alten Wasserturm° ein und aßen eine Kleinigkeit°.

Als Clarissa mir anschließend das Konservatorium zeigte,
an dem ich studieren sollte, verstummte ich für einen Augenblick. Ein beeindruckendes, altes Gebäude zog° an uns vorüber. Clarissa ließ mir keine Zeit, lange nachzudenken. Sie
steuerte° ein weiteres Café an. Dort schien sie sich bestens aus-
zukennen. Jazzmusik hallte° durch den Raum. Ich hatte
Mühe, ihr zu folgen, so schnell schob sie sich durch das
Gedränge. Ein Mann an einem Tisch am Ende des Raumes
sprang auf und begrüßte sie.

»Hej, Clarissa, schön, dass ihr kommt.«

Er küsste Clarissa auf die Lippen. Dass er Walter hieß, erfuhr ich später. Ich war erstaunt, ich dachte, Clarissas Lippen
seien nur für Gregor bestimmt. Aber ich war ja ein Neuling in
der Großstadt, hier herrschten anscheinend andere Gesetze.
Clarissa stellte mich vor.

»Walter, das ist Lara, meine Nichte°. Lara, Anna, Wolfgang,
Timon.«

Die anderen begrüßten mich freundlich und rutschten° alle
zusammen, so dass wir uns zu ihnen setzen konnten. Ich sah
mich um. Die Menschen waren anders als bei uns in der Stadt.
Sie waren modischer° angezogen, und sie bewegten sich lässi-

1. **lässig** cool
3. **im Mittelpunkt stehen (stand, gestanden)** to be the center of attention
13. **unergründlich** unfathomable
14. **nicht schlau aus jm. werden (wird; wurde, geworden)** *(idiom.)* not to be able to make sb. out; **Ich wurde nicht schlau aus ihm.** *(idiom.)* I could not make him out.
27. **sich verschlucken** to swallow the wrong way, to choke on sth. • **um ein Haar** *(idiom.)* by a hair • **die Kirsche, -n** cherry
33. **sich aus der Schlinge befreien** *(idiom.)* to get out of a tight spot

ⓘ 7.3 Sehenswürdigkeiten in Berlin: Potsdamer Platz

Der Potsdamer Platz war in den zwanziger Jahren ein Zentrum des Nachtlebens. Während des Kalten Krieges lag das Gebiet° des völlig zerstörten Platzes im Niemandsland. Nach dem Fall der Berliner Mauer wurde Anfang der 1990er Jahre mit der Neu-Bebauung begonnen – der Pariser Platz war damals das größte Bau-Projekt Europas. Man bebaute den Platz ökologisch nachhaltig°: der Energieverbrauch der Gebäude und die verbauten Schadstoffe° wurden drastisch reduziert. Der Pariser Platz ist heute ein belebtes° Einkaufs-, Restaurant- und Vergnügungsviertel°. Eines der architektonisch interessantesten Gebäude ist das das Sony-Center. Auf dem Potsdamer Platz befindet sich auch das Film-Museum Berlin, wo im Februar alljährlich die Berlinale, ein internationales Filmfestspiel, stattfindet.

Potsdamer Platz

das Gebiet: area   **nachhaltig:** sustainably   **die Schadstoffe** (pl.): hazardous waste, harmful substances   **belebt:** bustling   **das Vergnügungsviertel:** place of entertainment, nightlife

ger°. Viele waren jung, wenn auch etwas älter als ich, und sahen gut aus. Clarissa schien eine der Älteren zu sein, aber sie genoss es, im Mittelpunkt° zu stehen. Der Kellner brachte uns zwei Martini. Martini! Den kannte ich nur aus einem James-Bond-Film, den ich einmal für meinen Vater gedolmetscht hatte. Er schmeckte ziemlich süß. Ich beobachtete einige Jazzmusiker, die auf einer kleinen Bühne entspannt ihre Instrumente spielten. Ich war in der Großstadt angekommen. Das Leben lag mir zu Füßen. Ich strahlte Clarissa an. Sie bemerkte meine Dankbarkeit und legte stolz einen Arm um mich.

»Sie will aufs Konservatorium. Jetzt müssen wir sie erst mal an unser Leben gewöhnen.«

Walter sah mich unergründlich° an. Ich wurde nicht schlau aus ihm°.

»Du bist Musikerin?« fragte er.

»Bis jetzt noch nicht ... «, grinste ich.

»Sie spielt Klarinette«, ergänzte Clarissa, »und zwar sehr gut.«

Die Band auf der Bühne machte eine Pause. Wir klatschten alle wie wild. Eines der Mädchen am Tisch beugte sich zu uns.

»Mensch, Clarissa, spielt doch mal was zusammen. Los. Lass doch mal sehen, was sie so kann – deine Nichte.«

Das ging mir denn doch zu schnell. Immerhin war ich gerade erst angekommen. Ich nahm hektisch einen Schluck aus meinem Glas, vergaß, dass es sich um Martini handelte, und verschluckte° mich um ein Haar° an der Kirsche°. Ich musste husten. Clarissa schlug mir sanft auf den Rücken. Auch die anderen am Tisch wünschten, dass wir zusammen spielten. Ich hatte den Eindruck, Clarissa hätte das mit ihnen abgesprochen, sie schien die Situation zu genießen. Sie schlug mir leise ein Stück vor.

»Keine Ahnung«, versuchte ich mich aus der Schlinge° zu befreien, »das habe ich schon ewig nicht mehr gespielt.«

1. **Zweifel beiseite·fegen** to brush away doubts
7. **aufgedreht** in high spirits, wired
9. **aufmunternd** encouraging
12. **das Entkommen** *(no pl.)* escape
20. **glühen** to glow
24. **launisch** moody
26. **sich zurecht·finden (fand zurecht, zurechtgefunden)** to find one's way around
27. **die Eiche, -n** oak
30. **geschmackvoll** tasteful

Kaiser-Wilhelm-Gedächtniskirche am
Kurfürstendamm in Berlin-Charlottenburg

ⓘ 7.4 Sehenswürdigkeiten in Berlin: Kaiser-Wilhelm-Gedächtniskirche

Die Kaiser-Wilhelm-Gedächtniskirche befindet sich in Berlin-Charlottenburg am Ende des Kurfürstendamms. Sie wurde 1895 vollendet und im 2. Weltkrieg zerstört°. Als Erinnerung an die Zerstörungen des Krieges wurde sie nicht wieder aufgebaut, sondern als Ruine erhalten. Ein neues, sechseckiges° Kirchengebäude wurde um 1960 angefügt°; dort finden heute Gottesdienste° statt. Der alte, zerstörte Teil der Kaiser-Wilhelm-Gedächtnis-Kirche ist heute ein Museum. Die Kirche ist ebenfalls° ein bedeutendes Wahrzeichen der Stadt.

zerstören: to destroy **sechseckig:** hexagonal **wurde angefügt:** was added **der Gottesdienst:** church service **ebenfalls:** also

Jenseits der Stille Kapitel VII

Aber sie beachtete mich gar nicht, fegte° meine Zweifel beiseite, lachte, ergriff meine Hand und zog mich zur Bühne. Sie wechselte ein paar Worte mit den Männern der Band, und plötzlich tauchten aus dem Nichts zwei Klarinetten auf. Ich hätte vor Scham in den Boden versinken können. Alle diese schönen jungen Menschen starrten mich an.

Ich hatte Clarissa selten so aufgedreht° erlebt. Sie winkte ihren Freunden am Tisch zu, strich sich die Haare aus der Stirn und sah mich aufmunternd° an.

»Auf, Schätzchen, an so was wirst du dich gewöhnen müssen.«

Ich schluckte, doch es gab kein Entkommen°. Die Band gab den Takt vor. Clarissa setzte ihr Instrument an und fing an zu spielen. Sie gab mir ein Zeichen für meinen Einsatz. Ich folgte ihr und konzentrierte mich auf die Musik. Die Gespräche im Café verstummten. Alle hörten uns zu. Das Stück verlangte mir alles ab, so hatte ich nicht einmal die Gelegenheit, rot zu werden. Außerdem wollte ich Clarissa nicht blamieren. Wie in Trance nahm ich schließlich wahr, dass wir geendet hatten. Ich glühte° innerlich, alle klatschten begeistert, Clarissa schenkte mir ihren berühmten triumphierenden Blick – sie schien sehr zufrieden.

Clarissa konnte aber auch ausgesprochen launisch° sein. Wir übten jeden Tag, sie stand oft erst sehr spät auf, und es dauerte immer eine Weile, bis sie sich zurechtfand°. Gregor saß schon frühmorgens an seinem alten schwarzen Eichenschreibtisch° und schrieb. Sie war eine strenge Lehrerin, und ich hatte es nicht einfach mit ihr.

Ihre Wohnung war sehr geschmackvoll° eingerichtet. Irgendwie merkte man, dass dort keine Kinder lebten. Jeder Gegenstand war schön und wichtig, alles hatte seinen Platz, die Bilder passten zu den Vorhängen, die Teppiche waren auf die Möbel abgestimmt, die Servietten waren immer frisch

1. **bügeln** to iron
4. **Sie hat die Hausarbeit auch nicht gerade erfunden.** *(idiom.)* She wasn't exactly crazy about domestic chores.
6. **das Durcheinander** *(no pl.)* chaos
9. **zu·weisen (wies zu, zugewiesen)** to assign
10. **die Plastik, -en** sculpture • **verstellen** to misplace
11. **fuchsteufelswild** mad as hell, furious
15. **auf·stöbern** to dig up
17. **knirschen** to grind; **In ihrer Beziehung knirschte es.** *(idiom.)* Their relationship was rocky.
21. **jm. ausgeliefert sein** to be subjected to sb., to be at the mercy of sb.
25. **schlampig** *(colloq.)* sloppy, careless
29. **das Zeug** *(no pl.)* stuff

gebügelt°, und ein Stapel bunter Zeitungen, in denen sich selbstbewusste Egoisten zelebrierten, lag geordnet in einem Stahlständer. Nicht, dass Clarissa die Hausarbeit erfunden hätte°: Frau Schubert, eine runde gemütliche Frau, erschien jeden Tag und kümmerte sich um alles. Natürlich fand ich das nach unserem häuslichen Durcheinander° großartig, aber manchmal vermisste ich doch unser schönes, lebendiges Chaos. Clarissa hatte allen Dingen einen bestimmten Platz zugewiesen°, und wenn Gregor, der sich manchmal einen Spaß daraus machte, sie zu ärgern, eine Plastik° verstellte° oder ein Bild umhängte, dann wurde sie fuchsteufelswild°. Überhaupt schien sich das Verhältnis zwischen den beiden schon seit geraumer Zeit etwas abgekühlt zu haben. Sie bemühten sich zwar, das vor mir zu verbergen, aber es gelang ihnen nicht. Manchmal stöberte° ich Gregor morgens auf dem Sofa auf, und wenn er dann etwas von ›viel Arbeit‹ murmelte, dann wusste ich, dass es in ihrer Beziehung knirschte°.

Clarissa saß auf einem stilvollen Sofa und lauschte meiner Musik, während ich in der Mitte des Raumes stand und spielte. Ich fühlte mich ihrem Urteil ausgeliefert°.

»Und? Was denkst du?«

Clarissa wandte mir ihr schönes Gesicht zu.

Ein leichter Schleier lag über ihren Augen.

»Du spielst es zu ... schlampig°. Die Töne sind nicht sauber geblasen.«

Ihr Unterton war nicht zu überhören.

»Ist das alles?«

»Ich mag dieses melancholische Zeug° nicht. Es verdirbt einem die Stimmung für den ganzen Tag. Ich verstehe nicht, was dich daran so interessiert. Ich in deinem Alter habe ganz andere Sachen gespielt ... «

Das war es also. Warum nahm mich niemand so, wie ich war? Warum teilte niemand meine Liebe zu dieser Art von

2. **sich eine Zigarette an·zünden** to light a cigarette
7. **mustern** to scrutinize
9. **rechnen mit** to expect
10. **konstatieren** to diagnose
13. **der Ehrgeiz** *(no pl.)* ambition
14. **an·stacheln** to spur on, to drive on
15. **das Recht auf Wahrheit gepachtet haben** *(idiom.)*   to be the only one who knows the truth
16. **jm. die Stirn bieten (bot, geboten)** *(idiom.)* to stand up to sb.
23. **kurz und bündig** brief and succinct, terse
24. **sich nach jm. richten** to listen to sb.'s advice
26. **jn. keines Blickes würdigen** *(idiom.)* not to spare sb. a glance
27. **der Aschenbecher, -** ash tray

Musik? Ich war enttäuscht. Clarissa, die mir auf einmal sehr kalt vorkam, zündete° sich eine Zigarette an.

»Aber mach dir keine Sorgen. Ich werde ein paar schöne Stücke für dich aussuchen.«

»Ich weiß nicht, ob ich etwas anderes spielen will. Die Musik gefällt mir.«

Ich hielt ihrem Blick stand. Sie betrachtete mich musternd° und forschend zugleich, so als hätte sie nicht mit meinem Widerspruch gerechnet°.

»Damit wirst du es nicht schaffen«, konstatierte° sie.

Sagte sie das mit Absicht? Wusste sie so wenig über mich, über die menschliche Psyche, dass ihr nicht klar war, dass das meinen Ehrgeiz°, meine eigene Musik zu spielen, erst richtig anstacheln° würde? Gehörte auch sie zu den Menschen, die das Recht auf Wahrheit gepachtet° haben? Ich ärgerte mich. Ich war entschlossen, ihr die Stirn° zu bieten.

»Wer sagt das?« Nun wollte ich es genau wissen.

»Ich. Willst du die Kommission zu Tode deprimieren? Ich dachte, sie sollen dich aufnehmen.«

»Clarissa, das ist doch völliger Blödsinn«, ich musste ihr meine Meinung sagen, es konnte doch nicht wahr sein, dass sie so etwas glaubte. »Die größten Komponisten haben ... « Sie schnitt mir kurz und bündig° das Wort ab.

»Entweder du richtest° dich nach mir, oder du kannst es allein probieren!«

Ohne mich eines weiteren Blickes° zu würdigen, drückte sie ihre Zigarette im Aschenbecher° aus und schwebte aus dem Raum. Ich war perplex. Wieder stand ich vor einer Mauer, die ich nicht aufgebaut hatte. Begriff denn niemand, dass ich ein eigenständiger Mensch war, der seinen eigenen Zielen folgen musste?

Die Spannung zwischen Gregor und Clarissa wuchs. Ich hätte ihnen gerne geholfen, wusste aber nicht wie. Gregor wurde

1. **übellaunig** cantankerous • **unrasiert** unshaven
3. **der Zustand, ⸚e** condition
10. **hin- und hergerissen sein** to be torn, conflicted • **zu jm. halten (hält; hielt, gehalten)** to stick with sb.
14. **überqueren** to cross
16. **die Säule, -n** pillar, column
18. **die Heckklappe, -n** tailgate
19. **schleudern** to hurl
21. **in Stücke zerspringen (zersprang, ist zersprungen)** to break into pieces
27. **auf der Stelle kehrt·machen** *(idiom.)* to turn on one's heels

zusehends übellauniger° und unrasierter°, und Clarissa schien ein heimliches Vergnügen dabei zu empfinden, seinen Zustand° noch zu verschlechtern. Manchmal tat er mir leid. Er war so ein warmer, verständnisvoller Mensch, und Clarissa konnte so kalt sein ...

Ich entdeckte neue Seiten an ihr, die mich nicht begeisterten; und langsam, ganz gegen meinen Willen, bekam das Bild von ihr, der klugen, selbstbewussten Frau, die so lange mein Vorbild gewesen war, heftige Risse. Ich war hin- und hergerissen°. Zu wem sollte ich halten°? Lange wurde das nicht mehr gut gehen.

Ich hatte mich nicht getäuscht. Eines Nachmittags, ich kam von einem Stadtbummel zurück und wollte gerade die Straße überqueren°, da sah ich sie aus der Haustür treten. Sie waren beide sichtbar erregt. Ich hatte keine Lust, mich einzumischen, und versteckte mich hinter einer Säule°.

Clarissa redete mit Händen und Füßen auf Gregor ein, er aber schob sie einfach weg, öffnete die Heckklappe° seines Wagens und schleuderte° zwei große Reisetaschen hinein. Es gab noch einen kurzen Disput. Ich sah ihre Beziehung förmlich auf dem Asphalt in tausend Stücke zerspringen°. Gregor stieg in seinen Wagen und fuhr davon. Clarissa sah ihm bewegungslos hinterher. Mir war die Lust vergangen, in die Wohnung zurückzukehren. Nach Gregors Auszug würde sie noch schöner, kälter und leerer sein. Ich atmete tief durch. Hoffentlich war es nicht meine Schuld.

Ich machte auf der Stelle° kehrt und lief durch die Stadt.

1. **sich treiben lassen (lässt treiben; ließ treiben, treiben lassen)** to let o.s. drift
4. **die Scheibe, -n** windowpane
5. **ziellos** aimless
7. **der Stand, ⸚e** booth
8. **Heimweh verspüren** to feel homesick
12. **die Behäbigkeit** *(no pl.)* stolidity
18. **fesseln** to hold, to grip
24. **umständlich** in a roundabout way

KAPITEL VIII

Traurig ließ ich mich durch die Stadt treiben°. Ich mochte Clarissa, und ich mochte Gregor. Berlin erschien mir kalt, grau und unfreundlich. Meine Blicke streiften die Schaufenster, ohne den Gegenständen, die hinter den Scheiben° lagen, Beachtung zu schenken. Ziellos° lief ich durch die Straßen, bis ich zu einem kleinen Platz kam, an dem viele Stände° aufgebaut worden waren. Ich fühlte mich an unseren Marktplatz erinnert. Zum ersten Mal verspürte ich Heimweh°. Ich sehnte mich nach dem fröhlichen Gesicht meiner Mutter, nach den warmen Händen meines Vaters und nach dem frechen Grinsen meiner Schwester. Ich vermisste die nette, freundliche Art der Menschen bei uns und die Behäbigkeit°, mit der die Tage abliefen. Plötzlich fühlte ich mich fremd und einsam.

Aber dann passierte etwas, das sich wie ein Lichtstrahl in meinen düsteren Horizont schob. Ich sah einen Mann, der einem kleinen Mädchen etwas zu erklären versuchte. Die Art, wie er mit ihm redete, fesselte° meinen Blick. Er sprach mit seinen Händen zu der Kleinen. Leicht und schwungvoll schrieben seine Hände Wörter und Gefühle in die Luft. Diese wunderschönen Gesten. Er redete in meiner zweiten Sprache zu ihr. Mit meiner Zeichensprache. Jeder, der diese Sprache beherrscht, spricht seinen eigenen Stil, manche drücken sich umständlich° aus, andere kommen sofort zum Thema, schneller, als man es oft mit Worten ausdrücken könnte. Menschen, die

1. **die Verbundenheit** *(no pl.)* closeness
4. **die Floskel, -n** set phrase
9. **ein·biegen (bog ein, ist eingebogen) in** *(+ Akk.)* to turn into
10. **nicht anders können** *(idiom.)* not to be able to help things; **Ich konnte nicht anders.** *(idiom.)* I couldn't help it.
11. **das Spielzeug, -e** toy
14. **die Augenbraue, -n** eyebrow
16. **der Geheimbund, ⁺e** secret society
19. **vollführen** to execute
31. **der Seitenblick, -e** sidelong glance

Jenseits der Stille Kapitel VIII

reden können, haben diese Verbundenheit° untereinander
nicht. Gehörlose aber sind sich, auch wenn sie sich das erste
Mal sehen, sehr nahe, und es findet sofort ein intensiver Austausch statt, ohne viele Floskeln°.

Ich spielte Detektiv und beobachtete die beiden. Mein Herz öffnete sich. Wie unbeschwert die beiden miteinander scherzten
und plauderten. Der Mann nahm das Mädchen auf seine Schultern. Sie verließen den kleinen Marktplatz und bogen° in eine
Seitenstraße ein. Ich konnte nicht anders°. Ich musste ihnen
folgen. Schließlich gingen sie in ein Spielzeuggeschäft.° Sie sahen
sich Puppen an. Ich stand draußen vor dem Fenster und starrte
hinein. Ich musste es tun. Der Mann, der gerade mit einer Handpuppe herumalberte, bemerkte mich. Er zog die Augenbrauen°
hoch. Ich gab mich zu erkennen. Auch ich gehörte dem Geheimbund° derjenigen an, die die Gebärdensprache beherrschen.

›Blöd, wenn man so angestarrt wird, was? Ich habe euch
beobachtet.‹

Meine Hände vollführten° die Bewegungen, als ob es das
Selbstverständlichste auf der Welt wäre.

Der Mann lächelte.

›Ich habe es bemerkt‹, signalisierte er zurück.

Ich ging in den Laden. Nun registrierte mich auch das
kleine Mädchen. Es sah mich offen an, ihre Hände sprachen
zu mir.

›Hallo. Ich bin Johanna. Wer bist du?‹

›Lara.‹

›Hallo. Tom.‹

›Eigentlich wollten wir in den Park ... Ich darf nur mal kurz
gucken‹, deutete das Mädchen mit einem schnellen Seitenblick° zu dem Mann. Er beugte sich zu ihr herunter.

›Mal kurz gucken. Genau. Und „kurz" ist jetzt gleich um.‹

Johanna wendete sich den Spielsachen zu. Wir sahen uns
neugierig an. War der Mann der Vater des Mädchens? Dafür

3. **der Pferdeschwanz, ⸚e** ponytail
8. **Mir blieb die Spucke weg.** *(idiom.; colloq.)* I was flabbergasted.
13. **durch Zufall** by accident
17. **eine Runde spendieren** to pay for a round (of beer, etc.)
20. **die Wiese, -n** meadow • **bummeln (ist gebummelt)** to stroll, saunter
32. **Ansprüche stellen** to make demands
33. **unter Druck stehen (stand, gestanden)** *(idiom.)* to feel pressured
34. **leisten** to achieve

war er eigentlich zu jung. Das Hemd hing über der Jeans, er trug eine bequeme gelbe Jacke, und seine dicken schwarzen Haare hatte er zum Pferdeschwanz° gebunden.

Eine Verkäuferin unterbrach unsere gegenseitige Musterung.

»Kann ich helfen?« fragte sie.

»Danke, wir schauen uns bloß um«, antwortete Tom laut. Er konnte sprechen. Mir blieb die Spucke weg°.

»Bist du gar nicht gehörlos?« fragte ich überrascht.

»Ich?« Tom war ebenso überrascht wie ich. »Nein! Du?«

Wir lachten beide. Johanna kam aus einer Ecke des Ladens zurück. Sie hatte nicht das gefunden, was sie suchte. Nun hatte ich durch Zufall° jemanden entdeckt, mit dem ich in meinen beiden Sprachen reden konnte. Berlin war wieder eine tolle Stadt. Ich hatte keine Pläne, also blieben wir noch etwas zusammen. Wir gingen zu dritt in einen Park, Tom spendierte° eine Runde Eis bei einem Italiener.

»Mein Vater ist gehörlos. Er hat mich allein großgezogen. Und jetzt bin ich Lehrer an einer Gehörlosenschule«, erzählte er, während wir über die Wiesen° bummelten°, »Johanna ist eine meiner Schülerinnen. Eigentlich sollten wir ja Artikulation üben heute ... «

Die ganze Zeit, während er sprach, deutete er die Worte für Johanna, die ihn aufmerksam musterte. Sie wandte sich zu mir und deutete auf Tom und machte ein ›Top-Zeichen‹, um auszudrücken, dass er ein ziemlich guter Lehrer sei.

»Und du? Warum kannst du so gut die Zeichensprache?«

Ich erzählte ihm von meinen Eltern und von meinem Zuhause. Wir brachten Johanna zusammen in die Schule zurück, und ich freute mich über diese unbeschwerte Zeit, die wir verbrachten. Niemand wollte etwas von mir, und niemand stellte irgendwelche Ansprüche° an mich. Clarissa war selten entspannt. Ich hatte bei ihr ständig das Gefühl, unter Druck° zu stehen, etwas leisten° zu müssen. Draußen wurde es langsam

7. **jm./einer Sache voraus sein** to be ahead of sb./sth.
8. **vollwertig** full-fledged
9. **an·erkennen als (erkannte an, anerkannt)** to recognize as
10. **der Mönch, -e** monk
11. **die Grundform, -en** basics
12. **der Abt, ⁻e** abbot
13. **um·schlagen (schlägt um; schlug um, ist umgeschlagen)** *here:* to change; **Die Stimmung schlug um.** The mood changed.
19. **angemessen** adequate
20. **erfassen** to grasp, to understand
24. **um·gehen mit (ging um, ist umgegangen)** to deal with
28. **sich mit etw. ein·richten** to adapt to sth.

ⓘ 8.1 Gallaudet University

Die Gallaudet University in Washington, D.C. ist die weltweit erste Universität für gehörlose und schwerhörige Studierende. Hier können die Studierenden ihren Bachelor, Master und Doktor machen. Die Universität wurde 1857 als „Columbia Institution for the Deaf and Dumb and the Blind" gegründet und später nach Thomas H. Gallaudet benannt, dem Begründer der Schulbildung für Gehörlose in den Vereinigten Staaten.

Gallaudet University, Washington, D.C.

ⓘ 8.2 Helen Keller (*1880 †1968)

Helen Keller, 1880 in Alabama geboren, wurde mit zwei Jahren blind und taubstumm. Mit Hilfe ihrer Lehrerin Anne Sullivan Macy lernte Keller mit ihrer Umwelt zu kommunizieren, sowohl über das in die Hand buchstabierte Fingeralphabet als auch die Brailleschrift und das Abtasten° der Lippenbewegungen anderer Menschen. Sie studierte später an Radcliffe College und ist die erste blinde und taubstumme Studentin in den USA, die einen Bachelor-Abschluss erlangte. Keller setzte sich mit zahlreichen Schriften und ausgiebiger° Vortragstätigkeit° für die Rechte von Blinden und Taubstummen ein°, unter anderem für eine international einheitliche° Blindenschrift.

abtasten: to sense, feel, touch **ausgiebig:** extensive **der Vortrag:** talk, lecture **sich einsetzen für:** to champion sth., to commit o.s. to sth. **einheitlich:** standard, uniform

dunkel, die Straßenlampen schalteten sich an, und wir ließen uns durch die Stadt treiben.

» ... in zwei Monaten bin ich sowieso weg«, meinte Tom. »Ich gehe für ein Semester nach Washington. Da gibt es eine Universität nur für Gehörlose. Die studieren da alles. Medizin, Kunstgeschichte, Jura. Alles in Zeichensprache. Die Amerikaner sind uns mindestens zwanzig Jahre voraus° ... Sie haben die Gebärdensprache längst als vollwertige° Sprache anerkannt°.«

Anfang des 17. Jahrhunderts erfand ein spanischer Mönch° die Grundformen° der Gebärdensprache, die ein französischer Abt° später weiter entwickelte. Einer seiner Bewunderer war König Ludwig XVI. Im 19. Jahrhundert schlug° dann die Stimmung um. Die Gebärdensprache wurde verboten, Gehörlose wurden darauf gedrillt, von den Lippen zu lesen und selbst mühsam Sätze zu formulieren. In Europa kam es erst in den letzten zwanzig Jahren wieder zu einer Anerkennung der Gebärdensprache, und das ermöglichte den Gehörlosen, wieder ein angemessenes° Leben zu führen. Helen Keller, eine beeindruckende taubblinde amerikanische Autorin, erfasste° das Problem mit dem Satz:

»Blindheit schließt Menschen von Dingen aus, Taubheit schließt Menschen von Menschen aus.«

Die Art, wie Tom mit seiner Situation umging°, war ungewohnt für mich. Er sprach so selbstverständlich über sich, Gehörlosigkeit, seine Pläne und die Schule. Das kannte ich von zu Hause nicht. Meine Eltern hatten sich mit ihrer Gehörlosigkeit eingerichtet°, sich ihre eigene Welt geschaffen, und ihr Interesse an der Welt der Hörenden war nicht allzu groß. Sie hatten genug Verletzungen erlitten und gelernt, sich zu schützen.

Tom schien völlig anders mit seiner Situation als Kind gehörloser Eltern umgehen zu können. Er war neugierig auf

7. **verbergen** to hide
13. **gesprenkelt** speckled
14. **die Wimper, -n** eyelash
17. **die Verpflichtung, -en** responsibility
20. **das Grübchen, -** dimple
26. **ausweichend** evasive

alles und machte keinen Unterschied, ob jemand nun hörte oder nicht.

»Ich habe mir immer gewünscht, einen Vater zu haben, auf den ich stolz sein kann. Einer, der mich gegen die Welt verteidigt und mir vor dem Schlafengehen Lieder vorsingt«, erzählte ich. Ich hatte nicht das Gefühl, als müsse ich vor Tom irgendetwas verbergen°. Er war mir vertraut, und wenn er mich aus seinen dunklen Augen ansah, wurde ich ganz schwach in den Knien.

»Einer, der nicht verstehen kann, was du an *Guns 'n Roses* besser findest als an Beethoven?«

»Genau. Schön, dass du mich verstehst«, antwortete ich.

Seine Augen waren grün-grau, die Iris war gesprenkelt°, und seine Wimpern° waren länger als meine. Er war nahe an meinem Gesicht. Ich erschrak innerlich, obwohl er nur aus Lächeln und Freundlichkeit zu bestehen schien. Ein Blick auf meine Uhr erinnerte mich an meine Verpflichtungen°.

»Um Gottes willen. Es ist schon spät. Ich muss heim.«

Tom nickte nur leise. Er protestierte weder, noch versuchte er mich zu überreden zu bleiben. Nur seine beiden Grübchen° auf den Wangen vertieften sich.

»Hmm ... ganz schön spät«, lachte er.

Er hielt mich am Arm fest, bevor ich davonlaufen konnte.

»Kommst du mich mal besuchen? In der Schule, meine ich? Ich bin jeden Tag da.«

»Vielleicht«, antwortete ich ausweichend°, und dann ging er in die eine Richtung davon und ich in die andere. Ob er sich umdrehte? Ich drehte mich nicht um, aber meine Schritte wurden schneller und schneller, und dann lief ich in langen Sätzen nach Hause. Diese Augen.

Die Wohnung war kalt und dunkel. Es roch noch nach Gregor, nach seinen Zigaretten, wo er wohl geblieben war? Und wo war Clarissa? Mir gingen zu viele Dinge durch den

6. **malerisch** picturesque
10. **zu·frieren (fror zu, ist zugefroren)** to freeze over
14. **der Zettel, -** note, slip of paper
17. **mulmig zumute sein** *(+ Dat.)* to feel uncomfortable; **Mir war mulmig zumute.** I felt uncomfortable.
18. **radeln (ist geradelt)** to cycle, to go by bike
21. **die Gestalt, -en** figure
23. **entkorken** to uncork
24. **um·kehren (ist umgekehrt)** to turn back
25. **der Korb, ⸚e** basket
31. **platschen** to splash

ⓘ 8.3 Der Lietzensee

Mit dem hier erwähnten See ist vielleicht ist der **Lietzensee** gemeint. Der Lietzensee befindet sich mitten in der Stadt in Berlin-Charlottenburg. Er ist umgeben von einem innerstädtischen Park, in dem sich die Bewohnerinnen und Bewohner erholen können.

Kopf, als dass ich ruhig hätte ins Bett gehen können. Ich stand am Fenster, und ich dachte nach. Die helle Nacht war wolkenlos und mild.

Ich erinnerte mich an einen Ausflug mit dem Rad, den ich mit Clarissa unternommen hatte.

Wir waren zu einem kleinen, malerisch° gelegenen See mitten in der Stadt gefahren, in dem Clarissa immer schwimmen ging. Für sie war das der einzige Ort, an dem sie wehmütig wurde. Er erinnerte sie an das Zuhause ihrer Kindheit. Im Winter, wenn er zugefroren° war, lief sie dort oft Schlittschuh. Man konnte den See zu Fuß in einer knappen Stunde umrunden. Ich lief in die Küche. Eine offene, fast leere Weinflasche stand auf dem Tisch, daneben ein Glas. Dann sah ich in ihrem Badezimmer nach. Ein großes Handtuch fehlte. Den Zettel°, den sie mir hinterlassen hatte, entdeckte ich erst danach.

»Bin am See. Komm doch auch.«

Mir war mulmig zumute,° als ich allein durch die nächtliche Stadt radelte°. Am See verließ mich beinahe der Mut. Der kleine Weg, der sich am Ufer entlangwand, war dunkel und unheimlich. Ich sah mich suchend um, ich traute mich jedoch nicht zu rufen. Hin und wieder sah ich Gestalten° in den Büschen sitzen oder liegen, irgendwo lachte eine Frau, eine Flasche wurde entkorkt°, ein Hund bellte. Als ich gerade umkehren° wollte, entdeckte ich Clarissas Fahrrad mit ihrem Korb°, und dann hörte ich sie nach mir rufen.

»Hallo, Lara! Wie schön, dass du da bist.« Clarissa schwamm bereits im See. »Komm rein. Das Wasser ist wunderbar«, rief sie mir zu.

»Ich habe kein Schwimmzeug dabei!« zögerte ich.

Clarissa lachte und schlug mit ihren Händen auf die Wasseroberfläche°. Es platschte° laut.

»Los, komm schon! Du Langweilerin!«

Ich zog mich aus. Das Wasser war kälter, als ich dachte.

1. **nach Luft schnappen** *(idiom.)* to gasp for air • **sich vorwärts·tasten** to grope one's way ahead

6. **auf·saugen (sog auf, aufgesogen)** to absorb • **gierig** greedy

7. **der Schwamm, ⸚e** sponge • **sich ab·heben von (hob ab, abgehoben)** to stand out against

10. **die Boje, -n** buoy

11. **der Vorsprung, ⸚e** lead

12. **der Stoß, ⸚e** *here:* stroke • **an·schlagen (schlägt an; schlug an, ist angeschlagen)** to touch down

13. **um Haaresbreite** *(idiom.)* by a hair's breadth • **schnaufen** to wheeze, to pant

22. **gedankenverloren** lost in thought

29. **trotzig** defiant

Jenseits der Stille Kapitel VIII

Nach Luft schnappend°, tastete° ich mich in der Dunkelheit vorwärts.

»Hast du keine Angst hier? Mitten in der Nacht?« rief ich ihr zu.

Ich konnte nicht behaupten, keine Angst zu haben. Trotz des Mondscheins saugte° der Wald das Licht gierig° wie ein Schwamm° auf, nur unsere weißen Körper hoben° sich deutlich vor der schwarzen Silhouette der Bäume ab. Clarissa zeigte auf den See hinaus.

»Wer zuerst bei der Boje° ist ... «

Sie hatte einen Vorsprung°, aber mein Ehrgeiz war erwacht. Mit langen Stößen° kam ich ihr näher und schlug° um Haaresbreite° vor ihr an. Clarissa schnaufte° gewaltig und bedachte mich mit einem schnellen Seitenblick.

»Hej, du bist ja richtig gefährlich!«

»Ach was, du bist die Schnellste, das weiß doch jeder.«

Wir schwammen noch ein bisschen und kehrten dann an das Ufer zurück. Über uns spannte sich der Sternenhimmel. Nachdem wir uns abgetrocknet hatten, wurde mir langsam warm. Das Schwimmen hatte mir gutgetan. Ich fühlte mich frisch und erholt. Clarissa zündete sich eine Zigarette an und sah gedankenverloren° auf den See hinaus.

»Wo ist eigentlich Gregor hingefahren?« fragte ich sie.

»Er sucht sich eine Wohnung«, murmelte sie kaum verständlich. Sie schien keine große Lust zu haben, darüber zu sprechen. Ich schwieg.

»Er sagt, er kriegt Zahnschmerzen von meiner Musik«, sagte sie nach einer Weile.

»Sie sind alle gegen uns«, meinte ich trotzig°.

»Alle ... «, meinte sie, »selbst wenn ich 500 Kilometer weit weg bin, versuche ich immer noch, mich zu rechtfertigen.«

»Vor wem? Vor Gregor?« wollte ich wissen, dabei ahnte ich bereits ihre Antwort.

»Vor meinem Vater. Seit ich denken kann, versuche ich ihm

3. **die Platte, -n** record
8. **einher·gehen mit (ging einher, ist einhergegangen)** to be accompanied by
16. **an jm./etw. liegen (lag, gelegen)** to be because of sb./sth.; **An mir lag es nicht.** It was not my fault. • **klappen** *(colloq.)* to work out
18. **jm. etw. zu·muten** to burden sb. with sth. unreasonable/unbearable
20. **schniefen** to snivel, to sniffle • **brüchig** cracked, fragile
22. **schluchzen** to sob
24. **der Mistkerl, -e** *(colloq.)* filthy pig
27. **jm. verzeihen (verzieh, verziehen)** to forgive
29. **tupfen** to dab

zu gefallen. Früher habe ich mich immer gefragt, ob er das gleiche fühlt wie ich. Bei einem Klavierstück, oder wenn ich eine Platte° höre. Wir haben nicht viel darüber geredet. Musik ist Gefühl. Und darüber sollte man nicht zu viel sprechen!«

Sie griff zur Rotweinflasche, die in dem Picknickkorb steckte, und füllte ihr Glas. Ich musste sie etwas fragen, was mir schon lange auf dem Herzen lag. Ich ahnte, dass mein früher Wunsch, so wie sie zu werden, mit ihrem Wunsch einherging°, eine Tochter wie mich zu haben. Sie hatte mir des öfteren erzählt, wie gern sie so ein Mädchen wie mich gehabt hätten. In Tagträumen hatte ich mir vorgestellt, wie ich als ihre Tochter leben würde. Ich bewunderte Clarissa, und die Vorstellung, in ihrer tollen Wohnung, in der großen Stadt zu leben, erschien mir unvorstellbar schön.

»Warum habt ihr kein Baby? Gregor und du?« fragte ich.

»Ich weiß nicht, an wem es liegt°. Es hat nie geklappt°. Vielleicht wollte die Natur keinem Baby eine Mutter wie mich zumuten°.«

Erst warf sie ihre Zigarette in die Dunkelheit, dann schniefte° sie, und dann wurde ihre Stimme brüchig°.

»Ich habe alles falsch gemacht in meinem Leben. Martin hat dich, Kai, Marie. Ein richtiges Zuhause«, sie schluchzte° und begann leise zu weinen. »Ich habe gar nichts. Ich habe ihn verraten an diesen Mistkerl° von unserem Vater. Er hat mich so geliebt, und ich habe mich nie auf seine Seite gestellt. Ich hätte ihm helfen müssen. Ich habe ihn allein gelassen. Und jetzt hasst er mich. Er wird mir niemals verzeihen° ... «

Tränen liefen über ihre Wangen, ich beugte mich zu ihr und tupfte° sie vorsichtig weg.

»Das ist doch nicht wahr. Clarissa, du hast so viel. Du bist schön und stark, und du machst wunderbare Musik. Ich wollte immer so sein wie du.«

Ich legte meinen Arm um ihre Schultern. Sie sah mich mit roten Augen an. Plötzlich war sie das kleine Mädchen, das

1. **weder aus noch ein wissen (weiß; wusste, gewusst)** *(idiom.)* to be helpless / clueless / at a loss
5. **schnurren** to purr
12. **schmücken** to decorate
14. **keineswegs** by no means
17. **sich darauf besinnen, dass (besann, besonnen)** to remember that
30. **ertönen** to sound, to be audible
32. **die Klinke, -n** handle
33. **die Turnhalle, -n** gym; **turnen** to do gymnastics
34. **das Dutzend, -e** dozen

Jenseits der Stille Kapitel VIII

weder aus noch ein wusste°, und ich nahm sie in den Arm und zeigte ihr, dass sie nicht allein war.

In dieser Nacht träumte ich von Toms Augen. Ich lag zusammengerollt wie eine Katze im Bett und schnurrte° leise vor mich hin. Ich erinnerte mich an das große Gewitter, das mich in das Bett meiner Eltern getrieben hatte, als ich acht Jahre alt gewesen war, an das tiefe Brummen aus der Brust meines Vaters.

Die Gehörlosenschule sah aus wie jede andere Schule. Bunte Kinderzeichnungen und selbstgemachte Basteleien schmückten° lange, freundliche Gänge. Kinder rannten die Flure entlang und gestikulierten eifrig mit den Händen. Es war keineswegs° stiller als in einer normalen Schule, die Kinder lachten und quiekten, schrien und weinten. Wie sollte ich hier Tom nur finden? Ein Junge lief an mir vorbei, ich wollte ihm etwas hinterherrufen, besann° mich aber gerade noch rechtzeitig darauf, dass er mich nicht würde hören können. Ich lief ihm ein paar Schritte nach und fasste ihn an der Schulter. Er drehte sich zu mir um und lächelte, sein Gesicht zeigte keinerlei Erschrecken. Wenn man bei Hörenden von hinten seine Hand auf die Schulter legt, zucken sie zusammen, oder sie fahren überrascht herum. Bei Gehörlosen ist es vollkommen normal, jemanden mit einer Berührung auf sich aufmerksam zu machen. Ich ließ meine Hände sprechen.

›Entschuldige. Kennst du einen Lehrer, der Tom heißt? Er unterrichtet eine vierte Klasse!‹
    Der dunkelhaarige Junge nickte und deutete auf eine Tür, hinter der laute Musik ertönte°. Ich dankte ihm und klopfte an die Tür. Nichts passierte, die Musik war wohl zu laut. Ich holte tief Luft und drückte die Klinke° herunter und betrat das Klassenzimmer. Ich war in einer kleinen Turnhalle° gelandet. Es herrschte ohrenbetäubender Lärm. Ein Dutzend° Kinder

8. **leiser drehen** to lower the volume
9. **herum·rutschen (ist herumgerutscht)** to fidget around
12. **der Mundwinkel, -** corner of one's mouth
14. **herum·ruckeln** *(colloq.)* to jerk around
16. **sich wohl in seiner Haut fühlen** *(idiom.)* to feel comfortable / at home
17. **herein·platzen (ist hereingeplatzt)** to burst in

Jenseits der Stille Kapitel VIII

saß in einem Kreis um Tom, der mir den Rücken zuwandte. Nachdem ein Kind nach dem anderen zu mir blickte, machte auch er sich endlich die Mühe zu schauen, wer den Unterricht störte. Ich hob zaghaft meine Hand, um ihn zu grüßen. Er strahlte, sprang auf und zog mich in das Zimmer. »Hallo!«

Wie sollte ich etwas sagen, bei dem Lärm?

»Hallo!« schrie ich. »Ich dachte, ich besuche dich mal ... «

Er lächelte und drehte° die Musik leiser. Die Kinder rutschten° neugierig auf dem Boden herum. Er buchstabierte ihnen meinen Namen in Gebärdensprache.

›Das ist L-A-R-A. Sie ist uns besuchen gekommen!‹ Seine Mundwinkel° verzogen sich zu einem breiten Lächeln.

›Vielleicht möchte sie ja auch Lehrerin werden!‹

Die Kinder ruckelten° unruhig herum, zwei kicherten, einer stieß seinen Nachbarn an. Ich fühlte mich nicht ganz wohl in meiner Haut°. Ich war unsicher, weil ich so einfach hier hereingeplatzt° war. Tom schien bester Laune. Er hob seine Hand, sofort wurde es leise. Er zeigte auf mich und deutete dann auf den Fußboden.

»Leg dich hin!« sagte er in einem unmissverständlichen Tonfall.

Ich stutzte. Ich hatte wohl nicht richtig gehört. Meine Augen suchten Toms Blick. Er sah mich fest an.

»Was soll ich?«

Die Kinder schienen das Spiel bereits zu kennen. Nur ich wusste nicht, worum es ging. Sie sahen mich amüsiert an, so, als würden sie meine Reaktion abwarten.

»Du sollst dich auf den Boden legen!« wiederholte Tom seine Aufforderung. »Auf den Bauch! Oder willst du nicht mitmachen?«

Die Blicke der Kinder wanderten zwischen mir und ihm hin und her. Er übersetzte seine Worte in Gebärdensprache. Ich wurde nicht schlau aus ihm. War das der Tom, der mich am Abend zuvor so nett verabschiedet hatte? Ich legte mich

177

2. **ungeniert** openly, without inhibitions
5. **Der Schalk blitzte in seinen Augen.** *(idiom.)* He had a mischievous look on his face.
14. **das Reh, -e** deer
16. **dröhnen** to boom
17. **die Fingerspitze, -n** fingertip
21. **jm. etw. nach·tun (tat nach, nachgetan)** to imitate sb.

Jenseits der Stille Kapitel VIII

zögernd auf den Boden. Die Kinder kicherten ganz ungeniert°. Tom gab ihnen ein Zeichen, und sie warfen sich blitzschnell, über den ganzen Raum verteilt, auf den Boden. Ich verstand noch immer nicht. Aus Toms Augen blitzte der Schalk°.

»Warte einfach ab!« meinte er und stellte den Kassettenrekorder lauter.

Wir lagen alle flach auf dem hölzernen Parkettboden, den Kopf auf den verschränkten Händen. Niemand gab ein Geräusch von sich. Was für ein lustiger Unterricht. Diese Schule gefiel mir. Die Musik begann leise zu spielen. Ich beobachtete die Kinder – sie zeigten keine Reaktion. Langsam wurden die Töne lauter. Ein Junge hob seinen Kopf, lauschte, fast wie ein Reh° im Wald, duckte sich wieder, legte sein Ohr auf den Boden. Spürte er schon die Vibrationen? Die Musik? Andere Kinder taten das gleiche. Die Musik war nun dröhnend° laut. Auch ich spürte die Vibrationen in meinen Fingerspitzen°, in meinen Füßen und in meinem Bauch.

Die Kinder erhoben sich bereits, der Junge, der als erster aufmerksam geworden war, wiegte sich im Takt der Musik. Die anderen taten es ihm nach°. Manche tanzten, andere hüpften, sprangen, bewegten sich miteinander. Fasziniert sah ich ihnen zu. Sie konnten nicht hören, aber sie spürten die Musik mit ihrem Körper. Tom stand am Rand und zeigte auf mich.

›Arme Lara. Ich glaube, sie kann Musik nicht spüren!‹

Er legte sich zu mir auf den Boden. Die Kinder tanzten lachend um uns herum.

»Gehst du heute Abend mit mir ins Kino?« flüsterte er mir ins Ohr. Er hätte doch laut sprechen können. Wie sollte ihn jemand außer mir verstehen? Ich lächelte ihn an, verlegen, aber froh über sein Angebot.

3. **die Anwesenheit** *(no pl.)* presence
18. **weitverbreitet** common, widespread • **das Übel, -** evil
23. **rütteln** to shake
24. **der Dämmerzustand, ¨e** spaced-out state of mind, semi-consciousness
28. **die Hausmeisterin, -nen** female janitor
32. **jm. den Weg versperren** to stand in sb.'s way

Jenseits der Stille Kapitel VIII

Im Kino saßen wir nebeneinander. Ich spürte seine Anwesenheit°, manchmal suchte er meinen Blick. Ich konnte mich nicht recht auf das Geschehen auf der Leinwand konzentrieren. Als wir das Kino verließen, war die nächtliche Straße von Neonreklamen erleuchtet.

» ... schöner Film, was?« meinte Tom.

Ich nickte stumm. Er stellte sich vor mich und sah mich prüfend an. Sein Blick war ernst und forschend, verlor aber nie seine Wärme.

»Nein? Hat er dir nicht gefallen?«

»Irgendwie machen mich solche Filme traurig ... «, murmelte ich.

»Traurig?« fragte mich Tom ungläubig, »Liebesgeschichten mit Happy End machen dich traurig?«

»Ja ... sie machen mich unzufrieden ... Mit dem, was ich habe ... ich meine, sie machen einem soviel Hoffnung ... «

»›Hoffnung‹ ... oh ja, ein weitverbreitetes° Übel° ... « In Toms Stimme lag eine gewisse Portion Spott. Ich sprach aus, was ich dachte und fühlte.

»Man muss vorsichtig sein mit seinen Träumen. Die meisten gehen sowieso nicht in Erfüllung!«

Tom fasste mich am Arm und rüttelte° mich, als wollte er mich aus meinem Dämmerzustand° erwecken.

»Hejhej. Wieso bist du eigentlich so furchtbar ernst? Du bist nicht mal zwanzig und redest wie Frau Kowalschek.«

»Wer ist das denn?« fragte ich.

»Meine Hausmeisterin°. Aber die ist fast 70, dick und hässlich und hängt den ganzen Tag mit ihrem Kissen und ihrem Pudel im Fenster«, er rüttelte mich erneut, »gibt's denn überhaupt nichts Schönes in deinem Leben?«

Er versperrte° mir den Weg und sah mich mit seinen großen Augen, diesen Augen, an. Ich hob verzweifelt meine Arme und meinte mutlos:

2. **wirbeln** to whirl around, to spin around
6. **kopfschüttelnd** shaking one's head
20. **die Bratwurst, ⸚e** grilled sausage
22. **wummern** *(colloq.)* to rumble
23. **summen** to hum
33. **der Schrott** *(no pl.)* scrap metal

ⓘ 8.4 Gloria Gaynor

Gloria Gaynor (eigentlich Gloria Fowles, geboren 1949 in Newark, New Jersey) ist eine US-amerikanische Disco-Sängerin, die durch ihr Album „Never Can Say Goodbye" im Jahr 1975 berühmt wurde. Die erste Seite der LP° bestand aus vier Titeln ohne Pausen. Dieser 19-minütige Tanzmarathon wurde häufig in den Clubs gespielt.

LP (abbreviation for „Langspielplatte"): record

Jenseits der Stille Kapitel VIII

»Wenig.«
Er stöhnte, ergriff mich und wirbelte° mich im Kreis herum.
»Du machst mich wahnsinnig«, rief er, »du undankbares
Ding. Tu dir doch nicht so furchtbar leid!«
Er stellte mich wieder auf die Füße, sein Blick war herausfordernd. Kopfschüttelnd°, als hätte er so etwas noch nicht erlebt, blickte er die Straße hinunter. Ich musste lachen. Plötzlich war ich schrecklich hungrig. Einem Impuls folgend, sprang ich auf Toms breiten Rücken. Er erschrak nicht einmal, sondern ergriff meine Beine.
»Ich habe aber Hunger«, meinte ich, und er galoppierte los.

Wir tauchten in die Nacht. Vor einer großen Hauswand, die von oben bis unten mit Graffitis besprüht war, ließen wir unsere Schatten auf und ab tanzen. Meiner war klein, ich bewegte mich direkt vor der Mauer, und Toms war groß. Er spielte King Kong und ich die Weiße Frau. Sein Schatten griff nach mir, und meiner war diesen riesenhaften Schattenhänden ausgeliefert. Sie befahlen mir zu hüpfen. Es roch nach Bratwürsten°.
Ich lief zu dem Grill, bestellte mir etwas und wärmte mir die Hände. Ein Gettoblaster wummerte° vor sich hin. Tom begann, die Melodie mitzusummen°. Seine Hände bewegten sich über ein imaginäres Klavier.

① 8.4
»Gloria Gaynor! Das habe ich geliebt, als ich vierzehn war!«
Seine Augen leuchteten, vor allem aber waren es seine Hände, die meinen Blick fesselten. Sie sangen das Lied, eine Melodie aus den siebziger Jahren, die mit harten Bässen unterlegt war, auf ihre Weise. Sie tanzten auf und ab, beschrieben Kreise, entfernten sich voneinander und kamen wieder zusammen, suchten und umschwirrten sich. Das Ambiente – die Graffitis auf den Wänden fast verfallener Häuser, Installationen aus Schrott°, verrückte Leute, die Musik und vor allem Tom, in den die Musik hineinfloss und aus dessen Händen sie wieder

Jenseits der Stille Kapitel VIII

herausfloss. Meine Hände sangen mit seinen Händen. Er nahm mich in die Arme, wirbelte mich herum, und wir tanzten, bis die Musik verstummte. Ich hatte alles vergessen, ich dachte weder an meine Familie noch an sonst irgendetwas. Für mich existierten nur die Musik und seine Augen, in denen soviel Leben, soviel Charme, Fröhlichkeit und Klugheit aufblitzten.

2. **mit beiden Beinen im Leben stehen** (stand, gestanden) *(idiom.)* to have both feet firmly on the ground
3. **sich** (*Dat.*) **etw. zu·trauen** to think one is capable of sth.
6. **die Silvesterrakete, -n** fireworks; **Silvester** New Year's Eve
16. **die Brüstung, -en** balustrade
22. **das Gleichgewicht** *(no pl.)* balance

KAPITEL IX

Meine Mutter war kein Mensch, um den man Angst haben musste. Sie stand mit beiden Beinen° im Leben und wusste sehr gut, was sie sich zutrauen° konnte und was nicht. Kinder fordern viel von ihren Eltern. Sie wollen mit ihnen Fußball spielen, tauchen, auf Bäume klettern oder Silvesterraketen° anzünden. Kinder wollen sich durchsetzen, sie möchten, dass ihre Wünsche wahr werden, und interessieren sich nicht für die Probleme der Erwachsenen. Ich hatte mir immer gewünscht, mit meiner Mutter Rad zu fahren. Es gab für mich nichts Schöneres als die Vorstellung, neben ihr durch Felder und Wiesen zu fahren, sie lachen zu sehen und mich bei ihr zu wissen. Ich erinnere mich noch genau an den Tag, als ich mit acht oder neun Jahren auf unserer kleinen Terrasse saß und Schulaufgaben machte. Die Sonne schien, plötzlich flog ein Steinchen auf mein Heft. Ich sah erstaunt über die Brüstung°. Kai und Martin standen mit einem nagelneuen Damenrad auf der Straße. Ich begriff nicht sofort.

›Hol dein Rad‹, deutete mir mein Vater, ›wir machen einen Ausflug!‹

›Eine Radtour?‹ Vor Staunen blieb mir der Mund offen. ›Aber ich denke, Mama kann nicht ... wegen ihres Gleichgewichts°?‹

Bisher hatten sie mir immer erklärt, dass Mama wie viele Gehörlose Schwierigkeiten mit ihrem Gleichgewichtssinn hatte und deshalb nicht Rad fahren könne. Mein Vater hatte

6. **inmitten** *(+ Gen.)* in the middle of
8. **begutachten** to take a look at, to examine
9. **wackeln** to wobble, to shake
11. **sich in den Sattel schwingen (schwang, geschwungen)** to jump onto one's bicycle; **der Sattel, ⸚** saddle • **unermüdlich** tireless
20. **schlingern** to lurch from side to side, to skid
22. **überholen** to overtake
24. **blinzeln** to blink, to squint
27. **der Anfeuerungsruf, -e** shout of encouragement
33. **der Übermut** *(no pl.)* high spirits

Jenseits der Stille Kapitel IX

keine Probleme beim Radfahren, er brachte es ihr bei. Wie glücklich und aufgeregt war sie, als sie die ersten Meter allein auf dem Rad zurücklegte. Ich erinnere mich an ihr schönes, eigenwilliges Lachen.

Auf einer großen Wiese inmitten° von dicht bewachsenen Hopfenfeldern warfen mein Vater und ich unsere Räder ins Gras und begutachteten° Mamas Fahrkünste. Es sah abenteuerlich aus, wie sie wackelnd° versuchte, mit ihrem Rad Kurven zu fahren. Das Fahren schien ihr viel Spaß zu machen. Manchmal fiel sie hin, aber sie lachte nur und schwang° sich unermüdlich° wie ein Kind wieder in den Sattel. Ich half ihr wie einer großen Schwester, und wir beide schenkten den ängstlichen Blicken meines Vaters keine Beachtung. Sie fuhr einen Weg hinauf. Oben angekommen, winkte sie uns, drehte ihr Rad und ließ sich den Hügel herunterrollen. Plötzlich tauchte hinter ihr ein Traktor auf.

    Vater und ich sahen ihn zur gleichen Zeit und warnten Kai wild gestikulierend, aber sie schien nicht zu verstehen und lachte uns zu. Der Traktor hupte. Kai kam schlingernd° den Weg hinunter. Der Traktor hupte erneut und versuchte meine Mutter zu überholen°. Sie schnitt ihm den Weg ab und lachte über unsere aufgeregten Bewegungen. Ich schlug die Hände vor die Augen und blinzelte° durch die Finger. Plötzlich fiel sie zur Seite in das weiche Gras. Als der Traktor sie überholte, sah sie ihn erstaunt an. Sie hatte nicht das Geringste bemerkt. Unsere Bewegungen hatte sie für Anfeuerungsrufe° gehalten. Mutter und ich lachten erleichtert, doch meinem Vater war nicht zum Lachen zumute.

Warum ich das an dieser Stelle erzähle? Weil die Erinnerung an meine Mutter, an ihr Lachen, an ihre Kindlichkeit, an ihren Übermut°, an ihre Wärme alles ist, was mir von ihr geblieben ist.

2. **schleichen (schlich, ist geschlichen)** to sneak, to creep • **auf Zehenspitzen** on tiptoe
13. **sich lösen von/aus** to move away from
14. **der Türrahmen, -** doorframe
15. **behutsam** careful, gentle
16. **Das Herz klopfte mir bis zum Hals.** *(idiom.)* My heart was thumping.
20. **mit belegter Stimme hervor·bringen (brachte hervor, hervorgebracht)** *(idiom.)* to utter with a choked-up voice
28. **kraftlos** powerless, feeble
29. **vornübergebeugt** slumped over • **auf·stützen** to rest, to prop up
34. **verschlingen (verschlang, verschlungen)** to swallow up

Ich kam spät heim nach diesem wunderbaren Abend mit Tom. Um Clarissa nicht zu wecken, schlich° ich auf Zehenspitzen° in mein Zimmer. Eine Stimme kam aus der Dunkelheit des Flures.

»Lara?«

Ich erschrak und fuhr herum. Gregor stand in der Tür zum Wohnzimmer. Er hatte kein Licht angemacht, nur eine Kerze flackerte hinter ihm. Tausend Gedanken schossen durch meinen Kopf. Wieso war er wieder in der Wohnung? Was war passiert? War ich zu spät? Ich ging langsam auf ihn zu.

Sein Gesicht lag im Halbschatten, von dem Schalk, der ihm sonst immer in den Augen saß, war nichts geblieben. Ich war verunsichert, ich hatte Angst. Gregor löste° sich aus dem Türrahmen° und kam mir entgegen. Seine Hand strich mir behutsam° eine Haarsträhne aus der Stirn. Das Herz klopfte mir bis zum Hals°. Ich war unfähig, mich zu bewegen. Er sprach kein Wort, behutsam nahm er mich in seine starken Arme und hielt mich fest.

»Komm her, Lara! Komm her zu mir, mein Mädchen«, brachte er mit belegter Stimme hervor°.

Was wollte er von mir? Ich versuchte, mich freizumachen. Er nahm mein Gesicht in seine Hände, suchte meinen Blick und schaute mich wortlos an. Ich las es in seinen Augen, bevor er es aussprach.

»Deine Mutter hatte gestern Abend einen Fahrradunfall. Sie ist tot.«

Ich sah über seine Schulter hinweg. Das Bild an der Wand zeigte eine Figur, die auf einem Stuhl saß. Kraftlos°, vornübergebeugt°, die Arme auf die Knie aufgestützt°. Was hatte er gesagt? Ich versuchte, mich von Gregor zu lösen. Er hielt mich fest.

Der Boden öffnete sich unter meinen Füßen. Ich sank in die Knie, ich fiel in die Tiefe, fiel und fiel. Die Dunkelheit verschlang° mich. Willenlos ließ ich mich von Gregor ins Bett

6. **allgegenwärtig** omnipresent

tragen. Ich fiel durch einen schwarzen Tunnel, Bilder begleiteten mich – meine Mutter, wie sie Äpfel in Schokoladensoße tunkt, wie sie wackelnd auf dem Fahrrad sitzt, wie sie lacht, ich klatsche ihr Applaus, wie sie vor dem Spiegel steht und singt, sie mit ernstem Gesicht, sie in den Armen meines Vaters – eine allgegenwärtige° Dunkelheit verschlang mich.

9. **aus·löschen** to erase, to wipe out
11. **rumoren** *(colloq.)* to rumble about
16. **lasten** to weigh heavily
21. **beerdigen** to bury

KAPITEL X

Am nächsten Morgen fuhr ich zu meinem Vater und Marie. Unser Haus ohne Kai – ich flüchtete mich in die Arme meines Vaters. In der ersten Nacht schliefen wir zu dritt in einem Bett. Vater lag in der Mitte, ich an seiner linken Seite und Marie an seiner rechten. Immer wieder wachte ich auf, hörte meinen Vater und meine Schwester atmen. Die Vorhänge wehten sanft im Wind.

Meine Mutter war tot, ein zentraler Teil meines Lebens war für immer ausgelöscht°. Ich begriff es nicht. Überall im Haus sah ich meine Mutter, im Bad, in der Küche, auf der Treppe, ich hörte sie in der Speisekammer rumoren° oder den Flur fegen. Wir teilten den Schmerz, und doch war jeder allein mit seinem Kummer. Mein Vater hatte sich noch weiter zurückgezogen und schien in unerreichbare Ferne gerückt.

Nur weinend konnte ich den Kummer ertragen und mich von dem Druck befreien, der auf mir lastete°. Jeder Gegenstand erinnerte mich an Mama. Ich räumte ihre Kleider aus den Schränken. Ihren roten Schal und ihre roten Handschuhe, mit denen sie mir kleinem Mädchen immer zugewunken hatte. Ihre leichten Sommerkleider und ihre warmen Pullover, die sie im Winter so gerne trug. Wir hatten sie beerdigt°, und doch sah ich sie immer vor mir.

Die Schwierigkeiten mit meinem Vater wurden nicht geringer. Ich versuchte, ihn zu erreichen, aber es gelang mir kaum. Er hatte es nie gelernt, über seine Gefühle zu sprechen.

1. **der Pfeiler, -** pillar
2. **der Lebensmut** *(no pl.)* courage to live
8. **sich aus·tauschen** to discuss, to exchange views • **scheitern (ist gescheitert)** to fail
12. **auf·gehen (ging auf, ist aufgegangen)** to rise *(referring to sun)*
30. **zerstreuen** to dispel, to disperse
31. **bevormunden** to treat in a patronizing way / like a child
33. **vor·schreiben (schrieb vor, vorgeschrieben)** to dictate, to stipulate

Seine Frau war der stützende Pfeiler° seines Lebens, nun, als sie nicht mehr bei ihm war, schien er jeden Lebensmut° verloren zu haben. Ich ertrug seinen Kummer kaum.

Ich sehnte mich nach seinen lebhaften Augen, seinen großen wunderbaren Händen und dem tiefen Brummen, das mir Heimat und Schutz zugleich war. Nachdem so viele meiner Versuche, mich mit ihm über unsere neue Situation und unsere Trauer auszutauschen°, gescheitert° waren, wandelte sich meine Trauer in Zorn. Ich war jung, ich war hungrig, ich wollte leben. Sicher übersah ich seine Versuche, die Isolation zu überwinden. Oft stand er schon morgens in der Küche, sah aus dem Fenster und starrte in die aufgehende° Sonne. Wahrscheinlich hatte er wieder nicht geschlafen. Er suchte meine Aufmerksamkeit.

›Wie klingt das? Wenn die Sonne aufgeht?‹ wollte er wissen.

Papa und seine Spiele. Ich konnte nicht darauf eingehen. Warum konnte er mit mir nicht wie mit einer erwachsenen Tochter reden?

›Kein Geräusch, Papa. Sie tut es geräuschlos!‹

Ich wandte mich ab. Er sah müde aus, sehr müde. Seine Gesten waren plötzlich hart und unversöhnlich.

»Sie hätte nie Rad fahren sollen«, sprach ich aus, was er mir mit seinen Händen andeutete, »das war ein Fehler. Sie hatte Probleme mit dem Gleichgewicht.«

Was wollte er damit sagen? Ich ging einen Schritt auf ihn zu. Mit einer kleinen, entschiedenen Geste stellte er die Dinge klar. Das war es also. Ich begriff. Ich suchte seinen Blick.

›Willst du damit sagen, es ist meine Schuld?‹

Es wäre ein Leichtes für ihn gewesen, meine Zweifel zu zerstreuen°, aber er wollte es nicht. So oft hatten sich Hörende auf feindliche und bevormundende° Weise in Mamas und sein Leben eingemischt; hatten ihnen schon als Kinder vorgeschrieben°, was sie zu tun und zu lassen hatten. In seinem Schmerz und seiner Trauer machte er nun mich als Teil der

5. herum·reißen (riss herum, herumgerissen) to pull around
13. das Schuldgefühl, -e feeling of guilt
14. der Zuspruch *(no pl.)* encouragement, consolation
24. schmatzen *(colloq.)* to smack *(colloq.)*, to eat noisily
27. **Mir fällt die Decke auf den Kopf.** (fiel, ist gefallen) *(idiom.)* I feel confined/walled in.
33. **Ich dachte gar nicht daran.** *(idiom.)* It didn't occur to me. / I was not going to do this.

hörenden Welt für Mamas Tod verantwortlich. Hatte ich damals nicht von ihr verlangt, was sie aufgrund ihrer Gehörlosigkeit eigentlich nicht konnte? Sie hatte für mich Rad fahren gelernt. Für mich. Und jetzt war sie tot.

›Hej, schau mich an!‹ Ich riss° ihn aufgebracht an der Schulter herum. ›Sprich mit mir, verdammt noch mal. Das kannst du nicht glauben.‹

Aber es war zu spät. Ich kannte meinen Vater. Er war so stur. Wenn er einmal eine Meinung geäußert hatte, dann blieb er dabei. Ich war schuld an Mutters Tod, ich, weil ich sie als kleines Mädchen überredet hatte, das zu tun, was hörende Eltern auch tun.

Sein Vorwurf weckte Schuldgefühle° in mir. Sie zerrissen mir fast das Herz. Ich hätte den Zuspruch°, den Trost meines Vaters sehr gebraucht. Aber für ihn war ich in diesem Moment nichts als eine verhasste »Hörende«, die ihm das Liebste genommen hatte.

Schweigend saßen wir von nun an bei den Mahlzeiten um den Tisch. Aber es war kein friedliches Schweigen, kein Schweigen, bei dem jeder mit sich selbst im reinen ist. Es herrschte eine zerstörerische Stille. Ich konnte meinen Vater nicht mehr sehen. Wie er da saß, in sich gekehrt, vorwurfsvoll den Blick auf den Tisch gerichtet, schmatzend°. Marie schien das alles nicht zu stören, ich aber hatte es lange genug ertragen. Ich hatte lange genug geschwiegen. Mir fiel die Decke auf den Kopf°. Ich hatte die Hoffnung verloren, meine Gedanken und Gefühle mit meinem Vater teilen zu können. Eines Morgens stand ich auf und schaltete das Radio ein. Mein Vater hatte es bemerkt und hob den Kopf. Ich konnte nicht mehr. Mir fiel die Decke auf den Kopf.

›Mach das Radio aus!‹

Ich dachte gar nicht daran°. Mein Vater aß weiter.

›Was soll ich machen?‹ fragte ich nach.

2. **etw. nicht fassen können** *(idiom.)* to be incapable of understanding sth.
12. **die Andersartigkeit** *(no pl.)* otherness
18. **zu etw./jn. stehen (stand, gestanden)** to stand by sth./sb.
19. **jn. von etw. ab·bringen (brachte ab, abgebracht)** to discourage/dissuade sb. from sth.
25. **die Badewanne, -n** bathtub
31. **auf dem besten Weg sein** *(idiom.)* to be well on the way

›Sie stört mich‹, kam es kurz von ihm.

Ich konnte es nicht fassen°. Die Musik störte ihn, weil ich sie genoss.

›Die Musik stört dich?‹

Mit einem lauten Knall schlug er auf die Tischplatte. Wir erschraken beide. Marie sah angstvoll zwischen uns beiden hin und her. Sie war zu klein, um unsere Schwierigkeiten zu verstehen.

›Ich will keine Musik in meinem Haus. Nicht jetzt.‹

Ich sprang auf und verließ die Küche. Ich konnte meinen Vater nicht mehr ertragen. Es schien mir, als wolle er sich pausenlos durchsetzen – gegen meine Andersartigkeit°, gegen meine Welt, gegen mich, seine hörende Tochter.

Ich rannte in mein Zimmer. An meinem Spiegel hingen noch die zwei Konzertkarten, die Mama mir geschenkt hatte. Sie waren ein letztes Versprechen, das wir uns gegeben hatten. Ein Versprechen, zu unseren Wünschen und Träumen zu stehen° und uns durch nichts von ihnen abbringen° zu lassen. Noch immer sah ich Mama neben mir im Spiegel, wenn ich mich betrachtete, die Bürste vor dem Mund, die Augen geschlossen, in Gedanken auf einer weiten Reise. Sie gab mir Kraft.

Endlich war der Tag des Konzerts gekommen. Ich schminkte mich im Bad. Marie saß nackt auf dem Rand der vollen Badewanne° und betrachtete mich skeptisch. Sie sah nicht gerade glücklich aus. Ich tröstete sie.

»Es wird bestimmt nicht später als elf. Wenn der Bus pünktlich kommt. Alles klar?«

»Musst du da unbedingt hin?«

»Ich war schon ewig nicht mehr aus, und ich bin auf dem besten Weg°, wahnsinnig zu werden. Außerdem sind die Karten von Mama.«

»Und warum kann ich nicht mit? Du hast doch zwei ... «

»Eine muss bei Papa bleiben.«

5. **aufmüpfig** rebellious
9. **verkraften** to cope with • **sich** *(Dat.)* **etw. überstreifen** to pull sth. over
10. **die Taucherbrille, -n** diving goggles
12. **den Kopf schräg legen** to tilt one's head; **schräg** tilted
15. **wie aus der Pistole geschossen** *(idiom; colloq.)* like a shot
24. **die Hopfenstange, -n** hop pole
26. **sich wölben** to curve • **der Acker, ¨** field
27. **pflügen** to plow
29. **zu neuen Ufern auf·brechen (bricht auf; brach auf, ist aufgebrochen)** *(idiom.)* to begin sth. completely new
32. **der Diaprojektor, -en** slide projector • **die Leinwand, ¨e** screen, canvas

Jenseits der Stille Kapitel X

Das war nicht die ganze Wahrheit. Ich brauchte etwas Zeit für mich. Ich wollte auf andere Gedanken kommen.

»Du musst ihn ins Bett bringen. Gehst du jetzt in die Wanne?« lächelte ich sie an.

»Er soll sich selber ins Bett bringen«, meinte sie aufmüpfig°, »ich bin doch nicht sein Babysitter.«

»Vorsicht, Fräulein«, warnte ich sie, »nicht so frech.« Insgeheim war ich froh, dass sie Mutters Tod und die Spannungen zwischen Vater und mir so gut verkraftete°. Marie streifte° sich eine Taucherbrille° über.

»Und? Wie sehe ich aus?« Ich war mit dem Schminken fertig. Sie legte den Kopf schräg°.

»Irgendwie zu bunt.«

»Echt? Clarissa schminkt sich auch so.«

»Clarissa sieht ja auch gut aus«, kam es wie aus der Pistole° geschossen zurück. Ich drehte mich zu ihr um.

»Ich habe dich furchtbar lieb, das weißt du, ja?« Marie sah mit ihrer Brille aus wie ein erstaunter Frosch. Ich beugte mich zu ihr herunter und sie dachte wohl, ich wolle ihr einen Abschiedskuss geben, aber da hatte sie sich getäuscht. Mit einem Schwung drückte ich sie unter Wasser und verließ lachend das Badezimmer.

Bereits die Busfahrt allein genoss ich. Volle Hopfenstangen° säumten die Straße zu beiden Seiten. Dunkelgrüne Wiesen wölbten° sich über sanfte Hügel. Die Äcker° waren frisch gepflügt° und lagen vor mir in ihrem satten Braun. Die Sonne stand tief über dem Horizont und tauchte die Landschaft in ein warmes Orange. Und ich brach auf zu neuen Ufern°.

Viel zu früh betrat ich den Saal. Alle Stühle waren leer. Nur ein Diaprojektor° warf seinen Strahl auf eine Leinwand° über der Bühne. Dort leuchtete, wie von einer geheimnisvollen inneren Kraft erhellt, ein Bild, das mir sehr gefiel. Ein Mann

1. **umschlingen (umschlang, umschlungen)** to clasp in one's arms
2. **der Vulkanausbruch, ⁻e** volcanic eruption
4. **gebannt** spellbound
5. **ergreifen (ergriff, ergriffen)** to seize, to grip
22. **umkreisen** to walk around; **der Kreis, -e** circle

ⓘ **10.1 Marc Chagall**

Marc Chagall (*1887 Vitebsk, Weißrussland †1985 Saint-Paul-de-Vence, Frankreich) gilt° als einer der bedeutendsten Maler des 20. Jahrhunderts. In seinen farbenfrohen, oft traumhaften Bildern schuf° er eine zeitlos-poetische Welt, die geprägt° war von Chassidischer° Mystik, den Erfahrungen seines ärmlichen jüdischen Elternhauses und russischer Volkskunst. Motive wie die Kuh, der Geiger° sowie das schwebende Ehepaar – das an seine Liebe zu seiner 1944 verstorbenen Frau Bella erinnert – waren immer wiederkehrende Themen in seinen Bildern. Sein vielseitiges Werk umfasst auch Lithografien, Buchillustrationen, Theaterkulissen° und Wandmalereien für öffentliche Gebäude (wie z.B. die Metropolitan Opera in New York). Er arbeitete in St. Petersburg, Moskau, Paris und New York; von 1950 bis 1985 lebte er in Saint-Paul-de-Vence.

gelten (gilt; galt, gegolten) als: to be considered as **schaffen (schuf, geschaffen):** to create **geprägt:** influenced **Chassidim:** Jewish mystical tradition founded in the 18th century in Eastern Europe, which was opposed to scriptural learning and emphasized serving God through one's own deeds and words **der Geiger:** fiddler **die Kulisse:** setting

Jenseits der Stille Kapitel X

hielt eine Frau zärtlich umschlungen°, sie lagen träumerisch
vor einem Hügel, aus dem wie bei einem Vulkanausbruch°
Sterne, Blumen, Vögel und Feuer schossen. Ich betrachtete es
gebannt°. Die Kraft, das Leben und die Freude, die aus diesem
Bild sprachen, ergriffen° mich. Schon lange hatte ich so etwas
Berührendes nicht mehr gesehen. Die Frau auf dem Bild
schien mir zuzulächeln. Ich stieg auf die Bühne, um es aus der
Nähe zu betrachten. Mein Schatten wurde zu einem Teil des
Bildes. Plötzlich hörte ich eine Stimme.

»Listen! You hear the sound of the picture?«

Ein Mann mit einem weißen Bart betrat, seine Hände
tastend ausgestreckt, als sei er blind, die Bühne. Mit einem
spanischen Akzent sprach er,

»Yes! Can you hear it?«

Ich sah den Mann stumm an, er wies auf das Bild, und wir
betrachteten es.

»He's a great artist. Chagall. His paintings are music, you
know? He knows that the world is music.« Er machte eine
kleine Pause und sah mich aufmerksam an.

»You want to know the truth of music?«

»Yes. I want to learn it.«

Der alte Mann umkreiste° mich, er lachte, schüttelte den
Kopf.

»You don't have to learn it anymore. It's in you already. Listen to the songs inside.«

Der Lichtstrahl des Projektors wurde von einer älteren Frau
unterbrochen, die dem Mann signalisierte, er möge kommen.
Mit einem mir unergründlichen Lächeln stieg er vorsichtig
von der Bühne. Ich sah ihm nach.

Langsam füllte sich der Raum. Ein Gitarrist und ein Bassist
gingen auf die Bühne. Ich hielt die beiden Karten von Mama
in den Händen. Der Platz neben mir blieb leer. Ein schwacher
Scheinwerfer erhellte die Bühne, Musik ertönte hinter uns. Ich

1. **Ich staunte nicht schlecht.** *(idiom.)* I was flabbergasted.
5. **ein·stimmen** to join in
9. **die Quelle, -n** spring, fountain
10. **schwerelos** weightless
11. **heiter** cheerful
12. **das Lebensgefühl** *(no pl.)* feeling of being alive

ⓘ 10.2 Giora Feidman

Giora Feidman (*1936 in Buenos Aires) ist einer der bekanntesten Klarinettisten und Klezmer-Musiker weltweit. Geboren in Argentinien als Sohn bessarabischer° Juden, begann er Anfang der 1970er seine Solokarriere als Klezmer-Musiker und zog nach New York. Heute arbeitet er vor allem in Deutschland. Durch Auftritte in den deutschen Filmen *Jenseits der Stille* von Caroline Link und *Die Comedian Harmonists* von Joseph Vilsmaier sowie seine oscargekrönte Filmmusik zu Steven Spielbergs *Schindlers Liste* (gemeinsam mit Itzhak Perlman) wurde Feidman Mitte der 1990er Jahre weltbekannt. (Quelle: *Giora Feidman,* http://de.wikipedia.org)

Bessarabien: Area in Southwestern Europe near the Black Sea. From the end of the 18th century onwards, a large portion of Ashkenazi Jews were forced to settle there under the czars. Over the centuries it belonged to various states; until 1991 it belonged to the Soviet Union, since then to the Republic of Moldavia and the Ukraine.

Jenseits der Stille Kapitel X

staunte° nicht schlecht, als ich mich umdrehte. Der Mann, der eben noch zu mir gesprochen hatte, war der Star des Abends – Giora Feidman, ein Klarinettist. Leise und geheimnisvoll spielte er auf seinem Instrument, und als er die Bühne erreicht hatte, stimmten° die beiden Musiker in das Lied ein. Er spielte ein traditionelles jüdisches Volkslied – melancholisch, kraftvoll und frei. Ich tauchte ein in die Musik. Sie war so anders als alles, was ich bisher gehört hatte. Sie schien aus dem Mann wie eine Quelle° zu entspringen, und er schien eins mit seinem Instrument. Sein Spiel wirkte so leicht und schwerelos°.

Das war meine Musik – heiter° und stark, ruhig und traurig zugleich. Mehr als alles zuvor drückte sie mein Lebensgefühl° aus.

Die Musik trug mich fort. Ich sah meine Mutter fröhlich und ungeschickt die ersten Versuche auf ihrem Fahrrad machen, ich lief vor ihr her, tanzte durch die nasse Wiese – wir lachten beide, das Leben war so leicht und so schön. Niemals werde ich das vergessen.

2. **wie im Fluge** *(idiom.)* in a flash
3. **vertreiben (vertrieb, vertrieben)** to drive away • **trüb** gloomy
13. **der Balsam** *(usu. sg.)* balm, remedy

KAPITEL XI

Ich fühlte mich wie neugeboren. Die Heimfahrt verging wie im Fluge°. Ich spürte die wundervolle Musik in mir. Sie brachte mein Herz zum Schlagen und vertrieb° die trüben° Gedanken. Aber das sollte nicht die einzige Freude dieses Abends bleiben. Als ich unser Gartentor öffnete, sah ich einen Mann in unserem Garten stehen. Er stand im Halbschatten unter einem Baum und wandte mir sein Profil zu.

»Tom?«

Er löste sich aus der Dunkelheit. Es war tatsächlich Tom. Er trug seine gelbe Jacke und war mir so vertraut, als hätten wir uns das letzte Mal erst am Nachmittag noch getroffen.

»Ich habe dich im Bus gesehen«, seine ruhige Stimme war Balsam° für meine Ohren, »ich dachte, ich schaue mal nach dir. Deine Tante hat mir erzählt ... und ... ich flieg doch morgen Abend.«

Langsam erst realisierte ich, dass er den weiten Weg aus Berlin gekommen war, um mich zu sehen.

»Es tut mir so leid, Lara.«

Ich dachte an die Musik. Meine Trauer hatte ich weit weg geschoben. Ich wollte sie vergessen, wollte nicht an den Tod meiner Mutter erinnert werden. Mein Leben sollte sich wieder um mich drehen. Ich strahlte Tom an.

»Ich habe gerade das schönste Konzert meines Lebens gehört. Ich will unbedingt auf diese Schule gehen. Ich muss das schaffen. Meinst du, ich bin gut genug?«

2. **Feuer und Flamme sein** *(idiom.)* to be thrilled, to be excited
12. **gut drauf sein** *(idiom.)* to be in a good mood
14. **ermahnen** to caution, to admonish
18. **der Nadelstich, -e** stitch
23. **jm. einen Vogel zeigen** *(idiom.)* to tap one's forehead at sb. (to indicate that you think sb. is crazy)
24. **ein·spannen** to insert

»Ich habe dich ja noch nie spielen hören«, antwortete Tom. Ich war Feuer und Flamme° für meinen Plan.

Giora Feidman hatte mir mit seiner Musik etwas zurückgegeben, von dem ich nicht mehr gewusst hatte, dass es existierte.

»Soll ich dir was vorspielen? Jetzt?«

»Jetzt?« fragte Tom verblüfft.

»Warum nicht? Irgendeinen Vorteil muss es ja haben, dass unsere Väter gehörlos sind.«

Ich kicherte und stürmte ins Haus.

»Du bist ja schon wieder gut drauf° ... «, Tom betrachtete mich aufmerksam, aber ich schenkte ihm keine Beachtung und ermahnte° ihn, leise zu sein. Mein Vater war zwar gehörlos, meine Schwester dagegen hörte umso besser. Es war eine helle Nacht. In ein paar Tagen würde Vollmond sein, kein Schatten war am Himmel zu sehen. Die Sterne erschienen mir wie feine Nadelstiche° in einem endlosen blauen Tuch. Tom tastete sich vorsichtig zwischen den Stühlen hindurch. Ich suchte meine Klarinette.

»Brauchst du kein Licht? Für die Noten?« fragte Tom flüsternd.

Ich zeigte ihm einen Vogel°. Meine Klarinette lag auf dem Wohnzimmertisch. Mit ein paar schnellen Griffen spannte° ich das hölzerne Mundstück ein. Toms Schatten zeichnete sich vor dem Fenster ab. Alles war in ein blau-weißes Licht getaucht, die Nacht verschluckte die Farben und milderte die Konturen.

»Also nicht so streng sein! Ich habe mir das gerade erst ausgedacht!«

Ich fing an zu spielen. Eine einfache Melodie. Immer dachte ich daran, wie Feidman mit seinem Instrument die Musik zum Leben erweckt hatte. Ich spürte, wie mein Mut zurückkam, ich blies kraftvoller, und die Töne flossen zusammen. Toms Augen

5. **ruhen auf** *(+ Dat.)* to rest upon
17. **der Knoten, -** knot
18. **fort·schwemmen** to wash away
19. **das Hindernis, -se** obstacle
21. **erkunden** to explore • **gleiten (glitt, ist geglitten)** to glide, to move smoothly • **der Träger, -** strap
23. **erschaudern** to shudder
27. **die Scheu** *(no pl.)* shyness, timidity
29. **das Begehren** *(usu. sg.)* desire
32. **befrieden** to calm, to give peace
33. **die Biene, -n** bee

leuchteten in der Dunkelheit. Mein Spiel führte mich auf eine
Reise in ein unbekanntes Land, erst seine Stimme holte mich
zurück in die Nacht.

»Das war wunderschön, Lara. Das war richtig gut ... «

Ich sah ihn unsicher an. Seine Augen ruhten° auf mir.

»Hat es dir wirklich gefallen?«

Zuerst berührte mich seine Hand. Zärtlich, sanft strich sie
über meine Wange.

»Machst du Witze?« fragte er leise. Sein Gesicht kam auf
mich zu. »Wenn du gar nicht weißt, wie gut du spielst, dann
weißt du gar nichts ... «

»Soll ich noch etwas spielen?« fragte ich ihn.

Er schüttelte den Kopf und nahm mir die Klarinette aus der
Hand und legte sie zur Seite. Seine Lippen waren ganz dicht
an meinem Ohr.

»Gar nichts sollst du ... «

Er küsste mich. Mir war, als ob sich in mir ein Knoten° löste.
Eine große Welle durchlief meinen Körper und schwemmte°
alle Hindernisse° fort. Seine Lippen waren weich und fest
zugleich. Ich hörte meinen schnellen Atem. Seine Hände er-
kundeten° mein Gesicht, glitten° tiefer, schoben die Träger°
meines Kleides von den Schultern, ertasteten meine Arme,
meine Hüften, meinen Bauch, ich erschauderte°.

Ich öffnete die Knöpfe seines Hemdes, schmiegte mich an
seinen Oberkörper, küsste ihn, auf die Augen, auf den Mund,
auf den Hals. Ich erglühte innerlich. Seine warmen Hände
ließen mich alle Scheu° vergessen. Ich schloss die Augen und
öffnete sie wieder, um seinen Blick zu suchen, in dem ich
Wärme, Vertrauen und Begehren° fand.

Wir liebten uns.

Später lagen wir nebeneinander. Ich spürte seinen nackten
Körper, seine Ruhe und Wärme befriedeten° auch mich. Eine
verirrte Biene° kroch über den Wohnzimmerboden. Tom
drückte sich an mich.

3. **der Tastsinn** sense of touch
5. **sich in js. Hände begeben (begibt; begab, begeben)** to place o.s. under sb.'s protection
6. **krabbeln (ist gekrabbelt)** to crawl
22. **vermieten** to let, to rent out
23. **jn. hängen lassen (lässt hängen; ließ hängen, hängen lassen)** to let sb. down
30. **von jm./etw. Besitz ergreifen (ergriff, ergriffen)** to seize possession of sth./sb.
34. **der Abschied, -e** farewell

»Wusstest du, dass Bienen taub sind?« flüsterte er.
»Ehrlich, Herr Lehrer?« flüsterte ich zurück.
»Sie können Geräusche durch ihren Tastsinn° wahrnehmen.«
Er streckte seine Hand aus. Und so, wie ich zu ihm Vertrauen gefasst und mich in seine Hände begeben° hatte, so krabbelte° die kleine schwarze Biene auf seinen Zeigefinger, als hätte sie nur auf ihn gewartet. Er legte seinen Finger auf meine Brust. Die Biene erkundete das neue Terrain.
»Jetzt hört sie dein Herz schlagen«, meinte Tom und küsste mich.

Ich wollte meinen Vater zum Frühstück nicht mit einem fremden Gesicht überraschen, also gingen wir in ein Café frühstücken. Ich musste Tom immerzu ansehen. Konnte ich in seinen Augen das wiederfinden, was ich in mir spürte? Er stützte seinen Kopf in beide Hände und machte einen verschlafenen Eindruck. Ich beschäftigte mich damit, wie es nun mit mir weitergehen würde.

»Kann ich nicht in deiner Wohnung wohnen? Irgendwo muss ich mich auf die Prüfung vorbereiten ... ich will hier weg.«

»Ich habe die Wohnung vermietet° für das Semester. Ich kann meinen Freund jetzt nicht hängen lassen°. Er braucht die Wohnung ... «

Das war nicht die Antwort, die ich mir gewünscht hatte. Es war mir klargeworden, dass ich nicht länger zu Hause bleiben wollte. Ich wollte nach Berlin. Ich wollte auf das Konservatorium. Ich wollte Musik studieren. Warum zum Teufel konnte mein Leben nicht einfacher werden? Ich spürte, wie die Trauer wieder von mir Besitz° ergriff.

»Hej, was ist denn mit dir? Warum bist du denn nur so furchtbar traurig, kleine Lara?«

»Das Traurigste am Leben sind Trennungen und der Tod. Ich will keinen Abschied° mehr nehmen. Ich habe genug davon.«

7. **Mir war nicht nach Lachen zumute.** *(idiom.)* I didn't feel like laughing.
9. **in den Griff bekommen (bekam, bekommen)** *(idiom.)* to get under control
10. **die Augen auf·schlagen (schlägt auf; schlug auf, aufgeschlagen)** to open one's eyes
12. **beruhigen** to calm down
14. **aus·fallen (fällt aus; fiel aus, ist ausgefallen)** *here:* to turn out
19. **verharren** to pause
23. **halbherzig** halfhearted
25. **sich verschanzen** to barricade/entrench o.s.
33. **knistern** to rustle

Tom griff nach meiner Hand.

»Hoo«, seufzte er liebevoll, »du bist mich noch nicht los. Unsere Geschichte fängt doch gerade erst an. Ich finde, wir sind ein ziemlich gutes Paar. Eine Klarinettistin und ein Gehörlosenlehrer, das passt doch großartig.«

Er lachte mich offen an und ließ meine Hand dabei nicht los. Mir war nicht nach Lachen zumute°.

»Ich will nicht, dass du weggehst!« sprach das energische kleine Mädchen, das versuchte, sein Leben in den Griff° zu bekommen. Er schlug seine Augen° auf.

»Ich bin doch schon fast wieder da.«

Aber sein Blick beruhigte° mich nur halb. Er würde nach Amerika gehen und ich allein zurückbleiben. Unser Abschied fiel° kurz aus. Tom musste nach Berlin zurück. Er versprach, sich so schnell wie möglich zu melden.

Ich war wieder allein.

Mein Vater und meine Schwester saßen beim Frühstück, als ich nach Hause zurückkam. Ich verharrte° einen Moment im Flur, um zu mir zu finden. Marie, die gerade ein Ei auslöffelte, sah mich erstaunt an.

»Wo kommst du denn her?«

»Ich war schon spazieren ... «, antwortete ich halbherzig°.

Ich nahm mir einen Kaffee und setzte mich zu ihnen an den Tisch. Mein Vater verschanzte° sich, ganz gegen seine sonstigen Gewohnheiten, hinter der Tageszeitung. Er blickte mich nicht einmal an. Ich ahnte, was kommen würde.

»Bist du nicht ein bisschen spät dran?« fragte ich Marie. Ich konnte das Schweigen nicht ertragen.

»Was denn? Ist doch erst Viertel nach sieben. War das Konzert schön?«

Ich nickte. Mein Vater schlug die Zeitung um. Er tat es umständlich, so dass es knisterte° und viel Lärm machte. Er

20. **sich jm. erschließen (erschloss, erschlossen)** to disclose itself to sb.
24. **die Falte, -n** wrinkle
26. **wagen** to dare
33. **jn. in den Rücken fallen (fällt; fiel, ist gefallen)** *(idiom.)* to stab sb. in the back

wusste, dass mich das störte. Ich sah ihn an. Er erwiderte
meinen Blick und legte die Zeitung zur Seite.

›Bist du spät nach Hause gekommen?‹ deutete er.

›Geht so. Gegen zwölf, glaube ich‹, antwortete ich.

›Ich dachte, du wolltest um elf da sein.‹

›Na und? Ich war aber nicht um elf da. Ich bin achtzehn Jahre alt. Da werde ich mich ja wohl mal um eine Stunde verspäten dürfen.‹

›Du darfst einiges. Aber nicht alles.‹

Jetzt ging es wieder los. Marie schaute überrascht von einem zum anderen. Der strenge Blick meines Vaters war nicht zu übersehen.

»Was ist denn jetzt los?« fragte Marie verblüfft.

Mein Vater geriet in Rage. Seine Hände sprachen eine deutliche Sprache. Marie war seine Stimme, staunend übersetzte sie seine Gesten. »Vor allem habe ich etwas dagegen, wenn du Männer mit nach Hause bringst und mit ihnen im Wohnzimmer ... «

Mein Vater machte eine eindeutige Geste, die sich Marie jedoch nicht ganz erschloss°. Seine Hände klatschten dabei brutal aneinander.

»Wer war da? Was war los?« fragte Marie mit großen Augen.

Er hatte uns gesehen. Ich hatte es geahnt. Zwischen seinen Augen hatte sich diese kleine Zornesfalte° gebildet, wütend fuhren seine Hände fort, zu mir zu sprechen.

›Dass du das wagst°. So kurz nach Mamas ... ‹

Ich unterbrach ihn. Ich musste ihn unterbrechen. Ich konnte seine Vorwürfe nicht mehr ertragen.

›Na was? Was habe ich schon wieder falsch gemacht, Papa? Was willst du mir noch alles vorwerfen? Dass ich verantwortungslos bin? Dass ich egoistisch bin? Dass ich nur an mich und meine Musik denke? Dass ich Mama und dir in den Rücken gefallen° bin? Dass ich mich auf Clarissas Seite gestellt habe, dass ich dich verraten habe? Soll ich dir was sagen? Ich

2. **die Beschwerde, -n** complaint
3. **aus·halten (hält aus; hielt aus, ausgehalten)** to stand, to endure
5. **der Käfig, -e** cage
7. **jm. etw. ins Gesicht schleudern** *(idiom.; colloq.)* to throw sth. in sb.'s face • **sich an·stauen** to build up, to accumulate
10. **unbeherrscht** uncontrolled
11. **Hau ab!** *(colloq.)* Get lost!
14. **das Band, -e** bond, tie
15. **zerreißen (zerriss, zerrissen)** to break, to tear

Jenseits der Stille Kapitel XI

halte sie nicht mehr aus. Deine vorwurfsvollen stummen Blicke. Deine Beschwerden°. Ich halte die Stille nicht mehr aus° in diesem Haus, die Geräusche, die du machst, wenn du die Zeitung liest, wenn du isst, wenn du dir die Zähne putzt. Dieses Haus ist zum Käfig° geworden. Und ich will hier weg. Ich hab genug ... ‹

Ich schleuderte° ihm alles ins Gesicht, was sich angestaut° hatte. Mein Vater sprang auf und ergriff meine Hände, um mich zum Schweigen zu bringen. Ich riss mich los. Unbeherrscht° brach es aus ihm heraus.

»Hau ab°«, schrie er laut und rau.

Er stieß mich aus der Küche und schlug die Tür hinter mir zu. Ich hörte Marie weinen, bevor ich aus dem Haus flüchtete. Nun war es also passiert – das Band° zwischen uns war endgültig zerrissen°.

4. **die Auseinandersetzung, -en** quarrel, argument
9. **der Pfad, -e** path
13. **die Verwunderung** *(no pl.)* amazement, surprise
17. **reichlich** *here:* quite, rather
21. **nachlässig** careless
22. **zeugen von** to be evidence of, to attest to • **die Unruhe** *(no pl.)* agitation
24. **aufgeräumt** *here:* jovial • **geschäftstüchtig** business-minded

KAPITEL XII

Noch am selben Tag reiste ich ab. Keine Nacht länger wollte ich mit meinem Vater unter einem Dach verbringen. Meine Schwester tat mir leid, sie weinte, sie verstand unsere Auseinandersetzungen° nicht und bat mich zu bleiben. Aber ich musste gehen. Mit einem Koffer, einem Rucksack und meiner Klarinette reiste ich nach Berlin. Die Großstadt hatte mich wieder.

Ich wurde ziemlich schnell daran erinnert, dass das Leben dort anderen Pfaden° folgte. Ich klingelte an Clarissas Tür, es dauerte einen Moment, bis sie geöffnet wurde. Ich staunte nicht schlecht, als Walter, der Mann aus dem Jazzclub, halbnackt und mit nassen Haaren vor mir stand. Immerhin trug er ein Handtuch um die Hüften. Die Verwunderung° war gegenseitig. Ich bekam als erste ein Wort heraus.

»Ich suche meine Tante! Clarissa Bischoff. Ist sie da?«

Walter starrte mich an. In diesem Moment erschien Clarissa in ihrem dunklen Morgenmantel. Sie sah reichlich° verschlafen aus. Walter machte einen Schritt zur Seite. Clarissa zog mich in die Küche und bot mir einen Tee an. Ich glaube, sie freute sich wirklich, mich zu sehen. Ich entdeckte keine Veränderung in der Wohnung, nur eine nachlässig° über einen Stuhl geworfene Hose zeugte° von der Unruhe° in Clarissas Leben. Ich war mir nicht sicher, ob ich willkommen war. Clarissa machte einen aufgeräumten°, geschäftstüchtigen° Eindruck.

1. **die Aufnahme, -n** *here:* picture, photo
5. **vergnügt** jolly, happy
10. **vor·ziehen (zog vor, vorgezogen)** to prefer
12. **wehmütig** wistful, melancholy
15. **jm. keine Träne nach·weinen** *(idiom.)* to shed no tears over sb.
18. **überstürzt** hasty
19. **der Aufbruch, ⁝e** departure
26. **jm. die Schuld zu·weisen (wies zu, zugewiesen)** to blame sb.; **die Schuld** *(no pl.)* blame, fault
32. **angriffslustig** aggressive, belligerent
33. **verurteilen** to condemn

Jenseits der Stille Kapitel XII

»Walter ist Fotograf! Er wird in Spanien Aufnahmen° für ein Reisemagazin machen! Er meint, ich kann ihm dabei helfen. Als seine Assistentin sozusagen ... Wir fahren nächste Woche.«

Sie löste ihre Haare und lachte vergnügt°.

»Und Gregor?«

Clarissa nahm einen großen Biss von ihrem Croissant. Ich hatte keinen Hunger, ich kam mir verloren vor. Nirgends fühlte ich mich mehr zu Hause.

»Dein Onkel hat es vorgezogen°, allein zu wohnen! Er hat mich verlassen!«

Wehmütig° dachte ich an Gregor und die Weihnachtsabende zurück, die wir gemeinsam in der Familie verbracht hatten. Bestand mein Leben denn nur aus Trennungen? Clarissa schien ihm keine Träne° nachzuweinen. Ihr Tonfall war dramatisch, aber das hatte bei ihr nichts zu bedeuten. Wirklich traurig hatte ich sie nur einmal am See erlebt; und damals war sie betrunken gewesen. Ich erzählte ihr von meinem überstürzten° Aufbruch° und der Entscheidung, mich am Konservatorium zu bewerben.

»Du hast es genau richtig gemacht, Lara«, sagte sie vergnügt, »deine Musik ist jetzt wichtiger. Martin wird das schon noch verstehen. Aber das ist typisch für ihn, er führt sich auf wie ein Wahnsinniger und schafft es dabei auch noch, dass wir hinterher ein schlechtes Gewissen haben. So war es immer. Er ist ein Meister im Schuldzuweisen° ... «

In dieser Sekunde begriff ich, wie egozentrisch Tante Clarissa war. Ihr war es gleichgültig, wie es Gregor ging, wie es meinem Vater ging oder wie ich mich fühlte.

»Du hast keine Ahnung, was in ihm vorgeht«, sagte ich leise.

»Was ist denn jetzt los?« erwiderte sie angriffslustig°.

»Du hast kein Recht, ihn zu verurteilen°. Du hast dir nie die Mühe gemacht, ihn überhaupt kennenzulernen.«

1. ein·schenken to pour • ungerührt unmoved
13. der Zug, ⸚e *here:* feature, characteristic • ein·frieren (fror ein, ist eingefroren) *(here: intrans.)* to freeze • schmal narrow
16. trübsinnig gloomy
20. versöhnlich conciliatory; sich versöhnen to reconcile
22. sich in die Haare kriegen *(idiom.; colloq.)* to quarrel
23. die Klappe halten (hält; hielt, gehalten) *(colloq.)* to shut up; die Klappe *(colloq.)* mouth
24. jn. an·fahren (fährt an; fuhr an, hat angefahren) *here:* to shout at
25. beschwichtigen to appease
27. abschätzend disparaging
33. nach Luft schnappen *(idiom.)* to gasp for air

Jenseits der Stille Kapitel XII

Clarissa schenkte° sich ungerührt° einen Kaffee ein.
»Lara, ich will doch nur, dass du endlich da rauskommst ... «

Es war mein Leben, verdammt noch mal, wann würde sie das endlich begreifen?

»Was ist es, was du von mir willst, Clarissa? Manchmal glaube ich, du willst nur gewinnen. Du willst für dich, dass ich auf diese Schule gehe. Warum auch immer.«

»Quatsch. Ich will, dass du gut wirst. Richtig gut. Deine privaten Probleme lenken dich nur von der Musik ab!«

»Klar, du willst, dass ich gut werde. Gut schon. Aber nicht besser als du.«

Das saß. Ihre Züge° froren° ein, ihre Augen wurden schmal°.

»Das ist nicht fair.«

»Deshalb wehrst du dich so gegen meine Musik. Findest sie langweilig, trübsinnig°. Wenn du wirklich an mir interessiert wärst, hättest du mich unterstützt. In dem, was ich will ... Das hast du nie gemacht ... «

Walter gesellte sich zu uns. Immerhin hatte er sich angezogen. Er lächelte breit und versöhnlich°.

Aber hallo, meine Damen, deshalb wird man sich doch nicht gleich in die Haare° kriegen!«

»Halten Sie doch die Klappe°. Sie wissen doch überhaupt nicht, wovon wir reden«, fuhr° ich ihn an.

»Kaffee?« fragte er beschwichtigend°.

Clarissa lehnte sich in ihrem Stuhl zurück und betrachtete mich abschätzend°.

»Ganz der Vater. Wirklich toll. Jetzt sehe ich dich endlich einmal so, wie du bist.«

»Genau. Ganz mein Vater. Ich bin das Kind meines Vaters. Und ich bin nicht die Tochter, die du nie hattest. Und vor allem bin ich nicht du!«

Clarissa schnappte nach Luft°.

Ich sprang auf, ergriff meine Taschen und verließ auf

14. **sich im Reinen fühlen** to feel at peace
24. **das Dachgeschoss, -e** attic, top floor
26. **der Junggeselle, -n, -n** bachelor
29. **ausklappbares Sofa** fold-out couch
31. **rücklings** backwards
33. **der Verleger, -** publisher
34. **ungeduldig** impatient

schnellstem Wege die Wohnung. Schon wieder hatte ich eine
Tür hinter mir zugeschlagen. Lange konnte das nicht mehr so
weitergehen. Aber ich war so verzweifelt, dass ich mir keinen
anderen Rat wusste, als meinen Gefühlen freien Lauf zu
lassen. Ich hatte lange genug geschwiegen. Ich wollte nicht die
gleichen Fehler machen wie mein Vater, wie Clarissa. Ich
wollte »Ich« sein dürfen.

Gregor war meine letzte Hoffnung. Ich rief ihn an, und er versprach zu kommen. Ich saß in einem Café und beobachtete
die vorbeieilenden Leute. Ich hatte mich mit meinem Vater
zerstritten, ich hatte mich mit Clarissa zerstritten, und doch –
zum ersten Mal seit langer Zeit fühlte ich mich mit mir im
reinen°. Ich hatte den Ballast abgeworfen, den ich mit mir
herumgeschleppt hatte, und ich war bereit, zu neuen Ufern
aufzubrechen. Ich geriet ins Träumen, erst als jemand an die
Scheibe klopfte, schrak ich auf. Gregor, in dem ich immer
auch den kleinen frechen Jungen sah, stand vor der Scheibe
und lächelte.

   Was war ich froh, ihn zu sehen – meinen Weihnachtsmann!
   Er hatte sich überhaupt nicht verändert. Der Schalk blitzte
in seinen Augen. Wir umarmten uns wie alte Freunde, die ein
Geheimnis teilten. Wir fuhren in seine neue Wohnung, ein
ausgebautes Dachgeschoss°, nicht weit entfernt von Clarissas
Wohnung. Die Räume waren einfach und praktisch eingerichtet, wie bei einem Junggesellen°. Ich stellte meine Sachen
ab, er führte mich herum.

   »Du schläfst hier«, sagte er in einem Zimmer, in dem ein
ausklappbares° Sofa stand, »ich schlafe im Arbeitszimmer. Die
Couch ist sehr bequem.«

   Ich fiel rücklings° auf das Bett. Mein Gott, war ich müde.
   »Nächsten Monat muss ich das Manuskript abgeben«, erklärte Gregor seine Unruhe, »der Verleger° wird langsam ungeduldig°!«

4. der Krach *(no pl.)* noise
9. bereuen to regret
13. die Wendeltreppe, -n spiral staircase
19. sich gesund ernähren to eat a healthy diet
24. unbeschwert untroubled • Ansprüche stellen to make demands
34. der Früchtetee, -s fruit tea

Jenseits der Stille Kapitel XII

Ich hob meine Klarinette hoch.
»Ich spiele nur, wenn du nicht da bist!«
»Du kannst spielen, wann du willst. Nach zehn Jahren mit deiner Tante kann ich bei jedem Krach° schlafen.«
Da war er wieder, der Weihnachtsmann. Schalkhaft blinzelte er mich an.
»Gregor?« fragte ich ernst.
»Hmm?« machte er.
»Bereust° du es, dass du ausgezogen bist?«
»Bis jetzt noch nicht. Aber es kann durchaus noch passieren ... «
»Warum bist du gegangen?«
Er stieg die Wendeltreppe° hinab.
»In Clarissas Kopf ist kein Platz für mich. Da bist du und Martin und Robert ... «
»Aber die streiten sich doch immer«, erwiderte ich.
»Trotzdem – ich wünschte, sie hätte mich je so geliebt.« Er tauchte ab, nur sein Kopf war noch zu sehen. »Außerdem ernährt° sie sich so verdammt gesund, das ist mir auf die Nerven gegangen. In ihrem Kühlschrank war alles grün. Ich esse nichts, was grün ist, außer Kaugummi ... «
Er lachte und verschwand.

Eine unbeschwerte° Zeit begann. Niemand stellte Ansprüche° an mich, Gregor akzeptierte mich so, wie ich war. Er war mir Vater, Freund und Vertrauter zugleich. Er hatte keine Ambitionen wie Tante Clarissa, eine Künstlerin aus mir zu machen. Er begleitete mich ein Stück meines Weges, und er ließ nie einen Zweifel daran, dass sich unsere Wege eines Tages auch wieder trennen würden.
Ich vertiefte mich in die Musik, während Gregor an seinem Schreibtisch saß und schrieb. Es kam vor, dass ich morgens aufstand und er gerade ins Bett ging, müde, aber zufrieden. Ich machte ihm dann einen Früchtetee° und mir selber einen

1. ab·waschen (wäscht ab; wusch ab, abgewaschen) to do the dishes
9. Mensch-Ärgere-Dich-Nicht name of a board game (lit.: Man, don't get angry.) • scheußlich awful, ghastly • die Grippe, -n flu
10. weg·räumen to clean up
12. feucht humid, damp

Universität der Künste Berlin, Gebäude in der Hardenbergstraße

ⓘ 12.1 Universität der Künste Berlin

Die Universität der Künste Berlin (UdK Berlin; früher: Hochschule der Künste Berlin) ist eine der ältesten Hochschulen und mit etwa 4.000 Studenten die kleinste der vier Universitäten Berlins. Die älteste ihrer Vorgängerinstitutionen° wurde 1696 gegründet. Die Musik-Fakultät zählt zu den größten und besten musikalischen Ausbildungsinstitutionen Europas.

der Vorgänger: predecessor

Jenseits der Stille Kapitel XII

Kaffee. Wir kochten zusammen, und wir wuschen° zusammen ab.

Oft lag ich auf dem Boden vor seiner großen Plattensammlung und hörte die wundervolle Musik der alten Meister. Manchmal begleiteten meine Hände die Musik, sie übersetzten sie in Gebärden, in Gesten. Mein Spiel auf der Klarinette veränderte sich, ebenso wie ich mich veränderte. Wir aßen zusammen Pizza und spielten Mensch-Ärgere-Dich-Nicht°. Gregor pflegte mich, als ich eine scheußliche° Grippe° hatte, und ich räumte° seine vollen Aschenbecher weg. Ich sah das Leben an uns vorbeifließen, wenn ich aus dem Fenster schaute und kleine Blumen an die feuchten° Scheiben malte.

① 12.1 Ich wusste, was ich wollte – mein Ziel war das Konservatorium.

2. **unterbrechen (unterbricht; unterbrach, unterbrochen)** to interrupt
5. **Mein Herz tat einen Sprung.** *(idiom.)* My heart leapt.
16. **Meine Güte!** My God / my goodness!
19. **sich den Kopf zergrübeln/zerbrechen (zerbricht; zerbracht, zerbrochen)** to rack one's brains
22. **gerade heraus** point-blank, straightforward
24. **jm. passen** to suit sb., to be to sb.'s liking; **Es passte ihr nicht.** *(idiom.)* She didn't like it. • **steinern** made fom stone
25. **sich verfehlen** to miss each other

Elefantentor am Eingang zum Zoologischen Garten in Berlin-Mitte

ⓘ 13.1 Berliner Zoo

Der Zoologische Garten in Berlin-Charlottenburg wurde 1844 eröffnet und ist der artenreichste° Zoo der Welt. Das Elefantentor ist der berühmteste Eingang zum Berliner Zoo.

artenreich: rich in species

KAPITEL XIII

Unsere Idylle wurde von einem Telefonanruf unterbrochen°. Zu meiner Überraschung hörte ich die Stimme meiner Schwester Marie.

»Lara! Bist du das? Hier ist Marie?«

Mein Herz tat einen Sprung°. Meine kleine freche Schwester, die ich weinend zurückgelassen hatte. Ich war froh, ihre Stimme zu hören.

»Marie? Hallo! Wo bist du denn?«

»Ich bin ganz nah«, krähte sie freudig ins Telefon, »Mitten in der Stadt. Kannst du mich abholen? Ich weiß nicht, welche U-Bahn ich nehmen soll.«

Ich begriff nicht sofort. War sie mit meinem Vater nach Berlin gekommen? Ein Überraschungsbesuch?

»Bist du allein?«

»Ja!«

»Meine Güte° ... «, stotterte ich. Ich malte mir bereits aus, wie sie blond und neugierig in einer Telefonzelle am Bahnhof Zoo stand, meine neunjährige Schwester. Sie war anders als ich. Ich zergrübelte° mir den Kopf, fragte nach der Richtigkeit meines Tuns, suchte nach einem Sinn hinter den Dingen, war melancholisch, und sie? Sie nahm die Dinge, wie sie kamen, sie war unkompliziert und gerade heraus°, schien keine Angst zu kennen und protestierte sofort, wenn ihr etwas nicht passte°. Ich beschrieb ihr die beiden steinernen° Elefanten am Eingang des Zoos, damit wir uns nicht verfehlten°.

2. **der Rüssel, -** trunk
3. **jm. um den Hals fallen (fällt; fiel, ist gefallen)** *(idiom.)* to fling one's arms around sb.'s neck
11. **keck** *(colloq.)* perky, sassy
20. **ab·hauen (ist abgehauen)** *(colloq.)* to run away
31. **Ausschau halten nach (hält; hielt, gehalten)** to be on the lookout for
32. **stirnrunzelnd** frowning

ⓘ **13.2 Café Kranzler**
Das berühmte Café Kranzler wurde Anfang des 19. Jahrhunderts gegründet. Es erlebte eine zweite Blütezeit° in den 20er Jahren und zog 1934 an den Kurfürstendamm. 1945 wurde es zerstört. Im Jahre 2000 wurde es dann Teil des neuen Kranzler-Ecks, eingebettet° in viele neue Läden.

die Blütezeit: heyday **eingebettet:** nestled

Jenseits der Stille Kapitel XIII

Ich sah sie nicht sofort, sie hatte sich hinter einem Elefantenrüssel° versteckt. Sie rief meinen Namen, und wir fielen uns um den Hals° und wirbelten herum.

»Bist du völlig verrückt geworden?« fragte ich sie, schließlich war ich die große Schwester, »allein im Zug. Was willst du denn hier?«

Ich betrachtete sie. Ich war glücklich, ich hatte sie sehr vermisst, ohne es zu merken. Sie strahlte mich an, in ihrer roten Jacke und mit dem winzigen Rucksack. Ich staunte, auch sie wirkte älter.

»Ich will dich besuchen«, erklärte sie keck°.

»Und dafür fährst du 500 Kilometer mit dem Zug? Ich habe doch überhaupt keine Zeit ... «

Ich freute mich, aber ich musste mir überlegen, wie es weitergehen sollte. Ich konnte sie ja schlecht sofort wieder nach Hause schicken. Wir gingen in ein Café am Kurfürstendamm, ich spendierte ihr ein großes Eis und sah sie prüfend an.

»Weiß Papa, dass du hier bist?«

Ich hatte mit jeder Antwort gerechnet.

»Nein, er weiß es nicht, ich bin abgehauen°, wir haben uns gestritten, ich wollte dich sehen ... «. Marie schob sich einen großen Löffel Bananeneis in den Mund und meinte mit aller Selbstverständlichkeit ihrer neun Jahre:

»Ich habe ihm einen Zettel hingelegt.«

»Einen Zettel? Und was stand da drauf?«

» ... dass ich auf ein Fest gehe, nach der Schule«, –schwupps, verschwand ein neuer Löffel Eis in ihrem hungrigen Mund, »dass das Fest 500 Kilometer weit weg ist, habe ich nicht draufgeschrieben ... «

Ich sah meinen Vater vor mir, wie er in die Küche kam, seinen Pullover auszog, nach Marie Ausschau° hielt, schließlich den Zettel entdeckte, ihn stirnrunzelnd° emporhob, ihn las, einmal, zweimal, zweifelnd aus dem Fenster sah. Dann

5. **begreifen (begriff, begriffen)** to understand, to grasp
8. **der Eisbecher, -** ice-cream cup/bowl, sundae
14. **herum·stochern** to pick at one's food • **lustlos** unenthusiastic, lackluster
23. **verschmitzt** mischievous
27. **befördern** to transport, to carry

Jenseits der Stille Kapitel XIII

würde er in seine Werkstatt gehen. Er wird sich Sorgen machen.

Er tat mir leid. Ich dachte an seine Einsamkeit.

»Was sagt er denn so?« fragte ich Marie vorsichtig.

»Wie?« Sie begriff° nicht sofort.

»Du weißt schon ... Spricht er über mich?«

Sie schüttelte sachlich den Kopf und widmete sich den Schokoladenstückchen in ihrem Eisbecher°.

»Nie. Ich fand das ja auch nicht nett, was du alles gesagt hast.«

»Oh, halt die Klappe. Das musst du mir jetzt nicht auch noch sagen.«

Ich starrte über die Brüstung hinunter auf die Spaziergänger. Marie stocherte° plötzlich lustlos° in ihrem Eis herum.

»Kannst du nicht bald wiederkommen, bitte?« kam es leise aus ihrem Mund. Ich sah sie an. Sie hatte Mutters Augen, groß und bittend blickten sie mich an.

»In vier Tagen ist die Prüfung ... «, seufzte ich.

Marie lehnte sich zurück und betrachtete das Leben sofort wieder von der praktischen Seite.

»Und wie soll ich wieder nach Hause kommen?«

»Wieso, hast du kein Rückfahrticket?«

Sie sah mich verschmitzt° an und schüttelte den Kopf.

»Mein Geld war alle. Außerdem ist jetzt bald Nacht. Und ich bin erst neun Jahre alt!«

Da saß ich nun mit meiner kleinen Schwester, die abgehauen war. Ich wusste nicht, wie ich sie zurückbefördern° sollte. Ich konnte nicht böse auf sie sein, mein Kopf suchte fieberhaft nach einer Lösung. Wir gingen zu Gregor, aber er war nicht zu Hause. Das Bett sah sehr verlockend aus, und Marie fiel sofort in die Kissen. Sie musste todmüde sein. Ich zog sie aus und streifte ihr eines meiner Hemden über, dann sank ich neben sie.

So fand uns Gregor.

2. **beiseite wischen** to brush away
3. **der Hinweis, - e** *here:* remark
8. **sichtlich** visible, obvious
9. **der Reifen, -** tire
12. **nüchtern** sober, unemotional
13. **meiden (mied, gemieden)** to avoid
18. **sich zu Wort melden** to get a word in
21. **tarnen** to camouflage
22. **den Blick auf jn./etw. heften** to fix one's gaze on sb./sth.
31. **der Landregen, -** a steady rain • **ein·hüllen** to envelop
33. **der Beistand, ⸚e** assistance, support

Jenseits der Stille Kapitel XIII

Immerhin hatte ich ihm eine Notiz geschrieben. Gregor wusste, was zu tun war. Er alarmierte Clarissa und wischte° ihre anfängliche Skepsis mit dem Hinweis° auf eine ›Familiensache‹ beiseite.

Am nächsten Morgen war alles geklärt. Clarissa hatte sich bereit erklärt, Marie mit Gregors Wagen zurückzufahren. Gregor, der sichtlich° guter Laune war, gab ihr letzte Instruktionen.

»Der Tank ist voll, das Öl ist gewechselt, und die Reifen° sind geprüft. Du brauchst also nichts weiter zu tun, als geradeaus zu fahren.«

Clarissa, nüchtern°, geschäftstüchtig und gutaussehend wie immer, richtete den Spiegel. Sie mied° Gregors Blick, während Marie zu ihr in den Wagen stieg. Er lehnte in dem geöffneten Seitenfenster.

»Geht es dir gut?« fragte er.

»Sicher.«

» ... und der fährt 220?« meldete° sich Marie zu Wort.

»Fahrt bloß vorsichtig!« ermahnte sie Gregor.

»Bis morgen!« verabschiedete sich Clarissa, ihre Augen hinter einer Sonnenbrille getarnt°, den Blick auf die Straße geheftet°. Sie hasste es, Schwäche zu zeigen.

»Bis morgen«, Gregor klopfte zum Abschied auf das Dach, »grüßt Martin von mir.«

Der Wagen fuhr los, und Marie presste ihre Lippen gegen die Scheibe und hauchte Gregor einen Kuss zu.

Marie erzählte mir später von ihrer Rückfahrt. Clarissa legte die 500 Kilometer Entfernung in rasender Geschwindigkeit zurück. Sie liebte es, schnell zu fahren. Es war bereits dunkel, als sie endlich ankamen. Ein leichter Landregen° hüllte° unseren Garten ein. Marie hatte Angst, ihrem Vater ohne Beistand° gegenüberzutreten.

241

1. **an·flehen** to beseech, to implore
2. **in Stücke reißen (riss, gerissen)** to tear to pieces
10. **die Beifahrertür, -en** passenger door
17. **die Dämmerung** *(no pl.)* dusk, dawn
22. **jn. an·stoßen (stieß an, angestoßen)** to nudge, push sb.
30. **überdenken (überdachte, überdacht)** to think over, to reconsider

Jenseits der Stille Kapitel XIII

»Du kannst mich jetzt nicht allein da reinschicken«, flehte° sie Clarissa an, »Papa reißt mich in Stücke°.«

Clarissa hatte jedoch nicht die Absicht auszusteigen.

»Ich habe dich den ganzen Weg gefahren ... «

»Bitte«, kam es schwach von Marie. Wahrscheinlich wurde ihr erst jetzt richtig bewusst, was für Sorgen sich Vater gemacht hatte, und sie fürchtete seine Reaktion. Clarissa aber blieb hart.

»Na, nun mach schon. Er wird froh sein, dass du wieder da bist.«

Sie lehnte sich über Marie und öffnete die Beifahrertür°. Marie machte ein unglückliches Gesicht und lief zum Haus. Clarissa sah ihr nach, plötzlich bemerkte sie Martin, der an einem Fenster stand und zu ihr hinsah. Marie schaltete das Licht im Flur an und machte sich auf die Suche nach Papa. Schließlich entdeckte sie ihn am Wohnzimmerfenster, wie er sich mit jemandem in Gebärdensprache unterhielt. Sie schmiegte sich an ihn und blickte in die Dämmerung°. Clarissa saß im Auto, ihre Hände bewegten sich ungeschickt und steif – doch sie sprachen zu ihrem Bruder.

›Ich habe Marie nach Hause gefahren!‹

›Danke‹, deutete mein Vater zurück.

Marie war erstaunt. Sie stieß ihren Vater an°.

›Hej, seit wann kann Clarissa unsere Sprache?‹

Doch Martin hatte nur Augen für seine Schwester.

›Ist Lara noch bei dir? Geht es ihr gut?‹

›Nein, es geht ihr nicht gut. Sie vermisst dich.‹ Sie machte eine Pause. ›Komm, ich bring dich zu ihr.‹

Marie beobachtete meinen Vater. Er zögerte, so als müsse er das Ganze erst überdenken°. Clarissa lud ihn erneut ein.

›Warum ist sie nicht mitgekommen?‹ wollte er wissen.

›Sie hat keine Zeit. Du musst zu ihr kommen.‹

Das war das Richtige für Marie. Sie klatschte in die Hände und zog Martin am Ärmel.

6. **bedauern** to pity
10. **an·lassen (lässt an; ließ an, angelassen)** to start up (an engine)
11. **auf·stöhnen** to groan loudly • **sich vor die Stirn schlagen** *(idiom.)* to tap one's forehead to indicate that one is not stupid
14. **heil** unhurt, uninjured
16. **jm. den Hosenboden versohlen** *(colloq.)* to spank sb.
19. **die Ermahnung,-en** admonition • **überwiegen (überwog, überwogen)** to outweigh
20. **Ihr Mund verzog sich zu einem breiten Grinsen.** *(idiom.)* There was a big grin on her face. • **die Arme um js. Hals schlingen (schlang, geschlungen)** to wrap one's arms around sb.'s neck

Jenseits der Stille Kapitel XIII

›Auja. Wir fahren gleich wieder zurück. Alle zusammen, ja?‹ bettelte sie.

Aber mein Vater war noch nicht soweit. Ernst schüttelte er seinen Kopf.

›Nein. Das geht nicht.‹

›Hör endlich auf, dich selbst zu bedauern°‹, erwiderte Clarissa energisch.

›Das muss ein Familienproblem sein‹, antwortete mein Vater lächelnd. Clarissa verstand. Sie lächelte ebenfalls und ließ° den Wagen an. Sie hob zum Abschied ihre Hand. Marie stöhnte° auf und schlug sich vor die Stirn°.

›O Mann, Papa. Warum bist du denn nicht mitgefahren ...?‹

Es fiel ihm sicher schwer, seine Freude zu unterdrücken, seine kleine Tochter heil° wieder vor sich stehen zu haben. Er bemühte sich, ernst zu bleiben.

Wenn du noch einmal abhaust, versohle° ich dir den Hosenboden!‹

Aber Marie spürte, dass seine Freude den Ernst seiner Ermahnung° überwog°. Ihr Mund verzog sich zu einem breiten Grinsen°, und sie schlang ihm ihre Arme um den Hals°.

2. **sich herum·werfen (wirft herum; warf herum, herumgeworfen)** to toss and turn
4. **das Schaf, -e** sheep
7. **der Laufstall, ⸚e** playpen
12. **herunter·spielen** to play down
21. **schwitzen** to sweat • **belasten** to weigh upon

KAPITEL XIV

Der Tag der Wahrheit war gekommen. Ich verbrachte eine unruhige Nacht. Ich warf° mich in meinem Bett herum, ich stand auf, holte mir ein Glas Wasser, zog mir die Decke über den Kopf, zählte Schafe°, um wieder einzuschlafen, vergebens.

Ich sah unser Haus, die Lampen leuchteten, Mama und Papa, zärtlich miteinander im Bett, Marie im Laufstall°, Tom in unserem Wohnzimmer. Ich versuchte mich zu beruhigen – ist ja alles nicht so schlimm, das haben schon viel Unbegabtere als ich geschafft. Ich habe Talent, wenn ich es nur will, kann ich es schaffen. Ich versuchte, die Aufregung herunterzuspielen°. Schließlich ging es nicht um Leben und Tod.

Ich wollte Clarissa beweisen, dass ich es auch ohne ihre Hilfe schaffen konnte, und ich musste meinem Vater beweisen, dass ich ein eigenständiger Mensch geworden war und meine eigenen Wege gehen konnte.

Insgeheim wollte ich natürlich, dass mein Vater stolz auf mich war, dass er zumindest versuchte zu verstehen, was seine Tochter bewegte.

Ich glaube, ich wachte dreimal auf in dieser Nacht. Ich schwitzte°, oder besser: Alles, was mich belastete°, floss aus meinem Körper. Als es dämmerte, stand ich auf. Hunger hatte ich keinen. Ich warf das Brötchen lustlos in den Korb zurück und machte mir einen Kaffee. Ich übte ein paar Noten, ein paar Griffe, trank einen Schluck Kaffee, wusch mein Gesicht,

3. **verzehren** to eat
4. **lindern** to ease, to alleviate
8. **sich aus·malen** to imagine
9. **hindurch·schreiten (schritt hindurch, ist hindurchgeschritten)** to walk through
10. **vorgezogen** *here:* protruding
11. **die Säulenreihe, -n** row of columns • **das Gebiss, -e** set of teeth
12. **der Raubfisch, -e** predatory fish • **träge** sluggish, idle
13. **unvermutet** unexpected • **zu·schnappen** to snap
14. **den Kampf auf·nehmen (nimmt auf; nahm auf, aufgenommen)** to take up the fight
16. **geschäftig** busy
18. **der Sarg, ⸚e** coffin
19. **sich erstrecken** to spread out
20. **der Prüfling, -e** examinee, candidate • **künftig** future • **der Auserwählte, -n** chosen one
21. **geknickt** *(colloq.)* glum, dejected
22. **die Anmeldung** *(usu. sg.)* registration (desk)
26. **der Anmeldeschein, -e** application form
27. **der Aspirant, -en, -en** candidate
28. **der Bogen, ⸚** *here:* form, sheet
30. **einen Witz reißen (riss, gerissen)** to make a joke • **überspielen** to cover up
32. **der Konkurrent, -en, -en** rival, competitor

zog mich an, packte meine Klarinette ein, trank den Rest Kaffee und verließ das Haus. Immerhin nahm ich mir einen Apfel mit, den ich in der U-Bahn verzehrte°. Er half mir, meine Nervosität zu lindern°.

Das Konservatorium beeindruckte mich genauso wie am ersten Tag. Ich hatte schon des öfteren vor den Säulen gestanden und mir den Moment ausgemalt°, in dem ich hindurchschreiten° würde. Aber nun, als ich dort stand, war alles anders. Der breite Bau mit seinem vorgezogenen° Portal und der langen Säulenreihe° erschien mir wie das Gebiss° eines Raubfisches°, der träge° dahin schwamm und auf seine Opfer wartet, um unvermutet° zuzuschnappen°.

Ich atmete tief durch und nahm den Kampf° auf. Ein paar handgemalte Schilder »Aufnahmeprüfung« wiesen mir den Weg. Studenten und Studentinnen eilten geschäftig° umher, manche mit kleinen schwarzen Koffern wie ich mit meinem, andere mit halben Särgen°. Ich stieß eine Tür auf. Vor mir erstreckte° sich ein langer Gang, gesäumt von Holzbänken. Prüflinge°, künftige° Auserwählte° und Verlierer, Glückliche und Geknickte° betrachteten mich neugierig. Ich ging an ihnen vorbei zur Anmeldung°. Eine Frau in den Vierzigern sah mich unter ihrem blonden Pony hervor an.

»Welches Instrument?« fragte sie.

»Klarinette!« hörte ich mich sagen.

Sie gab mir einen Anmeldeschein° und wünschte mir viel Glück. Ich setzte mich zu den anderen Aspiranten° und füllte den Bogen° aus. Es herrschte eine unruhige, angespannte Atmosphäre. Leise Flötenmusik drang aus einer Tür. Zwei Jungs rissen ein paar Witze°, um ihre Nervosität zu überspielen°, aber ihr Lachen, kurz und gepresst, verriet sie. Wir wollten alle das gleiche, wir waren Konkurrenten°. Wer von uns würde es schaffen? Das Mädchen mit den roten Haaren mir gegenüber, das ein paar Gitarrengriffe übte, der Junge mit den verträum-

7. **holzgetäfelt** wood-paneled
8. **schräg abfallend** dropping off in a slanted way
9. **der Bereich, -e** area
24. **mit etw. nichts anzufangen wissen (weiß; wusste, gewusst)** *(idiom.)* not to know what to do with sth.
30. **sich vor Augen führen** to become aware of

ten Augen, der sich an seinen Cellokasten lehnte, oder das Mädchen, dessen Hände über die imaginäre Tastatur eines Klaviers liefen?

Mein Name, den ein junger Mann rief, riss mich aus meinen Gedanken. Jetzt war es an mir. Ich stand auf und folgte ihm in das Prüfungszimmer. Es handelte sich um einen hohen, holzgetäfelten° Raum mit einer kleinen Bühne und einem schräg abfallenden° Zuschauerraum. Im Publikumsbereich° befanden sich ein paar Studenten, und in der ersten Reihe saßen die Prüfer – sechs an der Zahl. Ich gab dem Mann am Klavier, der mich begleiten sollte, meine Noten. Einer der Männer aus der ersten Reihe sah zu mir auf.

»Fräulein Bischoff ... Sie schreiben in ihren Unterlagen, dass Sie sich unter anderem für die traditionelle Klezmer-Musik interessieren? Was fasziniert Sie an dieser Musikrichtung?«

Ich packte mein Instrument aus und dachte einen Moment nach.

»Das kann ich schwer sagen«, ich suchte nach den richtigen Worten, »es ist so ein Gefühl – vielleicht weil sie so emotional ist.«

Meine Antwort schien den Professor nicht ganz zu überzeugen. Er sah mich über seine Lesebrille hinweg an. Es war ihm anzusehen, dass er mit meiner Antwort nicht viel anzufangen° wusste.

»Emotional. Na ja ... «

»Ich meine, sie ist in ihrem Herzen fröhlich und wild, und gleichzeitig ist sie auch traurig und nicht wirklich frei. Und diese Verbindung, die kann ich gut verstehen. Wissen Sie, was ich meine?«

Ich hatte es mir noch nie so deutlich vor Augen° geführt: Lange bevor ich dem Professor die Seele der Klezmermusik zu erklären versuchte, hatte ich mich bereits danach gesehnt. Ich wollte fröhlich und wild sein, aber ich war auch traurig und nie wirklich frei. Ich hatte mich noch nicht von meinem Vater

6. **zusammen·schrauben** to screw together
8. **zeitgenössisch** contemporary
11. **klappen** *here:* to open, to bang
15. **Mir blieb die Luft weg.** *(idiom.)* I couldn't breathe.
16. **das Geländer, -** railing
17. **pochen** to tap, to knock
27. **der Spuk** *(usu. sg.)* apparition (of ghosts)
34. **der Schluck, -e** sip

und von Clarissa befreit, und von meiner Mutter hatte ich noch nicht Abschied genommen.

Eine Frau mischte sich ein.

»Dann fangen wir doch gleich mit dem Hauptfach an, Fräulein Bischoff. Sie haben uns drei Stücke mitgebracht?«

Ich nickte und schraubte° meine Klarinette zusammen.

»Wenn Sie nichts dagegen haben, fange ich mit dem zeitgenössischen° Stück an.«

»Die Reihenfolge ist uns egal.« Während ich mein Instrument ansetzte, blickte ich in den Zuschauerraum, eine Tür klappte° leise. Die Prüfer sahen mich erwartungsvoll an. Ein Mann trat in den Zuschauerraum. Ich erschrak; wie er da im Halbdunkel stand und seinen Kopf zu mir drehte, sah er aus wie mein Vater.

Mir blieb die Luft weg°. Ich konnte es nicht glauben.

Es war mein Vater, der dort an dem Geländer° entlang ging. Die Professoren starrten mich an. Jemand pochte° mit einem Stift ungeduldig auf den Tisch. Mein Blick wanderte zwischen den Prüfern und meinem Vater hin und her. Martin sprach zu mir, seine Hände formten Wörter und Sätze, die nur ich verstand.

›Ich will dich spielen sehen – geht das?‹ fragte er.

»Also Fräulein Bischoff«, hörte ich aus dem Zuschauerraum, »wir warten!«

Meine Hände zitterten. Ich wusste, ich würde keinen Ton herausbringen. Ich hatte alles vergessen. Ich schloss die Augen, um mich zu konzentrieren, aber nein, es war kein Spuk°. Als ich sie wieder öffnete, war alles wie zuvor – mein Vater stand hinter dem Geländer, und die Prüfer machten einen ziemlich ungeduldigen Eindruck.

Ich würde von der Bühne gehen, ohne eine Note gespielt zu haben.

»Ist Ihnen nicht gut?« fragte die Frau. »Wollen Sie einen Schluck° Wasser?«

3. **trösten** to console
4. **gelähmt** paralyzed
7. **durcheinander·bringen (brachte durcheinander, durcheinander gebracht)** to confuse, to irritate • **die Daumen drücken** *(idiom.)* to keep one's fingers crossed
11. **gespannt sein** to be curious
14. **eindringlich** insistent
15. **das Mitglied, -er** member
18. **jn. in etw.** *(Akk.)* **ein·weihen** to let sb. in on sth.
20. **einen Kloß im Hals haben** *(idiom.)* to have a lump in one's throat

Jenseits der Stille Kapitel XIV

Ich schüttelte stumm den Kopf.

»Holen Sie mal tief Luft! Und dann los. Alles halb so wild«, versuchte mich der Professor zu trösten°. Doch ich war wie gelähmt°. Mein Vater musste meine Verwirrung gespürt haben. Er lächelte und deutete.

›Ganz ruhig! Lass dich nicht von mir durcheinanderbringen°! Ich will dir nur die Daumen° drücken!‹

Ich musste zu ihm sprechen.

›Was soll das, Papa? Warum bist du gekommen?‹

›Ich wollte sehen, was dir so wichtig ist. Und ich will sehen, wie du spielst! Ich bin sehr gespannt°!‹

Unsere Unterhaltung war nicht zu übersehen. Neugierig wandten sich die Prüfer zu meinem Vater. Sie sahen, wie er mit seinen Gesten eindringlich° zu mir sprach. Ein Kommissionsmitglied° meldete sich zu Wort, denn niemand verstand, was zwischen uns ablief.

»Entschuldigung, aber ... Würden Sie uns vielleicht mal einweihen°?«

Ich räusperte mich und schluckte zweimal. Langsam rutschte der Kloß° in meinem Hals tiefer.

»Ja, das ist mein Vater. Er ist gehörlos. Er würde gerne zusehen.«

Erneut fuhren die Köpfe der Kommission herum, sie waren sichtlich neugierig geworden. Mein Vater hob freundlich und beschwichtigend seine Hände und trat einen Schritt ins Halbdunkel zurück.

»Ja, ... wenn er möchte«, entschied der Professor, »ich muss Sie bitten, jetzt anzufangen. Draußen wartet noch eine Reihe anderer Studenten!«

Ich nickte und setzte mein Instrument an. Meine Finger suchten sich ihre Positionen, der Schatten meines Vaters lehnte an der Rückwand des Raumes, nur seine Hände tauchten im Licht auf.

›So ist's gut, zeig's ihnen!‹

8. **die Schwingung, -en** vibration
13. **tuscheln** to whisper
14. **wohlwollend** benevolent, kind
24. **der Wert, -e** value

Jenseits der Stille Kapitel XIV

›Bitte, Papa‹, ich nahm die Klarinette herunter, ›sag jetzt nichts mehr. Du bringst mich völlig durcheinander.‹

Ich gab dem Mann am Klavier ein Zeichen. Er begann zu spielen. Ich konzentrierte mich auf mein Instrument, auf die Töne des Klaviers, auf meinen Einsatz. Papa erzählte mir später, was er getan hatte. Er hatte seine Hände, seine großen wunderbaren Hände auf das Geländer gelegt, um so die Schwingungen° aus der Luft wahrzunehmen. Er ließ mich nicht aus den Augen, er folgte meinen Bewegungen, meinen Fingern, und seine Hände versuchten über die Schwingungen Kontakt zu meiner Musik aufzunehmen. Ich machte keine Fehler, ich spielte das Stück weich und gefühlvoll. Nachdem ich geendet hatte, war es still im Saal. Die Prüfer tuschelten° leise und wohlwollend° miteinander. Ich aber hatte nur Augen für meinen Vater. Er löste sich aus dem Schatten.

›Das ist sie also, deine Musik?‹

›Ja, das ist meine Musik. Glaubst du, du wirst sie irgendwann verstehen?‹

›Ich kann sie nicht hören, aber ich werde versuchen, sie zu verstehen!‹

Die Mauer zwischen meinem Vater und mir war gefallen. Ein tiefes Gefühl des Glücks und der Freiheit stieg in mir auf. Vielleicht muss man sich erst voneinander entfernen, um den Wert° des anderen für das eigene Leben zu erkennen.

›Habe ich dich verloren?‹ fragte mein Vater.

Ich lächelte ihm zu.

›Ich liebe dich, seit ich auf der Welt bin. Du wirst mich niemals verlieren.‹

Papa nickte mit dem Kopf, sonst nichts.

Seine Hände lösten sich von dem Geländer, er stieg die Stufen hoch, und bevor er den Ausgang erreichte, drehte er sich ein letztes Mal um.

›Danke fürs Kommen‹ deutete ich.

Jenseits der Stille Kapitel XIV

Er lächelte stolz. Ich war glücklich und setzte meine Klarinette an. Ich hatte noch zwei Stücke zu spielen. Was konnte mir jetzt noch passieren?

Ende

Vokabeln und Aufgaben

Allgemeine Vorschläge für tägliche Hausaufgaben

1. Die „Fragen zum Textverständnis" sollen Sie beantworten können, wenn Sie den Text gelesen haben. Im Kurs werden Sie nicht immer alle Einzelfragen beantworten, sondern im Zusammenhang (*context*) besprechen.
2. Schreiben Sie jeden Tag a) 1–2 Fragen zur Sprache und b) 1–2 Fragen zum Inhalt (*content*) oder für eine Diskussion auf.
3. Machen Sie sich jeden Tag Notizen (*notes*) zu den wichtigsten Ereignissen (*events*) und Gedanken der Figuren des Romans. Benutzen Sie dabei 2–3 neue Vokabeln aus der Vokabelliste.
4. Schreiben Sie Ihre eigenen Beobachtungen (*observations*) und Gedanken beim Lesen auf. Integrieren Sie dabei mindestens 2–3 neue Vokabeln aus der Vokabelliste.
5. Benutzen Sie jeden Tag mindestens 1–2 dieser neuen Vokabeln bei der Diskussion im Unterricht.
6. Machen Sie Ihre eigene Vokabelliste mit Wörtern und Ausdrücken (*expressions*), die Sie wichtig fanden.

Prolog

📄 Vokabeln

sich bemühen   to try hard
Sie bemühte sich ihre Eltern zu verstehen.
She tried hard to understand her parents.

jm. fremd sein   to be alien / incomprehensible to sb.
Diese Ideen waren ihr fremd.
Those ideas were incomprehensible to her.

gleichaltrig   of the same age
Sie hatte Probleme, die gleichaltrigen Mädchen fremd waren.
She had problems that were incomprehensible to girls her age.

jenseits + *Gen.*   beyond, on the other side of

mit jm. Mitgefühl haben   to feel sympathy / have compassion for sb.

  das Mitgefühl *(no pl.)*   sympathy, compassion

das Schicksal *(no pl.)*   fate

die Stille *(no pl.)*   silence; silent peacefulness

  still   silent, quiet; peaceful
Die Stille im Zimmer war angenehm.
The silence in the room was pleasant.

(sich) streiten (stritt, gestritten)   to argue, to quarrel

etw. mit jm. teilen   to share sth. with sb.

die Verbindung, -en   connection
Es gab keine Verbindung zwischen ihren Welten.
There was no connection between their worlds.

zu·geben (gibt zu; gab zu, zugegeben)   to admit
Sie gab zu, dass sie manchmal Schwierigkeiten mit ihrem Vater hatte.
She admitted that she sometimes had problems with her father.

Vokabeln & Aufgaben   Prolog

🗣 Idiomatische Ausdrücke

mit einem schlechten Gewissen herum·laufen (läuft herum; lief herum, ist herumgelaufen) — to always feel guilty about sth. / run around with a bad conscience

ein schlechtes Gewissen haben — to have a bad conscience

das Gewissen *(no pl.)* — conscience

Warum lief sie mit einem schlechten Gewissen herum?
Why did she always feel guilty / run around with a bad conscience?

seinen Kopf durch·setzen — to get one's way

Musst du denn immer deinen Kopf durchsetzen?
Do you always have to get your way?

💬 Diskussionsvokabular

die Aussage, -n — statement

die Beziehung, -en — relation(ship)

Sie hatten eine gute Beziehung.
They had a good relationship.

erfahren (erfährt; erfuhr, hat erfahren) — to get to know / learn

Was erfahren wir über die Protagonistin?
What do we learn about the protagonist?

der Erzähler, - / die Erzählerin, -nen — narrator

der Ich-Erzähler, - / die Ich-Erzählerin, -nen — first-person narrator

sich identifizieren mit — to identify with

Kann die Leserin sich mit der Erzählerin identifizieren?
Can the reader identify with the narrator?

der Leser, - / die Leserin, -nen — reader

die Perspektive, -n — perspective

Aus wessen Perspektive ist der Text geschrieben?
From whose perspective is the text written?

der Prolog, -e — prologue

Was erfahren wir im Prolog?
What do we learn in the prologue?

der Protagonist, -en, -en / die Protagonistin, -nen — protagonist

reagieren auf + *Akk.* — to react to

Vokabeln & Aufgaben   Prolog

Wie reagiert der Leser auf die Protagonistin?
How does the reader react to the (female) protagonist?

die Rückblende, -n   flashback
  Was erfahren wir in der Rückblende?
  What do we learn in the flashback?

die Spannung *(usu. sg.)*   suspense; *also:* tension
  Spannung erzeugen   to create suspense
    Wie wird hier Spannung erzeugt?
    How is suspense created here?

die Vorausblende, -n   foreshadowing, flash-forward
die Wirkung, -en   effect
  eine Wirkung haben auf + *Akk.*   to have an effect
  wirken auf + *Akk.*   to have an effect
    Was für eine Wirkung hat diese Perspektive auf den Leser? /
    Wie wirkt diese Perspektive auf den Leser?
    What is the effect of this perspective on the reader?

✍ Sprache im Kontext

A. Wortanalyse
Erraten Sie die Bedeutung eines Wortes, indem Sie es in seine Einzelteile (*individual components*) zerlegen.
  (erraten: *to guess;* zerlegen: *to deconstruct*)

Beispiel:
  die Gleichaltrigen
    alt: *old;* gleich: *the same*
    ➲ die Gleichaltrigen: *Personen, die gleich alt sind*
    ➲ *people of the same age*
  Beispielsatz: *Sie spielte gern mit Gleichaltrigen.*
Tipp: Machen Sie diese Übung mit anderen Wörtern, die Sie nicht sofort verstehen.

B. Welche Bedeutung passt?
Ordnen Sie den Wörtern die richtige Bedeutung zu. (zuordnen: *to match*)

  1. das Alter   a. fate
  2. das Mitgefühl   b. connection
  3. das Schicksal   c. age
  4. die Stille   d. compassion
  5. die Verbindung   e. silence

Vokabeln & Aufgaben   Prolog

C. Vokabeln und Konversation

Sprechen Sie mit Ihrem Nachbarn / Ihrer Nachbarin. Benutzen Sie die du-Form:
1. Geben Sie gern zu, wenn Sie etwas Falsches gesagt oder getan haben? Warum (nicht)?
2. Bemühen Sie sich jeden Tag früh aufzustehen?
3. Diskutieren Sie lieber mit Gleichaltrigen oder Jüngeren oder Älteren?
4. Kennen Sie Leute, die immer versuchen ihren Kopf durchzusetzen?
5. Haben Sie ein schlechtes Gewissen, wenn Sie Ihre Eltern lange nicht angerufen haben? Warum (nicht)?
6. Haben Sie sich als Kind oft mit Ihren Geschwistern oder Eltern gestritten? Warum (nicht)?

D. Wie kann man es anders sagen?

Ergänzen Sie einen idiomatischen Ausdruck:
1. Meine Eltern wollten, dass ich Wirtschaft studiere, aber ich interessiere mich mehr für Kunst. Wir haben lange diskutiert, und schließlich durfte ich studieren, was ich wollte.

   Ich _____

2. Aber ich fühlte mich danach immer etwas schuldig.

   Ich _____

E. Ergänzen Sie!

Ergänzen Sie einen passenden Ausdruck aus dem Diskussionsvokabular:
1. Aus wessen _____ (*perspective*) ist diese Erzählung geschrieben?
2. Beschreiben Sie die _____ (*effect*).
3. Der _____ (*reader*) kann _____ mit der Erzählerin _____ (*to identify*).
4. Was _____ (*to get to know / learn*) wir über ihre _____ (*relationship*)?
5. Was ist die Funktion der _____ (*flashback*)?
6. Wie wird im _____ (*prologue*) _____ (*suspense*) erzeugt?

Vokabeln & Aufgaben   Prolog

F. Verben und Adjektive mit dem Dativ

Textbeispiele:

„Ich hatte mit Problemen zu kämpfen, die gleichaltrigen Mädchen fremd waren."
I had to deal with problems that were incomprehensible to / beyond the experience of girls my age.

„Als ich älter wurde, fiel es mir oft nicht leicht, meinen Vater zu verstehen."
When I got older it was often not easy for me to understand my father.

Aufgabe:
Bestimmen Sie die Dativformen in den Sätzen oben und unterstreichen Sie sie.

Verben mit Dativ

a. Bei diesen Verben steht das Nomen- oder Pronomen-Objekt im Dativ:

schwache Verben:

antworten
  Sie antwortet ihrem Vater.
danken
  Ich danke dir.
gehören
glauben
gratulieren
sagen

starke Verben:

gefallen (gefällt; gefiel, gefallen)
helfen (hilft; half, geholfen)
weh·tun (tat weh, wehgetan)

b. Diese Verben haben i.d.R. (*as a rule*) unpersönliches „es" als Subjekt:

gut/schlecht gehen (ging; ist gegangen)
  Es geht mir gut.
leid·tun (tat leid, leidgetan)
  Es tut mir leid.
leicht/schwer fallen (fällt; fiel, ist gefallen)
  Es fällt mir schwer früh aufzustehen.

Man kann diese Verben ohne „es" benutzen, wenn es ein anderes Subjekt gibt:

Mathematik/Frühes Aufstehen fällt mir schwer.
Mathematics/Getting up early is difficult for me.

Der kleine Junge tat ihr leid.
She pitied the little boy.

Adjektive mit Dativ

a. Bei diesen Adjektiven steht das Nomen- oder Pronomen-Objekt im Dativ:

ähnlich – similar

   Sie ist ihrem Vater ähnlich.
   She is similar to her father.

dankbar – grateful

peinlich – embarrassing

b. Diese Adjektive haben impliziertes „es" als Subjekt:

jm. heiß/kalt/warm sein:

   Mir ist kalt. – I am cold.
   (Instead of: *Es ist mir kalt.*)
   NB: *Ich bin kalt.* – I am a cold / an emotionally cold person.

c. Diese Adjektive haben i.d.R. unpersönliches „es" als Subjekt:

jm. egal/fremd/klar/unklar sein:

   Es war ihr egal, ob er kommt oder nicht.

Das *es* fällt weg, wenn der Satz mit einem anderen Wort als „es" beginnt:

   Mir war nicht klar, ob er kommt.

Man kann diese Adjektive ohne „es" benutzen, wenn es ein anderes Subjekt gibt:

   Die Frage war mir nicht klar.
   The question was not clear to me.
   Diese Probleme waren ihr fremd.
   These problems were incomprehensible (*alien*) to her.

Aufgaben:

1. Ergänzen Sie die richtige Dativform:

   a. Hilft Lara ihr_____ Vater gern?

   b. Wie geht es ihr_____ Großmutter?

   c. Warum antwortet Lara ihr_____ Eltern nicht?

   d. Hat sie ihr_____ Eltern wehgetan?

   e. Es tut _____ (*her*) leid, dass sie _____ (*them*) wehgetan hat.

   f. Fällt es d_____ Tochter leicht immer für die Eltern zu übersetzen?

   g. Es ist _____ (*me*) egal, was die Leute denken.

   h. Ist _____ (*you*) klar, was du tun sollst?

Vokabeln & Aufgaben   Prolog

2. Ihre eigene Situation: Sprechen Sie mit Ihrem Nachbarn / Ihrer Nachbarin. Benutzen Sie die du-Form:
   a. Was fiel Ihnen schwer, als Sie jünger waren?
   b. Was fällt Ihnen an der Uni schwer?
   c. Was gefällt Ihnen an Ihrem Mitbewohner / Ihrer Mitbewohnerin (nicht)?
   d. Was tun Sie, wenn Ihnen heiß ist?
   e. Ist Ihnen egal, was für Noten (*grades*) Sie bekommen oder nicht?

G. Wunschsätze im Konjunktiv II

1. Wunschsätze im Konjunktiv II der Vergangenheit

Textbeispiel:
Lara denkt: „Ich hätte mir in manchen Situationen mehr Mitgefühl von ihm gewünscht."
Lara is thinking: "In some situations I would have liked more compassion from him."

Aufgabe:
Unterstreichen Sie die Konjunktivform in dem Satz oben.

Bildung:

Konjunktiv II der Vergangenheit

hätte/wäre + Partizip Perfekt
hätte   gewünscht
wäre   gekommen

NB: Im Konjunktiv II der Vergangenheit benutzt man i.d.R. kein „würde"!

Aufgabe:
Was <u>hätten</u> Sie sich als Kind manchmal <u>gewünscht</u>?
Sprechen Sie mit Ihrem Nachbarn / Ihrer Nachbarin:
 – längere Ferien
 – mehr Eis
 – nettere Geschwister
 – Ihre Ideen:

<u>Variation</u>: Sie können auch sagen: *Ich wünschte, die Ferien <u>wären</u> länger <u>gewesen</u>.*

Vokabeln & Aufgaben   Prolog

Aufgabe:
Schreiben Sie weitere Sätze im Konjunktiv II der Vergangenheit:

1. meine Eltern / mehr Verständnis (*understanding*) haben:

    Ich wünschte, meine Eltern _____

2. wir / nach Berlin fahren:

    Ich wünschte, wir _____

3. ich / Roman auf Deutsch lesen

    Ich wünschte, _____

2. Wunschsätze im Konjunktiv II der Gegenwart
Und was wünschen Sie sich *heute*?

Bildung:

Konjunktiv II der Gegenwart

würden + Infinitiv

ich würde (lesen usw.)	wir würden
du würdest	ihr würdet
er/sie/es würde	sie würden
	Sie würden

Konjunktiv II-Formen:

a. schwache Verben = Präteritum
   ich wünschte/sagte/machte usw.

b. starke Verben, gemischte Verben, Modalverben:
   Präteritum + [Umlaut] + Konjunktiv II-Endungen

fahren	ich fuhr	ich führ e
wissen	ich wusste	ich wüsst e
können	ich konnte	ich könnt e
haben	ich hatte	ich hätt e
sein	ich war	ich wär e

Konjunktiv II-Endungen:

ich führ e	wir führ en
du führ est	ihr führ et
er/sie/es führ e	sie führ en
	Sie führ en

Vokabeln & Aufgaben   Prolog

Aufgabe:
Bilden Sie Sätze im Konjunktiv II der Gegenwart:
> **Beispiel:** *Ich wünsche (= Indikativ) / wünschte (= Konjunktiv II), wir hätten längere Ferien.*
> I wish/wished we had a longer break.

1. meine Eltern / mehr Verständnis (*understanding*) haben:

   Ich wünschte, meine Eltern _____

2. wir / nächsten Sommer nach Berlin fahren:

   Ich wünschte, _____

3. ich / Roman auf Deutsch lesen können:

   Ich wünschte, _____

   (Der Konjunktiv II der Vergangenheit mit Modalverben wird in Kapitel 9 besprochen.)

4. ich / länger ausgehen dürfen:

   Ich wünschte, _____

H. Deklination von „man"

Nominativ	man
Akkusativ	einen
Dativ	einem
Genitiv	——

Welche Kasusformen (d.h. Nominativ, Akkusativ oder Dativ) von „man" finden Sie in dem folgenden Satz im Prolog?

> „Es ist sehr wichtig, mit dem anderen zu reden, auch wenn es einem noch so schwerfällt und man sich noch so sehr gestritten hat."

📖 Textarbeit

Tipp: Die folgenden Fragen sollen Sie nach dem Lesen beantworten können. Schreiben Sie ganze Sätze als Antwort oder machen Sie sich Stichpunkte (*notes*).

Vokabeln & Aufgaben   Prolog

Benutzen Sie diese Antworten, um eine mündliche Zusammenfassung (*summary*) des Texts machen zu können.

A. Fragen zum Textverständnis
1. Im Prolog nennt die Erzählerin drei Personen, die eine wichtige Rolle in ihrem Leben spielen. Welche?
2. Die Erzählerin spricht über ihre Kindheit. Welche Dinge fielen ihr in ihrer Kindheit schwer?
3. Wie alt ist die Erzählerin, als sie ihre Geschichte erzählt?
4. Was hat sich seit ihrer Kindheit geändert?

<u>Ihre Fragen</u>: Was für Fragen haben Sie a) zur Sprache oder b) zum Textverständnis?

B. Diskussion
1. Aus wessen Perspektive ist dieses Buch geschrieben? Was für eine Wirkung hat diese Perspektive für den Leser?
2. Die Erzählerin schreibt: „Tante Clarissa sagte einmal, das Leben sei ein langes Gespräch." Wie verstehen Sie diese Aussage? Was meinen Sie?
3. Welche Funktion hat die Vorausblende im Prolog? Welche Informationen erhält der Leser, die für das weitere Verständnis des Texts wichtig sind?
4. Wie erzeugt der Prolog „Spannung"? Denken Sie darüber nach, welche Informationen der Leser *nicht* erhält.

<u>Ihre Fragen</u>: Was für Fragen haben Sie für eine Diskussion im Kurs?

Aktivitäten

Sprechen
Diskutieren Sie mit einem Partner / einer Partnerin: Wie war Ihre Beziehung zu Ihren Eltern in Ihrer Kindheit? (*gut, schlecht, so la la, eng, distanziert*) Hat sich Ihre Beziehung seitdem geändert? Wenn ja, wie? Verstehen Sie sich jetzt besser mit Ihren Eltern oder haben Sie mehr Probleme, seitdem Sie an der Universität sind? Warum? Sprechen Sie mit Ihren Eltern über alles? Haben Sie eine bessere Beziehung zu Ihrer Mutter oder zu Ihrem Vater?

Kapitel I

📄 Vokabeln

anstrengend	exhausting
bewundern	to admire
der Blick, -e	gaze, view, sight
auf den ersten Blick	at first sight

    Auf den ersten Blick schien dies kein Problem zu sein.
    At first glance this did not seem to be a problem.

der Dolmetscher, - / die Dolmetscherin, -nen	translator (doing oral translations)
dolmetschen	to translate (orally)
der Übersetzer, - / die Übersetzerin, -nen	translator (doing written translations)
übersetzen	to translate (in writing)
das Geräusch, -e	sound
das Gewitter, -	thunderstorm
heimlich	in secret

    Sie trafen sich heimlich.
    They met secretly / in secret.

kaputt·gehen (ging kaputt; ist kaputtgegangen) *(intrans.) (colloq.)*	to break

    Die Kaffeemaschine ist kaputtgegangen.
    The coffeemaker broke.

kaputt·machen *(trans.)*	to break sth.

    Ich habe die Kaffeemaschine kaputtgemacht.
    I broke the coffeemaker.

der Lärm *(no pl.)*	noise
die Neugier *(no pl.)*	curiosity

Vokabeln & Aufgaben   Kapitel I

neugierig	curious
die Ruhe *(no pl.)*	quiet, silence
ruhig	quiet
schlürfen	to slurp
schwanger	pregnant
die Schwangerschaft, -en	pregnancy
sehnsüchtig	longing, yearning
Sehnsucht *(f.)* haben nach	to long for, yearn for
sich sehnen nach	to long for, yearn for
selbstständig *(also:* selbständig*)*	independent
die Selbstständigkeit *(no pl.)*	independence
jm. steht etw. (stand, gestanden)	sth. looks good on sb.

    Dieser Rock steht dir gut.
    This skirt looks good on you.

streng	strict
(jn./etw.) trennen *(trans.)*	to separate *(sb./sth.)*

    Was trennt die Welt der Erwachsenen und Kinder?
    What separates the world of grown-ups from that of children?

sich trennen *(intrans.)*	to separate (referring to people)

    Sie hat sich von ihrem Freund getrennt.
    She separated from her boyfriend.

    Sie haben sich getrennt.
    They separated.

die Trennung, -en	separation
sich vertiefen in + *Akk.*	to immerse o.s. in

    Sie vertiefte sich in einen guten Roman.
    She immersed herself in a good novel.

🗣 Idiomatische Ausdrücke

etw. für sein Leben gern tun	to be mad about sth.

    Sie aß für ihr Leben gern Schokolade.
    She was mad about chocolate.

im Fernsehen kommen (kam, ist gekommen)	to be (shown) on TV

    Was kommt heute Abend im Fernsehen?
    What is on TV tonight?

Vokabeln & Aufgaben   Kapitel I

💬 Diskussionsvokabular

die Personifikation, -en — personification
die Person, -en — person
personifizieren — to personify
  Warum wird das Gewitter personifiziert?
  Why is the thunderstorm personified?
das Verhältnis, -se — relationship
  Wie ist Laras Verhältnis zu ihrem Vater?
  What is Lara's relationship to her father like?
  (NB: „ein Verhältnis mit jm. haben" indicates a sexual relationship.)

💬 Vokabular zum Thema Behinderung

die Behinderung, -en — disability
behindert sein — to be disabled
der/die Behinderte, -n — disabled person
die Gebärdensprache, -n — sign language
  (official term for deaf people's sign language)
die Gebärde, -n — gesture
die Zeichensprache, -n — sign language
  (less politically correct than „Gebärdensprache")
gehörlos *(politically correct for „taub")* — deaf
stumm — mute, silent

✍ Sprache im Kontext

A. Wortanalyse
Erklären Sie die Bedeutung der einzelnen Teile der folgenden Wörter aus dem Roman:
  1. Küchenmixer
  2. Waschmaschine
  3. Nachttischlampe
  4. Blumenwasser
  5. Schreibtelefon
  6. Schreibmaschine
  7. Eisblumen
  8. Bademantel

Vokabeln & Aufgaben   Kapitel I

B. Welche Bedeutung passt?

Ordnen Sie den Wörtern die richtige Bedeutung zu:

1. anstrengend sein   a. alles wissen wollen
2. schwanger sein   b. eine Person als Idol/Vorbild sehen
3. geräuschlos   c. viel Arbeit erfordern
4. neugierig sein   d. ein Kind erwarten
5. bewundern   e. ruhig, still

C. Assoziogramm „Essen"

1. Welche Wörter zum Thema „Essen" finden Sie in der Vokabelliste?
2. Welche anderen kennen Sie?

D. Vokabeln und Konversation

Sprechen Sie mit Ihrem Nachbarn / Ihrer Nachbarin. Benutzen Sie die du-Form.

1. Wen bewundern Sie am meisten?
2. Was kam gestern Abend im Fernsehen?
3. Was finden Sie im Unterricht anstrengend?
4. Was essen Sie für Ihr Leben gern?

E. Trennbare Verben in Nebensätzen

Trennbare Verben werden in Nebensätzen wieder zusammengeschrieben:

Beispiel:

ein·schlafen

Hauptsatz (main clause): *Sie schläft schnell ein. / Sie schlief schnell ein.*
Nebensatz (dependent clause): *Bevor sie einschläft, liegt sie oft wach. /*
Bevor sie einschlief, lag sie oft wach.

Aufgabe:

Bilden Sie ähnliche Sätze a) im Präsens und b) im Präteritum mit den folgenden trennbaren Verben:

aufwachen, aufwachsen, aufstehen, das Licht anmachen

1. a. Bevor ich ...
   b. Bevor ich ...
2. a. Nachdem ...
   b. Nachdem ...
3. a. Weil ...
   b. Weil ...
4. a. Obwohl ...
   b. Obwohl ...

Vokabeln & Aufgaben   Kapitel I

F. Wortstellung: implizierter „wenn"-Satz

Wenn ein Satz mit einem Verb beginnt, handelt es sich entweder um eine ja-/nein-Frage:

Kommst du heute? – Ja, ich komme. / Nein, ich komme nicht.

oder um ein impliziertes „wenn":

Kam er spät, gingen wir nicht ins Kino. (Wenn er spät kam, gingen wir nicht ins Kino.)

Textbeispiel:

„Ging etwas im Haushalt kaputt, so nahm er es in seine großen Hände … .

Aufgaben:

1. Wie kann man diesen Satz mit einem „wenn"-Satz ausdrücken?

   Wenn _____ ,
   so nahm er es in seine großen Hände … .

2. Drücken Sie die folgenden Sätze mit einem „wenn"-Satz aus:

   a. Sprach er schnell, konnte ich nichts verstehen.

   b. Wachte er früh auf, kam er rechtzeitig zur Uni.

   c. Hätte Laura besser gedolmetscht, wäre ihr Vater nicht so wütend gewesen.

G. Adverbien

Im Deutschen haben Adverbien i.d.R. <u>keine Endung</u>, im Englischen sind sie meistens durch ein „-ly" gekennzeichnet:

| Sie geht langsam. | *She walks slowly.* |
| Er spricht leise. | *He talks in a low voice.* |

Einige Adverbien enden auf „-weise": normalerweise (*normally*), glücklicherweise (*luckily*).

Adjektiv + Nomen ➲ Adjektivendung	Adjektiv bei „sein" und „werden" am Satzende (i.e. in prädikativer Position) ➲ keine Endung	Adverb ➲ i.d.R. keine Endung
Er ist ein schneller Läufer. *Es gab ein lautes Gewitter.*	*Er ist schnell.* *Das Gewitter war laut.* *Es wird kalt.*	*Er läuft schnell.* *Das Auto fuhr laut um die Ecke.*

Vokabeln & Aufgaben   Kapitel I

Ein Adverb kann auch ein Adjektiv oder ein anderes Adverb beschreiben:

> Er ist ein <u>wahnsinnig</u> langsamer Sprecher.
> *He is an extremely slow speaker.*
>
> Er spricht <u>wahnsinnig</u> langsam.
> *He speaks extremely slowly.*

Aufgaben:
1. Unterstreichen Sie die Adverbien in den folgenden Sätzen:
   „Ging etwas im Haushalt kaputt, so nahm er es in seine großen Hände, besah es sich genau ... , und machte sich dann langsam und geduldig ans Werk."
   Whenever something broke in our household he took it in his big hands, looked at it closely, and then started to work on it slowly and patiently.
2. Stellen Sie Ihrem Nachbarn / Ihrer Nachbarin die folgenden Fragen mit Adverbien:
   a. Was tun Sie manchmal heimlich?
   b. Worauf warten Sie sehnsüchtig?
   c. Worauf wartete Lauras Mutter geduldig (*patiently*)?

📖 Textarbeit

A. Fragen zum Textverständnis:
1. Wie heißt die Erzählerin?
2. Wie sieht die Erzählerin aus?
3. In welcher Stadt lebt die Erzählerin?
4. Was war das Lieblingsstofftier der Erzählerin?
5. Seit wann und von wem haben die Eltern der Erzählerin ihr Haus?
6. Wovon wird die Erzählerin einmal in der Nacht wach?
7. Wie stellt sich die Erzählerin die Entstehung (*origination*) des Donners vor?
8. Was tut die Erzählerin, als sie Angst bekommt?
9. Wie heißen die Eltern der Erzählerin?
10. Wieso versteht sie in dieser Nacht, dass sie und ihre Eltern es besonders schwer haben sich zu verstehen?
11. Wo arbeitet der Vater der Erzählerin?
12. Wie hilft die Erzählerin ihren Eltern?
13. Was war die besondere Aufgabe der Erzählerin beim Frühstück?
14. Wie beschreibt die Erzählerin ihre Eltern? Sind die Eltern sich ähnlich oder eher unterschiedlich?
15. Wie wissen die Eltern der Erzählerin, wenn das Telefon läutet?
16. Wie können die Eltern selbst telefonieren?

Vokabeln & Aufgaben   Kapitel I

17. Aus welchem Grund ruft die Großmutter der Erzählerin an?
18. Was tut der Vater der Erzählerin in seiner Freizeit?
19. Was erfahren wir über die Kindheit des Vaters?
20. Warum ist die Mutter der Erzählerin gehörlos?
21. Welches besondere Hobby hat die Mutter?
22. Welche Filme sieht die Mutter gerne und was ist dabei die Aufgabe der Erzählerin?

Ihre Fragen?

B. Diskussion
1. Warum wird der Donner personifiziert?
2. Warum ist Lara besonders wichtig für ihre Eltern?
3. Was meint Lara, wenn sie sagt, „Bei uns herrschte ein liebevolles Chaos"?
4. Was meint Lara, wenn sie sagt, Gehörlosigkeit sei keine „Behinderung auf den ersten Blick"?
5. Kennen Sie gehörlose Menschen? Wie unterhalten Sie sich mit ihnen?

Ihre Fragen?

Aktivitäten

A. Schreiben
1. Schreiben Sie eine kurze Biographie der Erzählerin und berichten Sie danach im Kurs.
   (berichten: *to report*)

Lara

Name:_____

Alter:_____

Lieblingstier:_____

Interessen und Hobbys:_____

Charaktereigenschaften
(*character traits*):_____

weitere Merkmale (*characteristics*):_____

Vokabeln & Aufgaben   Kapitel I

2. Schreiben Sie kurze Biographien von Laras Vater und Mutter. Bilden Sie zwei verschiedene Gruppen und berichten Sie danach im Kurs.

Vater

Name:_____

Alter:_____

Interessen und Hobbys:_____

Charaktereigenschaften:_____

weitere Merkmale:_____

Mutter

Name:_____

Alter:_____

Interessen und Hobbys:_____

Charaktereigenschaften:_____

weitere Merkmale:_____

B. Sprechen

1. Lara und ihre Großmutter unterhalten sich am Telefon.

    Großmutter: „Hallo, Lara, wie _____?"

    Lara: „Ganz gut. Was machen deine Blumen?"

    Großmutter: „Meine Blumen? _____"

    „Kommt ihr Weihnachten zu uns?"

2. Wenn Martin *sprechen* könnte ...
    Martin ist verärgert, dass Lara die Einladung der Großmutter zu Weihnachten angenommen hat. Martin und Lara streiten sich und erklären, warum sie zur Großmutter gehen wollen bzw. (beziehungsweise: *respectively*) warum nicht.

Vokabeln & Aufgaben   Kapitel I

Vater: „Warum hast du Großmutter gesagt, dass wir Weihnachten kommen? Du weißt, dass ... ."
Lara: „Aber du weißt, wie sehr ich das Weichnachtsfest bei ... liebe. ..."

3. Sprechen Sie mit einem Partner / einer Partnerin über Ihre Kindheit:
   a. Hatten Sie in Ihrer Kindheit ein besonderes Lieblingsspielzeug oder Stofftier? Warum mochten Sie es besonders? Haben Sie es immer noch?
   b. Was für Geräusche hörten Sie nachts, wenn Sie versuchten einzuschlafen?
   c. Wovor hatten Sie als Kind besonders Angst? Können Sie sich an eine bestimmte Situation erinnern?

C. Kurzreferate

Finden Sie weitere Informationen zu: Mainburg, Bayern, Gebärdensprache und Gehörlosigkeit. Bringen Sie auch Bilder und Karten (*maps*) mit!

Kapitel II

📄 Vokabeln

aus·probieren	to try out
der Außenseiter, - / die Außenseiterin, -nen	outsider
der Betrieb, -e	company, business
eis·laufen / Schlittschuh laufen (läuft; lief, ist gelaufen)	to ice-skate
gemein	mean

Warum bist du so gemein zu mir?
Why are you so mean to me?

kichern	to giggle, chuckle
klasse *(colloq.)*	super, cool

Diese Idee finde ich klasse.
I think this idea is cool.
(NB: "klasse" does not have endings.)

die Laune, -n	mood
gute/schlechte Laune haben	to be in a good/bad mood

Sie hatte immer gute Laune.
She always was in a good mood.

gut/schlecht gelaunt sein	to be in a good/bad mood

Sie war immer gut gelaunt.
She always was in a good mood.

Lippen lesen (liest; las, gelesen)	to lip-read
die Macht *(usu. sg.)*	power
die Mütze, -n	hat, cap, bonnet
nicken	to nod
der Schal, -s	scarf
sich schämen	to be embarrassed

Vokabeln & Aufgaben   Kapitel II

Sie schämte sich wegen ihres Vaters.
She was embarrassed because of her father.

überfordern	to overwhelm
sich überfordert fühlen	to feel overwhelmed
übertrieben	exaggerated
übertreiben (übertrieb, übertrieben)	to exaggerate
verständnisvoll	understanding, sympathetic
das Verständnis *(no pl.)*	understanding
verzweifelt	desperate

🗣 Idiomatische Ausdrücke

tief Luft holen   to take a deep breath
  Sie holte tief Lust, bevor sie mit ihrem Vater sprach.
  She took a deep breath before talking to her father.

das Sagen haben   to be the boss
  Er machte klar, wer hier das Sagen hatte.
  He made it clear who was the boss.

jm. einen bösen Blick zu·werfen (wirft   to glance at sb. angrily
zu; warf zu, zugeworfen)
  Der Vater warf Clarissa einen bösen Blick zu.
  The father angrily glanced at Clarissa.

(vor Scham) im Boden versinken   (to be so ashamed that) one wishes the
können   ground would open up and swallow one
  Ich hätte (vor Scham) im Boden versinken können.
  (I was so ashamed that) I wished the ground would open and swallow me up.

✍ Sprache im Kontext

A. Welche Bedeutung passt?
Ordnen Sie den Wörtern aus der Vokabelliste die richtige Bedeutung zu.

1. nicken
2. verzweifelt sein
3. kichern
4. seufzen
5. übertreiben

a. nicht wissen, was man tun soll
b. leise lachen
c. ja sagen / zustimmen
d. etwas besser beschreiben als es ist
e. laut zeigen, dass man Probleme hat

Vokabeln & Aufgaben   Kapitel II

B. Welcher Nebensatz passt?

Ergänzen Sie den richtigen Nebensatz. Erklären Sie dann die Bedeutung in Ihren eigenen Worten.

1. Sie holte tief Luft,
2. Laras Vater machte klar,
3. Der Vater warf Clarissa einen bösen Blick zu,

a. wer hier das Sagen hat.
b. weil sie ihn geärgert hatte.
c. bevor sie mit ihrem Vater sprach.

C. Vokabeln und Konversation
1. Was möchten Sie mal ausprobieren?
2. Können Sie Lippen lesen?
3. Kennen Sie Leute, die gern übertreiben? Übertreiben Sie gern?
4. Fühlen Sie sich manchmal überfordert? In welchen Situationen?
5. Gehen Sie gern eislaufen?
6. Sind Sie ein verständnisvoller Mensch?
7. Sind Sie meistens gut gelaunt?
8. Wer hat bei Ihnen zu Hause das Sagen?
9. Erinnern Sie sich an eine Situation, in der Sie im Boden hätten versinken können?
10. Tragen Sie im Winter lieber einen Hut oder eine Mütze? Warum?

D. Assoziogramm „Kleidung"
1. Welche Wörter zum Thema „Kleidung" finden Sie in der Vokabelliste?
2. Welche anderen kennen Sie? Nennen Sie auch den bestimmten Artikel und die Pluralform.

NB: "Die Kleidung" (*clothes*) is a collective singular. If you want to refer to a piece of clothing, use "das Kleidungsstück."

Aufgabe:

Ergänzen Sie die Lücken mit Vokabeln zum Thema „Kleidung":

a. Die _____ (*hat, bonnet*) passt zum _____ (*scarf*).

b. Die _____ (*pants*) ist zu eng.

c. Die rote _____ (*jacket*) steht dir gut.

d. Kann ich die _____ (*boots*) anprobieren?

e. Dieses _____ (*shirt*) steht dir gut.

Vokabeln & Aufgaben   Kapitel II

E. Dativ oder Akkusativ bei Wechselpräpositionen

Regel:

Wechselpräpositionen (*either-or prepositions*)

an, auf, hinter, in, neben, über, unter, vor, zwischen

wo? ➲ *Dat.*   wohin? ➲ *Akk.*

Der Rock hängt über <u>dem</u> Stuhl.   *Ich habe ihn über <u>den</u> Stuhl gehängt.*
Die Bluse liegt auf <u>dem</u> Sofa.   *Ich habe sie auf <u>das</u> Sofa gelegt.*
(Wo hängt der Rock?)   (Wohin hast du ihn gehängt?)

Aufgaben:
Bilden Sie Sätze mit der richtigen Wechselpräposition. Achten Sie auf den Kasus.

1. **Wo** liegen bzw. hängen die Kleidungsstücke?

     a. _____ Hose   _____ Kleiderschank *(m.)*

     b. _____ Rock   _____ Waschmaschine *(f.)*

     c. _____ Socken   _____ Bett *(n.)*

2. **Wohin** legen bzw. hängen Sie sie?

     a. _____ Hose   _____ Kleiderschank

     b. _____ Rock   _____ Waschmaschine

     c. _____ Socken   _____ Bett

3. Beschreiben Sie a) Ihr Zimmer, b) Laras Zimmer mit möglichst vielen Wechselpräpositionen: Wie könnte es aussehen?

F. Ein Gespräch wiedergeben (indirekte Rede)
In der indirekten Rede benutzt man Konjunktiv I oder II; im gesprochenen Deutsch auch den Indikativ:

     Direkte Rede: *Der Bankangestellte sagt: „Es tut mir leid."*
     Indirekte Rede: *Der Bankangestellte sagt, es tue ihm leid.* [Konjunktiv I]
                                   es täte ihm leid. [Konjunktiv II]
                                   es tut ihm leid. [Indikativ]

Das Tempus (Präsens, Präteritum usw.) des Einleitungsverbs ändert nicht das Tempus in der indirekten Rede:

Der Bankangestellte sagt, es tue ihm leid.
sagte, es tue ihm leid.
hat gesagt, es tue ihm leid.

Wenn die Konjunktiv-I-Form wie der Indikativ ist, benutzt man häufig den Konjunktiv II mit „würde". Dies ist i.d.R. in der 3. Person Plural der Fall:

Direkte Rede: *Die Eltern sagten: „Wir gehen jetzt nach Hause."*
Indirekte Rede: *Die Eltern sagten, sie würden jetzt nach Hause gehen.*
(statt: Sie sagten, sie gingen jetzt nach Hause.)

Wortstellung:
Wenn man einen Hauptsatz (*main clause*) benutzt, ist das konjugierte Verbteil in 2. Position. Wenn man „dass" benutzt, handelt es sich um einen Nebensatz und das Verb steht am Ende.

Die Eltern sagten, sie würden jetzt nach Hause gehen.
  [Hauptsatz]   [Hauptsatz]
Die Eltern sagten, dass sie jetzt nach Hause gehen würden.
  [Hauptsatz],   [Nebensatz]

Konjunktiv II:

schwache Verben: würde + Infinitiv
ich würde / du würdest usw. machen
oder
Präteritumform + Konjunktiv-II-Endungen:
ich macht e   wir macht en
du macht est   ihr macht et
er/sie/es macht e   sie macht en
          Sie macht en

starke Verben:
Präteritumform [+ Umlaut] + Konjunktiv-II-Endung:
fahren ➲ Präteritum: fuhr ➲
ich führ e   wir führ en
du führ est   ihr führ et
er/sie/es führ e   sie führ en
          Sie führ en

Konjunktiv I:

schwache Verben:
Stamm + Konjunktiv-I-Endungen:
ich mach e   wir mach en
du mach est   ihr mach et
er/sie/es mach e   sie mach en
          Sie mach en

starke Verben:
Stamm + Konjunktiv-I-Endung:
fahren ➲ Stamm: fahr-
ich fahr e   wir fahr en
du fahr est   ihr fahr et
er/sie/es fahr e   sie fahr en
          Sie fahr en

Häufig benutzte Verben

sein

Konjunktiv II:		Konjunktiv I:	
ich wäre	wir wären	ich sei	wir seien
du wärest	ihr wäret	du seist	ihr seiet
er/sie/es wäre	sie wären	er/sie/es sei	sie seien
	Sie wären		Sie seien

haben

Konjunktiv II:		Konjunktiv I:	
ich hätte	wir hätten	ich habe	wir haben
du hättest	ihr hättet	du habest	ihr habet
er/sie/es hätte	sie hätten	er/sie/es habe	sie haben
	Sie hätten		Sie haben

Besonderheiten der indirekten Rede:

1. Bei ja-/nein-Fragen benutzt man „ob":
   Der Bankberater fragt Lara: „Haben deine Eltern mich verstanden?"
   Der Bankberater fragt Lara, ob ihre Eltern ihn verstanden hätten.
2. Im Imperativ benutzt man i.d.R. „sollen":
   Lara bittet ihren Vater: „Hör auf den Berater zu fragen."
   Lara bittet ihren Vater, er solle aufhören den Berater zu fragen.
3. Bei schwachen Verben benutzt man oft den Konjunktiv mit „würden" da die Konjunktivformen und Indikativformen gleich sind:
   Wir verkaufen ⇨ Konjunktiv II: *wir verkauften* = Indikativ Präteritum
   ⇨ Konjunktiv I: *wir verkaufen* = Indikativ Präsens
   Der Berater sagte: „Wir verkaufen keine Kredite."
   Der Berater sagte, sie würden keine Kredite verkaufen.

Aufgaben:
   a. Setzen Sie das Gespräch zwischen dem Bankberater und Lara und ihren Eltern in die indirekte Rede. Benutzen Sie, wenn möglich, den Konjunktiv.

Vokabeln & Aufgaben   Kapitel II

1. »*Nein, es tut mir leid. Vor dem 1. März kann ich gar nichts machen.*«
   Der Bankangestellte sagte, es _____ leid. Vor dem 1. März _____ er gar nichts_____.

2. »*Sagst du bitte deinen Eltern, dass sie sich nun mal auf ein halbes Jahr festgelegt haben.*«
   Der Bankangestellte bat Lara, _____.

3. ›*Er kann nichts machen. Ihr habt für ein halbes Jahr unterschrieben.*‹
   Lara übersetzt, dass _____.
   Sie _____.

3. »*Wie schreibt man Rendite?*« *fragte ich ihn.*
   Lara wollte wissen, _____.

4. ›*Er hat doch schon gesagt, dass es nicht geht, Papa. Hör auf zu betteln!*‹
   Lara erklärte ihrem Vater, _____.
   Sie bat ihn _____.

5. ›*Frag ihn!*‹ *beharrte* (insisted) *er.*
   Laras Vater wollte, dass Lara _____.

6. »*Mein Vater bedankt sich. Er ist zufrieden mit ihrem Geschäft!*« *sagte ich schließlich.*
   Lara sagte dem Bankangestellten, _____.

7. »*Das freut mich.*«
   Der Bankangestellte meinte, _____.

8. »*Kann ich deinen Eltern noch irgendwie helfen?*«
   Er wollte wissen, _____.

b. Setzen Sie das Gespräch zwischen der Lehrerin und Lara und ihren Eltern in die indirekte Rede.

📖 Textarbeit

A. Fragen zum Textverständnis
   1. Wie ist die finanzielle Situation von Laras Eltern?
   2. Erwachsene wollen Lara oft „benutzen". Wofür?

Vokabeln & Aufgaben   Kapitel II

3. Warum kann die Druckerei des Vaters den Angestellten kein Weihnachtsgeld zahlen?
4. Was möchten Laras Eltern von ihrem Bankberater?
5. Was tut Lara, um sich aus der peinlichen (*embarrassing*) Situation zu befreien?
6. Welche „Vorteile" hat Lara, weil ihre Eltern auf sie angewiesen sind?
   (angewiesen sein auf: *to have to rely on*)
7. Geht Lara gern in die Schule?
8. Was kann Lara nicht so gut? Warum kann sie es nicht so gut?
9. Was passiert, als sie etwas in der Klasse vorlesen muss?
10. Woran denkt Lara, als sie die Schneeflocken vor dem Fenster sieht?
11. Wodurch werden ihre Gedanken unterbrochen?
12. Was will Kai von Lara?
13. Wie reagiert die Lehrerin?
14. Was passiert am Nachmittag?
15. Welche schlechte Nachricht hat die Lehrerin für Laras Eltern?
16. Wie handelt Lara in dieser Situation?
17. Warum ist die Lehrerin durch Kais Verhalten überfordert?
18. Seit wann wusste Lara, dass sie eine besondere Rolle in ihrer Familie hat?
19. Was haben die Verwandten und Bekannten von ihr als Kind erwartet?

Ihre Fragen?

B. Diskussion
1. Beschreiben Sie das Verhältnis zwischen Lara und ihren Eltern. Erwarten die Eltern zu viel von ihr? Geben Sie Beispiele. Was hätten sie anders machen können?
2. Handelt Lara richtig, wenn sie das Gespräch zwischen ihrem Vater und dem Bankberater falsch übersetzt?
3. Lara sagt ihren Eltern nicht, dass die Lehrerin sie nicht versetzen wird, wenn sie nicht besser lesen lernt. Stimmt es, dass Lara sich nur „schützt" und die Sache „zu einem harmonischen Ende" bringt?
   (versetzt werden: *in die nächste Klasse kommen*)
4. Reagiert die Lehrerin auf Ulis Kommentar richtig? Was meinen Sie?
5. Welche Rolle spielt Tante Clarissa in Laras Leben?

Ihre Fragen?

Vokabeln & Aufgaben   Kapitel II

👥 Aktivitäten

A. Schreiben
1. Lara schreibt ihrer Brieffreundin von ihrem Tag in der Schule.
2. Lara schreibt in ihrem Tagebuch über den Vorfall (*incident*) in der Schule.

B. Sprechen
Die Lehrerin spricht am nächsten Tag mit Laura über deren Probleme in der Schule. Sie ist besorgt (*worried*), dass Lara ihren Eltern vielleicht doch nicht die Wahrheit gesagt hat. Sie beginnt: „Lara, hast du deinen Eltern wirklich klar gemacht, dass du vielleicht nicht versetzt wirst?"

    Lara: _____
    Lehrerin: „Und wie soll dein Lesen besser werden?"
    ...

C. Kurzreferate
Finden Sie Informationen zu dem Märchen „Das kalte Herz".

Kapitel III

📄 Vokabeln

jn. von etw. ab·lenken   to distract sb. from sth.
  Lenk sie nicht von den Hausaufgaben ab!
  Don't distract her from her homework!

jn. am Klavier begleiten   to accompany sb. on the piano;
                            also: to accompany sb. to a place (the station, etc.)

  Clarissa begleitete Großvater am Klavier.
  Clarissa accompanied grandfather at the piano.

  Die Mutter begleitete ihre Tochter zur Schule.
  The mother accompanied her daughter to school.

beneiden   to envy
  neidisch   envious
die Einsamkeit *(no pl.)*   loneliness
  einsam   lonely
(sich) entschließen (entschloss, entschlossen) etw. zu tun   to decide, to make a decision

  Sie entschloss (sich) bei Clarissa zu übernachten.
  She decided to stay overnight at Clarissa's.
  (NB: „*sich für etwas entschließen*" = *to decide for sth.*)

flüstern   to whisper
das Idol, -e   role model, idol
loben   to compliment, to praise
die Klarinette, -n   clarinet
konkurrieren   to compete
  die Konkurrenz *(no pl.)*   competition
  der Konkurrent, -en, -en / die Konkurrentin, -nen   competitor

Vokabeln & Aufgaben   Kapitel III

nachdenklich	thoughtful
nach·denken (dachte nach, nachgedacht)	to think about, ponder
die Öffentlichkeit *(no pl.)*	the public
der (Stadt)Rand, ⸚er	*here:* outskirts
am Stadtrand / am Rande der Stadt	on the outskirts of town
riechen (roch, gerochen) nach	to smell of
die Spannung *(usu. sg.)*	tension; *also:* suspense

Die Spannung zwischen Clarissa und Martin war kaum auszuhalten.
It was difficult to put up with the tension between Clarissa and Martin.

das Stück, -e	*here:* piece of music
also: das Theaterstück; das Stück Kuchen	play; piece of cake
verärgern	to annoy, to anger
verärgert sein	to be annoyed/angry
wohlhabend	wealthy, well-to-do
zögern	to hesitate

🗣 Idiomatische Ausdrücke

auf 180 sein	to be enraged
ein Kinderspiel sein	to be a piece of cake, a walk in the park

Klarinette spielen war ein Kinderspiel für sie.
Playing the clarinet was a piece of cake for her.

nur Augen für jn. haben — not to be able to take one's eyes off sb.

Ich hatte nur noch Augen für die beiden.
I couldn't take my eyes off the two.

ohne mit der Wimper zu zucken — without batting an eyelid

Ohne mit der Wimper zu zucken sagte sie ja.
Without batting an eyelid she said yes.

✍ Sprache im Kontext

A. Vokabeln und Konversation

1. Wodurch werden Sie manchmal abgelenkt?
2. Haben Sie sich für ein Hauptfach entschlossen? Warum (nicht)?
3. Mögen Sie nachdenkliche Menschen? Warum (nicht)? Sind Sie ein nachdenklicher Mensch?

Vokabeln & Aufgaben   Kapitel III

4. Gibt es manchmal Spannung zwischen Ihnen und Ihren Eltern oder Ihnen und Ihren Freunden?
5. Was verärgert Sie leicht?
6. Welches Musik- oder Theaterstück mögen Sie am liebsten?
7. Wen beneiden Sie? Warum?

B. Wie kann man es anders sagen? – Vokabelliste
Wählen Sie passende Vokabeln aus der Vokabelliste.
1. Sie sprachen ganz leise.
2. Er brachte sie zum Bahnhof.
3. Die Tante ist ziemlich reich.
4. Sie fühlte sich allein.
5. Sie wohnen nicht in der Mitte der Stadt, sondern _____.

C. Wie kann man es anders sagen? – Idiomatische Ausdrücke
Erklären Sie die folgenden idiomatischen Ausdrücke in Ihren eigenen Worten:
1. Er war auf 180.
2. Klarinette spielen war ein Kinderspiel für sie.
3. Ich hatte nur noch Augen für die beiden.
4. Ohne mit der Wimper zu zucken sprang sie ins Wasser.

D. Welche Präposition passt?
1. Ergänzen Sie die Lücken mit einer der folgenden Präpositionen und dem richtigen Kasus:
an, auf, aus, in, mit, von, vor, zu
Zur Erinnerung: Welche dieser Präpositionen sind:

   a. Akkusativ-Präpositionen: _____

   b. Dativ-Präpositionen: _____

   c. Wechselpräpositionen: _____

   Es war sehr kalt und hatte geschneit, und wir fuhren zusammen _____ unser___ alten grünen Auto _____ d___ Gutshaus meiner Großeltern. Es lag _____ ein___ Hügel *(m.)* _____ Rande einer Kleinstadt _____ ein___ wohlhabend___ Gegend *(f.)*. _____ d___ Tür stand ein riesiger Weihnachtsbaum, und als wir _____ d___ Haus hielten, strahlte uns warmes, weiches Licht _____ d___ groß___ Fenstern entgegen.

2. Beschreiben Sie das Haus Ihrer Eltern mit den Präpositionen aus der Liste oben oder weiteren Präpositionen.

Vokabeln & Aufgaben Kapitel III

E. Vergleiche mit „so tun als (ob)" und Konjunktiv II

Bei irrealen Vergleichen mit „als (ob)" steht das Verb im Konjunktiv II (auch mit *würde*), seltener im Konjunktiv I.

Achten Sie auf die Wortstellung:

so tun/scheinen als ➲ Das Verb folgt nach „als".

Die Großmutter sagt bewundernd zu Lara:

„Du sprichst diese Zaubersprache, als wäre es ein Kinderspiel."

als ob ➲ Das Verb steht am Ende des Satzes.

Die Großmutter könnte auch sagen:

„Du sprichst diese Zaubersprache, als ob es ein Kinderspiel wäre."

Aufgabe:

Sprechen Sie über andere Personen und benutzen Sie „als" und „als ob":

1. Clarissa spielt so gut Klarinette,

   als _____

   als ob _____

   (Sie macht ihr ganzes Leben nichts anderes.)

2. Kai kocht so gut,

   als _____

   als ob _____

   (Sie ist eine Chefköchin.)

3. Ihre Ideen:

   _____
   _____
   _____
   _____

📖 Textarbeit

A. Fragen zum Textverständnis

1. Wohin fahren Lara und ihre Eltern und warum?
2. Wie heißen Laras Großeltern?
3. Die Großmutter und Lara unterhalten sich: Woran denkt Lara? Worüber spricht die Großmutter und was bereut sie?
4. Wer kommt nach Lara und ihren Eltern an?
5. Wovon ist Clarissa fasziniert?

Vokabeln & Aufgaben   Kapitel III

6. Was soll Lara für das ungeborene Kind tun?
7. Worüber streiten sich der Großvater und Clarissa, als sie sich begrüßen?
8. Wie und von wem bekommt Lara ihre Geschenke?
9. Was bekommt Martin vom Großvater geschenkt?
10. Was tun der Großvater und Clarissa nach dem Essen?
11. Was schenkt Clarissa Lara?
12. Was passiert, als Lara und ihre Eltern nach Hause fahren wollen?
13. Was tun Clarissa und Lara am nächsten Morgen?
14. Was findet Clarissa in einer alten Kiste?
15. Wie ist Clarissas Verhältnis zu Martin?
16. Warum hat Clarissa nie die Gebärdensprache gelernt?
17. Wozu überredet Clarissa Lara gegen ihren Willen?
18. Was hält Lara auf der Rückfahrt in der Hand?
19. Was tut Lara, als sie nach Hause zurückkommt?
20. Warum hat sie ihren Vater verletzt?
21. Wie reagiert Martin?

Ihre Fragen?

B. Diskussion
1. Früher glaubte man, dass es Gehörlosen schadet (*harm*), wenn man mit ihnen in der Gebärdensprache spricht. Vor allem Robert glaubt das. Wie ist die Einstellung von Laras Großmutter?
2. Robert ist zu seinem Sohn nicht besonders liebevoll. Wie hat sich – laut Clarissa – Lilli, Laras Großmutter, gegenüber Martin verhalten?
3. Wie würden Sie das Verhältnis von Lilli und Robert beschreiben und ihre Rolle in der Kindererziehung?
4. Lara schreibt, dass sie damals nicht verstanden hat, was ihr Verhalten für ihren Vater und ihre Mutter bedeutete. Was hat sie damals nicht verstanden? Wenn sie damals Sensibilität dafür gehabt hätte, hätte sie anders gehandelt? Was meinen Sie?

Ihre Fragen?

Aktivitäten

A. Schreiben
Zeichnen Sie ein Schaubild (*graph*) von allen Figuren des Romans, die am Weihnachtsfest teilnehmen: Robert, Lilli, Martin, Kai, Clarissa, Gregor, Martin und

Vokabeln & Aufgaben   Kapitel III

Lara. Verbinden Sie die Figuren mit Pfeilen (*arrows*) und notieren sie das Verhältnis von jeder Figur zu den anderen: Mögen sie sich oder nicht? Warum?

B. Sprechen

1. Wenn Clarissa und Martin über ihre Kindheit *sprechen* könnten … : Sie machen sich gegenseitig Vorwürfe und streiten sich über ihre Kindheit. Martin meint, dass Clarissa immer das Lieblingskind war und machen durfte, was sie wollte, während er eingesperrt (*locked up*) wurde, wenn Clarissa und ihr Vater Musik spielten. Er meint, sie hätten sich mehr Mühe mit ihm geben und seine Sprache lernen sollen. Clarissa meint, sie hätten alles für ihn getan, aber er sei undankbar gewesen. Sie hätte die Zeichensprache lernen wollen, aber die Eltern und Ärzte seien dagegen gewesen.

2. Lara und Clarissa sprechen über Martin und die Großeltern. Lara möchte wissen, wie ihre Beziehung war, als sie Kinder waren, ob sie gut miteinander ausgekommen (*get along well*) seien und zusammen gespielt hätten. Clarissa gibt ähnliche Erklärungen wie unter 1.

3. Lara und die Großmutter sprechen über die Schule und ihre Eltern. Großmutter möchte wissen, wie es Lara in der Schule geht, ob ihre Noten gut seien und ob sie Hilfe brauche. Lara meint, alles sei in Ordnung, nur manchmal wünsche sie sich, dass ihre Eltern sie nicht immer um Hilfe bitten würden, besonders bei Dingen, von denen sie nichts versteht, wie auf der Bank. Großmutter schlägt vor, dass sie mit Martin sprechen und Lara öfter zu ihnen kommen solle.

4. Lara spricht am nächsten Tag mit einer (fiktiven) Freundin über das Weihnachtsfest. Die Freundin möchte wissen, wer auf dem Fest war, was es zu essen gab, ob sie Geschenke bekommen habe. Lara erzählt ihr von ihrem Onkel Gregor und Tanta Clarissa, die ihr eine Klarinette geschenkt habe, die sie sehr liebe.

5. Erzählen und diskutieren Sie mit einem Partner oder einer Partnerin:
    a. Wie laufen bei Ihnen Weihnachtsfeste oder ähnliche große Feste ab? Wer ist dabei? Was gibt es zu essen? Wer kocht? Wie ist die Atmosphäre?
    b. Gab es schon mal Streit bei einem solchen Fest? Worüber wurde gestritten?

Kapitel IV

📄 Vokabeln

der Auftritt, -e	(stage) appearance / entrance
Lara war bei ihrem ersten Auftritt sehr aufgeregt.	
Lara was very excited at her first stage appearance.	
auf·treten (tritt auf; trat auf, ist aufgetreten)	to enter the stage
die Ausrede, -n	excuse
die Bühne, -n	stage
der Einzelgänger, - / die Einzelgängerin, -nen	loner
faulenzen	to laze about
faul	lazy
der Faulpelz, -e	lazybones
husten	to cough
klatschen	to applaud; *also:* to gossip
komponieren	to compose
der Komponist, -en, -en / die Komponistin, -nen	composer
Kennen Sie diesen Komponisten?	
Do you know this composer?	
lügen (log, gelogen)	to lie, to tell a lie
mucksmäuschenstill	quiet as a mouse
Sie war mucksmäuschenstill.	
She was as quiet as a mouse.	
die Note, -n	musical note
die Ohrfeige, -n	slap in the face

Vokabeln & Aufgaben   Kapitel IV

jm. eine Ohrfeige geben (gibt; gab, gegeben)	to slap sb. (in the face)
das Publikum *(no pl.)*	the audience
das Selbstbewusstsein *(no pl.)*	self-confidence
der Sportwettkampf, ⸚e	sports tournament
sich etw. teilen	to share sth.
(jn. oder sich) umarmen	to hug, embrace

Er umarmte sie, sie umarmte ihn.
He embraced her; she embraced him.

Sie umarmten sich.
They embraced each other.

verwirrt	confused

🗣 Idiomatische Ausdrücke

js. ein und alles sein	to mean everything to sb.

Die Klarinette war mein ein und alles.
The clarinet meant everything to me.

ein Stein vom Herzen fallen (fiel, ist gefallen) + *Dat.*	to be a load is off sb.'s mind

Mir fiel ein Stein vom Herzen.
That was a load off my mind.

keiner Fliege etwas zuleide *(also:* zu Leide*)* tun können	to not be able to hurt a fly

Er kann keiner Fliege etwas zuleide tun.
He couldn't hurt a fly.

den Tränen nahe sein	to be about to cry

Ich war den Tränen nahe.
I was close to tears.

✍ Sprache im Kontext

A. Vokabeln und Konversation
  1. Faulenzen Sie gern? Wenn ja, wann und wie?
  2. Welchen Komponisten mögen Sie am liebsten?
  3. Was müssen Sie sich mit Ihrer Mitbewohnerin / Ihrem Mitbewohner teilen?
  4. Haben Sie schon mal eine Ohrfeige bekommen oder jemandem eine Ohrfeige gegeben?

5. Nehmen Sie manchmal an Sportwettkämpfen teil?
6. In welchen Situationen sollte man mucksmäuschenstill sein?
7. Wer oder was ist Ihr ein und alles?
8. Kennen Sie Leute, die keiner Fliege etwas zuleide tun können?

B. Assoziogramm „Musik" und „Theater"
Finden Sie Wörter zum Thema „Musik" und „Theater" aus der Vokabelliste. Welche anderen Wörter kennen Sie?

C. Wie kann man es anders sagen?
1. Sie sagt nicht die Wahrheit.
2. Er ist ein harmloser Mensch, der nie Gewalt benutzt.
3. Es war sehr ruhig im Raum.
4. Er hätte beinahe geweint.
5. Sie war erleichtert.

D. Befehle wiedergeben (indirekte Rede)
Befehle gibt man in der indirekten Rede i.d.R. mit „sollen" wieder:
  Direkte Rede: Großvater sagte zu seiner Tochter: „Arbeite mehr!"
  Indirekte Rede: *Er sagte, dass seine Tochter mehr arbeiten <u>soll</u>.*
         , seine Tochter <u>soll</u> mehr arbeiten.
  (Indikativ; in der Umgangssprache / gesprochenen Sprache)
         Er sagte, dass seine Tochter mehr arbeiten <u>solle/sollte</u>.
         , seine Tochter <u>solle/sollte</u> mehr arbeiten.
  (Konjunktiv I / Konjunktiv II; in der geschriebenen Sprache)

Setzen Sie die folgenden Befehle (Imperative) in die indirekte Rede. Benutzen Sie „sollen" und den Konjunktiv.

a. Lara: „Schlürf nicht so beim Essen!"

   Lara sagt zu ihrem Vater, _____

b. Die Lehrerin: „Kommen Sie bitte um 9 Uhr vorbei."

   Die Lehrerin sagt zu Laras Mutter, _____

c. Der Bankangestellte: „Setzen Sie sich bitte."

   Der Bankbangestellte sagt zu Laras Eltern, _____

E. Relativsätze mit „der/die/das"

Formen:
Die häufigsten Relativpronomen sind „der/die/das." Die meisten Formen sind wie der bestimmte Artikel (der/die/das), außer Genitiv (Singular & Plural) und Dativ

Plural (vgl. schattierte Teile). Die Formen des bestimmten Artikels sind in Klammern (*parentheses*).

	M	N	F	Pl.
Nom.	*der*	*das*	*die*	*die*
Akk.	*den*	*das*	*die*	*die*
Dativ	*dem*	*dem*	*der*	*denen [den]*
Gen.	*dessen [des]*	*dessen [des]*	*deren [der]*	*deren [der]*

Regeln:
1. Das Relativpronomen bezieht sich (*refers to*) i.d.R. auf ein Nomen oder Pronomen im Hauptsatz. Es wird Beziehungswort (*antecedent*) genannt.

        Beziehungswort   Relativpronomen
    a. *Kennst du den Mann,*   *den Claudia gestern getroffen hat?*
        (Mask. Sg. Akk.)   (Mask. Sg. Akk.)
    b. *Kennst du den Mann,*   *dem das Haus dort gehört?*
        (Mask. Sg. Akk.)   (Mask. Sg. Dat.)

2. Zahl (Singular/Plural) und Genus (maskulin, neutrum, feminin) von Beziehungswort und Relativpronomen sind gleich; der Kasus kann gleich (Beispiel a.) oder verschieden (Beispiel b.) sein. Er hängt von der Position im Nebensatz ab.

    In beiden Sätzen sind Beziehungswort und Relativpronomen Maskulin Singular; in a. sind beide im Akkusativ, in b. ist das Beziehungswort im Akkusativ, aber das Relativpronomen im Dativ, weil „gehören" ein Dativverb ist.

3. Wortstellung: Relativsätze sind Nebensätze, also steht das Verb am Ende:
    Kennst du den Mann, den Claudia gestern getroffen hat?
    Kennst du den Mann, dem das Haus dort gehört?

4. Im Gegensatz zum Englischen kann man das Relativpronomen nie weglassen:
    Sind das die Filme, von denen du mir erzählt hast?
    Are these the movies (that) I told you about?

5. Präposition+Relativpronomen: Wenn das Relativpronomen mit einer Präposition benutzt wird, steht die Präposition immer vor dem Relativpronomen:
    die Filme, von denen ich dir erzählt habe
    the movies (that) I told you about

Vokabeln & Aufgaben   Kapitel IV

der Mann, mit dem Lara gesprochen hat
the man with whom Lara spoke / the man Lara spoke with

6. Wenn eine Präposition mit einem Relativpronomen im Genitiv steht, bestimmt (*determine*) die Präposition den Kasus des Nomens.
Ob das Relativpronomen im Genitiv „deren" (Sg. Fem. & Pl.) oder „dessen" (Sg. Mask. & Sg. Neutrum) ist, hängt von dem Beziehungswort ab:
Martin ist der Mann, von dessen Schwester wir gehört haben.
      Mask.   Mask.
Clarissa ist die Frau, von deren Bruder wir gehört haben.
      Fem.   Fem.

Aufgaben:
1. Ergänzen Sie das Relativpronomen:
   a. „Ich musste über Dinge reden, _____ ich nicht verstand, und ich hatte mit Problemen zu kämpfen, _____ gleichaltrigen Mädchen fremd waren."
   b. „[...], denn in den Momenten, in _____ es keine Verbindung zwischen unseren Welten gab und jeder meinte, seinen Kopf durchsetzen zu müssen, fühlten wir uns beide furchtbar allein."
2. Beschreiben Sie Lara und ihren Vater mit möglichst vielen Relativpronomen:
   Lara ist ein junges Mädchen, _____ *schon sehr früh* _____.
   Sie hat einen Vater, mit _____.
   Er ist ein Mann, über _____.

📖 Textarbeit

A. Fragen zum Textverständnis
   1. Wo und bei wem lernt Lara Klarinette spielen?
   2. Wo übt sie?
   3. Warum streitet sie mit ihrem Vater?
   4. Wie vermittelt Kai zwischen dem Vater und Lara?
      (vermitteln: *to mediate, communicate*)
   5. Wo gehen Lara und ihre Eltern hin?
   6. Was passiert, als sie in der Küche sind?
   7. Was tun Lara und ihr Vater, während sie im Krankenhaus warten?

Vokabeln & Aufgaben   Kapitel IV

8. Wie reagieren die Mädchen, die sie beobachten?
9. Was sagt Martin über Clarissas Geburt?
10. Welches Ereignis war der Grund, warum Clarissa und Martin sich nicht gut verstanden haben?
11. Wie heißt die kleine Schwester von Lara?
12. Wie findet Lara heraus, ob ihre Schwester hören kann?
13. Warum möchte Laura keinen Privatlehrer?
14. Wie stärkt Herr Gärtner ihr Selbstbewusstsein (*self-confidence*)?
15. Was tut Lara mit Uli?
16. Welches große Ereignis steht Lara bevor?
17. Was wünscht sich Lara von ihren Eltern?
18. Wer tritt vor Lara auf?
19. Wie war Laras Auftritt? Wie fühlte sie sich? War sie aufgeregt?
20. Woher wusste sie, dass sie gut gespielt hatte?

Ihre Fragen?

B. Diskussion

1. Welche Rolle spielt die Mutter in dem Verhältnis zwischen Lara und ihrem Vater?
2. Welche Rolle spielt der Lehrer Herr Gärtner in Laras Leben?
3. Was sind für Martin die Unterschiede und Parallelen zwischen Clarissas „Auftritten" und Laras Konzert?
4. Gibt es Parallelen zwischen Martins Kindheit und Laras Kindheit und dem Verhalten ihrer Eltern?
5. „Die Raben fliegen in Schwärmen. Der Adler aber fliegt allein." Was genau will Herr Gärtner damit sagen? Stimmen Sie der Aussage zu?
6. Warum gehen die Eltern nicht zu Lauras erstem Konzert? Hätten Sie es tun sollen?

Ihre Fragen?

Aktivitäten

A. Schreiben

Lara schreibt einen Brief a) an ihre Tante Clarissa oder b) an ihre Großmutter und berichtet von ihrem ersten Konzert. Sie schreibt, wie aufgeregt sie gewesen sei, dass ihr aber ein Stein vom Herzen gefallen sei, als das Publikum endlich geklatscht habe. Sie sei stolz über ihr erstes Konzert und freue sich auf das nächste. Sie hoffe, dass Clarissa bzw. die Großmutter beim nächsten Mal dabei sein könne.

B. Sprechen

Laras Eltern diskutieren, ob sie zu Laras Konzert gehen sollen oder nicht. Der Vater möchte zu Hause bleiben, die Mutter möchte, dass sie zu Laras Konzert gehen. Der Vater beschwert sich (*complains*), dass er ja sowieso nichts verstehe; die Mutter meint dagegen, dass sie es ihrer Tochter zuliebe tun sollten.

Kapitel V

📄 Vokabeln

die Aufnahmeprüfung, -en	entrance examination
die Ausrede, -n	excuse
die Bemerkung, -en	comment
bemerken	to make a comment; to notice
den Tisch decken	to set/lay the table
doof *(colloq.)*	stupid
die Empfehlung, -en	recommendation
empfehlen (empfiehlt; empfahl, empfohlen)	to recommend
(ein Ziel) erreichen	to reach (a goal)
die Fete, -n	party
gestehen (gestand, gestanden)	to confess
das Konservatorium, Konservatorien	conservatory, academy of music
(keine) Rücksicht nehmen auf + *Akk.*	(not) to be considerate
sich rechtfertigen	to justify o.s.
die Rechtfertigung *(no pl.)*	justification
der Spion, -e	spy
überhören	not to hear, to ignore

    Meine kleine Schwester überhörte die Frage.
    My little sister ignored the question.

der Unsinn *(no pl.)*	nonsense
die Unterstützung *(usu. sg.)*	support
unterstützen	to support
sich verändern	to change

    Sie sah aus wie vor zwanzig Jahren; sie hatte sich kaum verändert.
    She looked the same as twenty years ago; she had hardly changed.

wie üblich	as usual, as always

Vokabeln & Aufgaben   Kapitel V

🗣 Idiomatische Ausdrücke

nicht in Frage kommen to be out of the question
  Das kommt überhaupt nicht in Frage!
  That is completely out of the question!
etw. auf dem Herzen haben to have sth. on one's mind
  Nun, was hast du auf dem Herzen?
  So, what's on your mind?
die Nase von etw. voll haben *(colloq.)* to be fed up, to be sick and tired of sth.
  Ich hatte die Nase voll von ihren Streitereien.
  I was sick and tired of their quarrels.
sich vor Lachen schütteln to roll on the floor laughing
  Sie schüttelte sich vor Lachen, als sie den Witz hörte.
  She rolled with laughter when she heard the joke.
im Stich lassen (lässt; ließ, gelassen) to let down, to abandon, leave in the lurch
  Sie hatte Angst, im Stich gelassen zu werden.
  She was afraid she would be let down.
eine Runde schmeißen *(colloq.)* to buy a round (of beer)
ein wunder Punkt *(idiom.)* a sore spot

✍ Sprache im Kontext

A. Welche Bedeutung passt?
Ordnen Sie den Wörtern die richtige Bedeutung zu.

  1. sich rechtfertigen   a. to recommend
  2. gestehen   b. to lay the table
  3. bemerken   c. to admit
  4. empfehlen   d. to justify
  5. den Tisch decken   e. to make a comment

B. Vokabeln und Konversation
  1. Haben Sie schon mal eine Aufnahmeprüfung gemacht? Wie haben Sie sich dabei gefühlt?
  2. Wie reagieren Sie, wenn jemand eine dumme Bemerkung über Sie macht? Überhören Sie sie oder sagen Sie etwas?
  3. Haben Sie sich in den letzten drei Jahren sehr verändert? Was hat sich in Ihrem Leben verändert?

Vokabeln & Aufgaben   Kapitel V

4. Wovon haben Sie manchmal die Nase voll?
5. Mit wem sprechen Sie, wenn Sie etwas auf dem Herzen haben?
6. Kennen Sie einen Witz, bei dem man sich vor Lachen schütteln muss?
7. Worauf oder auf wen müssen Sie im Studentenwohnheim manchmal Rücksicht nehmen?

C. Ergänzen Sie!
Ergänzen Sie ein passendes Adjektiv und/oder Verb:

Nomen	Adjektiv	Verb
das Angebot		
die Bemerkung		
die Empfehlung		
das Geständnis		
die Rücksicht		
die Rechtfertigung		
die Sensibilität		
die Unterstützung		
die Veränderung		

Bilden Sie mit mindestens fünf der Wörter aus dieser Liste Sätze, die sich auf den Roman beziehen.

D. Idiome im Kontext
Finden Sie eine Situation, in dem die folgenden idiomatischen Ausdrücke gebraucht werden könnten.
Fiktionales Textbeispiel:
 Großvater: *„Das kommt überhaupt nicht in Frage!"*
  Worauf oder auf wen reagiert Großvater mit diesen Worten?
  ➲ Clarissa sagt: *„Ich bezahle für das Abendessen."*
Ihre Sätze:
 1. Nun, was hast du auf dem Herzen?
 2. Ich hatte die Nase voll von ihren Streitereien.

3. Sie schüttelte sich vor Lachen.
4. Ich werde eine Runde schmeißen.
5. Sie hatte Angst, im Stich gelassen zu werden.

E. Adjektive und Partizipien als Nomen

Adjektive und Partizipien können im Deutschen als Nomen benutzt werden.

Adjektiv	Nomen	Englische Bedeutung
gehörlos	*der Gehörlose, -n (Mann)* *die Gehörlose, -n (Frau)*	*deaf person*
Partizip Perfekt		
erwachsen	*der Erwachsene, -n (Mann)* *die Erwachsene, -n (Frau)*	*grown-up (person)*
Partizip Präsens*		
hörend	*der Hörende, -n (Mann)* *die Hörende, -n (Frau)*	*person who can hear / those who can hear*

* Das Partizip Präsens bildet man, indem man die Endung „-end" an den Stamm hängt:
Infinitiv: hören; Stamm: hör-; Partizip Präsens: hör<u>end</u>
Diese Nomen werden wie Adjektive dekliniert.

Adjektivendungen – Übersicht

a. Adjektivendungen bei der- und ein-Wörtern

der-Wörter: der/die/das, dieser/diese/dieses
ein-Wörter: (k)ein/(k)eine/(k)ein; Possessivadjektive: mein, dein, sein, ihr, unser, euer, Ihr

Folgende Formen haben immer „-en" als Endung (vgl. *shaded areas*):
- alle Pluralformen
- alle Dativ- und Genitivformen
- Maskulin Akkusativ bei ein-Wörtern

Vokabeln & Aufgaben   Kapitel V

	M	N	F	Pl.
Nominativ	(der) -e (ein) -er	(das) -e (ein) -es	(die) -e (eine) -e	-en
Akkusativ	(der) -e (ein) -en	(das) -e (ein) -es	(die) -e (eine) -e	-en
Dativ	-en	-en	-en	-en
Genitiv	-en	-en	-en	-en

b. Adjektivendungen ohne vorhergehende der- oder ein-Wörter (unpreceded)

Wenn vor dem Adjektiv kein Artikel oder ähnliches Wort steht, hat das Adjektiv die Endung des bestimmten Artikels, außer im Genitiv Singular Maskulin und Neutrum.

   der Kaffee   das Bier   die Milch   die Getränke
kalter Kaffee   kaltes Bier   kalte Milch   kalte Getränke

	M	N	F	Pl.
Nominativ Artikel Adjektiv	 der [der Wein] -er [guter Wein]	 das [das Bier] -es [gutes Bier]	 die [die Milch] -e [kalte Milch]	 die [die Leute] -e [nette Leute]
Akkusativ Artikel Adjektiv	 den [den Wein] -en [guten Wein]	 das -es	 die -e	 die -e
Dativ Artikel Adjektiv	 dem -em	 dem -em	 der -er	 den -en
Genitiv Artikel Adjektiv	 des -en	 des -en	 der -er	 der -er

Vokabeln & Aufgaben   Kapitel V

Aufgaben:
1. Ergänzen Sie die richtigen Endungen!
Textbeispiel:

„Ich kannte damals noch keine gehörlos_____ Erwachsen_____. Ich dachte, Gehörlos_____ sterben als Kinder. In diesem Heim wimmelte es nur so von gehörlos_____ Erwachsen_____."

2. Beschreiben Sie Lara, Marie und ihre Eltern mit möglichst vielen Adjektiven in verschiedenen Kasus (drei Gruppen).

F. Superlative als Adjektive und Nomen
Superlative sind i.d.R. Adjektive und stehen vor einem Nomen:
die beste Mutter, der beste Vater, das beste Kind, die besten Kinder

Superlative können aber auch als Nomen benutzt werden. Sie werden deshalb groß geschrieben:
*das Beste / das Interessanteste / das Langweiligste
Die Eltern wollten nur das Beste für ihr Kind.*

Aufgabe:
Ergänzen Sie die richtige Form:
der/die/das beste [+ Nomen], der/die/das Beste, am besten

1. Für Tante Clarissa musste alles immer d__ _____ sein: d__ _____ Marmelade, d__ _____ Fleisch. Lara sollte d__ _____ Musikhochschule besuchen.

2. Lara war d__ _____ Musikschülerin. Sie spielte von allen Schülern __ _____. Das wusste Herr Gärtner natürlich selbst __ _____.

📖 Textarbeit

A. Fragen zum Textverständnis
1. Wie viel Zeit ist seit Laras Konzert vergangen?
2. Was tut Lara gern in ihrer Freizeit?
3. Was essen Marie und ihr Freundin?
4. Was für einen „Test" machen Marie und ihre Freundin? Warum?
5. Wie reagiert Lara?

Vokabeln & Aufgaben   Kapitel V

6. Wie reagiert Kai, als sie erfährt, was los ist?
7. Warum beneidet Lara ihre kleine Schwester manchmal?
8. Was für ein Angebot macht Clarissa Lara, als sie zum Konzert in der Schule kommt?
9. Was sagt Herr Gärtner dazu?
10. Welches Bild sieht Lara in der Werkstatt, als sie abends nach Hause zurückkehrt?
11. Was will Kai von Lara?
12. Worüber unterhalten sich Lara und ihr Vater?
13. Welche Nachricht bringt Lara ihrem Vater von Clarissa?

Ihre Fragen?

B. Diskussion
1. Wie sieht Lara ihre eigene Reaktion auf den „Test" von Marie und Bettina, als sie Jahre später davon erzählt?
2. Warum lacht Kai über Maries und Bettinas Spiel und erzählt die Geschichte aus ihrer Kindheit? Was will sie damit zum Ausdruck bringen?
3. Lara lügt ihren Vater an und erzählt ihm nicht, dass sie den Sommer bei Clarissa verbringen und auf dem Konservatorium in Berlin studieren will. Handelt Lara hier so, um ihren Vater zu schützen und weil sie ihm tatsächlich nicht „noch mehr Verständnis abverlangen kann", oder ist sie feige (feige sein: *to be a coward*) und sagt es ihm deshalb nicht? Was meinen Sie?
4. Was, glauben Sie, ist der Grund, dass Lara ihre Freundinnen nicht mit nach Hause bringt?
5. Wie hat Lara sich verändert, seit sie neun ist?

Ihre Fragen?

Aktivitäten

A. Schreiben
Lara schreibt in ihr Tagebuch über Maries und Bettinas „Test".

B. Sprechen
1. Lara, Marie und ihre Freundin Bettina sprechen über den „Test".
   Marie: „Ich fand, das war eine tolle Idee."
   Lara: _____
   Bettina: _____

2. „Über Behinderte darf man sich (nicht) lustig machen" – Bilden Sie zwei Gruppen, die Argumente „pro" und „kontra" sammeln und diskutieren Sie die Frage: „Darf man sich über Behinderte lustig machen?" Denken Sie darüber nach, *wer* dies „darf" und wer nicht, und ob es Unterschiede gibt zwischen „sich lustig machen über" und „lachen über".

Kapitel VI

📄 Vokabeln

jn. / sich blamieren	to embarrass, disgrace sb. / o.s.
deutlich sprechen	to speak clearly
Sie spricht sehr deutlich.	
She speaks very clearly.	
ein·sehen (sieht ein; sah ein, hat eingesehen)	to understand, accept, realize
Sie sah ein, dass sie einen Fehler gemacht hatte.	
She realized that she had made a mistake.	
plaudern	to chat, to talk
das Rätsel, -	mystery
der Spiegel, -	mirror
sich trauen	to dare
jm. etw. übel·nehmen (nimmt übel; nahm übel, übelgenommen)	to hold sth. against sb., to resent sb. / sth.
Sie nahm es ihrer Schwester übel.	
She held it against her sister.	
überreden	to persuade
Sie überredete ihn mitzukommen.	
She persuaded him to come along.	
der Verrat *(no pl.)*	betrayal
verraten (verrät; verriet, verraten)	to betray
verschweigen	to keep a secret, to conceal
verteidigen	to defend
vieldeutig	ambiguous
vornehm	elegant, posh
zittern	to tremble, to shake

Vokabeln & Aufgaben Kapitel VI

zweifellos	doubtless, without a doubt
der Zweifel, -	doubt
zweifeln	to doubt

🗣 Idiomatische Ausdrücke

jm. in den Rücken fallen (fällt; fiel, ist gefallen) — to stab sb. in the back
Sie hatte Angst, dass er ihr in den Rücken fallen würde.
She was afraid that he would stab her in the back.

auf js. Seite stehen — to be on sb.'s side
Sie wusste nicht, auf wessen Seite er stand.
She didn't know on whose side he was.

jm. übrig bleiben — to be left to do
Was blieb ihr übrig?
What else could she do? What else was there left to do?

vor Wut kochen — to be boiling with rage

✎ Sprache im Kontext

A. Ordnen Sie die richtige Bedeutung zu!

1. plaudern
2. einsehen
3. zittern
4. überreden

a. so lange mit jm. sprechen, bis er zustimmt
b. mit Freunden sprechen
c. verstehen
d. nicht ruhig stehen oder sitzen können

B. Vokabeln und Konversation
 1. Sprechen Sie immer laut und deutlich?
 2. Worüber plaudern Sie gern mit Ihren Freunden?
 3. Wozu trauen Sie sich nicht?
 4. Wozu müssen Sie überredet werden?
 5. Erinnern Sie sich an eine Situation, in der Sie sich sehr blamiert haben?

C. Bilden Sie Sätze!
Bilden Sie Sätze mit den folgenden Verben, wenn möglich Sätze, die sich auf die Geschichte beziehen:

Beispiel:
    jn. überreden etwas zu tun:
        Wer überredet   wen   was zu tun?
        Lara überredet   ihre Eltern   sie bei ihren Großeltern übernachten zu lassen.
1. sich trauen etwas zu tun: Wer traute sich nicht, was zu tun?
2. jm. etwas übelnehmen: Wer nahm wem was übel?
3. jn. in den Rücken fallen: Wer ist wem in den Rücken gefallen?
4. jn. blamieren: Wer hat wen blamiert?

D. Erklären Sie!

Erklären Sie die folgenden Sätze in Ihren eigenen Worten:
1. Sie hatte Angst, dass er ihr in den Rücken fallen würde.
2. Sie wusste nicht, auf wessen Seite er stand.
3. Was blieb ihr übrig?
4. Sie kochte vor Wut.

E. Passiv mit und ohne Modalverb

1. Passiv ohne Modalverb

Textbeispiel:
    „*Clarissa wurde nach ihrer abgebrochenen Musikerkarriere gefragt.*"
    Clarissa was asked about her discontinued career as a musician.

Passiv ohne Modalverb			
		werden +	Partizip
Präsens:	Clarissa	wird	gefragt.
Präteritum:	Clarissa	wurde	gefragt.
Perfekt:	Clarissa	ist	gefragt worden.

Aufgabe:

Bilden Sie ähnliche Sätze mit den folgenden Verben:
a. Was wird gemacht (Präsens)? b. Was wurde gemacht (Präteritum)? c. Was ist gemacht worden (Perfekt)?

    1. den Kuchen bringen:

        a. Der Kuchen _____.

b. Der Kuchen _____.

c. Der Kuchen _____.

2. die Eltern fragen:

   a. _____.

   b. _____.

   c. _____.

3. eine Entscheidung treffen:

   a. _____.

   b. _____.

   c. _____.

4. die Mutter überreden:

   a. _____.

   b. _____.

   c. _____.

2. Passiv mit Modalverb

Passiv mit Modalverb			
		Modalverb + (im Aktiv)	**Passiv Infinitiv** (= Partizip + werden)
Präsens:	Das Essen	muss	gekocht werden.
Präteritum:	Das Essen	musste	gekocht werden.

NB: Das Perfekt wird nicht so häufig gebraucht. Besonders in der gesprochenen Sprache verwendet man lieber das Präteritum.

Aufgabe:
Bilden Sie ähnliche Sätze mit den folgenden Verben: Was muss bzw. musste getan werden?

1. den Kuchen bringen:

   a. Der Kuchen muss _____.

   b. _____.

Vokabeln & Aufgaben   Kapitel VI

2. die Eltern fragen

   a. _____.

   b. _____.

3. eine Entscheidung treffen

   a. _____.

   b. _____.

4. die Mutter überreden

   a. _____.

   b. _____.

F. Wie sagt man „to (not) want sb. to do sth."?
„to (not) want sb. to do sth." = „(nicht) wollen, dass ..."
Bilden Sie Sätze:
Beispiel:
   Tante Clarissa sagt: „Komm doch zu uns nach Berlin!"
   Sie möchte, dass Lara zu ihnen nach Berlin kommt.
1. Laras Eltern sagen: „Du sollst nicht zu deiner Tante fahren."

   Laras Eltern möchten nicht, _____

2. Großvater sagt: „Hört mir bitte alle zu."

   Großvater möchte, _____

3. Tante Clarissa sagt: „Lara soll gut Klarinette spielen lernen."

   Sie will, _____

4. Ihre Ideen, die sich auf den Text beziehen:

📖 Textarbeit

A. Fragen zum Textverständnis
   1. Wer trifft sich im Restaurant?
   2. Wie verhalten sich die Anwesenden (*those present*) gegenüber Kai und Martin?
   3. Warum ist Robert mit Clarissa unzufrieden (*dissatisfied*)?
   4. Wie reagiert Gregor?
   5. Was passiert, als der Geburtstagskuchen für Clarissa gebracht wird?
   6. Wie denkt Robert über Clarissas und Laras Plan für den Sommer?

Vokabeln & Aufgaben   Kapitel VI

7. Was sagt Marie dazu?
8. Wie reagiert Martin?
9. Was sagt Clarissa, das Martin verletzt und wütend macht?
10. Was tut Martin, als er wütend auf Clarissa ist?
11. Wie reagiert Lilli?
12. Was sagt Martin über sein Verhältnis zu Clarissa?
13. Was sagt Lara auf der Straße, das ihren Vater noch wütender macht?
14. Worüber denkt Lara nach, als sie sich mit ihrem Vater streitet?
15. Was wünscht sich Martin manchmal?
16. Worüber sprechen Lara und ihre Schwester in der nächsten Szene?
17. Findet Marie es gut, dass Lara weggeht oder nicht?
18. Was erzählt Kai über ihre Kindheit und die Musik?
19. Was schenkt Kai Lara?

Ihre Fragen?

B. Diskussion
1. Beschreiben Sie die Atmosphäre im Restaurant. Sehen Sie Parallelen zum Weihnachtsfest am Anfang?
2. Was, glauben Sie, ist der Grund dafür, dass sich Clarissa und Martin nicht versöhnen können und sich gegenseitig verletzen?
   (sich versöhnen: *to reconcile, to make it up with sb.*)
3. Warum kann Kai Laras Liebe zur Musik verstehen und akzeptieren?
4. Welche Rolle spielt Robert: Warum kritisiert er Clarissa, unterstützt aber gleichzeitig ihre Pläne für Lara?

Ihre Fragen?

Aktivitäten

A. Schreiben
Lara schreibt Clarissa einen Brief nach Berlin um zu erklären, warum sie Martin und Kai noch nicht von ihren Plänen erzählt hatte, und dass sie sich auf Berlin freut.

B. Sprechen
1. Wenn Martin und Kai *sprechen* könnten ... :
   Martin erzählt Kai von seinem Streit mit Lara. Kai versucht, ihm Laras Perspektive zu erklären und zu vermitteln (*to mediate*). Führen Sie die Dialoge weiter:

Martin: „Ich verstehe Lara überhaupt nicht. Sie respektiert mich nicht als Vater.

Kai: „Das glaube ich nicht. Du musst sie verstehen. Sie ist jung. Als du jung warst, wolltest du ... .

2. Lara und Marie sprechen über Laras Zukunftspläne. Lara spricht begeistert (*enthusiastically*) über Berlin; Marie möchte, dass sie zu Hause bleibt:

Lara: „Du, Marie, ich freue mich wahnsinnig auf Berlin. Wenn ... ."

Marie: „Was soll ich tun, wenn du ... ? Ich möchte, dass du ... ."

Kapitel VII

📄 Vokabeln

der Bahnsteig, -e	platform
die Bahn, -en	train
der Bahnhof, ⸚e	station
das Durcheinander *(no pl.)*	chaos, disorder
der Ehrgeiz *(no pl.)*	ambition
ehrgeizig	ambitious
der Fahrstuhl, ⸚e	elevator
gähnen	to yawn
geschmackvoll	tasteful
der Geschmack, ⸚er	taste
zu jm. halten (hält; hielt, gehalten)	to stick with sb.
hin- und her·gerissen sein	to be torn
lässig	cool, casual

    Sie war gerne lässig gekleidet.
    She liked to dress casually.

launisch	moody
die Menge, -n	crowd
modisch	fashionable
die Nichte, -n	niece
prachtvoll	splendid, magnificent
die Stadtrundfahrt, -en	sightseeing tour
überqueren	to cross (the street)
überzeugen	to convince
der Vorort, -e	suburb
das Zeug *(no pl.) (colloq.)*	stuff

    Kannst du bitte dein Zeug aufräumen?
    Can you please clean up your stuff?

Vokabeln & Aufgaben   Kapitel VII

🗣 Idiomatische Ausdrücke

eine Kleinigkeit essen (isst; aß, gegessen)	to have a snack
das Leben in vollen Zügen genießen (genoss, genossen)	to enjoy life to the fullest
im Mittelpunkt stehen (stand, gestanden)	to be at the center of attention

✍ Sprache im Kontext

A. Vokabeln und Konversation
1. Haben Sie schon mal eine Stadtrundfahrt gemacht?
2. Gibt es in Ihrem Zimmer manchmal ein großes Durcheinander?
3. Fahren Sie lieber mit dem Fahrstuhl oder nehmen Sie die Treppe?
4. Kennen Sie Leute, die gern im Mittelpunkt stehen wollen?
5. Sollten Freunde imme zueinander halten?

B. Welche Bedeutung passt?
Ordnen Sie die richtige Bedeutung zu!

1. auf die andere Seite der Straße gehen   a. auf js. Seite sein
2. Ambitionen haben   b. hin und hergerissen sein
3. nicht formell, cool   c. lässig
4. sich nicht entscheiden können   d. ehrgeizig sein
5. zu jm. halten   e. die Straße überqueren

C. Ergänzen Sie!
Ergänzen Sie das passende Nomen, den bestimmten Artikel und die englische Bedeutung:

Adjektiv	Nomen	Englische Bedeutung	Antonym	Englische Bedeutung
entspannt	die Entspannung			
geschmackvoll				

| launisch |
| ehrgeizig |
| modisch |

D. Erklären Sie!
Erklären Sie die folgenden Sätze in Ihren eigenen Worten:
1. Sie wollte noch eine Kleinigkeit essen.
2. Sie wollte das Leben in vollen Zügen genießen.
3. Sie wollte immer im Mittelpunkt stehen.

E. Vergleiche
Vergleichen Sie Clarissas Wohnung und Laras Zuhause und benutzen Sie dabei möglichst viele Adjektive. Was sagen die Wohnungen über den Charakter der Bewohner aus?
1. Clarissas Wohnung:
2. Laras Zuhause:

Textarbeit

A. Fragen zum Textverständnis
1. Was ist in Berlin anders als in der Kleinstadt?
2. Wer holt Lara vom Bahnhof ab?
3. Was macht Clarissa?
4. Was machen Clarissa und Lara als erstes?
5. Wo gehen die beiden zuletzt hin?
6. Wie heißt der Mann, der Clarissa küsst?
7. Was erzählt Clarissa über Lara?
8. Was verlangt Clarissa von Lara?
9. Wie lebt und wohnt Clarissa?
10. Wie ist das Verhältnis zu Gregor?
11. Was kritisiert Clarissa in der nächsten Szene?
12. Was passiert zwischen Clarissa und Gregor?
13. Wie reagiert Lara darauf?

Ihre Fragen?

Vokabeln & Aufgaben   Kapitel VII

B. Diskussion
1. Warum verstehen sich Clarissa und Gregor nicht mehr? Was für Gründe könnte es geben?
2. Warum wollte Clarissa wirklich, dass Lara für den Sommer nach Berlin kommt?
3. Warum geht Clarissa gern in die Jazzkneipe? Und warum bringt sie Lara dorthin und spielt mit ihr Klarinette?
4. Was könnte der Grund dafür sein, dass Clarissa „launisch" ist?
5. Wie verändert sich Laras Bewunderung für Clarissa?

Ihre Fragen?

Aktivitäten

A. Schreiben

Lara schreibt einen Brief an ihre Eltern und beschreibt ihre Erlebnisse in Berlin und ihr Leben mit Clarissa und Gregor.

> Liebe Eltern,
> endlich bin ich hier in Berlin. Das Leben ... .
>
> Liebe Grüße und einen dicken Kuss für Marie.
> Eure Lara

B. Sprechen
1. Lara kommt am Bahnhof an und wird von Gregor abgeholt. Sie unterhalten sich über Laras Pläne und Clarissa. Schreiben Sie den Dialog weiter.
   Gregor: „Hallo Lara, da bist du ja. Schön dich wieder zu sehen."
   Lara: „Hallo Gregor. Schön, dass du gekommen bist. Wo ist denn Clarissa?"
   Gregor:_____
2. Lara spricht mit Clarissa über die Aufführung in der Jazzkneipe. Sie beschwert sich, dass sie gezwungen wurde zu spielen, aber eigentlich gar nicht wollte. Schreiben Sie den Dialog weiter.

Clarissa: „Na, Lara, wie hat dir unser erster Auftritt gefallen? Du hast wunderbar gespielt."
Lara: „Eigentlich wollte ich gar nicht spielen, aber ..."

C. Kurzreferate
Finden Sie (weitere) Informationen zu Berlin-Charlottenburg, Jugendstil, Sehenswürdigkeiten in Berlin: Brandenburger Tor, Kaiser-Wilhelm-Gedächtniskirche, Potsdamer Platz usw. Bringen Sie Bilder und Karten mit!

Kapitel VIII

📄 Vokabeln

an·erkennen (erkannte an, anerkannt)	to recognize
bummeln	to stroll / amble / walk around

Sie bummelte eine Weile durch die Stadt.
She walked/ambled through town for a while.

unter Druck stehen (stand, gestanden)	to feel pressured
entspannt	relaxed
die Spannung *(no pl.)*	tension; suspense
gedankenverloren	lost in thought
Heimweh *(n.)* haben nach	to be homesick for
klappen *(colloq.)*	to work (out)

Ich freue mich, dass es geklappt hat und du kommen konntest.
I am happy things worked out and you could come.

schluchzen	to sob
jm. etw. spendieren	to treat sb. to sth.
eine Runde spendieren	to pay for a round (of beer, etc.)
trotzig	stubborn, defiant
jm. verzeihen (verzieh, verziehen)	to forgive sb.
der Zettel, -	note, slip of paper
ziellos	aimless
das Ziel, -e	aim, goal
der Zufall, ⸚e	chance
durch Zufall, zufällig	by accident/chance

Vokabeln & Aufgaben   Kapitel VIII

🗣 Idiomatische Ausdrücke

Mir blieb die Spucke weg.   I was flabbergasted.
Ich musste nach Luft schnappen.   I had to gasp for air.

✎ Sprache im Kontext

A. Ordnen Sie die richtige Bedeutung zu!
   1. zufällig   a. funktionieren
   2. trotzig sein   b. nicht geplant
   3. bummeln   c. nicht machen wollen, was man machen soll
   4. klappen   d. langsam durch die Stadt gehen

B. Vokabeln und Konversation
   1. Bummeln Sie gern durch die Stadt?
   2. Stehen Sie oft unter Druck? Warum?
   3. Haben Sie manchmal Heimweh?
   4. Haben Sie schon mal eine Runde für andere spendiert?

C. Ergänzen Sie die Lücken!
   1. Sie stand _____ (*lost in thought*) am Fenster.
   2. Dann begann sie zu _____ (*sob*), denn sie _____ (*was homesick*).
   3. Er hatte sich verabschiedet und nur einen kleinen _____ (*slip of paper*) hinterlassen.
   4. Sie war _____ (*stubborn*); sie würde ihm nie _____ (*forgave*).

D. Bilden Sie Sätze!
Bilden Sie mit den folgenden Wörtern Sätze, die sich auf den Roman beziehen:
   Heimweh haben, verzeihen, anerkennen, klappen

E. Relativsätze mit und ohne Präpositionen
Die Regeln zur Bildung der Relativsätze finden Sie in Kapitel 4, Sprache im Kontext E.

Vokabeln & Aufgaben   Kapitel VIII

Textbeispiel:
Lara: „*Ich habe mir immer einen Vater gewünscht, auf den ich stolz sein kann.*"

Aufgabe:
Was für einen Vater/Bruder/Freund, was für eine Mutter/Schwester/Freundin/Uni haben Sie sich immer gewünscht?

Benutzen Sie dabei die folgenden Ausdrücke. Entscheiden Sie, ob Sie eine Präposition benutzen müssen oder nicht.

stolz sein auf, jm. alles erzählen können, mit jm. über alles sprechen können, vertrauen, verzeihen

1. Ich habe mir immer einen Vater gewünscht, mit _____
2. Ich habe mir immer eine Mutter gewünscht, auf _____

Textarbeit

A. Fragen zum Textverständnis
1. Was tut Lara, nachdem sie gesehen hat, wie Gregor die Wohnung verlassen hat?
2. Wen oder was sieht sie auf dem Marktplatz?
3. Was tut sie und wo geht sie hin?
4. Lara und Tom erleben im Spielzeugladen beide eine Überraschung – welche?
5. Was essen die drei?
6. Was erzählt Tom über seine Kindheit?
7. Was hat Tom für Pläne für die Zukunft?
8. Wer hat die Gebärdensprache erfunden?
9. Was sagt Tom über die Gebärdensprache in den USA?
10. Wie vergleicht Lara ihre Situation mit der von Tom?
11. Was mag Lara an Tom?
12. Warum soll Lara sich in der Gehörlosenschule auf den Boden (*floor*) legen?
13. Was findet Lara, als sie in Clarissas Wohnung zurückkommt?
14. Was machen Clarissa und Lara am See?
15. Warum und vor wem muss Clarissa sich rechtfertigen?
16. Welche Frage stellt Lara, die sie Clarissa schon lange stellen wollte?
17. Wie reagiert Clarissa?
18. Wovon träumt Lara?
19. Wohin geht Lara am nächsten Tag?
20. Was macht Tom mit den Kindern?

Vokabeln & Aufgaben   Kapitel VIII

21. Wozu lädt Tom sie ein?
22. Was denkt Lara über den Film?
23. Wieso macht Tom sich über Lara lustig?
24. Was tun die beiden dann?

Ihre Fragen?

B. Diskussion
1. Beschreiben Sie Laras Begegnung mit Tom. Warum bewundert sie ihn?
2. Was glauben Sie, hätte Clarissa wirklich gerne Kinder gewollt? Wie hängt dieser Wunsch mit ihrem Vater zusammen?
3. Hat Tom recht: Bemitleidet sich (*to pity o.s.*) Lara zu sehr?

Ihre Fragen?

Aktivitäten

A. Schreiben
1. Lara schreibt ihrer besten Freundin über ihre Begegnung mit Tom.
   Liebe ... ,
   stell dir vor, gestern bummelte ich durch die Stadt. Ich fühlte mich ...
   Plötzlich ...
2. Lara schreibt in ihr Tagebuch über ihre Begegnung mit Tom.

B. Sprechen
Lara und Tom sprechen über ihre Kindheit, ihr Verhältnis zu ihren Eltern, Musik usw.

C. Kurzreferate
Finden Sie weitere Informationen zur Gallaudet University und Helen Keller.

Kapitel IX

📄 Vokabeln

sich *(Dat.)* **etw. zu·trauen**   to think one is capable of sth.
    Sie traute sich das nicht zu.
    She didn't think she was capable of doing it.
das Gleichgewicht *(no pl.)*   balance
schleichen (schlich, ist geschlichen)   to sneak, to creep
überholen   to overtake
    Sie hat alle Autos überholt.
    She overtook all cars.
wackeln   to wobble, to shake
    Der Stuhl wackelte.
    The chair was wobbly.
wagen etw. zu tun   to dare to do sth.
    Sie wagte nicht ins Zimmer zu gehen.
    She didn't dare enter the room.
auf Zehenspitzen   on tiptoe

🗣 Idiomatische Ausdrücke

mit beiden Beinen im Leben stehen (stand, gestanden)   to have both feet firmly on the ground
    Sie stand mit beiden Beinen im Leben.
    She had both feet firmly on the ground.
jm. klopft das Herz bis zum Hals   sb.'s heart is thumping
    Das Herz klopfte mir bis zum Hals.
    My heart was thumping.

Vokabeln & Aufgaben Kapitel IX

✍ Sprache im Kontext

A. Ordnen Sie die richtige Bedeutung zu!

1. überholen
2. wackeln
3. wagen etwas zu tun
4. auf Zehenspitzen gehen

a. leise gehen, damit man nicht gehört wird
b. keine Angst haben etwas zu tun
c. nicht sicher gehen/stehen
d. an einem Auto vorbeifahren

B. Ergänzen Sie die Lücken!

1. Sie versuchte, das _____ (balance) zu halten, aber sie _____ (didn't dare) nach hinten zu sehen.

2. Sie ging _____ (on tiptoe) durch das Zimmer.

3. Sie war aufgeregt, und ihr _____ (heart) klopfte ihr bis zum Hals.

C. Hypothesen im Konjunktiv II der Vergangenheit mit Modalverben

Bildung:

Konjunktiv II der Vergangenheit ohne Modalverben	Konjunktiv II der Vergangenheit mit Modalverben
hätte/wäre + Partizip Perfekt hätte getan wäre gekommen	**hätte + doppelter Infinitiv** hätte machen können hätte machen sollen
Die Mutter wäre gern Rad gefahren.	Die Mutter hätte nicht Rad fahren sollen.

Aufgabe:

Was hätte Lara (nicht) tun sollen? Was hätten Sie getan?

Bilden Sie Sätze mit den folgenden Satzteilen im Konjunktiv II der Vergangenheit:
a) mit Modalverb; b) ohne Modalverb.

1. die Großmutter anrufen

   a. _____.

   b. _____.

329

2. auf Marie aufpassen

   a. _____.

   b. _____.

3. sich mit Martin streiten

   a. _____.

   b. _____.

4. Ihre Ideen:

   _____

   _____

Wortstellung im Nebensatz:

a. ohne Modalverben:

Ich wäre gekommen, wenn ich Zeit gehabt hätte.
Wenn wir ein Handy gehabt hätten, hätten wir euch angerufen.

b. mit Modalverben:

Du hättest uns anrufen sollen, wenn wir dich hätten besuchen sollen.
Wenn wir dich hätten besuchen sollen, hättest du uns anrufen sollen.

📖 Textarbeit

A. Fragen zum Textverständnis
   1. Was hat sich Lara als Kind von ihrer Mutter gewünscht?
   2. Warum dachte sie, dass dieser Wunsch nicht erfüllt werden konnte?
   3. Was passiert, als Kai auf der Wiese ist?
   4. Auf wen trifft Lara in Clarissas Wohnung, als sie von dem Abend mit Tom nach Hause kommt?
   5. Was ist passiert?

Ihre Fragen?

B. Diskussion
   1. Warum erzählt Lara diese Geschichte von ihrer Mutter hier? Fühlt sie sich verantwortlich für den Tod ihrer Mutter?

2. Warum ist es Gregor, der Lara die Nachricht vom Tod ihrer Mutter überbringt?
3. Beschreiben Sie die Metaphorik im letzten Abschnitt. Was ist die Funktion?

Ihre Fragen?

Aktivitäten

A. Schreiben
Lara schreibt in ihrem Tagebuch über ihre Gefühle, als sie vom Tod ihrer Mutter hört.

B. Sprechen
Lara erzählt Gregor von dem ersten Fahrradausflug mit ihrer Mutter.

Kapitel X

📄 Vokabeln

jn. von etw. ab·bringen (brachte ab, abgebracht) — to discourage/dissuade sb. from sth.
   Er versuchte sie von ihrem Plan abzubringen.
   He tried to dissuade her from her plan.

jn. davon ab·bringen etw. zu tun — to discourage/dissuade sb. from doing sth.
   Sie versucht ihn davon abzubringen nach Berlin zu reisen.
   She tried to dissuade him from traveling to Berlin.

beerdigen — to bury
  die Erde *(usu. sg.)* — earth

heiter — cheerful

das Schuldgefühl, -e — feeling of guilt
  sich schuldig fühlen — to feel guilty

scheitern (ist gescheitert) — to fail

zu etw./jn. stehen (stand, gestanden) — to stand by sth./sb.

jm. etw. vor·schreiben (schrieb vor, vorgeschrieben) — to dictate sth. to sb.
  jm. vor·schreiben etw. zu tun — to dictate / tell sb. to do sth.

🗣 Idiomatische Ausdrücke

jm. fällt die Decke auf den Kopf (fiel, ist gefallen) — to feel confined / walled in
   Mir fiel die Decke auf den Kopf.
   I had cabin fever. / I could not take it any more.

Vokabeln & Aufgaben Kapitel X

nicht schlecht staunen to be flabbergasted
Ich staunte nicht schlecht.
I was flabbergasted.

✍ Sprache im Kontext

A. Ergänzen Sie!
Ergänzen Sie die Sätze mit passenden Wörtern oder Ausdrücken, die sich auf den Text beziehen:
  1. Lara hatte Schuldgefühle, weil ...
  2. Ihr fiel die Decke auf dem Kopf, weil ...

B. Wörter auf „-los"
  1. Erklären Sie die folgenden Wörter auf „-los":
  Beispiel:
     pausenlos ≈ ohne Pause
     endlos ≈
     atemlos ≈
     arbeitslos ≈
     rücksichtslos ≈
     gefühllos ≈
  2. Bilden Sie mit diesen Wörtern Sätze, die sich auf den Text beziehen.
     scheitern, zu jm. stehen, jm. vorschreiben, was er/sie tun soll

📖 Textarbeit

A. Fragen zum Textverständnis
  1. Was macht Lara am nächsten Morgen?
  2. Wie kommt Lara mit dem Tod der Mutter klar?
  3. Wie ist das Verhältnis zwischen Lara und ihrem Vater?
  4. Wie versucht der Vater, mit Lara Kontakt aufzunehmen?
  5. Wie reagiert Lara?
  6. Was wirft der Vater Lara vor?
  7. Fühlt sich Lara schuldig?
  8. Was passiert bei den Mahlzeiten?
  9. Worüber streiten sich Lara und der Vater beim Essen?
  10. Was hat Lara am Abend vor?

Vokabeln & Aufgaben Kapitel X

11. Was tun Lara und Marie im Bad?
12. Was trägt Lara in der Badewanne?
13. Womit überrascht Lara Marie, als sie das Badezimmer verlässt?
14. Welches Gefühl hat Lara auf der Busfahrt?
15. Was sieht Lara im Konzertssaal?
16. Wen trifft sie?
17. Was für Musik wird gespielt?
18. Warum mag Lara die Musik?
19. Was tut Lara, als sie zu früh zu dem Konzert kommt?
20. Was gefällt ihr an dem Bild, das sie sieht?
21. Was für eine Stimme hört sie plötzlich?
22. Was sagt er über Chagall? Übersetzen Sie bitte ins Deutsche.
23. Wer ist der Mann, der sie zuerst auf Englisch anspricht?
24. Was für Musik spielt er? Wie wirkt sie auf Lara?

Ihre Fragen?

B. Diskussion
1. Warum kann Lara ihre Trauer nicht mit Martin teilen?
2. Warum ärgert Lara sich über „Papa und seine Spiele"? Warum will der Vater wohl diese Spiele spielen?
3. Warum „stört" es den Vater, dass Lara im Radio Musik spielt?
4. Welche Bedeutung hat das Chagall-Bild für Lara?
5. Erklären Sie, was Giora Feidman mit „Wahrheit der Musik" meint.
6. Welche Bedeutung hat der Konzertbesuch für Laras Trauer um ihre Mutter und für ihre Musik?

Ihre Fragen?

🚶 Aktivitäten

A. Schreiben
1. Lara sieht im Konzert ein Bild von dem Maler Marc Chagall, das ihr sehr gefällt. Beschreiben Sie ein Bild, das Sie sehr beeindruckt hat oder das Ihnen sehr gefallen hat und erklären Sie warum.
2. Lara schreibt einen Brief an ihren Vater und versucht ihm zu erklären, was sie an Musik so fasziniert.
3. Martin schreibt Lara einen Brief und versucht Lara zu erklären, warum er unangenehme Assoziationen mit Musik hat.

B. Sprechen
1. Welche Rolle spielt Musik in Ihrem Leben? Was für Musik hören Sie am liebsten? Wie fühlen Sie sich, wenn Sie Ihre Lieblingsmusik hören? Was für Musik hören Sie, wenn Sie sich traurig fühlen?
2. Interessieren Sie sich mehr für Musik oder Malerei? Warum? Was für Maler (*painter*) mögen Sie besonders?

C. Kurzreferate
Finden Sie weitere Informationen über Marc Chagall, Klezmer-Musik.

Kapitel XI

📄 Vokabeln

die Beschwerde, -n	complaint
sich beschweren	to complain
jn. hängen·lassen (lässt hängen; ließ hängen, hat hängengelassen)	to let sb. down
das Hindernis, -se	obstacle
vermieten	to rent to sb.
Der Vermieter vermietet ein Zimmer.	
The landlord rents out a room.	
mieten	to rent (from sb.)
Lara mietet das Zimmer.	
Lara rents the room.	
weiter·gehen (ging weiter, ist weitergegangen)	to go on
zerreißen (zerriss, zerrissen)	to break, to tear

🗣 Idiomatische Ausdrücke

(richtig) gut drauf sein *(colloq.)*	to be in a (really) good mood
Er war richtig gut drauf.	
He was in a really good mood.	
Feuer und Flamme für etw. sein	to be thrilled/excited by sth.
Sie war Feuer und Flamme für ihre Idee.	
She was thrilled by her idea.	
wie im Fluge	in a flash
Die Zeit verging wie im Fluge.	
Time passed in a flash.	

wie neugeboren like a new person
Sie fühlte sich wie neugeboren.
She felt like a new person.

✍ Sprache im Kontext

A. Ergänzen Sie!
Ergänzen Sie das fehlende Nomen oder Verb und die englische Bedeutung:

Nomen	Englische Bedeutung	Verb	Englische Bedeutung
die Riss			
		sich beschweren	
		hindern	
die Miete			

B. Erklären Sie die idomatischen Ausdrücke!
Erklären Sie die folgenden idiomatischen Ausdrücke in Ihren eigenen Worten:
1. Er war richtig gut drauf.
2. Sie war Feuer und Flamme für seine Idee.
3. Sie fühlte sich wie neugeboren.
4. Die Zeit verging wie im Fluge.

📖 Textarbeit

A. Fragen zum Textverständnis
1. Wen trifft Lara, als sie vom Konzert nach Hause kommt?
2. Warum will Lara nicht über den Tod ihrer Mutter sprechen?
3. Worüber spricht sie stattdessen?
4. Welchen Plan hat Lara während des Konzerts gefasst?

Vokabeln & Aufgaben   Kapitel XI

5. Was tut sie als nächstes?
6. Was passiert danach im Wohnzimmer?
7. Was erfährt Lara über Bienen?
8. Was besprechen die beiden beim Frühstück?
9. Warum ist Laras Vater wütend auf Lara?
10. Wie reagiert Lara? Was wirft sie ihrem Vater vor?
11. Womit vergleicht sie ihr Leben bei ihrem Vater?

Ihre Fragen?

B. Diskussion
1. Halten Sie es für realistisch, dass Tom ohne Ankündigung 500 km fährt, um Lara zu sehen – und dass dies am gleichen Abend geschieht, an dem Lara über ihre Zukunft als Klarinettistin entscheidet?
2. Mit welcher Metaphorik wird die Liebesszene zwischen Lara und Tom beschrieben? Was ist der Effekt?
3. Was meint Lara, wenn sie über Tom sagt: *„Konnte ich in seinen Augen das wiederfinden, was ich in mir spürte?"*
4. Warum wechselt plötzlich die Perspektive von der Ich-Erzählerin zu *„sprach das energische kleine Mädchen, das versuchte, sein Leben in den Griff zu bekommen."*
5. Martin deutet Lara: ‚Dass du das wagst. So kurz nach Mamas ...' Hat er recht? Ist es pietätlos (*irreverent*), dass Lara mit ihrem Freund kurz nach dem Tod ihrer Mutter im Elternhaus Sex hat?
6. Geht es Martin wirklich um den Sex, oder geht es um etwas anderes?
7. Was hätte Kai dazu gesagt, dass Lara mit ihrem Freund schläft?
8. Können Sie Laras Reaktion verstehen? Ist sie im Recht?

Ihre Fragen?

Aktivitäten

A. Schreiben
Lara schreibt über den Vorfall mit ihrem Vater in ihrem Tagebuch.

B. Sprechen
Lara ruft Clarissa an und erzählt ihr, was passiert ist. Sie bittet sie, bis zur Aufnahmeprüfung bei ihr in Berlin wohnen zu dürfen.

Kapitel XII

📄 Vokabeln

die Auseinandersetzung, -en	quarrel, argument
bereuen	to regret
die Grippe *(no pl.)*	flu
der Krach *(no pl.)*	noise
nachlässig	careless
scheußlich	horrible, awful
ungeduldig	impatient
geduldig	patient
die Geduld *(no pl.)*	patience
verloren	lost, alone
verlieren (verlor, verloren)	to lose
verurteilen	to condemn
das Urteil, -e	judgment
die Verurteilung, -en	condemnation
vor·ziehen (zog vor, vorgezogen)	to prefer

Er hat es vorgezogen allein zu wohnen.
He preferred to live by himself.

🗣 Idiomatische Ausdrücke

jm. keine Träne nach·weinen — to shed no tears over sb.
Clarissa schien ihm keine Träne nachzuweinen.
Clarissa did not seem to shed any tears over him.

nach Luft schnappen — to gasp for air
Clarissa schnappte nach Luft.
Clarissa gasped for air.

Vokabeln & Aufgaben Kapitel XII

seinen Gefühlen freien Lauf lassen   to give way to one's feelings
Lara wusste sich keinen anderen Rat, als ihren Gefühlen freien Lauf zu lassen.
Lara did not know what else to do but to give way to her feelings.

✍ Sprache im Kontext

A. Bilden Sie Sätze!
Bilden Sie mit den folgenden Wörtern Sätze, die sich auf die Geschichte beziehen:
1. vorziehen etwas zu tun:
2. verurteilen:
3. bereuen:
4. ungeduldig:
5. scheußlich:

B. Erklären Sie die idiomatischen Ausdrücke!
Erklären Sie die folgenden idiomatischen Ausdrücke in Ihren eigenen Worten:
1. Clarissa schien Gregor keine Träne nachzuweinen.
2. Clarissa schnappte nach Luft.
3. Lara ließ ihren Gefühlen freien Lauf.

📖 Textarbeit

A. Fragen zum Textverständnis
1. Was tut Lara noch am selben Tag, an dem sie sich mit Martin gestritten hat?
2. Wer öffnet ihr die Tür, als sie bei Clarissa klingelt?
3. Welche Pläne hat Clarissa für die nächste Woche?
4. Was sagt Clarissa dazu, dass Lara von zu Hause abgehauen (abhauen: *to run away*) ist und immer noch die Aufnahmeprüfung versuchen will?
5. Warum ärgert sich Lara über Clarissa? Was wirft sie ihr vor?
6. Wie reagiert Clarissa?
7. Was tut Lara, nachdem sie sich mit Clarissa zerstritten hat?
8. Warum fühlt sich Lara gut, obwohl sie sich mit ihrem Vater und Clarissa zerstritten hat?
9. Wie handelt Gregor, als er von Laras Problemen hört?
10. Was war der Grund, warum Gregor Clarissa verlassen hat?
11. Welchen Grund gibt er scherzhaft außerdem an?

12. Wie laufen die Tage von Lara und Gregor ab?
13. Was arbeitet Gregor?

Ihre Fragen?

B. Diskussion
1. Warum reagiert Lara wehmütig (*in a melancholic manner*) auf die Trennung von Clarissa und Gregor?
2. Warum verteidigt (*to defend*) Lara ihren Vater gegenüber Clarissa? Woher nimmt sie das Selbstbewusstsein, sich von ihrer Tante zu lösen (*to separate*)? Was glauben Sie?
3. Was meint Lara, wenn sie sagt: „Ich wollte »Ich« sein dürfen"?
4. Was meint Lara, wenn sie sagt: „Wir umarmten uns wie alte Freunde, die ein Geheimnis teilten." Was für ein Geheimnis teilen sie?
5. Warum nimmt Gregor Lara auf? Sehen Sie Parallelen in dem Verhältnis der beiden zu Clarissa?
6. Warum verändert sich wohl Laras Musik?

Ihre Fragen?

Aktivitäten

A. Schreiben
Lara schreibt einen Brief an ihre kleine Schwester Marie. Sie versucht ihr zu erklären, warum sie von zu Hause weggegangen ist und dass sie sie trotzdem lieb hat. Sie berichtet auch von ihren Erlebnissen in Berlin und dass sie jetzt bei Gregor wohnt.

B. Sprechen
1. Lara erklärt Gregor, warum sie sich mit Clarissa gestritten hat und nicht mehr bei ihr wohnen kann.
2. Nachdem Lara gegangen ist, erzählt Clarissa Walter Ihre Familiengeschichte, und was der Grund für ihren Streit mit Lara war.

C. Kurzreferate
Finden Sie weitere Informationen zur Universität der Künste in Berlin (UdK) und zu anderen Musik- und Kunsthochschulen in Berlin.

Kapitel XIII

📄 Vokabeln

ab·hauen *(colloq.)*	to run away
bedauern	to pity; to regret
die Dämmerung *(no pl.)*	dusk, dawn
die Idylle, -n	idyll
nüchtern	sober, unemotional
jm. passen	to be to sb.'s liking / to suit sb.; *also:* to fit

Passt es dir, wenn ich um 10 Uhr komme?
Does it suit you if I come at 10 a.m.? / Is it OK for me to come at 10 a.m.?

todmüde	dead tired
unkompliziert	*here:* simple
unterbrechen (unterbricht; unterbrach, unterbrochen)	to interrupt

🗣 Idiomatische Ausdrücke

js. Herz tut einen Sprung (tat, getan) — sb.'s heart leaps
Mein Herz tat einen Sprung.
My heart leapt.

jm. um den Hals fallen (fällt; fiel, ist gefallen) — to fling one's arms around sb.'s neck
Sie fiel ihm um den Hals.
She flung her arms around him.

Vokabeln & Aufgaben Kapitel XIII

✑ Sprache im Kontext

A. Bilden Sie Sätze!
Bilden Sie Sätze mit den folgenden Vokabeln, die sich auf die Geschichte beziehen:
1. bedauern:
2. nüchtern:
3. abhauen:
4. unterbrechen:

B. Erklären Sie die idiomatischen Ausdrücke!
Erklären Sie die folgenden idiomatischen Ausdrücke in Ihren eigenen Worten:
1. Mein Herz tat einen Sprung.
2. Es passte ihr nicht.
3. Sie fiel ihm um den Hals.

📖 Textarbeit

A. Fragen zum Textverständnis
1. Wer ruft Lara an?
2. Wo ist diese Person gerade?
3. Wo treffen sich die beiden?
4. Was und wo essen sie?
5. Was hat Marie ihrem Vater hinterlassen?
6. Warum hat Lara keine Zeit für Marie?
7. Wieso kann Lara nicht einfach zurückfahren?
8. Wo gehen Lara und Marie hin?
9. Wie wird das Problem gelöst? Warum erklärt sich Clarissa bereit zu helfen?
10. Worum bittet Marie Clarissa?
11. Was passiert, als Clarissa in der Einfahrt parkt?
12. Was bietet Clarissa Martin an?

Ihre Fragen?

B. Interpretation und Diskussion
1. Warum beginnen Martin und Clarissa plötzlich, sich miteinander zu versöhnen? Was könnten die Gründe dafür sein?
    (sich versöhnen: *to reconcile*)
2. Welche Rolle spielt Gregor? Wieso beauftragt (*instructed, ordered*) er Clarissa,

Marie nach Hause zu fahren? Gibt es Anzeichen dafür, dass Clarissa und er sich auch wieder versöhnen?
3. Warum möchte Clarissa Martin zu Lara fahren – und warum möchte sie, dass Lara und ihr Vater wieder miteinander sprechen?

Ihre Fragen?

Aktivitäten

A. Schreiben
Clarissa schreibt Lara über ihre Begegnung mit Martin, als sie Marie zu ihm fährt.

B. Sprechen
1. Marie ist am Bahnhof Zoo angekommen und ruft ihre große Schwester an.
2. Marie ruft Lara an und erzählt ihr von der Heimfahrt mit Clarissa.

C. Kurzreferate
Finden Sie weitere Information zu den folgenden Attraktionen in Berlin: Berliner Zoo, Kurfürstendamm. Finden Sie Informationen zu weiteren Sehenswürdigkeiten (*sights*), z.B. Museen in Berlin. Bringen Sie Bilder und Karten mit.

Kapitel XIV

📄 Vokabeln

der Bereich, -e	area
durcheinander·bringen (brachte durcheinander, hat durcheinandergebracht)	to confuse, to irritate
gelähmt	paralysed
gespannt sein	to be curious

Ich war gespannt, was er jetzt tun würde.
I was curious to find out what he was going to do next.

das Mitglied, -er	member
die Reihenfolge, -n	order
der Sarg, ̈-e	coffin
schwitzen	to sweat
trösten	to console
überspielen	to play down

Sie überspielte ihre Müdigkeit.
She played down how tired she was.

zeitgenössisch	contemporary

Interessieren Sie sich für zeitgenössische Kunst?
Are you interested in contemporary art?

🗣 Idiomatische Ausdrücke

jm. bleibt die Luft weg *(colloq.)*	sth. is jaw-dropping to sb.

Mir blieb die Luft weg.
It made my jaw drop.

jm. die Daumen drücken	to keep one's fingers crossed (for sb.)

Ich drücke dir die Daumen, dass du die Prüfung bestehst.
I keep my fingers crossed that you will pass the exam.
einen Kloß im Hals haben   to have a lump in one's throat

✍ Sprache im Kontext

A. Bilden Sie Sätze!
Bilden Sie Sätze mit den folgenden Vokabeln, die sich auf die Geschichte beziehen:
1. schwitzen:
2. zeitgenössisch:
3. gespannt sein:
4. jn. durcheinanderbringen:

B. Erklären Sie die idiomatischen Ausdrücke!
Erklären Sie die folgenden idiomatischen Ausdrücke in Ihren eigenen Worten:
1. Mir blieb die Luft weg.
2. Ich drücke dir die Daumen!
3. Sie hatte einen Kloß im Hals.

📖 Textarbeit

A. Fragen zum Textverständnis
1. Ist Lara vor der Aufnahmeprüfung aufgeregt?
2. Wovon träumt sie?
3. Warum will Lara die Prüfung unbedingt (*at all costs*) bestehen?
4. Was tut Lara in der U-Bahn?
5. Wie sieht das Konservatorium aus?
6. Wer wartet noch außer Lara?
7. Wonach wird Lara zuerst in der Prüfung befragt?
8. Wie beschreibt Lara die Musik und damit ihr Lebensgefühl?
9. Was passiert, als Lara anfangen will zu spielen?
10. Wie reagieren die Prüferinnen und Prüfer?
11. Wodurch versucht Martin, Laras Musik zu verstehen?

B. Interpretation und Diskussion
1. Was glauben Sie hat Martin dazu bewegt, nach Berlin zu kommen?
2. Lesen Sie den Prolog noch einmal. Was wird hier vorweggenommen (*anticipated*)?

👥 Aktivitäten

A. Schreiben
 1. Lara schreibt einen Brief an Tom in Washington und berichtet ihm von ihrer Aufnahmeprüfung.
 2. Schreiben Sie Ihre eigene Szene: Wie geht die Beziehung zwischen Lara und Tom bzw. Lara und ihrem Vater weiter?

B. Sprechen
Spielen Sie die Situation in A.1. am Telefon.

Abschließende Fragen und Aufsatzthemen

1. Was ist das Thema / Was sind die Hauptthemen des Romans?
2. Welche Motive ziehen sich durch den Roman? Was ist ihre Funktion?
3. Welche Rolle spielt die Musik im Roman? Welche Rolle spielt sie im Leben des Vaters und von Lara? In welchen Kontexten wird die Musik erwähnt?
4. Wie entwickelt sich Lara vom Anfang bis zum Ende des Romans? Welche Rolle spielen dabei die verschiedenen Figuren im Roman?
5. Wie entwickelt sich die Beziehung zwischen Clarissa und ihrem Bruder Martin? Welche Rolle spielt dabei deren Vater?
6. Vergleichen Sie die Rolle der Mutter und die Rolle von Clarissa in der Entwicklung von Lara.
7. Wie entwickelt sich die Beziehung zwischen Lara und ihrem Vater?
8. Welche Rolle spielt Tom in Laras Leben?
9. Welche Rolle spielt Laras kleine Schwester Marie bei der Wiederherstellung „harmonischer" Familienbeziehungen?
10. Was erfahren wir über die Geschichte und die Schwierigkeiten Gehörloser in unserer Gesellschaft?
11. Wie finden Sie Caroline Links Aussagen zu *Jenseits der Stille*? Erklären Sie, ob Sie damit übereinstimmen oder nicht. Warum (nicht)?
    a. „Die Stille bezieht sich (*refers*) nicht auf die Gehörlosigkeit, sondern auf das Innere des Menschen." (Caroline Link in *Tagesspiegel Berlin:* 19.12.1996)
    b. „Die Behinderten sind wir alle, wenn wir den Kontakt verlieren zu unseren Mitmenschen und den wirklich wichtigen Dingen des Lebens." (Caroline Link in *Abendzeitung München* 19.12.1996)

Vergleich Buch und Film

1. Vergleichen Sie den Anfang von Buch und Film: Wie beginnt das Filmbuch? Was ist die Wirkung des Prologs? Wie beginnt der Film? Was sieht bzw. hört der Zuschauer zuerst? Warum ist diese Perspektive wichtig? Welcher Anfang spricht Sie mehr an? Warum?
2. Wird Laras Liebe zur Musik besser im Buch oder Film dargestellt (*depicted*)? Geben Sie Beispiele für beide Medien.
3. Werden die Probleme der Gehörlosigkeit besser im Buch oder Film dargestellt? Geben Sie Beispiele.
4. Werden Laras Problem des Erwachsen- und Selbständigwerdens besser im Buch oder Film dargestellt? Geben Sie Beispiele.

Abschluss-Sketch

Schreiben und spielen Sie mit 2–4 Personen einen Abschluss-Sketch zu Buch und/oder Film. Wählen Sie eine Szene aus *Jenseits der Stille* oder schreiben Sie Ihre eigene. Benutzen Sie dabei mindestens 5–10 Vokabeln aus der Vokabelliste und 2–3 idiomatische Ausdrücke. Benutzen Sie auch mindestens 1–2 Konjunktive und 2–4 Relativsätze. Tragen Sie den Sketch im Kurs vor, wenn möglich ohne zu lesen. Viel Spaß!

Informationen und Begleittexte für den Unterricht

Caroline Link: Biografie und Filmografie

Leben
Caroline Link wurde 1964 in Bad Nauheim geboren. Sie studierte an der Münchner Hochschule für Fernsehen und Film, wo sie bereits für ihren Abschlussfilm *Sommertage* (1990) mit dem Kodak-Förderpreis ausgezeichnet wurde. *Jenseits der Stille* (1996) ist Links Spielfilmdebüt und wurde gleichzeitig ihr erster großer Erfolg: Sie erhielt dafür den Bayerischen Filmpreis, drei Bundesfilmspreise und wurde für den Oscar in der Kategorie „Bester fremdsprachiger Film" nominiert. Mit der Verfilmung des Erich-Kästner-Buches *Pünktchen und Anton* landete Link 1999 einen weiteren Publikumserfolg. Für ihren dritten Kinofilm erhielt Link – als erste Deutsche seit über 20 Jahren – dann tatsächlich den Oscar für den besten fremdsprachigen Film: *Nirgendwo in Afrika* (2001), nach einem autobiografischen Roman von Stefanie Zweig, erzählt die Geschichte eines jüdischen Rechtsanwaltes und seiner Familie, die 1938 nach Kenia emigrieren. Im Jahr 2008 brachte Link *Im Winter ein Jahr* heraus, Schicksalsgeschichte und Psychogramm einer komplizierten Familie. Caroline Link schreibt für fast alle ihre Filme die Drehbücher selbst.

Filme
Caroline Link leitete oder wirkte an folgenden Filmproduktionen mit:
- 2008 *Im Winter ein Jahr* – Drehbuch, Regie
- 2008 *Auge in Auge: Eine deutsche Filmgeschichte* – Mitwirkung
- 2001 *Nirgendwo in Afrika* – Drehbuch, Regie
- 1999 *Pünktchen und Anton* – Drehbuch, Regie
- 1996 *Jenseits der Stille* – Drehbuch, Regie
- 1992 *Kalle der Träumer* – Drehbuch, Regie
- 1992 *Tim* – Drehbuch
- 1991 *Baal* – Regie-Assistenz

1991   *Das Versprechen* – Regie-Assistenz
1990   *Sommertage* – Drehbuch, Regie

Intertext

Zu Johann Wolfgang von Goethes „Prolog im Himmel"
aus Faust I (1808)

Die Theatergruppe, die in Kapitel 4 vor Lara auftritt, spielt einen Teil aus Goethes *Faust*. Das Gedicht, das der kleine Junge zitiert, ist der „Gesang der Erzengel" aus dem Prolog zu *Faust*. Im Prolog wettet der Teufel mit Gott, dass er Faust zu einem bösen Menschen machen wird und so stärker ist als Gott. Der „Gesang der Erzengel" ist einer der bekanntesten Teile des *Faust* und viele Schülerinnen und Schüler mussten und müssen ihn in der Schule auswendig lernen.

Prolog im Himmel

DER HERR. DIE HIMMLISCHEN HEERSCHAREN. *Nachher* Mephistopheles.
DREI ERZENGEL *treten vor.*

RAPHAEL.
Die Sonne tönt, nach alter Weise,
In Brudersphären Wettgesang,
Und ihre vorgeschriebne Reise
Vollendet sie mit Donnergang.
Ihr Anblick gibt den Engeln Stärke,
Wenn keiner Sie ergründen mag;
die unbegreiflich hohen Werke
Sind herrlich wie am ersten Tag.

GABRIEL.
Und schnell und unbegreiflich schnelle
Dreht sich umher der Erde Pracht;
Es wechselt Paradieseshelle
Mit tiefer, schauervoller Nacht.
Es schäumt das Meer in breiten Flüssen
Am tiefen Grund der Felsen auf,
Und Fels und Meer wird fortgerissen
Im ewig schnellem Sphärenlauf.

MICHAEL.
Und Stürme brausen um die Wette

Vom Meer aufs Land, vom Land aufs Meer,
und bilden wütend eine Kette
Der tiefsten Wirkung rings umher.
Da flammt ein blitzendes Verheeren
Dem Pfade vor des Donnerschlags.
Doch deine Boten, Herr, verehren
Das sanfte Wandeln deines Tags.

ZU DREI.
Der Anblick gibt den Engeln Stärke,
Da keiner dich ergründen mag,
Und alle deine hohen Werke
Sind herrlich wie am ersten Tag.

Aus: Johann Wolfgang von Goethe, *Faust. Der Tragödie erster Teil*. Stuttgart: Philipp Reclam, 1986, S. 9f.

Informationen zur Situation von Gehörlosen in Deutschland

A. Behindertengleichstellungsgesetz (BGG)

Erst im Jahre 2002 – also nach Erscheinen von *Jenseits der Stille* – wurde in Deutschland ein Gesetz verabschiedet, dass die Gleichstellung von Gehörlosen festschreibt. Das „Gesetz zur Gleichstellung behinderter Menschen und zur Änderung anderer Gesetze" (Behindertengleichstellungsgesetz) trat am 1. Mai 2002 in Kraft. Das Gesetz ist mit dem bereits 1990 verabschiedeten „Americans with Disabilities Act" (ADA) vergleichbar. Kernstück des deutschen Gesetzes sind die Gleichstellung Behinderter und die Herstellung barrierefrei gestalteter Lebensbereiche. Behinderte Menschen sollen zu allen Lebensbereichen einen umfassenden Zugang haben und nicht diskriminiert werden. Das Bundesgleichstellungsgesetz erkennt dazu auch die Deutsche Gebärdensprache als eigenständige Sprache an. Für Gehörlose bedeutet das ganz praktisch, dass sie erstmals einen gesetzlich geregelten Anspruch auf Gebärdendolmetscher haben, vor allem bei Behörden und am Arbeitsplatz.

Adaptiert von: http://www.gehoerlosen-bund.de

B. Zur Geschichte Gehörloser in Deutschland

In Deutschland leben zurzeit rund 80.000 Gehörlose. 35.000 von ihnen sind im Deutschen Gehörlosen-Bund organisiert, der bereits seit den 50er Jahren besteht. Zentraler Teil der Kultur gehörloser Menschen in Deutschland ist die Gebärdensprache. Über diese Form der visuellen Kommunikation leben Gehörlose in Deutschland ein soziales und kulturelles Leben, das mit der Kultur der Hörenden überlappt, aber das gleichzeitig reich ist an eigenen Formen. So gibt es die verschiedensten Gehörlosen-Gruppen und Initiativen, zum Beispiel Gehörlosen-Theater oder, wie in *Jenseits der Stille* geschildert wird, christliche Gemeinden von Gehörlosen, die Gehörlosen-Gottesdienste durchführen.

Die Gebärdensprache wurde 2002 mit dem Behindertengleichstellungsgesetz in Deutschland erst sehr spät als vollwertige Sprache anerkannt; erst seit den 80er Jahren bekennen sich in Deutschland Gehörlose selbst zur Gebärdensprache als Pfeiler ihrer Identität und Kultur. Gehörlose in Deutschland hatten in der zweiten Hälfte des 20. Jahrhunderts als Folge des Mailänder Kongresses von 1880 und aufgrund der nationalsozialistischen Verfolgung einen – verglichen zum Beispiel mit ihrer Situation in den USA – sehr schweren Stand.

Sogenannte „Taubstummenlehrer" aus ganz Europa und den USA kamen 1880 in Mailand zusammen, um Resolutionen zur Verbesserung der Bildung von „Taubstummen", also Gehörlosen, zu beschließen. Der Streit, den der Kongress beizulegen versuchte – nämlich die Uneinigkeit darüber, wie Gehörlose am besten zu unterrichten seien – kam bereits im 18. Jahrhundert auf. 1880 wurde aufgrund der Annahme, dass die Lautsprache der Gebärdensprache überlegen sei, mit großer Mehrheit beschlossen, dass Gehörlosen die Lautsprache beigebracht und die Gebärdensprache aus den Gehörlosenschulen verbannt werden solle. Außerdem wurde das deutliche Artikulieren des gesprochenen Wortes von Sprechern und somit die Möglichkeit für Gehörlose, von den Lippen abzulesen, als gefährlich abgelehnt, da es Gehörlose daran hindere, die Lautsprache richtig zu erlernen. Aus heutiger Sicht erscheinen die Beschlüsse des Mailänder Kongresses paradox: Man versuchte Gehörlose – obwohl dies eine physiologische Unmöglichkeit darstellt – zu Hörenden und Sprechenden zu machen und nahm ihnen damit jegliche Möglichkeit zur Kommunikation, Bildung und Berufsausübung, eine der schlimmsten Formen der Diskriminierung. Die Beschlüsse des Mailänder Kongresses wurden vor allem in Deutschland und Frankreich strikt umgesetzt und hatten verheerende Folgen für die Gemeinschaft der Gehörlosen.

Im Dritten Reich bildeten die nationalsozialistischen Gesetze zur sogenannten „Rassenhygiene", bzw. das „Gesetz zur Verhütung erbkranken Nachwuchses" (1933) die Grundlage für die breite Zwangssterilisierung von Gehörlosen. Bereits zwei Jahre später, nach Erlass der Nürnberger Gesetze, wurden Gehörlose von den Nationalsozialisten als „lebensunwert" systematisch verfolgt und ermordet.

Adaptiert von: www.visuelles-denken.de/Schnupperkurs8.html

C. Die Gebärdensprache

Gehörlose können – entgegen weit verbreiteter Annahme – nur bis zu 20% lautsprachlicher Kommunikation über das sogenannte Lippenablesen aufnehmen. Zur Kommunikation mit Hörenden wie Gehörlosen sind sie also auf eine visuelle Form der Kommunikation angewiesen – die Gebärdensprache. Die Gebärdensprache wird nicht nur anhand von Gebärden „gesprochen" – die Mimik und das Mundbild sind ebenfalls Teil der Sprache. In jeder Gebärdensprache gibt es enge Regeln über die Stelle und die Richtung, in der die jeweiligen Gebärden ausgeführt werden. Ähnliche oder sogar gleiche Gebärden erhalten durch die Modifikation von Mundbild und Mimik der Gebärdenden eine unterschiedliche Bedeutung. Genügen Gebärde, Mimik und Mundbild nicht, um etwas zu benennen, greifen Gehörlose auf das Fingeralphabet zurück.

Wie alle Sprachen ist die Gebärdensprache sehr flexibel und Veränderungen unterworfen, aber folgt genauso einer festen Grammatik. Dabei ist auch wichtig zu wissen, dass es viele unterschiedliche Gebärdensprachen gibt. Am Set für den Film *Jenseits der Stille* wurden deshalb Dolmetscher benötigt, die zwischen den verschiedenen nationalen Gebärdensprachen der gehörlosen Darstellerinnen und Darsteller – zum Beispiel zwischen dem Amerikaner Howie Seago und der Französin Emanuelle Laborit – übersetzten. Die American Sign Language (ASL) ist weltweit die am meisten verbreitete Gebärdensprache; auch die internationale Gebärdensprache, auch als „Gestuno" bezeichnet, kommt immer mehr zum Einsatz.

Adaptiert von: www.visuelles-denken.de

D. Das Fingeralphabet

Das deutsche und das amerikanische Fingeralphabet sind fast identisch. Die Buchstaben des Fingeralphabets werden mit der rechten – oder bei Linkshändern mit der linken – Hand vor der Brust ausgeführt. Das Alphabet wird vor allem für Eigennamen und Fremdwörter verwendet. Als ihren Solidaritätsgruß verwenden Gehörlose international den abgewinkelten° Ring- und Mittelfinger mit hoch gestrecktem kleinen Finger, Zeigefinger und Daumen°: Dieses Symbol kombiniert drei Buchstaben des Fingeralphabets, nämlich I, L, und Y – und steht für „I love you".

Adaptiert von: www.visuelles-denken.de

abgewinkelt: bent   der Daumen: thumb

Vokabelindex

The following index contains all of the glossed words from *Jenseits der Stille*.

Abbreviations in English

abbr.	abbreviation	*pej.*	pejorative
adv.	adverb	*pl.*	plural
arch.	archaic	*sb.*	somebody
colloq.	colloquial	*sg.*	singular
idiom.	idiomatic	*sth.*	something
intrans.	intransitive	*trans.*	transitive
lit.	literally	*usu.*	usually
o.s.	onself		

Abbreviations in German

Akk.	Akkusativ	*jm.*	jemandem
Dat.	Dativ	*jn.*	jemanden
etw.	etwas	*js.*	jemands/jemandes
f.	feminin	*m.*	maskulin
Gen.	Genitiv	*n.*	neutrum

A

jn. ab·bringen von (brachte ab, abgebracht)   to discourage/dissuade sb. from sth.
einer Sache Abbruch tun (tat, getan)   to do harm to sth.
abgestimmt   fitting; farblich abgestimmt   color-coordinated
etw. an sich *(Dat.)* abgleiten lassen (lässt abgleiten; ließ abgleiten, abgleiten lassen)
    (idiom.; colloq.)   to let sth. bounce off of o.s.
ab·halten von (hält ab; hielt ab, abgehalten)   to prevent from
ab·hauen (ist abgehauen) *(colloq.)*   to run away
sich ab·heben (hob ab, abgehoben)   to stand out against
ab·laufen (läuft ab; lief ab, ist abgelaufen)   to follow, to proceed
ab·lenken   to distract
ab·nehmen (nimmt ab; nahm ab, abgenommen)   to take off, to remove
abschätzend   disparaging
abschätzig   disparaging
der Abschied, -e   farewell
ab·setzen   to put down
ab·stempeln zu/als   to brand as
der Abt, ⸚e   abbot
sich ab·trocknen   to dry off
ab·verlangen   to demand
ab·waschen (wäscht ab; wusch ab, abgewaschen)   to do the dishes
abwehrend   defensive
ab·weisen (wies ab, abgewiesen)   to refuse
abweisend   dismissive
ächzend   creaking
der Acker, ⸚   field
ahnen   to have a notion, to have an inkling
albern   silly
allerdings   however
allgegenwärtig   omnipresent
altern   to age
der Anbau, -ten   extension
nicht anders können *(idiom.)*   not to be able to help things; Ich konnte nicht
    anders.   I couldn't help it.
die Andersartigkeit *(no pl.)*   otherness
aneinander·kleben   to stick together
an·erkennen (erkannte an, anerkannt) als   recognize as
jn. an·fahren (fährt an; fuhr an, hat angefahren)   to shout at

Vokabelindex

der **Anfeuerungsruf, -e**   shout of encouragement
an·flehen   to beseech, to implore
sich mit etw. **an·freunden**   *here:* to acquire a taste for sth.
angebissen   half-eaten
kurz **angebunden sein**   to be abrupt/curt
angemessen   adequate
zu etw. **angetan sein**   to be inclined to sth.
auf jn./etw. **angewiesen sein**   to have to rely on sb./sth., to be dependent upon sb./sth.
die **Angewohnheit, -en**   habit
angriffslustig   aggressive, belligerent
es mit der **Angst zu tun bekommen (bekam, bekommen)** *(idiom.)*   to get scared
jm. **an·haften**   to stick to sb.; Ihm haftete immer etwas Lehrerhaftes an. *(idiom.)* There was always something of the teacher about him.
an·halten (hält an; hielt an, angehalten)   *here:* to last
an·kleben   to stick on
an·knipsen   to switch on
auf etw. *(Akk.)* **an·kommen (kam an, ist angekommen)**   to matter, to be important
der **Anlass, ⸚e**   occasion
an·lassen (lässt an; ließ an, angelassen)   to start up (an engine)
sich an jn./etw. **an·lehnen**   to lean on sb./sth.
die **Anmeldung** *(usu. sg.)*   registration (desk);; der **Anmeldeschein, -e**   application form
die **Anmut** *(no pl.)*   grace
anmutig   graceful
an·nehmen (nimmt an; nahm an, angenommen)   to accept
sich einer Sache **an·passen**   to adjust to sth.
an·richten   *here:* to cause
Anrufe tätigen   to make phone calls
an·schlagen (schlägt an; schlug an, angeschlagen)   to touch down
im **Anschluss an** + *Akk.*   following, subsequent to
jm. etw. **an·sehen (sieht an; sah an, angesehen)**   to be able to tell from sb.'s face
die **Anspannung, -en**   tension
der **Ansprechpartner, -** / die **Ansprechpartnerin, -nen**   contact (person)
Ansprüche stellen   to make demands
an·stacheln   to spur on, to drive on
Anstalten machen etw. zu tun *(idiom.)*   to make a move to do sth.
an·starren   to stare at
sich **an·stauen**   to build up, to accumulate

Vokabelindex

an·stellen 1. to switch on, 2. to manage
sich **an·stellen** *(colloq.)* *here:* to make a fuss
an·steuern to head on to
an·stimmen to intone
jn. **an·stoßen (stößt an; stieß an, angestoßen)** to nudge sb.
an·streichen to paint
anstrengend exhausting
der/die **Anwesende, -n** person present
die **Anwesenheit** *(no pl.)* presence
an·ziehen (zog an, angezogen) *here:* to attract
mit etw. nichts **anzufangen wissen (weiß; wusste, gewusst)** *(idiom.)* not to know what to do with sth.
sich eine Zigarette **an·zünden** to light a cigarette
arg very much
seinen Ärger **aus·lassen (lässt aus; ließ aus, ausgelassen)** to vent one's anger
der **Ärmel, -** sleeve; jn. am Ärmel zupfen to pull at sb.'s sleeves
armselig pathetic
der **Aschenbecher, -** ashtray
der **Aspirant, -en, -en** candidate
auf 180 sein *(idiom.)* to be outraged
auf dem besten Weg sein *(idiom.)* to be well on the way
auf und ab back and forth
auf·atmen to breathe a sigh of relief
der **Aufbruch, ⸚e** departure
auf·fordern to ask, to demand
einer **Aufforderung nach·kommen (kam nach, ist nachgekommen)** to answer a request
die **Aufführung, -en** performance
aufgebracht outraged
aufgedreht in high spirits, wired
auf·gehen (ging auf, ist aufgegangen) to rise (referring to sun)
aufgeräumt *here:* jovial
sich **auf·hellen** to brighten
aufmerksam attentive
die **Aufmerksamkeit, -en** attention
die **Aufmerksamkeit auf sich lenken** to draw attention to o.s.
jn. **auf·muntern** to cheer sb. up
aufmunternd encouraging
aufmüpfig rebellious

Vokabelindex

die **Aufnahme, -n** *here:* picture, photo
die **Aufnahmeprüfung, -en** entrance examination
auf·nehmen (nimmt auf; nahm auf, aufgenommen) to accept
sich **auf·richten** to sit up
aufsässig rebellious
auf·saugen (sog auf, aufgesogen) to absorb
Aufschlag haben *(idiom.)* to be in charge; **der Aufschlag, ⸚e** service (in sports)
die Augen **auf·schlagen (schlägt auf; schlug auf, aufgeschlagen)** to open one's eyes
einen Brief **auf·setzen** to compose a letter
auf·stampfen to stamp one's foot
auf·stöbern to dig up
auf·stöhnen to groan loudly
auf·stützen to rest, to prop up
auf·tauchen (ist aufgetaucht) to appear from nowhere
auf·tischen *(colloq.)* to serve up, to come up with
der **Auftritt, -e** (stage) appearance/entrance
aufwändig extravagant, costly
jn. **auf·ziehen (zog auf, aufgezogen)** to make fun of sb.
die Augen **auf·schlagen (schlägt auf; schlug auf, aufgeschlagen)** to open one's eyes
sich vor **Augen führen** to become aware of sth.
nur **Augen für jn. haben** to have eyes only for sb.; **Ich hatte nur noch Augen für die beiden.** *(idiom.)* I couldn't keep my eyes off the two.
augenblicklich immediate
die **Augenbraue, -n** eyebrow
die **Aula, Aulen** assembly hall
aus·bilden *here:* to form, to develop
sich **aus·denken (dachte aus, ausgedacht)** to make up
ausdrucksvoll expressive
die **Auseinandersetzung, -en** quarrel, argument
der/die **Auserwählte, -n** chosen one
aus·fallen (fällt aus; fiel aus, ist ausgefallen) *here:* to turn out
aus·füllen to fill in
davon **aus·gehen, dass (ging aus, ausgegangen)** to assume that
jm. **ausgeliefert sein** to be subjected to sb., to be at the mercy of sb.; das **Ausgeliefertsein** *(no pl.)* subjection
sich seinem Henker **aus·liefern** *(idiom.)* to surrender to one's own executioner
ausgerechnet zu Clarissa to Clarissa of all people
ausgeschlossen excluded
ausgesprochen geschickt extremely skillful/skilled

aus·halten (hält aus; hielt aus, ausgehalten)   to stand, to endure
aus·hauchen   to breathe one's last
ausklappbar   fold-out
ausladend   sweeping
aus·lassen (lässt aus; ließ aus, ausgelassen)   to vent
sich seinem eigenen Henker ausliefern *(idiom.)*   to surrender to one's own executioner
aus·löschen   to erase, to wipe out
sich aus·malen   to imagine
aus·nutzen   to exploit, to take advantage of
aus·probieren   to try out
die Ausrede, -n   excuse
Ausschau halten (hält; hielt, gehalten)   to be on the lookout
aus·schütten   to pour out, to empty out
der Außenseiter, - / die Außenseiterin, -nen   outsider
außerordentlich   extraordinary
äußerst   extremely
aus·statten   to equip
einen Schrei aus·stoßen (stößt aus; stieß aus, ausgestoßen)   to emit a cry
aus·strahlen   to radiate, to express
die Ausstrahlung *(no pl.)*   personality, charisma
sich aus·strecken nach   to reach for
aus·suchen   to choose
sich aus·tauschen   to discuss, to exchange views
ausweichend   evasive
aus·wickeln   to unwrap

B

der Bademantel, ⸚   bathrobe
die Badewanne, -n   bathtub
der Bahnsteig, -e   platform
der Balsam, -e   balm
das Band, -e   bond, tie
der Bär, -en, -en   bear
sich den Bart kraulen   to run one's fingers through one's beard
basteln   to tinker
Beachtung schenken   to take notice of, to pay attention to
beäugen   to look at, to observe

Vokabelindex

bedauern to pity
bedenken (bedachte, bedacht) to consider
das **Bedenken** *(usu. pl.)* reservations, concerns
jm./einer Sache **Bedeutung beimessen (misst bei; maß bei, beigemessen)** to attach importance to sb./sth.
bedienen *here:* to operate
bedürfen (bedarf; bedurfte, bedurft) to need, to require
beeindrucken to impress
beenden to end, to finish
beerdigen to bury
befangen diffident, self-conscious
befördern to transport, to carry
befrieden to calm, to give peace
befürchten to fear, to be afraid
sich in js. Hände **begeben (begibt; begab, begeben)** to place o.s. under sb.'s protection
begehen (beging, begangen) to commit; **einen Fehler begehen** to make a mistake
das **Begehren** *(usu. sg.)* desire
begleiten to accompany
begreifen (begriff, begriffen) to understand, to grasp
die **Begrenztheit** *(no pl.)* limitations
begutachten to take a look at, to examine
die **Behäbigkeit** *(no pl.)* stolidity
behängen to decorate
beharren to insist
die **Behinderung, -en** disability
behutsam careful, gentle
bei weitem by far
mit **beiden Beinen im Leben stehen (stand, gestanden)** *(idiom.)* to have both feet firmly on the ground
die **Beifahrertür, -en** passenger door
Zweifel **beiseite fegen** to brush away doubts
beiseite schieben (schob, geschoben) to move/push to the side
beiseite wischen to brush away
der **Beistand, ⸚e** assistance, support
bei·tragen (trägt bei; trug bei, beigetragen) to contribute
bekleben to stick on
belasten to weigh upon
belegte Stimme husky/choked-up voice

363

mit belegter Stimme hervor·bringen (brachte hervor, hervorgebracht) *(idiom.)* to utter with a choked-up voice

bemerken to notice

die Bemerkung, -en comment

sich bemühen to try hard

beneiden to envy

der Berater, - / die Beraterin, -nen *here:* clerk

berauschend intoxicating

der Bereich, -e area

bereuen to regret

mit etw. hinter dem **Berg halten (hält; hielt, gehalten)** *(idiom.)* to keep sth. to o.s.

beruhigen to calm down

berühren to touch

der Berührungspunkt, -e point of contact

besagen to mean

die Bescherung, -en gift-giving on Christmas Eve

beschließen (beschloss, beschlossen) to decide

die Beschwerde, -n complaint

beschwichtigen to appease

beschwingt elated, exhilarated

sich etw. **besehen (besieht; besah, besehen)** to take a look at sth.

sich **besinnen (besann, besonnen)** to to collect one's thoughts; **sich darauf besinnen, dass** to remember that

von etw./jm. **Besitz ergreifen (ergriff, ergriffen)** to seize possession of sth./sb.

besorgen to get, to obtain

die Besorgnis, -se worry, concern

jn. in seinem Vorhaben **bestärken** to strengthen/reinforce sb.'s plan

bestärkt strengthened, reinforced

bestimmt *here:* resolute

in **bestimmten Punkten** in certain regards/areas

bestimmte Themen auf den Tisch bringen (brachte, gebracht) to address certain topics

betonen to stress, to emphasize

betrachten to look at

betreten embarrassed

der Betrieb, -e business, company

betrübt sad

betrunken drunk

die Bettdecke, -n bedspread, blanket

Vokabelindex

betteln to beg
bevormunden to treat in a patronizing way / like a child
bewundern to admire
die **Biene, -n** bee
das **Bienenwachs** *(no pl.)* beeswax
der **Bildschirm, -e** screen
biologisch *here:* organically grown
jn. **blamieren** to make sb. look ridiculous
blasen (bläst; blies, geblasen) to blow
der **Blick, -e** gaze, view, sight; **auf den ersten Blick** at first sight, glance; **mit einem Blick streifen** to glance at; **jn. keines Blickes würdigen** not to spare sb. a glance
blinken to flash
blinzeln to blink, to squint
der **Blitz, -e** lightning
bloß just
der **Blumentopf, ⸚e** flowerpot, potted plant
ins **Blut über·gehen (ging über, ist übergegangen)** *(idiom.)* to become second nature / ingrained
ich hätte (vor Scham) im **Boden versinken können** *(idiom.)* I was so ashamed that I wished the ground would open up and swallow me
der **Bogen, ⸚** *here:* form, sheet
der **Bohrer, -** drill
die **Boje, -n** buoy
die **Bootsfahrt, -en** boat trip
die **Botschaft, -en** message
die **Bratröhre, -n** oven
die **Bratwurst, ⸚e** grilled sausage
brav good, well-behaved
bremsen to stop
in die **Bresche springen (sprang, ist gesprungen)** *(idiom.)* to step into the breach
die **Broschüre, -n** booklet
brüchig cracked, fragile
brummeln to mumble
brummen to grumble, to hum, to mumble
brummig grumpy
die **Brüstung, -en** balustrade
die **Buchbinderei, -en** bookbindery
buchstabieren to spell
bügeln to iron

die **Bühne, -n**   stage
über die **Bühne gehen (ging, ist gegangen)** *(idiom.)*   *here:* to go smoothly
das **Bühnenbild, -er**   stage set
bummeln (ist gebummelt)   to stroll, saunter
bundesweit   nationwide, throughout Germany
die **Bürde, -n**   load, weight
bürsten   to brush

C

die **Charaktereigenschaft, -en**   character trait, characteristic
die **Chipstüte, -n**   bag of potato crisps
die **Clique, -n**   group of friends

D

das **Dachgeschoss, -e**   attic, top floor
Ich **dachte gar nicht daran.** *(idiom.)*   It didn't occur to me. / I was not going to do this.
dafür   *here:* in turn
dämlich *(colloq.)*   stupid
die **Dämmerung** *(no pl.)*   dusk, dawn
der **Dämmerzustand, ⸚e**   semi-consciousness, spaced-out state of mind
dämpfen   to calm
die **Daumen drücken** *(idiom.)*   to keep one's fingers crossed
dazu·stoßen (stößt dazu; stieß dazu, ist dazugestoßen)   to join
die **Decke, -n**   ceiling; blanket; **Mir fällt die Decke auf den Kopf. (fiel, ist gefallen)** *(idiom.)*   I feel confined/walled in.
den Tisch **decken**   to lay the table
Denkste! *(colloq.)*   That's what you think!
des öfteren   often
deuten   to interpret, to communicate in sign language
deutlich   clear
der **Diaprojektor, -en**   slide projector
dicht   close; **dicht auf den Fersen** *(idiom.)*   close on sb.'s heels
der **Dickkopf, ⸚e** *(colloq.)*   obstinate/stubborn person, pigheaded person
seinen **Dienst tun** *(idiom.)*   *here:* to function
die **Dinge auf die leichte Schulter nehmen (nimmt; nahm, genommen)** *(idiom.)*   to take things lightly
den **Dingen auf den Grund gehen (ging, ist gegangen)** *(idiom.)*   to get to the bottom of things

Vokabelindex

der **Dirigent**, -en, / die **Dirigentin**, -nen   conductor
der **Dolmetscher**, - / die **Dolmetscherin**, -nen   translator
der **Donner** *(usu. sg.)*   thunder
donnern   to thunder
doof *(colloq.)*   stupid
einen guten/intensiven **Draht zu jm. haben** *(idiom.; colloq.)*   to be on good terms with sb.
gut **drauf sein** *(colloq.)*   to be in a good mood
etw. **drehen und wenden**   to look at sth. from all sides
drein·blicken *(colloq.)*   to look like
dröhnen   to boom
unter **Druck stehen (stand, gestanden)** *(idiom.)*   to feel pressured
jm. etw. in die Hand **drücken**   to thrust sth. into sb.'s hand
die **Druckerei**, -en   print shop
dumpf   dull, muffled
durchdringend   penetrating
das **Durcheinander** *(no pl.)*   chaos
durcheinander·bringen (brachte durcheinander, durcheinandergebracht)   to confuse, to irritate
das **Durchhaltevermögen** *(no pl.)*   stamina
durch·setzen   to push through, carry through; **seinen Kopf durch·setzen**   to get one's way
durch·stehen (stand durch, durchgestanden)   to get through, to withstand
durchzucken   to flash across
düster   dark
das **Dutzend**, -e   dozen

E

jm. **ebenbürtig sein**   to be equal / on a par with sb.
der **Ehrgeiz** *(no pl.)*   ambition
die **Eiche**, -n   oak
eifrig   eager
die **Eigenständigkeit** *(no pl.)*   independence
es **eilig haben**   to be in a hurry
weder **ein noch aus wissen** *(idiom.)*   to be helpless/clueless/at a loss what to do *(idiom.)*
js. **ein und alles sein**   to mean everything to sb.
ein·biegen (bog ein, ist eingebogen) in + *Akk.*   to turn into

Vokabelindex

sich etw. **ein·bilden auf** + *Akk.*   to be conceited/vain about sth.
ein·cremen   to put on some lotion
eindeutig   explicit
eindringlich   insistent
den **Eindruck machen, dass**   to look as if, to convey the impression that
ein·frieren (fror ein, ist eingefroren) *(here: intrans.)*   to freeze
auf etw. **ein·gehen (ging ein, ist eingegangen)**   to respond to sth.
eingeschnappt sein *(colloq.)*   to be in a huff
einher·gehen mit (ging einher, ist einhergegangen)   to be accompanied by
ein·hüllen   to envelop
ein·kehren in/bei + *Dat.* **(ist eingekehrt)**   to stop off at
ein·lenken   to yield, to give way
sich mit etw. **ein·richten**   to adapt to sth.
die **Einsamkeit** *(no pl.)*   loneliness
der **Einsatz,** ⸚e   *here:* cue to play
ein·schenken   to pour
sich auf jn. **ein·schießen (schoss ein, eingeschossen)** *(idiom.; colloq.)*   to zero in on sb.
ein·sehen (sieht ein; sah ein, eingesehen)   to understand
ein·spannen   to insert
die **Einstellung, -en**   *here:* tuning
ein·stimmen   to join in
jn. in etw. *(Akk.)* **ein·weihen**   to let sb. in on sth.
ein·zahlen   to pay in, to deposit
der **Einzelgänger, -** / die **Einzelgängerin, -nen**   loner
der **Eisbecher, -**   ice cream cup/bowl, sundae
die **Eisblume, -n**   frost pattern
eis·laufen gehen (ging eislaufen, ist eislaufen gegangen)   to go ice-skating
die **Empfehlung, -en**   recommendation
empfinden (empfand, empfunden)   to feel, to sense
empor·heben (hob empor, emporgehoben)   to lift, to raise
energisch   firm, vigorous
der **Engel, -**   angel
entdecken   to discover
sich **entfernen**   to go away, to depart
die **Entfernung, -en**   distance
entflammen   to flare up
entgehen (entging, ist entgangen) + *Dat.*   to escape from noticing; **sich etw. / eine
   Riesenchance entgehen lassen (lässt entgehen; ließ entgehen, entgehen lassen)**
   (idiom.)   to miss out on sth. / a great opportunity

enthalten (enthält; enhielt, enthalten)   to contain
entkommen (entkam, ist entkommen)   to get away
entkorken   to uncork
entlocken   to elicit
eine Entscheidung treffen (trifft; traf, getroffen)   to make a decision
die Entschlossenheit *(no pl.)*   determination
einen Entschluss fassen   to make a decision
entspannt   relaxed
entsprechen (entspricht; entsprach, entsprochen) + *Dat.*   to correspond to
entwickeln   to develop
sich jm. entziehen (entzog, entzogen)   to elude sb.
das Erbe *(no pl.)*   inheritance
das Erdgeschoss, -e   ground floor
erfassen   to grasp, to understand
von Erfolg gekrönt   successful
erforschen   to explore
ergreifen (ergriff, ergriffen)   to seize, to grip
sich erheben (erhob, erhoben)   to get up
erholt   relaxed
erkunden   to explore
erküren (erkor, erkoren) *(arch.)*   to choose
erläutern   explain, explicate
erledigt   done, taken care of
erleichtert   relieved
die Erleichterung, -en   relief
erleiden (erlitt, erlitten)   to suffer
zum Erliegen bringen (brachte, gebracht)   to bring to a standstill
erlösen   *here:* to put sb. out of (his/her misery)
ermahnen   to caution, to admonish
die Ermahnung, -en   admonition
ermöglichen   to make possible, to enable
erneut   again
erniedrigen   to humiliate
ernsthaft   serious
ernten   to reap, to get
erproben   to try out, to test
erregt   excited
erreichen   to reach
erschaudern   to shudder

erscheinen (erschien, ist erschienen)   to appear
sich jm. erschließen (erschloss, erschlossen)   to disclose itself to sb.
erschrecken (erschrickt; erschrak, erschrocken)   to be frightened
erspähen   to catch sight of
sich etw. ersparen   to spare o.s. sth.
sich erstrecken   to spread out
ertönen   to sound, to be audible
ertragen (erträgt; ertrug, ertragen)   to bear, to stand, to endure
js. Erwartungen entsprechen (entspricht; entsprach, entsprochen)   to come up to sb.'s expectations
der/die Erwachsene, -n   adult
erwartungsvoll   expectant, eager
erwidern + *Dat.*   to reply

F

die Fähigkeit, -en   ability, quality
der Fahrstuhl, ⸚e   elevator
in Fahrt kommen (kam, ist gekommen) *(idiom.)*   to get going, to be on a roll
fällig sein   to be due
die Falte, -n   wrinkle
falten   to fold
familiär   familial, concerning the family
das Familienoberhaupt, ⸚er   head of the family
farblich abgestimmt   color-coordinated
der Farbspritzer, -   splash of paint
etw. nicht fassen können *(idiom.)*   to be incapable of understanding sth.
fassungslos   stunned, bewildered
faulenzen   to laze about
die Faust, ⸚e   fist
fegen   to sweep, to brush
fehlen   to lack, to miss; **Das hatte mir gerade noch gefehlt.** *(idiom.)*   That's just what I needed.
fein   subtle, fine
feindlich   hostile
das Feld, -er   field
das Fellstückchen, -   piece of fur
die Fensterbank, ⸚e   windowsill
fern·halten (hält fern; hielt fern, ferngehalten)   to keep away

im **Fernsehen kommen (kam, ist gekommen)** to be shown on TV
fesseln to hold, to grip
die **Fete, -n** party
feucht humid
die **Feuchtigkeitscreme, -s** moisturizer
Feuer und Flamme für etw. sein *(idiom.)* to be thrilled/excited by sth.
der **Fieberanfall, ⸚e** bout of fever
die **Figur, -en** figure, physique
die **Fingerspitze, -n** fingertip
finster dark
flachsblond flaxen
flackern to flicker
flattern to flap, to flutter
Er kann keiner **Fliege etwas zuleide tun.** *(idiom.)* He wouldn't hurt a fly.
die **Flocke, -n** flake
die **Floskel, -n** set phrase
fluchen to swear
flüchten (ist geflüchtet) to flee
wie im **Fluge** *(idiom.)* in a flash
der **Flur, -e** hallway, corridor
flüstern to whisper
fördern to encourage, to support
förmlich *(usu. adv.)* *here:* literally
die **Forderung, -en** demand
fort·fahren (fährt fort; fuhr fort, ist fortgefahren) to continue
fort·schwemmen to wash away
nicht in **Frage kommen (kam, ist gekommen)** *(idiom.)* to be out of the question
einer Sache **freien Lauf lassen (lässt; ließ, gelassen)** *(idiom.)* to give free rein to sth.
jm. **fremd sein** to be alien/incomprehensible to sb.
frisieren to do one's hair
die **Fruchtblase, -n** amniotic sac; **als ihre Fruchtblase platzte** when her water broke
das **Fruchtwasser** *(no pl.)* amniotic fluid
der **Früchtetee, -s** fruit tea
fuchsteufelswild mad as hell, furious

G

gähnen to yawn
der **Gänsebraten**, - roast goose
der **Gang**, ⸚e hallway, corridor
geballt massive
gebannt spellbound
die **Gebärdensprache**, -n sign language (official term for deaf people's sign language)
das **Gebiet**, -e area
gebildet educated
das **Gebiss**, -e set of teeth
geblümt flowered
geborgen secure, protected
einen anderen **Gedanken fassen** *here:* to think of sth. different
gedankenverloren lost in thought
das **Gedränge** *(no pl.)* crowd, throng of people; **sich ins Gedränge stürzen (ist gestürzt)** *(idiom.)* to plunge into busy streets
das **Gedudel** *(no pl.) (colloq.)* tootling
der **Gegenstand**, ⸚e object
der **Geheimbund**, ⸚e secret society
die **Geheimnistuerei** *(no pl.)* secretiveness
gehetzt rushed
das **Gehör** *(no pl.)* hearing
gehörlos deaf *(politically correct for 'taub')*
gehorsam obedient
gehüllt wrapped
der **Geiger**, - / die **Geigerin**, -nen violinist
das **Geisterhaus**, ⸚er haunted house
in sich **gekehrt** introverted
gekleidet sein to be dressed
geknickt *(colloq.)* glum, dejected
gelähmt paralyzed
das **Geländer**, - railing
gelassen calm, unperturbed
gelingen / es gelingt jm. etwas (zu tun) (gelang, ist gelungen) to succeed (lit.: it is successful for sb. to do sth.)
gelten (gilt; galt, gegolten) to be for, to be aimed at; **Ihre ganze Liebe galt den Pflanzen.** She was totally devoted to her plants.
gemäß appropriate

gemein mean
das **Gemüt, -er** disposition, nature; **ein sonniges Gemüt** a cheerful disposition
das Leben in vollen Zügen **genießen (genoss, genossen)** *(idiom.)* to enjoy life to the fullest
das **Gepolter** *(no pl.)* crash
gequält forced, pained
gerade heraus point-blank, straightforward
geradezu downright
das **Gerät, -e** device
in eine Situation **geraten (gerät; geriet, ist geraten)** to get into a situation
das **Geräusch, -e** sound
geräuschlos soundless, silent
das **Gericht, -e** dish; *also:* court
das **Gerumpel** *(no pl.)* rumbling
geschäftig busy
geschäftstüchtig business-minded
geschickt skillful, skilled
der **Geschmackssinn** *(no pl.)* sense of taste
geschmackvoll tasteful
sich zu jm. **gesellen** to join sb.
ins **Gesicht geschrieben stehen (stand, gestanden)** *(idiom.)* to be written all over one's face
das **Gesicht zu einem Lachen verziehen (verzog, verzogen)** *(idiom.)* to twist into laughter
gespannt sein to be curious
gesprenkelt speckled
das **Gespür** *(no pl.)* feeling, feel
die **Gestalt, -en** figure
gestalten to design
die **Geste, -n** gesture
gestehen (gestand, gestanden) to confess
sich **gesund ernähren** to eat a healthy diet
Getöse *(n.)* **veranstalten** to make a racket
jn. **gewähren lassen (lässt gewähren; ließ gewähren, gewähren lassen)** to let sb. do as he/she likes
gewaltig enormous, tremendous
das **Gewissen** *(no pl.)* conscience; **mit einem schlechten Gewissen herumlaufen** *(idiom.; colloq.)* to always feel guilty, to run around with a bad conscience
das **Gewitter, -** thunderstorm

gierig greedy
glänzend shining
gleichaltrig of the same age
das **Gleichgewicht** *(no pl.)* balance
es jm. **gleich·tun (tat gleich, gleichgetan)** to do the same as sb. else; to emulate sb.
gleißend gleaming, glistening
gleiten (glitt, ist geglitten) to glide, to move smoothly
die **Glocke, -n** bell
sich **glücklich schätzen** to consider o.s. lucky
glühen to glow
das **Gör** *(colloq.)* little miss; **Gören** brats, kids *(in the plural used for both sexes)*
der **Gottesdienst, -e** (church) service
graben (gräbt; grub, gegraben) to dig
der **Graben, ⸚** rift
greifen (griff, gegriffen) to grab, to take hold of
grenzenlos unlimited
der **Griff, -e** movement (with one's hands); **in den Griff bekommen (bekam, bekommen)** *(idiom.)* to get under control
eine **Grimasse schneiden (schnitt, geschnitten)** to pull a face
grimmig grim, fierce
grinsen wie ein Honigkuchenpferd *(idiom.; colloq.)* to grin from one ear to the other, to grin like the Cheshire cat
die **Grippe, -n** flu
das **Grollen** *(no pl.)* rumbling, rolling of thunder
großzügig *here:* spacious; *also:* generous
das **Grübchen, -** dimple
die **Grundform, -en** basics
gurgeln to gurgle
Meine **Güte!** *(interjection)* Gosh! Gee!
das **Gutshaus, ⸚er** manor house

H

um ein **Haar** *(idiom.)* very nearly, almost
jm. durch die **Haare fahren (fährt; fuhr, ist gefahren)** *(idiom.)* to run one's fingers through sb.'s hair
sich in die **Haare kriegen** *(idiom.; colloq.)* to quarrel
um **Haaresbreite** *(idiom.)* by a hair's breadth
das **Halbdunkel** *(no pl.)* semi-darkness

halbherzig halfhearted
hallen to reverberate, to echo
jm. um den **Hals fallen (fällt; fiel, ist gefallen)** *(idiom.)* to fling one's arms around sb.'s neck
die Arme um js. **Hals schlingen (schlang, geschlungen)** to wrap one's arms around sb.'s neck
jm. zum **Halse heraus·hängen (hing heraus, herausgehangen)** *(idiom.; colloq.)* to be sick and tired of sth.
halt just, simply
zu jm. **halten (hält; hielt, gehalten)** to stick with sb.; **nicht mehr an sich halten können** *(idiom.)* to be unable to control o.s.
die **Handbewegung, -en** gesture (with one's hands)
der **Handgriff, -e** hand movement
hängen·lassen (lässt hängen; ließ hängen, hängen lassen) to let sb. down
hantieren to handle, to fiddle about
harmonisch harmonius, peaceful
hart bleiben (blieb, ist geblieben) to remain firm
hartnäckig insistent
die **Haselnuss, ⸚e** hazelnut
Hau ab! *(colloq.)* Get lost!
der **Haufen, -** *(colloq.)* crowd
häufig often
Sie hat die **Hausarbeit auch nicht gerade erfunden.** *(idiom.)* She wasn't exactly crazy about domestic chores.
der **Hausmeister, -** / die **Hausmeisterin, -nen** janitor
die **Heckklappe, -n** tailgate
das **Heft, -e** booklet
den Blick auf etw. *(Akk.)* **heften** to fix one's gaze on sth.
heftig fierce, violent
heil unhurt, uninjured
das **Heim, -e** *here:* orphanage
heim·kommen (kam heim, ist heimgekommen) to come home
heimlich in secret
das **Heimweh** *(no pl.)* homesickness; **Heimweh verspüren** to feel homesick
heiter cheerful
die **Heizung, -en** radiator
nichts **helfen (hilft; half, geholfen)** to be no good; **Es hilft nichts.** *(idiom.)* It's no good.
die **Hemmung, -en** inhibition

sich seinem eigenen **Henker ausliefern** *(idiom.)*   to surrender to one's own executioner

heran·führen an *(+ Akk.)*   to introduce to
heranwachsend   adolescent
heraus·fordern   to challenge
sich aus etw. **heraus·reden** *(idiom.)*   to use sth. as an excuse
herein·platzen (ist hereingeplatzt)   to burst in
über jn. **her·fallen** (fällt her; fiel her, ist hergefallen)   to attack, to fall upon
herrschen   to prevail
herum·albern *(colloq.)*   to fool about
herum·reißen (riss herum, herumgerissen)   to pull around
herum·ruckeln *(colloq.)*   to jerk around
herum·rutschen (ist herumgerutscht) *(colloq.)*   to fidget around
herum·stochern   to pick at
sich **herum·werfen** (wirft herum; warf herum, herumgeworfen)   to toss and turn
herunter·fegen *(colloq.)*   to sweep down
herunter·rollen (ist heruntergerollt)   to roll down
herunter·spielen   to play down
hervor·bringen (bringt hervor; brachte hervor, hervorgebracht)   *here:* to say with difficulty
hervor·kriechen (kroch hervor, ist hervorgekrochen)   to crawl out
hervor·lugen   to peep outside
unwilling **hervor·stoßen** (stößt hervor; stieß hervor, hervorgestoßen)   to exclaim indignantly
Das **Herz klopfte mir bis zum Hals.** *(idiom.)*   My heart was thumping.
Mein **Herz tat einen Sprung.** *(idiom.)*   My heart leapt.
etw. auf dem **Herzen haben** *(idiom.)*   to have sth. on one's mind
das **Herzklopfen**   heartbeat
jm. zu **Hilfe kommen** (kam, ist gekommen)   to come to sb.'s aid
der **Hilferuf, -e**   call for help
hilfsbedürftig   in need of help
Es **hilft nichts.** *(idiom.)*   It's no good.
hin und her   back and forth
hin- und her·gerissen sein   to be torn
das **Hindernis, -se**   obstacle
hindurch·schreiten (schritt hindurch, ist hindurchgeschritten)   to walk through
hinein·poltern (ist hineingepoltert) *(idiom.)*   to crash into
mit etw. **hinter dem Berg halten** (hält; hielt, gehalten) *(idiom.)*   to keep sth. to o.s
hinterlassen (hinterlässt; hinterließ, hat hinterlassen)   to leave (behind)

sich **hinunter·beugen**   to bend down
der **Hinweis**, -e   *here:* remark
hoch·fahren (fährt hoch; fuhr hoch, ist hochgefahren)   to start up
hochmütig   arrogant
hoch·schrecken (ist hochgeschreckt)   to start up
sich die Haare **hoch·stecken**   to pin up one's hair
hoch·steigen (stieg hoch, ist hochgestiegen)   *here:* to well up
hocken   to squat
holzgetäfelt   wood-panelled
das **Hopfenfeld**, -er   field of hops
die **Hopfenstange**, -n   hop pole
der **Hörer**, -   receiver
der **Hosenboden**, ⸚   seat, behind; jm. den **Hosenboden** versohlen *(colloq.)*   to spank sb.
der **Hügel**, -   hill
humpeln (ist gehumpelt)   to hobble, to limp
die **Hupe**, -n   horn (of a car)
huschen (ist gehuscht)   to dart, to flash
husten   to cough
seinen **Hut** ziehen **(zog, gezogen)**   to raise one's hat

I

immerhin   at least
in sich gekehrt   introverted
die **Informationsmappe**, -n   information booklet
inmitten + *Gen.*   in the middle of
die **Innigkeit** *(no pl.)*   closeness, depth of feeling

J

jämmerlich   wretched, pathetic
japsen   to pant
der **Jugendstil**   German and Austrian Art Nouveau
der **Junggeselle**, -n, -n   bachelor
der **Jutesack**, ⸚e   jute bag

K

der **Käfig**, -e   cage
Es **kam, wie es kommen musste.** *(idiom.)*   The inevitable happened.

den **Kampf auf·nehmen (nimmt auf; nahm auf, aufgenommen)** to take up the fight
das **Kaninchen, -** rabbit
die **Kante, -n** edge
kaputt·gehen (ging kaputt; ist kaputtgegangen) to break
der/das **Kaugummi, -s** chewing gum
keck *(colloq.)* perky, sassy
die **Kehle, -n** throat
die **Kehrseite, -n** backside, behind
auf der Stelle **kehrt·machen** *(idiom.)* to turn on one's heels
keineswegs by no means
der **Kelch, -e** goblet, chalice; Vielleicht ging dieser Kelch ja noch einmal an mir vorüber. *perhaps a reference to:* Möge dieser Kelch an mir vorübergehen! *(arch.)* Let this cup pass by me!
die **Kerze, -n** candle
kichern to giggle
ein **Kinderspiel sein** *(idiom.)* to be a piece of cake / a walk in the park
auf **Kinnhöhe abgeschnitten** cropped to chin level
kippen *here:* to throw
die **Kirchengemeinde, -n** congregation
die **Kirsche, -n** cherry
die **Kiste, -n** box
der **Klang, ⁀e** sound
die **Klappe halten** *(colloq.)* to shut up; die **Klappe** *(colloq.)* mouth
klappen 1. *(colloq.)* to work (out); 2. to squeak, to creak
der **Klarinettenspieler, -** / die **Klarinettenspielerin, -nen** clarinettist
klar·kommen (kam klar, ist klargekommen) to manage
klar·stellen to make clear
klasse *(colloq.)* super, cool
klatschen to clap; to applaud; to hit hard
kleben to glue
eine **Kleinigkeit essen (isst; aß, gegessen)** to have a snack
klettern (ist geklettert) to climb
die **Klinke, -n** handle
klirren to rattle
klopfen to knock, to beat
jm. **klopft das Herz bis zum Hals** *(idiom.)* sb.'s heart is thumping
einen **Kloß im Hals haben** *(idiom.)* to have a lump in one's throat
der **Knall** *(no pl.)* bang

Vokabelindex

knarren to creak
das **Knetmännchen, -** figure made from modeling clay; little plasticine man
das **Knie, -** knee; **in die Knie gehen (ging, ist gegangen)** *(idiom.)* to fall on one's knees
knien to kneel
knirschen to grind; **In ihrer Beziehung knirschte es.** *(idiom.; colloq.)* Their relationship was rocky.
knistern to rustle
der **Knoten, -** knot
der **Knüppel, -** club
der **Koffer, -** suitcase
im Fernsehen **kommen (kam, ist gekommen)** to be shown on TV
komponieren to compose
die **Königin, -nen** queen
der **Konkurrent, -en, -en / die Konkurrentin, -nen** rival, competitor
konkurrieren to compete
das **Konservatorium, Konservatorien** conservatory
konstatieren to diagnose
über js. **Kopf hinweg entscheiden (entschied, entschieden)** *(idiom.)* to decide without consulting sb.
kopfschüttelnd shaking one's head
die **Kopfsteinpflasterstraße, -n** cobblestone street
der **Korb, ⸚e** basket
auf **Kosten von** at the expense of
krabbeln (ist gekrabbelt) to crawl
der **Krach** *(no pl.)* noise
kräftig strong
kraftlos powerless, feeble
krähen to crow
kramen *(colloq.)* to rummage about/around
die **Krankenschwester, -n** female nurse
kraulen to fondle
die **Kräuter** *(usu. pl)* herbs
Kreise(l) drehen to pivot
der **Kreißsaal, ⸚e** delivery room
kriechen (kroch, ist gekrochen) to crawl
die **Krippe, -n** crèche, manger
krönen to crown
der **Küchenmixer, -** blender

die **Kugel**, -n   ball
der **Kummer** *(no pl.)*   sorrow
der **Kunde**, -n, -n / die **Kundin**, -nen   customer
künftig   future
kurz angebunden *(idiom.)*   curt, snippy
kurz und bündig   brief and succinct, terse

L

die **Lache**, -n   puddle
Läden unsicher machen *(idiom.)*   to roam around town
die **Lage**, -n   situation; **in der Lage sein**   to be able to
das **Lamm**, ⸚er   lamb
der **Landregen**, -   steady rain
der **Langweiler**, - / die **Langweilerin**, -nen   bore
länglich   longish
der **Lärm** *(no pl.)*   noise
lärmen   to make noise
lässig   cool
lasten   to weigh heavily
etw. seinen freien **Lauf lassen (lässt; ließ, gelassen)** *(idiom.)*   to give free reign to sth.
im **Laufe der Jahre**   over the years
der **Laufstall**, ⸚e   playpen
die **Laune**, -n   mood
launisch   moody
lauschen + *Dat.*   to listen (to)
läuten   to toll, to ring
lauthals   at the top of one's voice
die **Lautstärke**, -n   volume
etw. für sein **Leben gern tun (tat, getan)** *(idiom.)*   to be crazy about sth.
das **Lebensgefühl** *(no pl.)*   feeling of being alive
der **Lebensmut** *(no pl.)*   the courage to live
lebhaft   lively
lecken   to lick
leicht·fallen (fällt leicht; fiel leicht, ist leichtgefallen) + *Dat.*   to be easy for sb.; **Es fiel mir oft nicht leicht.**   It wasn't always easy for me.
die **Leinwand**, ⸚e   screen, canvas
leiser drehen   to lower the volume
leisten   to achieve

leuchtend   shining, bright
der **Lichtschalter, -**   light switch
an etw./jm. **liegen (lag, gelegen)**   to be because of sb./sth.
lindern   to ease, to alleviate
Lippen lesen (liest; las, gelesen)   to lip-read
loben   to compliment, to praise
die **Locke, -n**   curl; **Sauerkrautlocken**   ugly curls
locken   to seduce, to tempt
lösen   to detach
sich **lösen von/aus**   to move away from
nach **Luft schnappen** *(idiom.)*   to gasp for air
Mir blieb die **Luft weg.** *(idiom.)*   I couldn't breathe.
lügen (log, gelogen)   to lie
lustlos   unenthusiastic, lackluster
das **Lustprinzip** *(no pl.)*   pleasure principle

M

die **Macht** *(usu. sg.)*   power
mädchenhaft   girlish
das **Maiglöckchen, -**   lily of the valley
zum wiederholten **Male**   once/yet again
malerisch   picturesque
das **Mandelplätzchen, -**   almond cookie
maulen *(colloq.)*   to pout, to gripe
meiden (mied, gemieden)   to avoid
Meine Güte!   My God! / My goodness!
Meine Klarinette war **mein ein und alles.** *(idiom.)*   My clarinet meant everything to me.
der **Meister, -**   master
die **Menge, -n**   crowd
die spinale **Meningitis**   spinal meningitis
Mensch-Ärgere-Dich-Nicht   name of a board game (lit.: Man, don't get angry.)
die **Miene, -n**   expression, face
milde stimmen   to pacify, to calm down
das **Misstrauen** *(no pl.)*   mistrust, distrust, suspicion
das **Missverständnis, -se**   misunderstanding
der **Mistkerl, -e** *(colloq.)*   filthy pig
mit·bekommen (bekam mit, mitbekommen)   to realize, to overhear

das **Mitgefühl** *(no pl.)* sympathy, compassion
das **Mitglied, -er** member
der **Mitmensch, -en, -en** fellow human being
mit·teilen to tell, to communicate
im **Mittelpunkt stehen (stand, gestanden)** to be at the center of attention
modisch fashionable
der **Mönch, -e** monk
der **Morgenmantel, ⸚** bathrobe
mucksmäuschenstill *(idiom.)* as quiet as a mouse
mühevoll difficult, hard
mühsam with difficulty
mühselig difficult, hard
der **Müll** *(no pl.)* garbage
mulmig zumute sein + *Dat.* to feel uncomfortable; **Mir war mulmig zumute.** I felt uncomfortable.
der **Mundwinkel, -** corner of one's mouth
musizieren to play music
mustern to scrutinize
der **Mut** *(no pl.)* courage; **sich gegenseitig Mut zu·sprechen (spricht zu; sprach zu, zugesprochen)** to keep each other's spirits up
die **Mütze, -n** hat, cap

N

nach und nach slowly, bit by bit
nachdenklich thoughtful
einer Aufforderung **nach·kommen (kam nach, ist nachgekommen)** to answer a request
nach·lassen (lässt nach; ließ nach, nachgelassen) to decrease, to ease off
nachlässig careless
nach·legen *(colloq.)* to up the ante
der **Nachttisch, -e** bedside table
jm. etw. **nach·tun (tat nach, nachgetan)** to imitate sb.
der **Nadelstich, -e** stitch
jn./etw. **in der Nähe wissen (weiß; wusste, gewusst)** *(idiom.)* to know sb./sth. to be close
nähen to sew
sich **nähern** to come closer, to advance
näher·rücken (ist nähergerückt) to advance, to come closer

Vokabelindex

die **Narbe**, -n scar
die **Nase von etw. voll haben** *(colloq.)* to be fed up with sth., to be sick and tired of sth.
necken to tease
der **Negerkuss**, ⸚e chocolate marshmallow *(avoid usage:* **Neger** Negro, nigger; *more politically correct word:* **der Schokokuss**)
es sich nicht **nehmen lassen** (lässt nehmen; ließ nehmen, nehmen lassen) *(idiom.)* to insist on sth.
das **Nest**, -er *here:* hamlet, village
wie **neugeboren** *(idiom.; colloq.)* like a new person
die **Neugier** *(no pl.)* curiosity
die **Neuigkeit**, -en news
die **Nichte**, -n niece
nicken to nod
nieder·machen to disparage, to put down
Noten lesen (liest; las, gelesen) to read music
das **Notenblatt**, ⸚er sheet of music
notieren to put down on paper
es für **nötig befinden** (befand, befunden) to deem it necessary
nüchtern sober, unemotional

O

der **Oberkörper**, - upper body, torso
offensichtlich obvious
die **Öffentlichkeit** *(no pl.)* public
des **öfteren** often
die **Ohnmacht** *(no pl.)* powerlessness
ohrenbetäubend earsplitting
die **Ohrfeige**, -n slap in the face; **jm. eine Ohrfeige verpassen** to slap sb. in the face
die **Orgel**, -n organ

P

packen *here:* to grab, to seize
die **Pantomime**, -n mime
der **Pappkarton**, -s cardboard box
jm. **passen** 1. to suit sb., to be to sb.'s liking; 2. to fit; **Es passte ihr nicht.** *(idiom.)* She didn't like it.

passend appropriate.
die **Pauke, -n** kettledrum
der **Pausenhof, ⸚e** schoolyard
die **Pelzmütze, -n** fur hat
petzen to snitch, to sing, to inform
der **Pfad, -e** path
der **Pfarrer, -** pastor
der **Pfeiler, -** pillar
der **Pferdeschwanz, ⸚e** ponytail
pflegen to tend to, to look after
pflügen to plow
die **Pforte, -n** gate, portal
der **Pfosten, -** pole, post
pikiert peeved, piqued
wie aus der **Pistole geschossen** *(idiom; colloq.)* like a shot
die **Plastik, -en** sculpture
platschen to splash
platt flat
die **Platte, -n** record
platzen (ist geplatzt) to burst
plaudern to chat, to talk
pochen to tap, to knock
das **Porzellan** *(no pl.)* china
die **Pracht** *(no pl.)* splendor
prächtig splendid, magnificent
prachtvoll splendid, magnificent
prall full, well-rounded
die **Prämie, -n** premium
prüfend an·sehen (sieht an; sah an, angesehen) to scrutinize
der **Prüfling, -e** examinee, candidate
prusten to snort with laughter
das **Publikum** *(no pl.)* audience
der **Puderzucker** *(no pl.)* icing sugar
der **Punkt, -e** point; **in bestimmten Punkten** in certain regards/areas
die **Puppe, -n** doll

Q

die **Quelle, -n** spring, fountain
quieken to squeal, to squeak

R

der **Rabe**, -n   raven
„**Rache** ist Blutwurst." (*also:* **Blutdurst**) *(idiom.; colloq.)*   Revenge is sweet.
radeln (ist geradelt)   to cycle, to go by bike
ramponiert   bashed up
der **Rand**, ⸚er   margin
am **Rande (der Stadt)**   on the outskirts (of the city)
rascheln   to rustle
rasen (ist gerast)   to speed
das **Rätsel**, -   mystery
rau   harsh, coarse
der **Raubfisch**, -e   predatory fish
das **Raubtier**, -e   wild animal, wild beast
sich **räuspern**   to clear one's throat
rechnen mit   to expect
das **Recht auf Wahrheit gepachtet haben** *(idiom.)*   to be the only one who knows the truth
sich **rechtfertigen**   to justify o.s.
rechtzeitig   timely, in time
Du hast gut **reden!** *(idiom.)*   It's all very well for you! / It's easy for you to say.
regieren   to reign, to rule
registrieren   to register
die **Regung**, -en   small movement
das **Reh**, -e   deer
sich **reiben (rieb, gerieben)**   *here:* to experience some friction between o.s. and others
reichen   *here:* to pass, to hand
reichlich   *here:* quite, rather
der **Reifen**, -   tire
die **Reihenfolge**, -n   sequence
sich im **Reinen fühlen**   to feel at peace
mit etw. im **Reinen sein** *(idiom.)*   to have things sorted out
die **Rendite**, -n   return on capital
der **Reparaturdienst**, -e   repair service
reuevoll   remorseful
richten   *here:* to repair
den **(Zeige)finger auf jn. richten**   to point a finger at sb.
sich nach jm. **richten**   to listen to sb.'s advice
riechen nach (roch, gerochen)   to smell of

riesen- mega-
der **Riss, -e** rift
das **Rosengesteck, -e** arrangement of roses
rotzfrech *(colloq.)* cocky, sassy
der **Ruck** *(usu. sg.)* jerk, tug
jm. in den **Rücken fallen (fällt; fiel, ist gefallen)** *(idiom.)* to stab sb. in the back
das **Rückfahrticket, -s** return ticket
der **Rückfall, ⸚e** relapse
rücklings backwards
der **Rucksack, ⸚e** backpack
auf jn. **Rücksicht nehmen** to be considerate of sb.
der **Rücksitz, -e** back seat
die **Ruhe** *(no pl.)* quiet, silence; **keine Ruhe geben (gibt; gab, gegeben)** *(idiom.)* to refuse to let the matter rest
ruhen auf + *Dat.* to rest upon
rührend touching, moving
rumoren *(colloq.)* to rumble about
rumpeln (ist gerumpelt) to rumble
eine **Runde schmeißen (schmiss, geschmissen)** *(idiom.; colloq.)* to buy a round
der **Rüssel, -** trunk
rutschen (ist gerutscht) to slide, to slip
rütteln to shake

S

das **Sagen haben** *(idiom.)* to be the boss
sanft gentle
der **Sarg, ⸚e** coffin
der **Sattel, ⸚** saddle; **sich in den Sattel schwingen (schwang, geschwungen)** to jump onto one's bicycle
der **Satz, ⸚e** *here:* leap, jump
saugen (sog, gesogen) to suck
die **Säule, -n** pillar, column
die **Säulenreihe, -n** row of columns
säumen *here:* to mark; *also:* to hem, to line
das **Schaf, -e** sheep
es **schaffen** *(idiom.)* to make it
sich mit etwas zu **schaffen machen** *(idiom.)* to busy o.s. with doing sth.
der **Schal, -s** scarf

schälen   to peel
Der **Schalk blitzte in seinen Augen.** *(idiom.)*   He had a mischievous look on his face.
den **Schalk im Nacken sitzen haben** *(idiom.)*   to be in a mischievous mood
schallend   resounding
sich **schämen**   to be embarrassed, to feel ashamed
scharfzüngig   biting, sharp-tongued
der **Schatten, -**   shadow
der **Schatz, ⸚e**   treasure
sich **glücklich schätzen**   to consider o.s. lucky
die **Scheibe, -n**   1. slice (of bread); 2. windowpane
der **Scheinwerfer, -**   spotlight
scheitern (ist gescheitert)   to fail
scheppernd   clattering
die **Scherbe, -n**   broken piece, fragment; **in Scherben**   shattered
die **Scheu** *(no pl.)*   shyness, timidity
scheuchen   to shoo away
scheußlich   awful, ghastly
das **Schicksal, -e**   fate
beiseite **schieben (schob, geschoben)**   to move/push to the side
schießen (schoss, ist geschossen) *(intrans.)*   *here:* to shoot, to flash across
schlabbern *(colloq.)*   to be a messy eater, to make a mess at meals
der **Schlafanzug, ⸚e**   pajama
das **Schlaflied, -er**   lullaby
mit einem **Schlag(e)** *(idiom.)*   all at once
schlampig *(colloq.)*   sloppy, careless
schlank   slim
nicht **schlau aus jm. werden (wird; wurde, geworden)** *(idiom.)*   not to be able to make sb. out; **Ich wurde nicht schlau aus ihm.**   I could not make him out.
schleichen (schlich, ist geschlichen)   to sneak, to creep
der **Schleier, -**   *here:* mist
die **Schleife, -n**   bow
schleudern   to hurl
jm. etw. ins Gesicht **schleudern** *(idiom.; colloq.)*   to throw sth. in sb.'s face
schlichten   to mediate
schließen (schloss, geschlossen)   *here:* to conclude
schließlich   after all, finally
einer Sache den letzten **Schliff geben (gibt; gab, gegeben)** *(idiom.)*   to put the finishing touches on sth.
sich aus der **Schlinge befreien** *(idiom.)*   to get out of a tight spot

schlingern   to lurch from side to side, to skid
Schlittschuh laufen (läuft; lief, ist gelaufen)   to ice-skate
schluchzen   to sob
der **Schluck, ̈-e**   sip
schlucken   to swallow
schlummern   to sleep, to slumber
schlüpfen (ist geschlüpft)   to slip
schlürfen   to slurp
schmal   narrow
schmatzen *(colloq.)*   to eat noisily, to smack *(colloq.)*
schmerzlich   (psychologically) painful ; *compare to* **schmerzhaft**   physically painful
schmerzverzerrt   distorted with pain
sich an jn. **schmiegen**   to cuddle up to sb.
schmücken   to decorate
nach Luft **schnappen** *(idiom.)*   to gasp for air
schnaufen   to wheeze, to pant
schniefen   to snivel, to sniffle
mit dem Finger **schnippen**   to snap one's finger
schnitzen   to carve
schnurren   to purr
der **Schoß, ̈-e**   lap
schräg   tilted; **den Kopf schräg legen**   to tilt one's head; **schräg abfallend**   dropping off in a slanted way
die **Schranke, -n**   barrier
der **Schrei, -e**   scream; **Ein rauer Schrei zerschnitt die Luft.** *(idiom.)*   A harsh scream split the air.
die **Schreibmaschine, -n**   typewriter
das **Schreibtelefon mit Monitor**   tele typewriter with attached monitor
schreien wie am Spieß (schrie, geschrien) *(idiom.)*   to scream at the top of one's lungs
der **Schreihals, ̈-e**   crybaby, bawler
die **Schriftsprache, -n**   written language
Schritt halten (hält; hielt, gehalten) mit   to keep up with
der **Schrott** *(no pl.)*   scrap metal
die **Schularbeiten** *(no sg.)*   homework
die **Schuld** *(no pl.)*   blame, fault; **jm. die Schuld zu·weisen (wies zu, zugewiesen)**   to blame sb.
schuldbewusst   feeling guilty
das **Schuldgefühl, -e**   feeling of guilt

die **Schulter, -n** shoulder; **Dinge auf die leichte Schulter nehmen (nimmt; nahm, genommen)** *(idiom.)* to take things lightly; **mit den Schultern zucken** to shrug (one's shoulders)

schütteln to shake; **sich vor Lachen schütteln** *(idiom.)* to roll on the floor laughing

schütten to pour

in **Schutz nehmen (nimmt; nahm, genommen)** to protect, to offer protection

der **Schwamm, ̈e** sponge

schwanger pregnant

die **Schwangerschaft, -en** pregnancy

schwappen (ist geschwappt) to slosh around, to splash around

der **Schwarm, ̈e** swarm

Schwarzer Peter a children's card game; **jm. den Schwarzen Peter zu·schieben (schob zu, zugeschoben)** *(idiom.)* to pass the buck to sb.

schweben to float

schweifen (ist geschweift) to wander, to roam

schweigen (schwieg, geschwiegen) to be silent

schwerbeladen carrying a heavy load

schwerelos weightless

schwer·fallen (fällt; fiel, ist gefallen) + *Dat.* to be difficult for sb.; **auch wenn es einem noch so schwerfällt** even if it is ever so hard for one

die **Schwester, -n** *here:* nurse

die **Schwingung, -en** vibration

schwitzen to sweat

der **Schwung, ̈e** sweep

schwungvoll sweeping

seelenruhig placid, calm, undisturbed

sehnlich ardent, eager

sehnsüchtig longing, yearning

das **Seidenpapier, -e** wrapping tissue/paper

seinesgleichen/ihresgleichen his/her peers

der **Seitenblick, -e** sidelong glance

die **Seitenstraße, -n** side street

selbstgestrickt self-knit

selbst(st)ändig independent

das **Selbstwertgefühl** *(no pl.)* self-esteem

senken to lower

sensibel sensitive

seufzen to sigh

sichtlich visible, obvious
siegessicher confident, sure of victory
signalisieren to signal
die **Signallampe, -n** signaling lamp
die **Silvesterrakete, -n** fireworks; **Silvester** New Year's Eve
sinken (sank, ist gesunken) to sink
die **Sirene, -n** siren
sitzen (saß, gesessen) *(idiom.)* to hit home; **Das saß.** *(idiom.)* That hit home.
die **Soße, -n** sauce
sozusagen so to speak
der **Spalt, -e** gap
die **Spannung, -en** suspense, tension
mit etw. **spaßen** to joke about
spendieren to treat sb. to sth., to pay for sb.; **eine Runde spendieren** to pay for a round (of beer, etc.)
der **Spiegel, -** mirror
das **Spielzeug, -e** toy
der **Spielzeugladen, -̈** toy store
die **spinale Meningitis** *(no pl.)* spinal meningitis
der **Spion, -e** spy
der **Sportwettkampf, -̈e** sports tournament
der **Spott** *(no pl.)* mockery, ridicule
springen (sprang, ist gesprungen) to jump
Mir blieb die **Spucke weg.** *(idiom.; colloq.)* I was flabbergasted.
der **Spuk** *(no pl.)* apparition (of ghosts)
spüren to sense, to feel
die **Stadtrundfahrt, -en** sightseeing tour
der **Stand, -̈e** booth
der **Stapel, -** pile, stack
der **Statist, -en, -en** extra (in a play)
Ich **staunte nicht schlecht.** *(idiom.)* I was flabbergasted.
jm. **stehen (stand, gestanden)** to suit sb.
zu jm. / etw. **stehen (stand, gestanden)** to stand by sb. / sth.
steif stiff
Der **Stein ist ins Rollen gekommen. (kam, ist gekommen)** *(idiom.)* The ball has started rolling.
Mir fällt ein **Stein vom Herzen. (fällt; fiel, ist gefallen)** *(idiom.)* That's a load off my mind.
steinern made fom stone

Vokabelindex

auf der **Stelle kehrt·machen** *(idiom.)* to turn on one's heel
die **Stellung, -en** position
stets always
stiefeln (ist gestiefelt) *(colloq.)* to stride
im **Stich lassen (lässt; ließ, gelassen)** *(idiom.)* to let down, to abandon
die **Stille** *(no pl.)* silence, silent peacefulness
die **Stimme verstellen** to disguise one's voice
jn. froh/traurig **stimmen** to make sb. feel cheerful/sad
jm. die **Stirn bieten (bot, geboten)** *(idiom.)* to stand up to sb.
sich vor die **Stirn schlagen** *(idiom.)* to tap one's forehead to indicate that one is not stupid
stirnrunzelnd frowning
stocksteif stiff as a statue
das **Stockwerk, -e** floor, level
der **Stoff, -e** subject matter
die **Stoffserviette, -n** napkin made from cloth
der **Stoß, ⸚e** 1. push; 2. stroke
stoßen (stößt; stieß, gestoßen) to push
auf Unverständnis **stoßen (stößt; stieß, ist gestoßen)** to meet with a complete lack of understanding
stottern to stutter
strahlen to beam
strampeln to kick one's feet
strapazieren to strain
streichen (strich, gestrichen) *here:* to stroke
mit einem Blick **streifen** to glance at
streiten (stritt, gestritten) to argue, to quarrel
der **Streithahn, ⸚e** squabbler, wrangler
streng strict
das **Stroh** *(no pl.)* straw
die **Strophe, -n** stanza
das **Stück, -e** *here:* piece of music
in **Stücke reißen (riss, gerissen)** to tear to pieces
in **Stücke zerspringen (zersprang, ist zersprungen)** to be shattered
stumm mute, silent
stur stubborn
stürmen (ist gestürmt) to storm
stürzen (ist gestürzt) *here:* to dash
stutzen to stop short

nichts zu **suchen haben** *(idiom.)* to have no business, to be out of place
summen to hum

T

der **Takt**, -e time; **aus dem Takt kommen** to lose the beat
die **Tanzfläche**, -n dance floor
tapfer brave
tarnen to camouflage
die **Taste**, -n key
der **Tastsinn** sense of touch
taub deaf *(not politically correct)*
in etw. **tauchen** *here:* to bathe in sth.
die **Taucherbrille**, -n diving goggles
taumeln (ist getaumelt) to stagger, to sway
sich **täuschen** to be wrong, to be mistaken
teilen to share
der **Termin**, -e deadline
der **Teufel**, - devil; **Der Teufel ist los.** *(idiom.)* All hell's been let loose.
bestimmte **Themen auf den Tisch bringen (brachte, gebracht)** *(idiom.)* to address certain topics
tippen to type
den **Tisch decken** to lay the table
todmüde dead tired
der **Toilettentisch**, -e dresser, vanity
die **Tonlage**, -n register
die **Tonleiter**, -n scale
das **Tosen** *(no pl.)* roaring, raging
die **Totenstille** *(no pl.)* deathly silence
träge sluggish, idle
der **Träger**, - strap
die **Träne**, -n tear; **den Tränen nahe sein** *(idiom.)* to be on the verge of tears; **jm. keine Träne nachweinen** *(idiom.)* to shed no tears over sb.
sich **trauen** to dare
die **Trauer** *(no pl.)* grief
der **Trauerkloß**, ⸚e wet blanket, mope
traumwandlerisch somnambulistic; **mit traumwandlerischer Sicherheit** with instinctive certainty
das **Treiben** *(no pl.)* hustle and bustle

sich **treiben lassen (lässt treiben; ließ treiben, treiben lassen)**   to let o.s. drift
trennen   to separate
die **Trompete, -n**   trumpet
trösten   to console
die **Tröte, -n**   horn
trotzig   defiant
ein **Trotzkopf sein**   to be stubborn, to be a contrarian
trüb   gloomy
trübsinnig   gloomy
das **Tuch, ⸚er**   cloth, sheet
sich **tummeln**   to cavort
so tun als ob (tat, getan)   to pretend that
tunken   to dip
tupfen   to dab
mit der **Tür ins Haus fallen (fällt; fiel, ist gefallen)** *(idiom.)*   to blurt it all out
vor der **Tür stehen (stand, gestanden)**   to be very close in time; **Weihnachten stand vor der Tür.**   It was close to Christmas.
turnen   1. to do gymnastics; 2. to scramble about
die **Turnhalle, -n**   gym
der **Türpfosten, -**   doorpost
der **Türrahmen, -**   doorframe
tuscheln   to whisper

U

das **Übel, -**   evil
übellaunig   cantankerous
übel·nehmen (nimmt übel; nahm übel, übelgenommen)   to take offense
überbringen (überbrachte, überbracht)   to deliver
überdenken (überdachte, überdacht)   to think over, to reconsider
überfordern   to ask too much of, to expect too much of
überholen   to overtake
überhören   not to hear, to ignore
übermannen   to overcome
übermitteln   to pass on, to convey
der **Übermut** *(no pl.)*   high spirits
überqueren   to cross
überreden   to persuade, to talk round
übersehen (übersieht; übersah, übersehen)   to overlook

überspielen   to cover up
sich *(Dat.)* etw. über·streifen   to pull sth. over
überstürzt   hasty
übertragen (überträgt; übertrug, übertragen)   to transfer
übertrieben   exaggerated
überwachen   to watch, to keep under surveillance
überwältigt   overwhelmed, stunned
überwiegen (überwog, überwogen)   to outweigh
überwinden (überwand, überwunden)   to overcome
überzeugen   to convince
wie üblich   as always
übrig·bleiben (blieb übrig; ist übriggeblieben) *(idiom.)*   to be left to do; **Was blieb ihr übrig?** *(idiom.)*   What could she do?
das Ufer, -   shore, (river) bank; **zu neuen Ufern auf·brechen (bricht auf; brach auf, ist aufgebrochen)** *(idiom.)*   to begin sth. completely new
umarmen   to hug
um·bauen   to rebuild, to convert
sich um·drehen   to turn (around)
der Umgang *(no pl.)*   contact, handling
umgeben sein von   to be surrounded by
um·gehen mit (ging um, ist umgegangen)   to deal with
der Umhang, ⁻e   cape
um·kehren (ist umgekehrt)   to turn back
die Umkleidekabine, -n   changing room
umkreisen   to walk around; **der Kreis, -e**   circle
um·schlagen (schlägt um; schlug um, ist umgeschlagen) *(intrans.)*   *here:* to change; **Die Stimmung schlug um.**   The mood changed.
umschlingen (umschlang, umschlungen)   to clasp in one's arms
umschwirren   to buzz about
sich nach jm. um·sehen (sieht um; sah um, umgesehen)   *here:* to look for sb.
der Umstand, ⁻e   circumstance; **unter keinen Umständen**   under no circumstances
umständlich   roundabout, circuitous
unangenehm   unpleasant
unartikuliert   inarticulate
unbändig   unrestrained
unbeeindruckt   unimpressed
unbeherrscht   uncontrolled
unbeschwert   untroubled
die Unbeschwertheit *(no pl.)*   lightheartedness

unergründlich unfathomable
unermüdlich tireless
unersättlich insatiable
unerträglich unbearable
die **Unfähigkeit** *(no pl.)* incompetence, inability
ungeduldig impatient
ungeniert openly, without inhibitions
ungerührt unmoved
ungestüm impetuous
unheimlich scary
unrasiert unshaven
die **Unruhe** *(no pl.)* agitation
unschuldig innocent
der **Unsinn** *(no pl.)* nonsense
unselig unfortunate
unterbrechen (unterbricht; unterbrach, unterbrochen) to interrupt
sein Lachen **unterdrücken** to suppress one's laughter
das **Unterfangen, -** endeavor
unter·gehen (ging unter, ist untergegangen) to come to an end, to perish
ohne **Unterlass** *(m.)* incessantly
Mir ist ein Fehler **unterlaufen. (unterläuft; unterlief, ist unterlaufen)** I made a mistake.
die **Unterlippe, -n** lower lip
unterstreichen (unterstrich, unterstrichen) to highlight
die **Unterstützung, -en** support
unterteilen to subdivide; **vielfach unterteilt** divided into multiple parts / many subdivisions
unübersehbar obvious, conspicuous
unverbraucht unspent
unvermittelt unexpected
unvermutet unexpected
das **Unverständnis** *(no pl.)* lack of understanding; **auf Unverständnis stoßen (stößt; stieß, ist gestoßen)** *(idiom.)* to meet with a complete lack of understanding
unwillig indignant
unwirsch brusque, gruff
unwohl uneasy, ill at ease

Vokabelindex

V

sich **verändern**   to change
verärgern   to annoy, to anger
verbannen   to ban
verbergen   to hide
sich **verbeugen**   to bow
die **Verbeugung, -en**   bow
verbindlich   *here:* firm
die **Verbindung, -en**   connection
verblüfft   baffled, puzzled
verborgen   hidden
die **Verbundenheit** *(no pl.)*   closeness
der/die **Verbündete, -n**   ally
verdammt noch mal *(colloq.)*   damned
jm. etw. **verdanken**   to owe sth. to sb.
verderben (verdirbt; verdarb, verdorben)   to spoil
verdutzt   baffled, nonplussed
verebben (ist verebbt)   to subside
vereinfachen   to simplify
sich **verengen**   to narrow
verfallen   dilapidated
sich **verfehlen**   to miss each other
verfliegen (verflog, ist verflogen)   to blow over, to pass
verfolgen   to follow
vergebens   in vain, to no avail
vergehen (verging, ist vergangen)   to pass (referring to time)
das **Vergnügen, -**   pleasure
vergnügt   jolly, happy
verharren   to pause
verkleidet   dressed up, in fancy dress
verkörpern   to embody
verkraften   to cope with
der **Verlauf** *(no pl.)*   proceedings
verlaufen (verläuft; verlief, ist verlaufen)   to take place, to proceed
verlauten lassen (lässt verlauten; ließ verlauten, verlauten lassen)   to let it be known
verlegen   embarrassed
sich auf etw. **verlegen**   to resort to sth.; **Sie verlegte sich auf's Betteln.** *(idiom.)*   She tried / resorted to begging.

Vokabelindex

der **Verleger**, - publisher
verlockend tempting, enticing
verloren lost, alone
vermieten to let, to rent out
die **Verpflichtung**, -en responsibility
sich **verplappern** *(colloq.)* to spill the beans, to blab
der **Verrat** *(no pl.)* betrayal
verraten (verrät; verriet, verraten) to betray
versäumen to miss
sich **verschanzen** to entrench o.s.
verscheuchen to scare off
verschlafen sleepy
verschlingen (verschlang, verschlungen) to swallow up
verschlossen reserved
verschlucken to swallow; sich **verschlucken** to swallow the wrong way, to choke on sth.
verschmelzen (verschmilzt; verschmolz, ist verschmolzen) to melt together, to blend
verschmiert smeary
verschmitzt mischievous
die Arme **verschränken** to cross one's arms
verschweigen (verschwieg, verschwiegen) to withhold, to conceal
verschwimmen (verschwamm, ist verschwommen) to become blurred
die **Verschwörung**, -en conspiracy
versetzt werden to move up (to the next class); **nicht versetzt werden** to have to repeat a year (at school)
sich gegenseitig etw. **versichern** to assure each other of sth.
versohlen *(colloq.)* to belt, to leather
(sich) **versöhnen** to reconcile
versöhnlich conciliatory
sich **verspäten** to be late
jm. den Weg **versperren** to stand in sb.'s way
verständnisvoll understanding, sympathetic
versteinert petrified, hardened
verstellen to misplace
die Stimme **verstellen** to disguise one's voice
verstreichen (verstrich, ist verstrichen) to pass by
der **Versuch**, -e attempt
verteidigen to defend

verteilen to scatter, to distribute

sich in etw. **vertiefen** to become engrossed/absorbed in sth.

das **Vertrauen** *(no pl.)* trust

vertreiben (vertrieb, vertrieben) to drive away

vertrocknen to dry out, to wither

verunsichert confused

verurteilen to condemn

verweisen (verwies, verwiesen) an + *Akk.* refer to

viel Zeit auf etw. **verwenden (verwandte/verwendete, verwandt/verwendet)** to spend a lot of time doing sth.

Verwendung finden (fand, gefunden) to find a use

verwirrt confused

verwundert puzzled; amazed

die **Verwunderung** *(no pl.)* amazement, surprise

verzehren to eat

jm. **verzeihen (verzieh, verziehen)** to forgive

sich **verziehen (verzog, verzogen)** to contort (one's face); **Ihr Gesicht verzog sich zu einem breiten Grinsen.** *(idiom.)* There was a big grin on her face.

verzückt ecstatic, thrilled

verzweifelt desperate

vieldeutig ambiguous

vielfach many times; **vielfach unterteilt** divided into multiple parts / many subdivisions

vielsagend telling, meaningful

jm. einen **Vogel zeigen** *(idiom.)* to tap one's forehead at sb. to indicate that you think sb. is crazy

das **Volkslied, -er** folk song

der **Vollbart, ⸚e** full beard

vollführen to execute

vollkommen still completely quiet

vollwertig full-fledged

von dannen ziehen (zog, ist gezogen) *(idiom.)* to leave

von vorn from the beginning

vor allem especially, above all

jm./einer Sache **voraus sein** to be ahead of sb./sth.

die **Vorbereitung, -en** preparation

vor·enthalten (enthält vor; enthielt vor, hat vorenthalten) to withhold

die **Vorfreude, -n** pleasant anticipation

Vokabelindex

vor·geben (gibt vor; gab vor, vorgegeben) to pretend
vorgezogenes Erbe early inheritance
vorgezogenes Portal protruding portal
vor·greifen (griff vor, vorgegriffen) to anticipate, to act prematurely
das **Vorhaben,** - endeavor; **jn. in seinem Vorhaben bestärken** to support sb.'s cause/endeavor
der **Vorhang, ⸚e** curtain
vor·kommen (kam vor, ist vorgekommen) to occur; + *Dat.* to appear, seem to sb.
vorläufig for the time being
jm. etw. **vor·machen** to demonstrate sth. to sb., to show sb. how to do sth.
vornehm elegant
vornübergebeugt slumped over
der **Vorort, -e** suburb
vor·schreiben (schrieb vor, vorgeschrieben) to dictate, to stipulate
der **Vorsprung, ⸚e** lead
vorüber·ziehen (zog vorüber, ist vorübergezogen) to pass by
sich **vorwärts tasten** to grope one's way ahead
vor·ziehen (zog vor, hat vorgezogen) to prefer
der **Vulkanausbruch, ⸚e** volcanic eruption

W

wackeln to wobble, to shake
wagen to dare
wahnsinnig crazy
etw. nicht **wahr·haben wollen** to refuse to believe sth., to be in denial about sth.
wahr·nehmen (nimmt wahr; nahm wahr, wahrgenommen) to perceive
die **Wange, -n** cheek
das **Warnlicht, -er** emergency lamp
Du kannst **warten, bis du schwarz bist!** *(idiom.; colloq.)* You can wait till the cows come home!
Was blieb ihr übrig? *(idiom.)* What else could she do?
Was du nicht sagst! *(idiom.)* You don't say!
Was konnte ich dafür? *(idiom.)* It wasn't my fault.
der **Wasserhahn, ⸚e** faucet
der **Wasserturm, ⸚e** water tower
die **Watte** *(no pl.)* cotton wool; **sich Watte ins Ohr stopfen** to plug one's ears with cotton wool

Vokabelindex

mit etw. **wedeln**   *here:* to wave sth. in one's hands
weder ein noch aus wissen (weiß; wusste, gewusst) *(idiom.)*   to be helpless / clueless / at a loss
sich einen **Weg bahnen**   to fight one's way
den **Weg ebnen** *(idiom.)*   to smoothe the way
auf dem besten **Weg sein** *(idiom.)*   to be well on the way
weg·räumen   to clean up
die **Wehen** *(no sg.)*   labor pains
wehen   to blow
das **Wehklagen** *(no pl.)*   lament
wehmütig   wistful, melancholy
sich **wehren**   to defend o.s.
sich **weigern**   to refuse
Weihnachten stand vor der Tür (stand, gestanden) *(idiom.)*   Christmas was just around the corner
das **Weihnachtsfest, -e**   Christmas
das **Weihnachtsgeld** *(usu. sg.)*   Christmas bonus
weit aufgerissen   wide open
weiter·geben (gibt weiter; gab weiter, weitergegeben)   to pass on
weiterhin   still
weitverbreitet   common, widespread
die **Welle, -n**   wave
die **Wendeltreppe, -n**   spiral staircase
wenn es nach mir gegangen wäre *(idiom.)*   if I had had a say
sich ans **Werk machen**   to set to work
die **Werkbank, ⁻e**   workbench
die **Werkstatt, ⁻en**   workshop
der **Wert, -e**   value
das **Wesen, -**   being, character
widerwillig   reluctant, unwilling
sich einer Sache **widmen**   to attend to sth., to devote o.s. to sth.
wie üblich   as usual, as always
wieder·erwecken   to stir up again
wiegen   to cradle
die **Wiese, -n**   meadow
der **Wille** *(no pl.)*   will, intention
willenlos   spinelessly
wimmeln von   to teem with

die **Wimper, -n** eyelash; **ohne mit der Wimper zu zucken** without batting an eyelid
in **Windeseile** *(idiom.)* in no time at all
winzig tiny
wirbeln to whirl around, to spin around
der **Wirbelwind, -e** whirlwind
einen **Witz reißen (riss, gerissen)** *(colloq.)* to make a joke
sich **wohl in seiner Haut fühlen** *(idiom.)* to feel comfortable / at home
wohlhabend wealthy, well-to-do
das **Wohlwollen** *(no pl.)* goodwill
wohlwollend benevolent, kind
sich **wölben** to curve
Das ist wirklich das letzte **Wort.** *(idiom.)* This is the last concession I can make.
Ein **Wort gab das andere.** *(idiom.)* One thing led to another.
sich zu **Wort melden** to get a word in
sich ein **Wortgefecht liefern** to do verbal battle with sb.
der **Wortwechsel, -** debate
wummern *(colloq.)* to rumble
der **wunde Punkt, -e** *(idiom.)* sore spot
jn. keines **Blickes würdigen** not to spare sb. a glance
vor **Wut kochen** *(idiom.)* to be boiling with rage

Z

zaghaft timid, hesitant
zappalot *(exclamation)* upon my soul
der **Zauber** *(usu. sg.)* magic
die **Zaubersprache, -n** magic language
auf **Zehenspitzen** on tiptoe
die **Zeichensprache, -n** sign language *(less politically correct than 'Gebärdensprache')*
der **Zeigefinger, -** index finger
die **Zeile, -n** verse
Zeit auf etw. verwenden (verwandte/verwendete, verwandt/verwendet) to spend a lot of time doing sth.
von **Zeit zu Zeit** every now and then
zeitgenössisch contemporary
zeitlebens for all one's life
sich den Kopf **zergrübeln/zerbrechen** to rack one's brains

zerreißen (zerriss, zerrissen)   to break, to tear
zerren   to tug, to pull
zerschneiden (zerschnitt, zerschnitten)   to cut in two
zerstreuen   to dispel, to disperse
zerzaust   disheveled
der **Zettel**, -   note, slip of paper
das **Zeug** *(no pl.)*   stuff
zeugen von   to be evidence of, to attest to
ziellos   aimless
zierlich   petite
der **Zins**, -en   interest
zischen   to hiss
zittern   to tremble, to shake
zögern   to hesitate
der **Zorn** *(no pl.)*   anger
zu dritt   the three of us
zu·decken   to cover
zudem   in addition
der **Zufall**, ⸚e   chance, accident; **durch Zufall**   by accident
zu·frieren (ist zugefroren)   to freeze over
der **Zug**, ⸚e   *here:* feature, characteristic
zu·geben (gibt zu; gab zu, hat zugegeben)   to admit
in vollen **Zügen genießen (genoss, genossen)**   to enjoy to the fullest
das **Zuhause** *(no pl.)*   home
jm. **zuliebe**   for sb.'s sake
zumute sein + *Dat.*   to feel like; **Mir war nicht nach Lachen zumute.** *(idiom.)*   I didn't feel like laughing.
jm. etw. **zu·muten**   to burden sb. with sth. unreasonable/unbearable
zunehmend   increasing, more and more
jm. die **Zunge raus·strecken** *(colloq.)*   to stick one's tongue out at sb.
die **Zuneigung**, -en   affection
jn. am Ärmel **zupfen**   to pull at sb.'s sleeves
sich **zurecht·finden (fand zurecht, zurechtgefunden)**   to find one's way around
zurecht·kommen (kam zurecht, ist zurechtgekommen)   to manage, to get by
zurecht·zupfen   to pull at and adjust
zurück·schlagen (schlägt zurück; schlug zurück, zurückgeschlagen)   *here:* to pull back, to fold back
sich **zurück·ziehen (zog zurück, zurückgezogen)**   to retreat
zu·sagen   to accept

Vokabelindex

zusammen·binden (band zusammen, zusammengebunden) to tie up
zusammen·raffen to bundle together, to gather up
zusammen·rutschen (ist zusammengerutscht) to move closer together
zusammen·schrauben to screw together
zusammen·zucken to cringe, to flinch
zusätzlich zu in addition to
zu·schnappen to snap
zusehends appreciably, rapidly
sich gegenseitig Mut **zu·sprechen (spricht zu; sprach zu, zugesprochen)** to keep each other's spirits up
der **Zuspruch** *(no pl.)* encouragement, consolation
der **Zustand, ⸚e** condition
zu·streben (ist zugestrebt) to head for, to make for
sich etw. **zu·trauen** to think one is capable of sth.
zuvor earlier
jm. **zuvor·kommen (kam zuvor, ist zuvorgekommen)** to beat sb. to it
zu·weisen (wies zu, zugewiesen) to assign; jm. die Schuld **zu·weisen (wies zu, zugewiesen)** to blame sb.
sich jm. **zu·wenden (wandte/wendete zu, zugewandt/zugewendet)** to turn to sb.
jm. einen bösen Blick **zu·werfen (wirft zu; warf zu, zugeworfen)** to cast an angry glance at sb.
die Vorhänge **zu·ziehen (zog zu, zugezogen)** to draw the curtains
zwar although, however, even if
zweifellos doubtless
Zwiesprache *(f.)* **führen** to be in a dialogue
zwingen (zwang, gezwungen) to force
zwinkern to blink one's eyes, to twinkle
der **Zwischenton, ⸚e** overtone

Credits

Illustrations:

p. 6 (top): www.mainburg.de
p. 6 (bottom): koi88, iStockphoto.com
pp. 144 (top), 146 (top), 148, 150, 232: © Marion Gehlker
p. 144 (bottom): Heinz Wohner/LOOK/Getty Images
p. 146 (bottom): © 2007 Jürgen Matern (http://www.juergen-matern.de). Reproduced under Creative Commons Attribution ShareAlike 3.0 License.
p. 164: © AgnosticPreachersKid. Reproduced under Creative Commons Attribution ShareAlike 3.0 Unported License.
p. 234: © Hugh Rooney; Eye Ubiquitious/Corbis

Sources for Info-Ecken:

1.1: Adaptiert von: www.mainburg.de
1.2: Adaptiert von: www.gehoerlosen-bund.de
10.2: *Giora Feidman,* http://de.wikipedia.org/wiki/Giora_Feidman

Sources for texts in Informationen und Begleittexte:

Excerpt from Johann Wolfgang von Goethe, *Faust: Der Tragödie, erster Teil.* Stuttgart: Philipp Reclam, 1986.
Texts were adapted from www.gehoerlosenbund.de und www.visuelles-denken.de.